人民共和國文化與文學叢書

四編　中國人民大學特輯

程光煒　李怡　主編

第 3 冊

80 年代「重寫文學史」思潮研究

楊慶祥 著

花木蘭文化出版社

國家圖書館出版品預行編目資料

80 年代「重寫文學史」思潮研究／楊慶祥 著 -- 初版 -- 新北市：
花木蘭文化出版社，2016〔民 105〕
目 2+222 面；19×26 公分
（人民共和國文化與文學叢書 四編；第 3 冊）
ISBN 978-986-404-638-6（精裝）
1. 中國文學史 2. 近代文學 3. 文學評論
820.8   105012588

ISBN-978-986-404-638-6

9 789864 046386

人民共和國文化與文學叢書
四　編　第三　冊　　　　　ISBN：978-986-404-638-6

80 年代「重寫文學史」思潮研究

作　　者　楊慶祥
主　　編　程光煒　李怡
企　　劃　北京師範大學民國歷史文化與文學研究中心
　　　　　四川大學現代中國文化與文學研究中心
總 編 輯　杜潔祥
副總編輯　楊嘉樂
編　　輯　許郁翎、王筑　美術編輯　陳逸婷
印　　刷　普羅文化出版廣告事業
出　　版　花木蘭文化出版社
社　　長　高小娟
聯絡地址　235 新北市中和區中安街七二號十三樓
　　　　　電話：02-2923-1455／傳眞：02-2923-1452
網　　址　http://www.huamulan.tw 信箱 hml810518@gmail.com
初　　版　2016 年 9 月
全書字數　204397 字
定　　價　四編 11 冊（精裝）台幣20,000 元

80年代「重寫文學史」思潮研究

楊慶祥　著

作者簡介

楊慶祥，1980 年生。文學博士，中國人民大學文學院副教授，中國現代文學館特邀研究員。第
九屆茅盾文學獎評委，老舍文學獎評委。出版有專著《重寫的限度》、《分裂的想像》，思想隨
筆《80 後，怎麼辦》，詩集《虛語》、《趁這個世界還沒有徹底變形》等。曾獲中國年度青年批
評家獎（2011 年）；第十屆上海文學獎（2013 年）；第三屆唐弢青年文學研究獎（2014 年）；首
屆《人民文學》詩歌獎（2014 年）；第二屆《十月》青年作家獎（2015 年）；第二屆詩刊社年度
批評家獎（2016 年）等獎項。

提　　要

　　80 年代「重寫文學史」思潮建構了全新的中國現當代文學學科話語，確立了影響深遠的現
代化文學敘事。它與 80 年代諸多的社會文化思潮都擁有共同的價值指向，試圖在一個意識形態
發生重大分裂而政權又保持連續性的環境中開闢盡可能廣闊的言說空間。作爲應對「文革」後
嚴重文化危機的社會話語之一種，構成重建文化主體和意識形態正當性的力量之一。本著以
「重寫文學史」爲研究對象，整體性考察「重寫文學史」與 80 年代歷史語境之間的多重關聯，
辨析「重寫」主體的知識構成、美學旨趣和政治訴求，釐定話語的變遷史和具體的行爲實踐之
間的複雜互動。

人民共和國文化與文學叢書
中國人民大學特輯　總序

程光煒 李怡

　　2005 年，中國人民大學文學院的中國當代文學史專業方面，將重點轉向了以「重返八十年代」爲主題的當代文學史研究，這當然是中國大陸視野裏的「當代文學」。博士生課程採用課堂討論的方式，事先定下九個討論題目，分配給大家，然後老師和學生到圖書館查資料，自己設計問題，寫成文章後，分別在課堂多媒體上發表，接著大家討論。所謂討論，主要是找寫文章人的毛病，包括他撰寫文章的論文結構、分析框架、問題、材料運用，自然，他們最爲關心的是，這篇論文究竟對當前的當代文學史研究有無新的發現和推動，至少有無提出有價值的質疑意見。因此，每學期總共十八週授課時間，安排一次課堂發表文章，另一次是課堂討論，這樣交錯有序進行。竟未想到，這種開放式的博士生研究課堂，到今年已進行了十一年，湧現了一批有價值有亮點的博士論文，湧現了若干個被大陸當代文學史研究界矚目的青年學者。據稱是大陸中國現當代文學研究界，爲獎勵 45 歲以下青年學者而設置的具有很高學術聲譽的「唐弢青年文學獎」，最近連續三年，都有這個課堂上走出去的青年學者獲得。僅此就可以知道，雖然中間的過程困難重重，也有很多不必要的重複和彎路，仍然可以證明，通過課堂討論、大家集中研究中國當代文學史這種方式，事實上有一定的效果。

　　其實，在 2005 年以前，我們這個學術團隊中已有博士生在做《紅岩》、《白毛女》的研究，取得引人注意的成果。而以「重返八十年代」爲主題的當代文學史研究，目的是以中國現代文學史自五四之後，八十年代這個又一個「黃

金年代」爲文學高地，在這個歷史制高點上，縱觀 60 年的中國當代文學史，並以這個制高點，把這 60 年文學拎起來，做一個較爲總體的評價和分析，建立這個歷史時段的整體性。今天看來，這個目的初步達到了。這套學術叢書，關涉到中國當代文學史的諸多領域，例如文學思想、思潮、流派、現象、紛爭、雜誌、社團等等，雖不能說每個題目都深耕細作，但確實有一些深入，某些方面，還有較深入的開掘，這是被學術同行所認可的。例如，《紅岩》研究、《白毛女》研究、「重寫文學史思潮」研究、「李澤厚與八十年代文學」研究、「現代派文學」研究等。另外賈平凹小說、路遙與柳青傳統、七十年代小說的整理、上海與新潮小說的興起、八十年代文學史撰寫中的意識形態調整、十七年文學等等，也都在這套叢書中有所反映。

毫無疑問，中國大陸的中國當代文學史研究，離不開「當代史」這個潛在的認識性裝置。一定程度上，文學史與當代史的表面和諧關係，實際也暗藏著某種緊張狀態。作爲歷史研究者，每個人都離不開、跳不出自己生長的歷史環境。但是，所有有識的歷史研究者都意識到，所謂學術研究即包含著對自身歷史狀態的超越。他們所關心和研究的問題，事實上是以他自己的問題爲起點的；也就是說，他們研究的學術問題，實際上就是他們自己所困惑的歷史問題。我們想這種現象，又不僅僅是我們的。借這套叢書在臺灣出版的機會，我們想表達的是：學術著作的出版，是一次展示自己學術見解，並與廣大學界同行進行交流切磋的極好機會。因此，十分期望能得到讀者懇切的批評和意見。

2016.2.22 於北京

目次

緒論　如何理解「重寫文學史」的「歷史性」

0.1 「重寫文學史」的當下性和文化內涵

　　讓我們從一個文化事件談起。2000 年，《收穫》第 2 期「走近魯迅」專欄刊發了三篇文章，分別是馮驥才的《魯迅的功與過》、王朔的《我看魯迅》、林語堂寫於 1937 年的舊文《悼魯迅》。這三篇文章雖然風格各異，重點不一，但都有一致之處，那就是對魯迅的「經典形象」進行一種解構式「重寫」。馮驥才開篇就點出魯迅的「成功」之處在於「獨特的文化的視角，即國民性批判」，但是隨即筆鋒一轉，認為：「然而，我們必須看到，他的國民性批判源自一八四零年以來西方傳教士那裏。……可是，魯迅在他那個時代，並沒有看到西方人的國民性的分析裏所埋伏的西方霸權的話語。……由於魯迅所要解決的是中國自己的問題，不是西方的問題；他需要借助這種視角以反觀自己，需要這種批判性，故而沒有對西方的東方觀做立體的思辨。……可是他那些非常出色的小說，卻不自覺地把國民性話語中所包藏的西方中心主義嚴嚴實實地遮蓋了。」〔註1〕王朔則直言「魯迅的小說確實寫的不錯，但不是都好，沒有一個作家的全部作品都好。」「魯迅寫小說有時是非常概念的，這在他那部倍受推崇的《阿 Q 正傳》中尤為明顯。」「我認為魯迅光靠一堆雜文幾個短篇是立不住的，沒聽說有世界文豪只寫過這點東西的。」〔註2〕林語堂以

〔註 1〕　馮驥才：《魯迅的功與過》，《收穫》2000 年第 2 期。
〔註 2〕　王朔：《我看魯迅》，《收穫》2000 年第 2 期。

同代人的身份對魯迅的定位是：「魯迅與其稱爲文人，無如號戰士。戰士者
何？……不交鋒則不樂，不披甲則不樂，即使無鋒可交，無矛可持，拾一石
子投狗，偶中，亦快然於胸中。此魯迅之一副活形也。」〔註3〕這三篇文章一
俟發表，立即在文化界引起很大反響，反對者有之，贊成者亦有之，〔註4〕但
大多秉持某種道德化立場，眞正有價值的觀點並不多，所以有人指出：「從 1999
年底刮起的一股『批魯風』，實際上是 1998 年文壇『斷裂』事件的延伸和繼
續。如果不認眞研究導致產生這種現象的深層原因並加以妥善解決，而單就
魯迅論魯迅，那就會糾纏不清，也不可能從根本上解決問題。」〔註5〕那麼，
這一深層的原因究竟是什麼呢？

　　如果我們聯繫到馮驥才的另外一篇文章，或許能看得更清楚一些。1993
年，在一部分學者提出「後新時期文學」〔註6〕這一概念之際，馮驥才發表
了《一個時代結束了》〔註7〕一文，提出「新時期文學」已經成爲一種「歷

〔註3〕　林語堂：《悼魯迅》，《收穫》2000 年第 2 期。

〔註4〕　2000 年 5 月 22 日，浙江紹興市政協委員、紹興市作家協會主席朱振國以會員
　　　　身份致函中國作家協會，對這三篇文章表示不滿，朱振國認爲：「概括《收穫》
　　　　上的三文，可以說馮驥才的開篇是『點穴』，王朔賣點是『抹糞』，林語堂壓
　　　　卷是『漫畫像』。」並質問：「讀者迷惘的是：這次《收穫》討伐魯迅，到底
　　　　是出於怎樣的考慮？作爲我們協會主席和刊物主編的巴金知不知道這事？如
　　　　果不知道，那麼，這次『倒魯』是誰策劃又代表了誰的旨意？用意何在？」
　　　　文章結尾，朱振國要求《文藝報》刊出這封公開信並作出覆示。朱振國的文
　　　　章首先發表在《紹興日報》，一些媒體對此進行了報導，如新華社發表了題爲
　　　　《貶損魯迅引起作家朱振國質疑》的消息，《中國青年報》發表了題爲：「紹
　　　　興作協主席質問《收穫》：貶損魯迅，意欲何爲」的消息。《收穫》雜誌的副
　　　　主編蕭元敏、程永新對朱的質疑作出了強烈反應，分別發表了《走近魯迅，
　　　　用心良苦》、《走近魯迅，何錯之有》的相關文章。中國作家協會並沒有對朱
　　　　振國的公開信公開表態，但是在 6 月 10 日出版的《文藝報》「作家論壇周刊」
　　　　開闢了相關專欄，一是在「魯迅是中國現代進步文化的代表」的大標題下發
　　　　表了北京召開「魯迅研究熱點問題討論會」的消息，題爲《魯迅的革命精神
　　　　不容褻瀆》。另外刊發了陳漱渝的訪談錄，題爲《要想跨越他，首先要繼承他》。

〔註5〕　陳漱渝：《要想跨越他，首先要繼承他》，《文藝報》2000 年 6 月 10 日。

〔註6〕　1992 年秋，北京大學中國語言文學研究所和《作家報》聯合召開了「後新時
　　　　期：走出 80 年代的中國文學」研討會，這次會議將 90 年代文學命名爲「後
　　　　新時期文學」。與會者的文章分別發表在《當代作家評論》1992 年第 5 期和《文
　　　　藝爭鳴》1992 年第 6 期上。正如有的研究者所言：「儘管對『後新時期文學』
　　　　的時間劃分以及具體的內涵、特徵有著不同的見解，但他們大多以『市場化』、
　　　　商品經濟的消費性對文學的影響作爲區分兩個不同文學時期的前提」。（洪子
　　　　誠主編：《中國當代文學研究》，北京出版社，2001 年 12 月，第 119 頁。）

〔註7〕　馮驥才：《一個時代結束了》，《文學自由談》1993 年第 3 期。

史」，是到了「應該自我保存」的時候了。馮驥才列舉的理由有四：第一，「新時期文學」已經完成了掙脫「文學為政治服務」的使命；第二，「新時期文學」已經完成了「文學回歸自身」的使命；第三，「新時期文學」的讀者群已經渙散；第四，在市場經濟的衝擊下，文學的使命、功能、方式，都需要重新思考和確立。從「走出 80 年代文學」到「新時期文學終結」，再到「批魯風」，我們不難看出，這些文化事件背後的深層原因是 90 年代以來因中國社會轉型而要求對 80 年代建構起來的文學史觀念和文學經典進行再一次的重寫。很明顯，在馮驥才、王朔等人看來，要走出 80 年代文學（新時期文學）就必須走出魯迅的神話，只有解構了魯迅的神話才有可能解構 80 年代文學的神話。這裏凸顯了一個很有意思的問題，作為 80 年代文學的親歷者和參與者，馮驥才和王朔都非常敏銳地意識到了一個事實，那就是，「80 年文學」實際上是一種建立在對以魯迅為代表的「五四啟蒙文學」的激活和建構的基礎之上，並最終確立了以啟蒙為主導的現代化文學話語敘事。正如賀桂梅在其博士論文中所論述的：「80 年代前中期，對五四傳統的理解在思想文化界大體是一致的。批判傳統的封建主義文化因素、倡導世界性文化眼光和肯定普遍意義上的『人性』，都被看作是五四時代沒有完成的現代文化建構工程，而在 80 年代得到繼續。正是在這個意義上，80 年代被看作是直接繼承了五四傳統，以推進中國文化的『現代化』的歷史時期。」〔註 8〕因此也可以這麼說，馮驥才、王朔等人對魯迅的批評，決不僅僅是對作為單個作家的魯迅的批評，而是對 80 年代以來所建構起來的以魯迅為代表的現代化文學話語的批評。在此我無意辯駁這一文化事件的是是非非〔註 9〕，只是想指出一個問題，當「馮驥才們」試圖「重寫」以魯迅為代表的中國現代文學（史）的時候，與其說他們面對的是中國現代文學（史）這一歷史的存在，不如說他們面對的是經過 80 年代「重寫文學史」思潮建構起來的中國現代文學（史）這一話語的存在。實際上，90 年代以來的一系列文化事件，如「人

〔註 8〕　賀桂梅：《80 年代文學與五四傳統》，北京大學博士學位論文，2000 年 6 月，未出版。

〔註 9〕　在我看來，第一，馮、王雖然站在 90 年代的立場上對 80 年代的文學話語進行批評，但所使用的知識資源在很大程度上還是來自於 80 年代，比如王朔對小說的非概念化、虛構本質的強調，實際上來自於 80 年代「新潮小說」的評價標準。第二，馮、王等在對 80 年代所建構起來的中國現代文學（史）話語進行批評的同時，一方面暴露了其中的一些問題，另外一方面也同時遮蔽了中國現代文學（史）的歷史性。

文精神」大討論、「斷裂問卷事件」〔註 10〕、經典大師排位〔註 11〕、《收穫》事件等等，他們的諸多話語方式、知識資源和行為邏輯都與 80 年代「重寫文學史」思潮密切相關，「從某種角度看，這可以看作『重寫文學史』歷史邏輯的延續」〔註 12〕。它們一方面沿襲了「重寫文學史」思潮的某些知識資源和行為方式，另一方面，又通過一種斷裂的方式反證了 80 年代（包括「重寫文學史」思潮）不僅是一種「過去時」的存在，更內在於我們當下的文化構成之中。這些當下的話語事件以後發的方式進一步凸顯了 80 年代「重寫文學史」思潮在應對、推動、型構中國現當代文學（史）話語時的重要意義和作用，它使我們意識到，在一個更開闊的歷史視野和知識語境中回過頭來重新審視 80 年代的「重寫文學史」思潮，以及與此相關的文學（史）敘事，不僅是歷史研究的需要，同時也是回答當下困擾我們的諸多文化問題的現實需要。

0.2　「重寫文學史」與學科的重構

　　無庸置疑，80 年代關於中國現當代文學的敘事與「重寫文學史」思潮密切相關。首先，「重寫文學史」思潮建構起了一種新的中國現當代文學史的學科形態，正是在 80 年代「重寫文學史」思潮的發生和展開過程中，一種完全不同於前此的中國現當代文學史被敘述和確立起來。經典作家譜系的更替大概最能見出這種變化的幅度，1951 年，以陳湧為首的北大文學研究所主要從事現代重要作家的研究，他們首選的八位作家是：魯迅；瞿秋白；郭沫若；

〔註 10〕1998 年，作家韓東、朱文等人發起一份旨在挑戰現有文學秩序的「斷裂」問卷，後來問卷和 56 位青年作家、評論家的答卷一起刊登在當年的《北京文學》第 10 期上。這份問卷由於問題設計很有針對性、傾向性和引導性，在當時的文壇引起很大的反響。參與者宣稱要跟長期信守的道德觀、價值觀以及信仰、趣味斷裂。題目包括「你認為中國作家協會這樣的組織和機構對你的寫作有切實幫助嗎？你怎樣評價它？」「你認為作為思想權威的魯迅對當代中國文學有無指導意義？」「你對《讀書》和《收穫》雜誌所代表的趣味和標榜的立場如何評價？」等。回收的問卷中，出現了這樣的回答，「公共浴室（問題一）」、「讓魯迅歇一歇吧。（問題二）」、「《讀書》是特闢的一小塊供知識分子集中手淫的地方，《收穫》的平庸是典型的，一望而知的。（問題三）」。

〔註 11〕1994 年，北京師範大學教授王一川主編《20 世紀中國文學大師文庫》，在小說卷「排行榜」中選入金庸，而茅盾則落選。

〔註 12〕溫儒敏、李憲瑜、賀桂梅、姜濤等：《中國現當代文學學科概要》，北京大學出版社，2005 年 1 月，第 129 頁。

茅盾；丁玲；巴金；老舍；趙樹理〔註13〕。到了唐弢、嚴家炎主編的《中國現代文學史》中，魯迅、郭沫若、茅盾各單列一章，巴金、老舍、曹禺三人合為一章〔註14〕。到了1987年出版的《中國現代文學三十年》中，單列一章的經典作家是魯迅、郭沫若、茅盾、老舍、巴金、沈從文、曹禺、趙樹理。〔註15〕進入90年代以後，這種變化的幅度更大，樊駿根據《中國現代文學研究叢刊》上發表的文章作了專門的統計，以1989年為界，前十年關於魯、郭、茅、巴、老、曹的文章佔了作家作品研究的半數以上，而近十年則縮減為四分之一；張愛玲、沈從文、蕭紅、林語堂、徐訏、馮至、穆旦的研究文章明顯增多，有關聞一多、趙樹理、夏衍等人的文章顯著減少。〔註16〕而且，不僅是經典的秩序被重寫，即使是地位沒有變化的經典作家，研究的角度也明顯不同，以魯迅為例，在80年代「重寫文學史」思潮中，魯迅從前此的革命的、無產階級戰士的、現實主義的魯迅變成了一個啓蒙的、現代主義的魯迅，與此相關的是，以前遭到忽略的《野草》等作品獲得高度的肯定和評價。再比如對沈從文和張愛玲的發現，也決然不僅僅意味著發掘或者「平反」一些被掩埋的作家作品，而是在這種經典譜系的更新中，蘊含著一種新的文學史的評價標準和準入原則。正如王瑤所總結的：

> 針對長期以來存在的「以社會主義文學的標準衡量現代文學」的「左」的傾向，強調了現代文學的新民主主義性質，提出要以是否具有「反帝反封建」的傾向，以及這種傾向表現的是否深刻、鮮明作為衡量和評價現代文學作家作品的基本標準。……隨著研究工

〔註13〕王瑤1951年5月8日致叔度的書信，《王瑤全集》，卷八，石家莊：河北教育出版社，2000年1月。1951年出版的王瑤的《中國新文學史稿》是以文學體裁來進行章節劃分，只有魯迅的《吶喊》和《彷徨》、曹禺的《雷雨》被單列一節。(見王瑤：《中國新文學史稿》，上海：新文藝出版社，1954年3月重印。)1956年出版的劉綬松的《中國新文學史初稿》是以文學鬥爭為主要敘述對象，單列一章的作家只有魯迅一人，單列一節的作家有瞿秋白、柔石、胡也頻、殷夫四人。

〔註14〕唐弢主編：《中國現代文學史》(第一卷、第二卷)，北京：人民文學出版社，1979年6月、11月。唐弢、嚴家炎主編：《中國現代文學史》(第三卷)，北京：人民文學出版社，1980年12月。

〔註15〕錢理群、溫儒敏、吳福輝、王超冰：《中國現代文學三十年》，上海：上海文藝出版社，1987年8月。

〔註16〕樊駿：《〈叢刊〉：又一個十年（1989〜1999）——兼及現代文學學科在此期間的若干變化（上）》，《中國現代文學研究叢刊》2000年第2期。

作的深入，人們逐漸發現「反帝反封建」的標準本身仍然存在著一
定的局限性……正是在這樣的情況下，有人提出了「文學現代化」
的概念。它包含了文學觀念的現代化，作品思想內容的現代化，作
家藝術思維、藝術感受方式的現代化，作品表現形式、手段的現代
化，以及文學語言的現代化等多方面的意義，並且把作家作品的思
想內容、傾向和藝術表現、形式統一爲一個有機整體；應該說，它
是把現代文學「反帝反封建」的思想特質包括在內，具有更大的包
容性，揭示中國現代文學本質的一個概念。……這個概念的提出，
是現代文學研究工作的又一次思想解放，它使我們研究工作的重點
由注重現代文學與新民主主義革命時期其它意識形態的共性轉向了
現代文學自身的個性。〔註17〕

在「重寫文學史」思潮的推動下，區別於「政治標準」的「文學性標準」、「審
美標準」逐步得到確立，在一定程度上恢復並重建了中國現代文學的學科性
質，「我們首先在理論上明確了現代文學史作爲一門學科，它既屬於文藝科
學，又屬於歷史科學，它兼有文藝學和歷史學兩個方面的性質。」〔註18〕這
種對中國現代文學學科性質的確認，直接影響到對中國當代文學學科的認識
和研究：

現代文學、當代文學的學科建制或創建，……包含了對「文學」
基本觀念的重新理解，以及新時期文學實踐的性質等更爲核心的問
題。關鍵問題之一，是「當代文學」性質的變更。……其中發生的
微妙變化，則是「十七年時期」處於「邊緣」或「非主流」位置的
文藝觀點和作品，漸次地轉爲「主流」。……新的「主流」文學指示
的方向，不僅扭轉了「文革」時期趨於極端激進的革命文藝實踐的
路徑，而且在《講話》和「五四」的承接關繫上也更接近後者。

〔註19〕

也就是說，對當代文學學科性質的重建，是建立在對現代文學學科性質重建

〔註17〕王瑤：《關於現代文學研究工作的回顧和現狀》，《王瑤全集》，卷五，石家莊：
河北教育出版社，2000 年 1 月。
〔註18〕王瑤：《關於現代文學研究工作的回顧和現狀》，《王瑤全集》，卷五，石家莊：
河北教育出版社，2000 年 1 月。
〔註19〕溫儒敏、李憲瑜、賀桂梅、姜濤等：《中國現當代文學學科概要》，北京大學
出版社，2005 年 1 月，第 155 頁。

的基礎之上的，這兩者基本上是一種同構的關係。沒有對現代文學學科的「五四性質」和「啟蒙意義」的重新確認，就不可能把當代文學從「社會主義性質」中「抽離」出來，而這兩個學科的重建則統一於 80 年代「重寫文學史」思潮的實踐中。

80 年代「重寫文學史」思潮不僅深刻改變了中國現當代文學史的面目，同時也直接影響到 80 年代的文學批評和文學創作。對於嚴家炎來說，對「新感覺派」的發現和重評與 80 年代初對「現代派文學」的討論密切相關；在「二十世紀中國文學」中，「尋根文學」的興起為所謂的「文化角度」提供了創作上的支持，而反過來，「文化角度」作為一個區別於「政治角度」的文學史評價標準也為「尋根文學」的勃興提供了合法性的話語資源。在上海的「重寫文學史」中，對「審美原則」和「文學形式」的強調進一步掙脫了「重大題材」、「重大主題」的限制，作家作品的主體地位得以凸顯，並在一定程度上與當時的「新潮批評」和「新潮文學」形成互動，以致於王曉明在本世紀初反思文學喪失社會性的時候認為「『重寫文學史』應該負有一定的責任。」〔註20〕

實際上，在 80 年代的語境中，文學史研究、文學批評和文學創作是緊密聯繫在一起的，它們都有一個共同的指向，那就是，如何在一個意識形態發生重大「分裂」而政權又保持著連續性的環境中開闢盡可能廣闊的言說空間。在這個意義上，80 年代「重寫文學史」思潮更是系統的社會文化工程的一部分，它是 80 年代眾多的應對「文革」後嚴重的文化危機的社會話語之一種，與同時期的政治話語、美學話語、哲學話語等人文社科話語一起，構成重建文化主體和意識形態正當性的力量之一。因此不可避免地，「重寫文學史」思潮必然和 80 年代的各種社會文化思潮（話語）糾纏在一起。無論是 80 年代初的重評與「撥亂反正」、「平反冤假錯案」的密切關係，「二十世紀中國文學」與「文化熱」、「現代化話語」之間的糾纏，還是上海的「重寫文學史」與城市改革以及 80 年代末激進的解構思潮之間的隱秘關聯，我們都可以看出，「重寫文學史」思潮既是 80 年代社會歷史語境的具體產物，受到各種力量的制約和形塑，另外一方面，它又作為這些力量的重要組成部分，以特殊的話語方式和實踐方式參與並改寫著 80 年代的文化面貌，並在此過程中凸顯一類文學

〔註20〕王曉明、楊慶祥：《歷史視野中的「重寫文學史」》，《南方文壇》2009 年第 3 期。

知識分子的歷史主體意識。因此，綜合上述各種情況，我將 80 年代「重寫文學史」思潮界定如下：在 80 年代「思想解放」和「新啓蒙」的歷史語境中，一類知識分子借助現當代文學學科話語，重建文學史的主體性，參與 80 年代現代化文學敘事和現代化意識形態建構的社會文化思潮。這一界定主要出於以下考慮：第一，「重寫文學史」思潮的整體性。它在縱向上由 80 年代初的重評、80 年代中期的「二十世紀中國文學」和「整體觀」、80 年代末上海的「重寫文學史」等事件組成，橫向上與當時各種社會文化思潮如「撥亂反正」、「文化熱」、「美學熱」等發生緊密聯繫，是一種多面向、立體交叉的社會文化思潮；第二，「重寫文學史」思潮的主體性。「重寫文學史」是一個擁有特殊主體的話語事件，它雖然借助了 80 年代「大寫的人」的主體性話語，實際上卻是一類知識分子參與歷史的一種實踐行爲；第三，最重要的是，這一切界定都指向一點，那就是「重寫文學史」思潮的歷史性，它只可能是在具體的歷史時空中應對具體的歷史問題而發生的文化實踐行爲，而不是一個普遍性、知識性的觀念演繹。

0.3　研究的對象、思路和方法

目前學術界對於 80 年代「重寫文學史」思潮的研究絕大部分集中在學科史的梳理層面。其中比較有代表性的是溫儒敏、李憲瑜、賀桂梅、姜濤主編的《中國現當代文學學科概要》一書，這本書的定位是「從學科評論的高度，回顧現當代文學作爲一個專門的研究領域，其發生發展的歷史、現狀、熱點、難點以及前沿性的課題。」〔註21〕在該著作的第九章「現代文學作爲 80 年代的『顯學』」和第十章「『重寫文學史』和 90 年代的學術進展」中分別研究了 80 年代初的「重評」、「二十世紀中國文學」、新文學的「整體觀」以及上海的「重寫文學史」事件。對這些事件的梳理始終被置於學科的發展框架中，並被劃分爲四個階段：「80 年代初的撥亂反正，學科復原；1983 年學科重建；80 年代中期學科進一步超越意識形態的制約；80 年代後期進入自覺調整時期，自主性進一步增強。」〔註22〕最近出版的《文學史話語權威的確立與發

〔註21〕溫儒敏、李憲瑜、賀桂梅、姜濤等：《中國現當代文學學科概要》，北京大學出版社，2005 年 1 月，第 1 頁。

〔註22〕溫儒敏、李憲瑜、賀桂梅、姜濤等：《中國現當代文學學科概要》，北京大學出版社，2005 年 1 月，第 108 頁。

展——「中國當代文學史」史學研究》〔註 23〕基本上沿襲了這種思路，不過是把在《中國現當代文學學科概論》中篇幅較少的「當代文學學科」部分進一步放大和加強了，在該著作的第三章「中國當代文學史史學觀念的建構」中，「二十世紀中國文學」和上海的「重寫文學史」事件被論述爲當代文學學科內建構新的文學史觀念的重要階段。

　　需要指出的是，這種學科史的研究方式並不是天然的，它是 80 年代末社會政治動盪和 90 年代以來學科話語勃興的後果之一。把「重寫文學史」思潮納入學科框架內討論，一方面是學科話語發展的需要，另外一方面也是進一步「去政治化」和「意識形態化」的需要。這種研究方式進一步強化了「重寫文學史」思潮學科話語的屬性，從學科史的角度來說固然是一種有效的梳理，卻同時遮蔽了「重寫文學史」思潮作爲社會文化思潮之一部分的歷史屬性和意識形態性，忽略了「重寫文學史」思潮在 80 年代所具有的開放性和文化實踐意義。另外，雖然這種研究試圖借助學科史框架把 80 年代的諸多「重寫」實踐貫穿起來，但是卻沒有達到「整體性」研究的效果，因爲這種貫穿僅僅是按照時間上的先後進行的簡單排列，而忽視了「重寫文學史」思潮並不是一個線性矢量運行的過程，而是充滿著差異和變化。更重要的是，這種學科史的研究最終造成的後果是把 80 年代「重寫文學史」思潮中確立的一系列觀念如「文學性」、「審美性」、「文學自主」等理解爲一種普遍的知識觀念，而忽視了作爲一個擁有主體的歷史事件所具有的建構性和問題意識。

　　很明顯，僅僅從學科史的角度去研究「重寫文學史」思潮是不夠的，比如曠新年《「重寫文學史」的終結與中國現代文學研究的轉型》〔註 24〕一文，就試圖從「左翼」立場對「重寫文學史」的「資產階級敘事」予以質疑和拆解。雖然這種否定式的進入問題的方式帶有更多批評的色彩，但對於拓寬「重寫文學史」的研究思路仍有一定的啓發性。臺灣學者龔鵬程的《「二十世紀中國文學」概念之解析》一文亦是從文學政治學的角度梳理「重寫文學史」的政治指向。〔註 25〕即使在《中國現當代文學學科概要》中，也有不同的研究

〔註 23〕王春榮、吳玉傑主編：《文學史話語權威的確立與發展——「中國當代文學史」史學研究》，瀋陽：遼寧人民出版社，2007 年 11 月。

〔註 24〕曠新年：《「重寫文學史」的終結與中國現代文學研究的轉型》，《南方文壇》2003 年第 1 期。

〔註 25〕龔鵬程：《「二十世紀中國文學」概念之解析》，陳國球編：《中國文學史的省思》，香港：三聯書店，1993 年 6 月。

視野在試圖衝破統一的學科話語的束縛,由賀桂梅執筆撰寫的第十一章《當代文學的歷史敘述和學科發展》雖然以「當代文學學科」爲討論對象,但卻以很大的篇幅討論了 80 年代「重寫文學史」思潮與當代文學學科建制之間的複雜關係,試圖歷史地演繹「重寫文學史」思潮與 80 年代的文化語境之間的複雜互動。實際上,賀桂梅近年來就「重寫文學史」發表了一系列論述,主要有專著《人文學的想像力》〔註 26〕中的第三章《「重寫文學史思潮」與新文學史範式的變遷》,專著《在歷史與現實之間》〔註 27〕中的《「現代」・「當代」與「五四」──新文學史寫作範式的變遷》,以及《重讀「二十世紀中國文學」》〔註 28〕等。在這些文章中,賀桂梅沿襲了她的博士論文中的某種整體性的視野,一方面考察 80 年代「重寫文學史」思潮與 80 年代中國現當代文學學科建構之間的關係,一方面試圖把這種考察放置在 80 年代至 90 年代的歷史文化語境中,辯駁「重寫文學史」思潮本身的話語構成方式:「80 年代中期,『二十世紀中國文學』、『新文學整體觀』和 80 年代後期的『重寫文學史』活動,則將這一趨勢中蘊含的因素凝結爲文學史的具體理論形態。這是 80 年代的文學觀念、歷史態度和文化取向的一次系統的呈現。」〔註 29〕並追問:「在『二十世紀』作爲一種物理時間已經終結的今天,在『中國』已然置身於『世界市場』和世界格局當中、并且由於世紀末發生的全球╱中國諸多歷史事件而被稱爲『歷史終結』的今天,同時也是在中國按照現代化理論被認爲進入了『起飛』╱『崛起』階段、而『文學』逐漸喪失其在民族──國家機器中的特權地位並被『邊緣化』的今天,我們再如何理解『二十世紀』、『中國』和『文學』?」〔註 30〕賀桂梅的研究具有很強的後發知識優勢和理論穿透力,尤其是《重讀「二十世紀中國文學」》等論文顯示了大文化研究的學術視野,可以說是目前對「重寫文學史」思潮最有推進力的研究成果之一。但仍然需要謹慎地追問下列問題,第一,歷史的發生是否一定是按照「理論邏輯」來展開的?在我看來不是這樣的,歷史展開具有更多的故事性和戲劇性。所以

〔註 26〕賀桂梅:《人文學的想像力──當代中國思想文化與文學問題》,開封:河南大學出版社,2005 年 12 月。

〔註 27〕賀桂梅:《在歷史與現實之間》,濟南:山東文藝出版社,2008 年 1 月。

〔註 28〕賀桂梅:《重讀「二十世紀中國文學」》,《當代作家評論》2008 年第 4 期。

〔註 29〕賀桂梅:《人文學的想像力》,開封:河南大學出版社,2005 年 12 月,第 54 頁。

〔註 30〕賀桂梅:《重讀「二十世紀中國文學」》,《當代作家評論》2008 年第 4 期。

後發的理論邏輯和理論分析可能會失去歷史中細微的、有趣的部分。第二，學科話語和社會思潮之間是否有一種嚴格的對應關係？我認爲與其預設某種一一對應關係，不如去處理它們之間對話的框架、媒介、和理論淵藪，並由此窺視因爲參與主體、發生時空的不同而導致的差異和分歧。

　　毫無疑問，既往的關於「重寫文學史」的研究爲我提供了相關的思路和方法，但對於我說，如何在既往研究的基礎上，借助有效的方法和思路，發現有生產性的問題，從而重新激活並拓展 80 年代「重寫文學史」思潮的研究空間顯得更爲重要。我的研究大概從以下幾個方面進行：

　　一、從整體性的角度考察 80 年代「重寫文學史」思潮與 80 年代歷史語境之間的多重關係。我把 80 年代的「重寫文學史」思潮理解爲一種應對文化危機的歷史事件，這一歷史事件只有在具體的「時間」和「空間」裏才具有歷史意義。它當然指向一種普遍的理論觀念或者學科知識，但是後者只有在前者之中才能生成，因此，我將試圖回到歷史的現場，把「重寫文學史思潮」放到當時的歷史中考察它運行的方式和軌跡，發現話語的變遷史和具體的行爲實踐之間的關聯，「不要急於探求普遍性的東西，而應以更客觀化、相對化的方式，在與具體時代和狀況的關聯中加以思考，普遍性的東西自然會在其中清楚地現形的。」〔註31〕

　　二、考察不同的社會文化話語與「重寫文學史」話語之間的複雜關係。因爲我的研究是以「重寫文學史」思潮作爲出發點和落腳點，因此，考察其它的社會文化話語（政治話語、美學話語等等）如何進入「重寫文學史」話語並最終成爲「重寫文學史」話語的一分子，這之間發生了何種轉換和位移，是考察的重點。正如福柯所言：「我在《詞與物》中從不言而喻的非連續性出發，試圖問自己這樣一個問題：這種非連續性是一種眞正的非連續性嗎？或者，說得更確切一點，需要經歷怎樣的轉型，才能使一種類型的知識發展爲另一種類型的知識？就我而言，這根本不是在強調歷史的非連續性。恰恰相反，這是把歷史的非連續性作爲一個疑問提出來，並力圖解決這個問題。」〔註32〕就「重寫文學史」思潮而言，對「現代化」、「審美原則」、「主體性」等話

〔註31〕【日】丸山昇：《回想——中國，魯迅五十年》，王俊文譯，《魯迅研究月刊》2007 年第 2 期。

〔註32〕《權力的眼睛——福柯訪談錄》，嚴鋒譯，上海：上海人民出版社，1997 年 1 月，第 26 頁。

語在「話語旅行」中的連續性和非連續性的考量將是有趣且有難度的工作。

　　三、分析「重寫文學史」思潮參與主體的知識構成、行爲實踐和美學旨趣。在既往的研究中，對「重寫文學史」思潮參與主體的考察相對而言是比較模糊的，這緣於 80 年代對「大寫主體」的一種盲目信任，而忽視了主體作爲一種歷史建構物的特殊性，「主體是在被奴役和支配中建立起來的；……建立在一系列的特定文化氛圍中的規則、樣式和虛構的基礎之上。」〔註 33〕主體的「自主性」自何而來？與何種文化「成規」和話語規範發生了何種關係，對「重寫文學史」的狀貌施加了何種影響？對參與主體的細部考量，或許能夠見出「重寫文學史」思潮內部的差異和分歧，並將進一步折射出 80 年代「主體」建構的多重性。

　　這些不同的甚至是相互牴牾的研究方向意味著我將不能受制於某種單一的方法論，實際上，我對那種以某種單一的方法論（往往是西方的舶來品）來強行進入具體豐富的研究對象保持著高度的警惕。雖然在我的研究中，傳統的實證主義、後現代的福柯話語理論、社會學的布迪厄「場域」理論都有所使用，但都是根據具體研究對象的需要而進行的有選擇的獲取，而且始終遵循必須有助於研究的合理拓展和生發的原則。因此，以一種帶有綜合性的方法論來謹慎地規避各種條條框框的方法論的區分，是我在方法論上的嘗試。

　　論著的每一章都可以視作一個獨立的部分，第一章以唐弢、嚴家炎主編的《中國現代文學史》爲個案描述 80 年代「重寫文學史」思潮的「前史」，並引出對現代文學性質的討論。第二章討論「二十世紀中國文學」提出的歷史背景、參與主體和現代化敘事之間的關係。第三章分析上海作爲特殊的「文化空間」與「重寫文學史」思潮之間的關聯。需要說明的是，因爲我的研究對象是整個 80 年代的「重寫文學史」思潮，1988 年由陳思和、王曉明主持的「重寫文學史」專欄是該思潮重要的組成部分，爲了區別，對後者以「上海的重寫文學史」予以稱呼。第四章對「重寫文學史」思潮的兩個重要理論命題「審美性」和「主體性」進行理論上的分析和討論，並反思「重寫文學史」思潮所建構起來的「專業主義」和「主體意識」這些獨立的部分將統一於「重寫文學史」思潮與 80 年代中國社會文化思潮、意識形態和知識分子話語複雜互動的關係格局中，以及在特殊的歷史時期歷史（文學史）書寫的可能性和

〔註 33〕《權力的眼睛——福柯訪談錄》，嚴鋒譯，上海：上海人民出版社，1997 年 1 月，第 19 頁。

限度。在我的研究中，一方面固然力圖回到歷史的現場，還原歷史的語境，但這種「還原」毫無疑問帶有「建構歷史」的動機，我只可能帶著我個人的情感、經驗和知識去面對和處理這些歷史。「歷史的首要任務已不是解釋文獻、確定它的眞僞及其表述的價值，而是研究文獻的內涵和制定文獻：歷史對文獻進行組織、分割、分配、安排、劃分層次、建立序列、從不合理的因素中提煉出合理的因素、測定各種成分、確定各種單位、描述各種關係。」〔註34〕不是以一種先入爲主的、「眞理性」的標準去批評或者否定既往的歷史事實，「批評不是指出事物沒有按原來正確的方向發展。它的職責是要指明，我們的行爲實踐是在怎樣的假設、怎樣隨便和不加思考的思維模式上建立起來的。」「批評的實踐就是使得自然的行爲變得陌生化。」〔註35〕不把任何外在於 80 年代「重寫文學史」思潮的個人、集團、意識形態作爲絕對的尺度，「而是把歷史作爲有時聯合有時對立相爭的、人們此類一切行爲的總和來把握，並由此來思考歷史所具有的多種可能性和現實的歷史發展道路的意義。」〔註36〕這是我所要努力的方向。

〔註34〕福柯：《知識考古學》，北京三聯書店，1996 年 6 月，第 6 頁。

〔註35〕《權力的眼睛——福柯訪談錄》，嚴鋒譯，上海：上海人民出版社，1997 年 1
月，第 51 頁。

〔註36〕【日】丸山昇：《回想——中國，魯迅五十年》，王俊文譯，《魯迅研究月刊》
2007 年第 2 期。

第 1 章 「從歷史實際出發」和「重評」的分歧

1.1 從「唐弢版」〔註1〕《中國現代文學史》〔註2〕說起

一

1979 年，由唐弢主編的《中國現代文學史》第一卷和第二卷相繼由人民文學出版社出版發行，隨後在 1980 年，由唐弢和嚴家炎主編的第三卷亦出版，至此，又一部比較全面系統的《中國現代文學史》教材得以全部面世，在「前言」中，主編唐弢用簡潔的語言交待了整個著作的「生產過程」和「編者組成」：

> 一九六一年文科教材會議之後，開始編寫本書，至一九七九年
> 上冊第一分冊付印，中間情況變易，停頓多年，編寫工作和參加人
> 員，都有變動。前後大致經歷了這樣兩個階段：
>
> 第一階段：自一九六一年初夏開始集中人力，組成編委會，到

〔註 1〕 借用黃修己的說法，見黃修己：《中國新文學史編纂史》，北京大學出版社，1995 年 5 月，第 201 頁。

〔註 2〕 唐弢主編：《中國現代文學史》（第一卷、第二卷），北京：人民文學出版社，1979 年 6 月、11 月。唐弢、嚴家炎主編：《中國現代文學史》（第三卷），北京：人民文學出版社，1980 年 12 月。

一九六四年夏完成全書的討論稿，近六十萬字，歷時三年。參加編寫的同志有：文學研究所的唐弢、路坎、樊駿、吳子敏、徐乃翔、許志英，北京大學王瑤、嚴家炎，武漢大學劉綬松，北京師範大學李文葆、楊占升、蔡清富、張恩和、呂啓祥、陳子艾，山東大學劉絆溪，廈門大學萬平近，華中師範學院黃曼君。⋯⋯

　　第二階段：自一九七八年九月起，重新恢復和建立了編寫組。主編唐弢因健康關係，不能負責全面工作，委託責任編委嚴家炎代行，著手本書上冊的修訂和下冊的編寫。⋯⋯下冊初稿二十五萬字於文化大革命中丟失，需要重新編寫。十五年來，原有成員變化很大〔註3〕⋯⋯編寫組不得不作適當的調整和擴大。除原來的唐弢、嚴家炎、樊駿、吳子敏、徐乃翔、蔡清富、張恩和、黃曼君、萬平近等九人外，甘肅師範大學陳湧，北京師範學院鮑霽、易新鼎，北京大學黃修己等參加了本書下冊的編寫工作。其中陳湧爲責任編輯之一⋯⋯

當年的編者之一黃修己認爲，「爲了編好這部教材，國家投入力量之大，是迄今爲止無以超越，會不會也是絕後的，也難說。只就人員而言，編寫組集中了當時這一學科最有權威的學者⋯⋯在國內，恐怕很難再組成第二個這樣的編寫組了。」〔註4〕這種規模和氣勢自不待言，這也使這部文學史在很長的一段時間內成爲一部「經典性」的著作，根據編者之一樊駿在 2002 年的初步統計「至今累計印數：第 1 卷八十七萬冊，第 2 卷八十四萬五千冊，第 3 卷七十七萬九千冊。另外，應外文出版社出版外文譯本之需，唐弢於八十年代初邀集嚴家炎、樊駿、萬平近（福建社會科學院）三人，在上述『三卷本文學史的基礎上』，進行全面的『壓縮修訂』，編撰成三十五萬字的《中國現代文學史簡編》。除中文本同樣作爲高校教材，由人民文學出版社出版（1984 年 6月初版，至今累計印數七十六萬冊）；外文出版社先後翻譯出版了日文（1986）、法文（1989）、英文（1993）三種譯本。」〔註5〕以致於樊駿不得不

〔註3〕 「路坎、劉綬松、劉絆溪先後逝世；王瑤等或忙於其它業務，或工作已有調動，未能繼續參加。」見唐弢：《中國現代文學史‧前言》。
〔註4〕 黃修己：《中國新文學史編纂史》，北京大學出版社，1995 年 5 月，第 201 頁。
〔註5〕 樊駿：《編撰〈中國現代文學史〉的若干背景材料》，原載北京《新文學史料》2003 年第 2 期，收入樊駿《中國現代文學論集》（上），北京：人民文學出版社，2006 年 2 月。

感慨：「這部編寫過程中經歷諸多曲折、坎坷的文學史，能夠得到如此持久、廣泛地傳播，大概是編寫者所沒有估計到的。」〔註6〕

現在重新閱讀唐弢的前言，更讓我感慨的卻不是這部著作的「經典地位」，而是其「坎坷、曲折的編寫過程」，一部普通的文學史著作，居然前後歷時達二十年之久，這其中經歷了各種政治上的風波轉折、人員的改組變遷、稿件的丟失重寫等等饒有趣味的歷史細節，雖然唐弢的前言平靜簡潔，但紙背之後，一股無以名狀的滄桑感卻隱約可見。從某種意義上說，這一切讓這部著作本身成為了一個帶有傳奇色彩的主體，其類似於福柯筆下的「歷史遺址」，通過對它的細緻發掘，或許可以發現各種不同的力量參與歷史（文學史）構造的生動情景，因此，我感興趣的是如下問題：哪些歷史的主體介入了這一「本文」的寫作？這些力量與當時的政治文化語境有何關聯？最後，對現代文學史的定位和書寫產生了何種分歧？要回答這些問題，我們還得回到這部文學史生成的歷史語境中去仔細辨析。

二

唐弢版《現代文學史》雖然「曲折、坎坷」，但遺憾的是，目前關於這方面的文字資料卻非常稀少，其主要參與者唐弢應該是對此最有發言權的人，但是自 80 年代以來，他雖然在多篇文章中談到這部文學史，但卻總是著重訴說其「缺點」和「遺憾」，希望盡快進行修訂。〔註7〕一直到 2002 年，其編者之一樊駿才在《新文學史料》上發表文章《編撰〈中國現代文學史〉的若干背景材料》〔註8〕，披露了該文學史撰寫過程中發生的複雜故事。樊駿 1953 年 8 月畢業於北京大學中文系，分配到中國科學院哲學社會科學學部（中國社會科學院的前身）文學研究所中國現代文學教研室，工作不久立即就成為

〔註 6〕　樊駿：《編撰〈中國現代文學史〉的若干背景材料》，原載北京《新文學史料》2003 年第 2 期，收入樊駿《中國現代文學論集》（上），北京：人民文學出版社，2006 年 2 月。

〔註 7〕　唐弢在一篇文章中說：「按照國際慣例，這類書（指教材），早已應該重加修訂，同事中也很有幾位提出了這種要求。我個人是完全贊成的。……想到書中的缺點，始終負疚於心。」唐弢：《關於重寫文學史》，《求是》1990 年第 2 期。

〔註 8〕　樊駿：《編撰〈中國現代文學史〉的若干背景材料》，原載北京《新文學史料》2003 年第 2 期，收入樊駿《中國現代文學論集》（上），北京：人民文學出版社，2006 年 2 月。

該文學史編寫組的成員，從 1961 年開始進入編寫組，一直到 1978 年恢復編寫組，樊駿始終是其中最重要的成員之一。從這個意義上說，他對該文學史編撰的背景應該是相當熟悉和可信的。因此，本節將主要在他提供的史料基礎上來展開論述。

根據樊駿的敘述，實際上唐弢版《中國現代文學史》的撰寫應該分成三個階段，除了唐弢在前言中交待的「二個階段」以外，還應該在前面加上一個「醞釀準備期」：

> 文學研究所一成立，何其芳就把編撰中國文學史列為一項主要的科研任務，專門設立「中國文學史組」，由他自己兼任組長⋯⋯1956～1957 年間，所裏曾抽調一小部分人員參加高教部的《中國文學史教學大綱》的編寫工作（比如我就寫了其中魯迅上下兩章的提綱）。⋯⋯1959 年初，唐弢調文學所任現代組組長，他一到所就向何其芳表示自己最大的心願是編著《魯迅傳》和《中國現代文學史》，後者和文學所的規劃不謀而合，當時古代組已經在具體醞釀中國文學史的編寫工作，能夠與之配套的現代文學史也就提上日程。隨即成立的「文學史編委會」，成員有何其芳、毛星、唐棣華、唐弢、賈芝、蔡儀、余冠英等，集中了文學所所組兩級和各門學科的領導主持這項工作，同時表明「現代」部分已經列入整個文學史的編撰規劃。1960 年 1 月，在中宣部召開的「加強理論批評工作會議」上，還專門作出由文學所負責編寫一部中國現代文學史的決定，使這個項目從一開始就不同於一般的研究課題，具有更多的政治色彩和更高的規格。從以上史實不難看出編撰文學史是文學所一項既定的、醞釀很久的研究項目。

從這一段回憶文字可以看出，「中國現代文學史」的撰寫規劃一開始其實是文學所整個「中國文學史」撰寫工程中的一部分，是一種個人的研究構想（何其芳、唐弢）和整個學科基礎研究需要的「不謀而合」，帶有更多的學術色彩而不是政治考慮。這其中何其芳實際上起到了「牽頭」的作用，因此，雖然何其芳最後並沒有直接參加《中國現代文學史》的具體撰寫，但是他關於文學史的思考卻可能會影響到唐弢等人的思路。1959 年 6 月，中國作家協會和中國科學院文學所聯合召開了一次「文學史問題討論會」，主要討論當時已經出版的三部中國文學史，分別是北大中文系 55 級學生編的《中國文學史》、

北師大中文系三、四年級學生和古典文學教研室教師合編的《中國文學講稿》
第三分冊、北師大中文系五五級學生編寫的《中國民間文學史》。討論會一共
進行了四次，根據何其芳的相關文章可以看出，爭論非常熱烈，主要集中在
三個問題上，「前兩個問題，中國文學史是否貫穿著現實主義和反現實主義的
鬥爭，民間文學是否是中國文學的主流，是和中國文學史的規律有關的問題。
後一個問題，編寫中國文學史應該用什麼樣的政治標準和藝術標準，是和評
價過去的作家和作品有關的問題。我想我們對於文學史著作的內容可以提出
許多要求，但這幾點是應該努力去做的：一、準確地敘述文學歷史的事實；
二、總結出文學發展的經驗和規律；三、對作家作品的評價恰當。」〔註 9〕

　　6 月 17 日，何其芳在討論會上作了長篇發言，因為他到發言為止「才讀
完了北大編的那一部」《中國文學史》，所以主要以此為對象，主要圍繞上述
三個問題展開：〔註 10〕

　　　　如有的同志所說，不能簡單地把文學史劈為兩半。列寧的兩種
　　文化的理論也是無可懷疑的。……應用到我國封建社會的文學史
　　上，只能引申為有民主性的文學，也有封建地主階級的文學。不能
　　在民主性的文學和現實主義的文學之間劃上等號。民主性的文學不
　　止是現實主義文學。

　　　　有的同志的發言中好像有這樣的意思：現實主義和反現實主義
　　的鬥爭雖然並不一定貫穿整個文學史，但我們找不到別的更好的公
　　式來代替它，就不如還是用這個公式。我的看法不同。與其要一個
　　不合乎事實的不正確的公式，我覺得還不如暫時不要公式。……

　　　　說只有民間文學是中國文學的主流，這在理論上和事實上都是
　　說不通的。……我們無論如何不能忽視文學史上的長期的大量的文
　　人文學的存在。……我的看法是：總的說來，民間文學的確有一些
　　為過去的文人文學所不可及的優越之處；但就兩者的精華部分來
　　說，卻又恐怕是各有所長。

　　　　政治標準第一，藝術標準第二，這並不能作為創作家放鬆艱苦

〔註 9〕　何其芳：《文學史討論中的幾個問題》，《何其芳文集》，北京：人民文學出版
　　　　　社，1983 年 9 月，第 91～121 頁。
〔註 10〕　何其芳：《文學史討論中的幾個問題》，《何其芳文集》，北京：人民文學出版
　　　　　社，1983 年 9 月，第 91～121 頁。

的藝術創造的藉口，也不能作爲批評家忽視藝術分析或沒有能力進
行藝術分析的辯解。……

用我們今天的社會主義文學的要求來衡量過去的作家作品，不
符合這些要求就簡單否定，這也是不恰當的。馬克思主義者認爲對
待歷史上的現象應有歷史主義的觀點。

政治標準是我們評價今天和過去的作品都首先要用的。但第
一，世界上沒有什麼抽象的絕對不變的政治標準。評價今天的作品
和評價過去的作品的政治標準應該有差別。第二，政治標準第一，
這是我們必須堅持的。但如果只有政治標準，沒有或忽視藝術標準，
那仍然是不完全的，片面的。

何其芳的這個發言雖然針對的是中國古代文學史撰寫的相關問題〔註 11〕，但
是細細讀來，卻確乎是對整個中國文學史的意見，其中理所當然地包括中國
現代文學史，其實他談到的文學規律（現實主義和反現實主義）、文學主流（民
間文學）、作家作品的評價問題（政治標準和藝術標準）無一不是當時中國現
代文學史撰寫需要面對的關鍵性問題，他的這個發言如果以中國現代文學史
爲對象似乎更爲準確而擊中要害。實際上，何其芳在 1957 年就「責成」樊駿
對前此出版的王瑤、劉綬松等人的四部中國現代文學史寫篇綜合書評，在樊
駿推託之後，依然堅持約請了另外一個人執筆（見《文學研究》創刊號）。想
必當時他對現代文學史的撰寫已經有了很多想法，只不過藉此機會予以系統
表達而已。當時唐弢、樊駿、嚴家炎等編者既在他的領導下工作，又有平時
的言傳身教，互相交流，如果說不受到他的影響也是不可能的。

但編寫工作卻不會完全按照何其芳的意圖來進行，因爲隨著政治形勢的
變化，一個更重要的人物介入到了這一過程中：

但在何其芳、唐弢尚未充分闡釋自己的文學史主張和計劃，我
們也還沒有來得及討論這些設想和要求，進而形成具體明確的計劃

〔註 11〕 從何其芳的發言來看，他對北大編的這部文學史其實是很不滿意的，當然他
的批評非常委婉：「北大的文學史和其它高等學校的同類的文學史是在很短的
時間內突擊完成的……他們主觀上企圖找出中國文學史的規律，然而他們的
某些結論卻還不能爲大家所承認，這是可以理解的。」在何其芳看來，「在這
樣一個複雜的科學工作中創造性的應用馬克思主義的觀點，必須佔有材料，
從實際出發；必須有實事求是的態度和正確的方法；必須有較長時間的鑽研。」
何其芳：《文學史討論中的幾個問題》，《何其芳文集》，北京：人民文學出版
社，1983 年 9 月，第 91～121 頁。

和詳細的體例章節的時候，情況發生了突變——從 1961 年初開始，國家全面鋪開高校文科教材（總數達二百數十種）的編寫工作。整個工作由中宣部副部長周揚主持，高教部設有專門機構，迅速從全國範圍內（不限於高等學校）調集數以千計的專業人員參與其事。……這批教材中的《中國現代文學史》一書，最初以北師大教師為主，北大、復旦、武大等校都有人參加（包括王瑤、劉綬松、劉綬溪等），編寫力量相當強，但進行一段時間後遇到了一些困難，周揚指定由唐弢出任該書主編。這樣一來，完全打亂了文學所原有的編寫現代文學史的計劃。

可能考慮到文學所自己編撰的文學史任務要單純得多，也更便於貫徹自己的意圖，何其芳和唐弢最初都不願意接受這新的任命。但正在此時，周揚對文學所負責的另一部教材的提綱很不滿意，相當嚴厲的批評了該書主編；唐弢擔心自己「抗命」不從也會遭到同樣的命運，不敢堅持己見。何其芳的折中方案（組成文學所和高教部兩個寫作組，由唐弢同時擔任主編，分頭編寫兩部各有側重的文學史），又被唐弢認為根本沒有實際的可行性而作罷。最終還是接受了這一任命。1961 年 10 月，唐弢出任教材《中國現代文學史》的主編，對編寫組作了較大調整……同時重新擬定全書的章節結構，……當時說是集中力量，將兩個編寫組合併，其實文學所的編寫組不復存在，文學所計劃編寫的文學史也就此勾銷了。〔註12〕

樊駿認為這是《中國現代文學史》撰寫過程中的一個「突變」可以說是一點都沒有誇張，何其芳「出局」，周揚介入，作為當時官方意識形態的主要代表人，周揚肯定會突出強調文學的意識形態性質和教材的教育普及作用。不過，還沒有等這些編者們從 1961 年的「突變」中回過神來，1962 年又有了一個大的變化：

1962 年秋，文學史寫出提綱。提綱的審稿會正好緊接著中共八屆十中全會之後召開。毛澤東在全會上提出階級鬥爭要「年年講，月月講，天天講」，再次強調了「以階級鬥爭為綱」的戰鬥原則。參

〔註12〕樊駿：《編撰〈中國現代文學史〉的若干背景材料》，原載北京《新文學史料》2003 年第 2 期，《中國現代文學論集》（上），北京：人民文學出版社，2006 年 2 月。

加了中共全會的周揚立即將這一精神貫徹於教材的編寫工作，他在
審稿會上發言的基調也因此發生相應的變化。據唐弢向我們傳達，
在談到如何評述歷史人物的是非功過時，周揚表示，那得看史家站
在什麼立場和持有什麼觀點了。……這樣一來，原先置於首位的客
觀的歷史實際不再具有決定性的意義，曾經倍受推崇的「春秋筆法」
也被棄置一邊；對史家而言，關鍵還在於時刻警惕自己的立場觀點
是否端正。真可以說是編寫方針上的一百八十度的急轉彎。〔註13〕

這個變化相對來說更為重要，樊駿提到的情況在周揚 1961 年和 1962 年的兩
次發言中可以得到印證，1961 年 8 月 14 日周揚曾對《中國文學史》編寫組講
過一次話〔註 14〕，其討論的問題主要是兩個，一是文學史的規律問題，二是
作家作品的評價問題，這兩個問題幾乎和上文提到的何其芳 1959 年討論的問
題一模一樣，而且更有意思的是，周揚在這兩個問題的態度上也幾乎和何其
芳相同，比如在文學史的規律這個問題上，他認為：「關於規律問題，總的原
則，是從文學史的事實中去尋求規律，而不是要現立下公式規律，去套文學
事實（包括浪漫主義、現實主義、兩結合、人民性等概念）。套得上就套，套
不上不要勉強。……要從歷史事實出發。」〔註 15〕在作家的評價這個問題上，
他認為「對具體的作家評價問題，我以為全面一些好。……思想的重要方面
都要講一下，無論是積極的，還是消極的。一個全篇，一個全人，還要看他
當時的社會。對古人，批評要大膽地批評；肯定要大膽地肯定。」「政治標準、
藝術標準要對古人、今人應有所區別。……我們主要看他們的作品，對今天
有無益處。他們的政治立場只能說明對他們的創作有影響，但不能用政治立
場來貶低他們的作品。……對人物評價，政治標準、藝術標準要全面，要具
體，不要籠統。」〔註16〕這些發言很客觀，同時也很心平氣和。到了 1962 年

〔註13〕 樊駿：《編撰〈中國現代文學史〉的若干背景材料》，原載北京《新文學史料》
2003 年第 2 期，《中國現代文學論集》（上），北京：人民文學出版社，2006
年 2 月。

〔註14〕 該講話當時沒有發表，後來整理為《對〈中國文學史〉編寫組的講話》一文，
收入《周揚文集》第四卷。《周揚文集》，第四卷，北京：人民文學出版社，
1991 年 12 月，第 67～71 頁。

〔註15〕 《周揚文集》，第四卷，北京：人民文學出版社，1991 年 12 月，第 67～71
頁。

〔註16〕 《周揚文集》，第四卷，北京：人民文學出版社，1991 年 12 月，第 67～71
頁。

11 月 3 日，周揚在《中國現代文學史綱要》討論會上又發表了一次講話〔註17〕，這個講話就是上文樊駿提到的「180 度」大轉彎的講話，這個講話涉及到的內容很多，主要有現代文學史怎麼寫的問題，現代文學史的性質問題，線索問題，對「左聯」的估價問題，對作家作品的評價問題等等。這裏不擬一一引用論述，單就樊駿提到的評價歷史人物的問題略作討論。收入《周揚文集》的這篇講話中的相關論述有這麼幾處：

> 對古代人、現代人怎麼寫是要考慮的。科學的、歷史的評價不能離開階級的觀點，要有階級觀點。對胡適、陳獨秀怎麼寫法，要謹慎一些。革命性和科學性統一、政治性和眞實性統一，這是原則。我們不講假話，但也不是什麼都寫。

> 我們首先以邪正爲標準，即反動與進步爲標準，也就是以政治爲標準。

> 對作家作品的評價問題。我主張多講好話，多講成績，對好人少講缺點，主要講貢獻。……大家提出書中對魯迅、茅盾、郭沫若的評價不夠。這是對的，要多肯定成績，估價要高一點。

按照樊駿的說法，有些太過激烈的言論在這篇後來整理出來的文章中已經刪掉了〔註18〕，但是僅從這幾段文字來看，也能明顯感覺到與 1961 年相比，周揚的態度、觀點已經發生了很大的轉變，「階級性」、「政治性」被放到了首位，而且，語氣也從商量的口氣變得有些不容置疑的感覺。這當然與 1962 年毛澤東強調階級鬥爭的重要性有關係，但是是否也可以換一個角度考慮，這是否與中國現代文學史的性質和地位有關係呢？畢竟，在周揚等人看來，中國現代文學史與中國古代文學史是完全不同性質的歷史範疇，它不僅關涉到

〔註17〕 該講話當時沒有發表，後來整理爲《在〈中國現代文學史綱要〉討論會上的講話》一文，收入《周揚文集》第四卷，但是根據樊駿的回憶，其中一些比較激烈的言詞已經被刪減。

〔註18〕 比如周揚說「對岳飛、秦檜忠奸之爭這一歷史公案，不也可以從當時宋朝根本打不過金人這個前提立論，肯定妥協求和的秦檜倒是爲了保全宋朝，而認爲堅決主戰的岳飛反而是冒險主義者嗎？就看你如何看，如何寫了。」但是樊駿發現後來的整理出來收入文集的文章中沒有這個內容，樊駿不肯定是被記錄者刪掉了還是周揚在其它場合說的。見樊駿：《編撰〈中國現代文學史〉的若干背景材料》，原載北京《新文學史料》2003 年第 2 期，收入樊駿《中國現代文學論集》（上），北京：人民文學出版社，2006 年 2 月，第 230～231 頁。

文學自身的變遷發展，更是關係到執政黨如何通過講述文學的歷史參與對政權合法性的建構，毛澤東、周揚等人都是這段歷史的親歷者和勝利者，要他們放棄「階級」和「政治」的觀點去敘述這一段歷史可能也是一種「非歷史」的想法吧，其實何其芳、唐弢等人也不會不認可「政治」和「階級」優先的觀點，只是認可程度的多少問題而已。

三

無論周揚對《中國現代文學史》抓得如何緊，這項工作的具體落實卻是在唐弢。因此，唐弢的態度、意見對於這部文學史來說至關重要。根據材料顯示，雖然周揚在《中國現代文學史》的總體指導思想和寫作思路上有過一些「最高指示」，但是，他卻並沒有對唐弢等人的工作進行過於頻繁的干擾。1961 年確定由周揚直接指導這項工作後，唐弢似乎受到的束縛並不是很大，根據樊駿的回憶：

> 周揚本人對這本教材確實也抓得很緊，唐弢經常向編寫組傳達他的指示要求。針對庸俗化、簡單化的教條主義傾向已經滲透這門學科，他強調得最多的是不要受條條框框的束縛，寫史就要從歷史的實際出發，在此基礎上提出自己的意見。甚至說，大不了掉進修正主義的泥坑，到時候我把你們拉起來就是了。〔註19〕

即使到了 1962 年周揚開始大力強調「階級鬥爭」、「政治立場第一」的時候，唐弢似乎也是波瀾不驚：

> 據說，高教部教材辦公室的同志們最初很擔心唐弢能否忍受這麼大的變化。而實際上，當時除了感到意外，唐弢和大家都沒有對周揚的這一變化提出任何疑問，或者由此觸發什麼聯想，從而影響編寫工作的進行；人們的注意力都集中於如何根據審稿會上的意見，將各自負責的章節盡快寫出來，反而加快了工作的步伐。〔註20〕

〔註19〕 樊駿：《編撰〈中國現代文學史〉的若干背景材料》，原載北京《新文學史料》2003 年第 2 期，收入樊駿《中國現代文學論集》（上），北京：人民文學出版社，2006 年 2 月。

〔註20〕 樊駿：《編撰〈中國現代文學史〉的若干背景材料》，原載北京《新文學史料》2003 年第 2 期，收入樊駿《中國現代文學論集》（上），北京：人民文學出版社，2006 年 2 月。

這是一個比較有意思的現象，本來以為會出現的爭執、分歧反而沒有出現，因為按照唐弢的一貫思路，他對文學史的一些基本的看法應該和何其芳比較接近，比如關於文學史的規律問題，他就曾經說：「怎樣總結出中國文學的發展規律，有人提出了一條線，現實主義和反現實主義。茅盾最強調這一點。他竭力主張根據這條線來寫中國文學史。記得前年在《文藝研究》上，他還寫了文章，堅持這個觀點。……但圍繞這條線，把不同於現實主義的東西統統當作反現實主義，我不贊成。記得一九五九年，這個問題還在討論，我曾和何其芳交談過，我們都不同意這個觀點，何其芳還寫了文章。」〔註 21〕而就唐弢的個人學術興趣而言，他更是不同於周揚的這種思路，唐弢在 80 年代初的幾篇文章中一再強調了他個人對編寫中國現代文學史的基本思路：

> 關於現代文學史上的思潮、社團、流派、風格的問題，我考慮得很久。還沒有調來北京的時候，在上海就想到了這個問題，想到編寫一部中國現代文學史。當時覺得編文學史，應當像魯迅的《中國新文學大系·小說二集》的序言那樣才對。

> 我剛到文學所的時候，……何其芳同志要我寫一部現代文學史，與那部古代的中國文學史銜接。按我的設想，最好是以文學社團為主來寫，寫流派風格。〔註 22〕

可見，唐弢更願意編寫出一本有個人見解的、以「文學」為中心的文學史，而不是周揚要求的普及性的意識形態色彩濃厚的教材。為什麼唐弢平靜地接受了周揚的指示呢？我想可能有幾個原因，第一是當時的形勢使然，唐弢既然不敢「抗命」出任該書的主編，也就意味著他不會公開與周揚發生衝突。二是唐弢編寫現代文學史的前提是寫一部有個性的文學史，但《中國現代文學史》的定性是教材，就教材的性質和編寫原則來說唐弢和周揚之間的很多看法比較接近。〔註 23〕所以唐弢自然也會作一些相應的調整，當然，最重要的一點是，唐弢可能非常明白在當時的形勢下，「說什麼」和「做什麼」之間

〔註 21〕 唐弢：《中國現代文學史的編寫問題》，《唐弢文集》，第九卷，北京：社會科學文獻出版社，1995 年 3 月。第 371～398 頁。

〔註 22〕 唐弢：《藝術風格與文學流派》，《唐弢文集》，第九卷，北京：社會科學文獻出版社，1995 年 3 月，第 411～427 頁。

〔註 23〕 具體可參見周揚：《高校文科教材編寫工作漫談》，《周揚文集》，第四卷，北京：人民文學出版社，1991 年 12 月。唐弢：《中國現代文學史的編寫問題》，《唐弢文集》，第九卷，北京：社會科學文獻出版社，1995 年 3 月，第 371～398 頁。

還是有些微妙的區別，比如對於《中國現代文學史》的編寫，「政治第一」、「階級第一」的指導思想肯定是不能違背的，但是在具體的操作中，卻可以通過不同的方式來進行靈活地處理，從而把自己的一些想法巧妙地融合進去〔註24〕。唐弢後來清楚地表示了他的這種嘗試：「關於現代文學史的編寫，我們過去有兩個傳統，一是偏重社會影響，二是偏重發掘作家作品。一九六一年我主編現代文學史的時候，考慮過把它們結合起來，現在看起來沒有很好地結合。」〔註25〕「社會影響」無非就是政治影響，以政治正確性為標準；「作家作品」無非就是藝術風格流派，以藝術高低為標準。企圖將這兩者結合起來，顯示了唐弢在當時的一種努力。〔註26〕雖然唐弢在 80 年代初《中國現代文學史》出版後一再檢討反思其種種缺點，其文學史的諸多認識、觀點在 80 年代的歷史語境中也一再遭到「重寫」，但是，如果我們瞭解了這部文學史生成的歷史背景，看到圍繞這部文學史所進行的種種人事上的鬥爭和糾纏，或許我們會對其產生不一樣的認識。〔註27〕

特別需要指出的是，該文學史編撰的「第三個階段」也就是 1978 年後的「修改」也是非常值得仔細討論的。「文革」的結束，政治上的「撥亂反正」所帶來的「解放感」以及對「現代化」國家和文化的期待支配了這一時期的文化想像，在這種「新舊交替」的語境中，我們發現，唐弢版的文學史在「統一」的歷史敘述中出現了不少值得關注的「雜色」，而這些「雜色」，暗示了

〔註24〕 樊駿認為，「這部文學史為了盡可能將應該入史的作家寫進文學史，以恢復這段歷史的原來面貌，做出了很大的努力（根據書末所附的「人名索引」的統計，入史的有近五百位作家）。在六十年代初編寫時，能做到這一點，無疑是需要一定的膽識的，也的確顯示了唐弢作為文學史家的可貴的『史識』。見樊駿：《唐弢的現代文學研究》，樊駿《中國現代文學論集》（上），北京：人民文學出版社，2006 年 2 月，第 64～122 頁。

〔註25〕 唐弢：《中國現代文學史的編寫問題》，《唐弢文集》，第九卷，北京：社會科學文獻出版社，1995 年 3 月，第 371～398 頁。

〔註26〕 樊駿認為，在唐弢的身上存在著一種「錯位」的現象，「要我寫的」和「我想寫的」總有矛盾但也並非一直都是截然對立的，唐弢似乎協調的能力很強。參加樊駿：《唐弢的現代文學研究》，《中國現代文學論集》（上），北京：人民文學出版社，2006 年 2 月。第 64～122 頁。

〔註27〕 其實話又說回來，在一個「革命意識形態」成為主流價值標準的時代裏，該文學史中的類似於「胡適後來長期追隨國際帝國主義和國內反動派，至死不悟，遭到中國人民的唾棄。」這樣的判斷雖然有「人身攻擊」、「片面偏激」的嫌疑，但是，其愛憎分明的態度和鮮明的價值觀對於今天習慣於「猶豫不決」的我們來說未嘗不是一種提醒。

現代文學史研究在 80 年代可能會出現的分化和轉折，比如增加了「孤島文學」的介紹，這是對「左翼文學」單線敘述的一種補充，從某種意義上暗示了該文學史在意識形態控制下對於歷史事實的尊重；比如還增加了一些少數民族作家的評價，這實際上是對作家的文化身份的一種肯定，同時也是對於文學多樣風格的一種發掘。而對張恨水的介紹則是在文類上的一種鬆動，通俗文學不再被目為「非法」，而是同樣作為一種文學類型構成現代文學史的一部分；對「胡風集團」的路翎、綠原進行了介紹則與政治上的「撥亂反正」相呼應，需要注意的是，當時「胡風集團」的平反還在進行之中，對路翎、綠原的介紹更指向一種文學評判標準的改變，即，藝術標準即使不高於政治標準，也應該與政治標準平等。正是在這個意義上，有評論者敏銳地感覺到這部文學史所具有的新鮮之處：

> 該書不僅承認這種客觀實際，並以此觀點描述文學運動，所以它展現出「突破」的新姿。全書涉及作家近三百人。張恨水第一次上了文學史，胡適、周作人、徐志摩、沈從文、李金髮等，亦都露出了他們歷史上的面目，四十年代胡風等人在現實主義問題討論中的被批判得到澄清；蕭軍等被「斷章取義、不符事實」的處理，得以昭雪。長期積存於文學史上的灰塵被掃除，因之使人感到明亮，乾淨。此其特色之一。其次，編寫者以文學史家的眼光而不是以批評家的眼光考察文藝運動，不論是文學社團或作家作品，均放在具體的歷史進程中考察、分析，並把他們同前後左右的文學現象聯繫起來，從而評述他們的建樹、局限，藉以論定他們在文學史上的地位。本書對文學研究會、創造社、語絲社、未名社、沉鐘社、新月社等的分析和評價即立足於此。再次，分析作品比較細緻，大多採用鑒賞文筆，注重思想內容與藝術風格相統一，注意考察不同流派及其發展。所有這些都說明，本書在「史識」和「史筆」兩個方面都作了新的探索，取得了可喜的成績。〔註 28〕

但在另一方面「唐弢實則是改舊的，既然是改舊，則實為十餘年前的思想成果，必有不很新鮮之處，但限於客觀條件，又不可能將這舊處盡數改淨之。」〔註 29〕對於唐弢版文學史來說，它的複雜性也同樣表現在這裏，一方面，它是 1960

〔註 28〕刑鐵華：《中國現代文學史研究述評》，《文學評論》1983 年第 6 期。
〔註 29〕辛宇：《一部新編的現代文學史》，《文學評論》1980 年第 2 期。

年代各種力量較量、互相「改寫」的產物；另外，如黃修己所判斷的，它又是
對前三十年的新文學史著作（王瑤、丁易、劉綬松）的一種總結；〔註30〕最後，
因爲它出版於 1980 年代初，它又加入了新的歷史條件下對 1960 年代的修改〔註
31〕。有學者認爲雖然在 80 年代明確提出「重寫文學史」這一說法的，是陳思
和、王曉明在 1988 年主持的「重寫文學史」專欄，實際上也可以說整個 80 年
代新文學研究的整個過程都構成了一種重寫的思潮。〔註32〕這種判斷應該說是
沒有問題的，但是卻未免過於籠統。我之所以從唐弢的《中國現代文學史》談
起，正是試圖把這種「重評」的歷史語境予以「具體化」。實際上，如果放寬
一點來看，不僅僅是 80 年代，整個新文學研究因爲其與中國現代民族國家之
建立之間的密切關係，一直就處在不斷的重寫之中，王瑤的《新文學史稿》不
是對胡適、朱自清等人文學史的重寫嗎？「文革」中的一系列文學史不又是對
王瑤、劉綬松等文學史的重寫嗎？只不過就嚴格的中國現代文學學科而言，整
個 80 年代的重寫尤其顯得更爲糾纏和複雜，因此，對出版於 1980 年代初的《中
國現代文學史》而言，它更重要的可能就不僅僅是一部總結性的著作，而是開
啓了 80 年代「重寫文學史」思潮的閘門，在圍繞這部書的寫作、修改、重寫
（第三冊）、出版、評價的過程中，一系列有關的「問題」被發現和帶出，並
直接對 80 年代的中國現代文學研究產生直接的影響和推動，在這眾多的問題
中，有兩個問題尤其重要，第一是關於現代文學研究的方法問題，第二是關於

〔註30〕黃修己：「這是一部總結性的新文學史著作。……如果客觀條件好些，動作快
　　　　些，也許『文革』前夕可以出書。但無論那時出，或大動亂結束，社會主義
　　　　建設新時期開始之時出，該書都會是一部總結性的書。」在他看來，這部文
　　　　學史著作的總結性主要表現在四個方面，首先是總結了前三十年對中國新文
　　　　學的總體認識；其次，在體例上從「以文體爲本位的」體例發展到以「作家
　　　　爲本位的體例」；再次，佔有的史料是前三十年中最豐富的，最後是確立了一
　　　　種客觀的歷史敘事風格。應該說這一評價是比較中肯的，但是問題在於這一
　　　　評價的視角是建立在對「前三十年」文學史著作觀察的基礎上，還沒有考慮
　　　　到這部著作對後來文學史寫作的影響，而後者，恰好是我更感興趣的問題。
　　　　見黃修己：《中國新文學史編纂史》，北京大學出版社，1995 年 5 月，第 205
　　　　～214 頁。
〔註31〕比如增加了「孤島文學」的介紹；增加了一些少數民族作家的評介；增加了
　　　　對張恨水的介紹；對「胡風集團」的路翎、綠原進行了介紹等。見黃修己：《中
　　　　國新文學史編纂史》，北京大學出版社，1995 年 5 月，第 211～212 頁。
〔註32〕賀桂梅：《「重寫文學史」思潮與新文學史範式的變遷》，《人文學的想像力——
　　　　——當代中國思想文化與文學問題》，開封：河南大學出版社，2005 年 12 月，
　　　　第 59 頁。

「現代文學」的範圍和內涵的問題，在這兩個問題上的討論和分歧，勢必會影響並改變 80 年代現代文學研究的面貌和走向。

1.2　「從歷史實際出發」的「重評」

一

唐弢在不同地方多次談到《中國現代文學史》的編撰原則，1982 年 10 月在北京師範大學舉辦的「現代文學教師進修班」上他就總結了《中國現代文學史》的編寫原則：「第一，必須用原始材料。第二，要吸收已有的成果。第三，要適應教學的需要。」〔註33〕在 1983 年的《求實集 序》中，他進一步將這些原則歸納如下：

> 我們訂下幾條編寫原則，記得其中有：一、採用第一手材料，
> 反對人云亦云。作品要查最初發表的期刊，至少也應依據初版或者
> 早期的印本。二、期刊往往登有關於同一問題的其它文章，自應充
> 分利用。文學史寫的是歷史衍變的脈絡，只有掌握時代的橫的面貌，
> 才能寫出歷史的縱的發展。三、儘量吸收學術界已有的研究成果。
> 個人見解即使精闢，沒有得到公眾承認之前，暫時不寫入書內。四、
> 復述作品內容，力求簡明扼要，既不違背原意，又忌冗長拖沓，這
> 在文學史工作者是一種藝術的再創造。五、文學史採取「春秋筆法」，
> 褒貶從敘述中流露出來。……等等。〔註34〕

這些編寫原則主要涉及到兩個方面，一是史料問題，即「講述什麼」，二是「敘述」問題，也就是「如何講述」。就任何一門歷史學科而言，這是最基本的要求，但是在唐弢這裏，「史料」似乎成為他最關心的問題，在談到如何將現代文學研究的格局打開這個問題的時候，他依然念念不忘於對「原始史料」的高度重視：「我認為我們要堅持第一手材料，就是前面講過的原始材料，……引用的資料儘量搞得準確一些，一定要找到第一手材料。萬一找不到，寧願少講一點，講錯就不好了。」〔註 35〕對於唐弢而言，如此

〔註33〕唐弢：《中國現代文學史的編寫問題》，《唐弢文集》，第九卷，北京：社會科
　　　　學文獻出版社，1995 年 3 月，第 371～398 頁。
〔註34〕唐弢：《求實集·序》，嚴家炎：《求實集》，北京大學出版社，1983 年 11 月。
〔註35〕唐弢：《中國現代文學史的編寫問題》，《唐弢文集》，第九卷，北京：社會科
　　　　學文獻出版社，1995 年 3 月，第 371～398 頁。

強調「史料」的重要地位一方面與他個人的治學理念有關〔註 36〕，另外一方面源於對建國以來現代文學史研究現狀的反思，對於後者，嚴家炎的一段話更為直接明瞭：

> 說起來，這本是個不言而喻的常識問題。文學史研究，當然要從歷史實際出發，從作品和史料的實際出發，這難道還會成為問題嗎？
>
> 是的，正是在這個道理非常明顯的常識問題上，我們過去一而再、再而三地犯了錯誤，吃了大虧。
>
> 就拿文學史中寫到的作家越來越少這一點來說，實在使一般讀者尤其外國讀者感到難於理解。建國初年王瑤同志的文學史，寫到的作家、用到的史料是比較多的。到劉綬松同志一九五六年出版的文學史，就對胡適、胡風採取否定的態度，而對周文、彭柏山、路翎、魯藜、綠原等作家則完全不提。一九五八年以後出版的現代文學史，丁玲、艾青、馮雪峰、姚雪垠、秦兆陽、黃谷柳等幾十名作家都突然失蹤（偶有保留者，也都冠以「丁玲批判」、「艾青批判」字樣）。到文化大革命前的一九六四年，連夏衍、陽瀚笙、邵荃麟、瞿白音等作家也都受到公開批判，於是現代文學史中可講的作家作品就寥寥無幾了。林彪、「四人幫」這些野心家、陰謀家篡權期間，事情更是發展到登峰造極的地步：五十多年文學史只能講魯迅、浩然兩人，成了所謂「魯迅走在『金光大道』上」。在吃夠了林彪、「四人幫」苦頭之後，人們痛定思痛，不得不去回顧，不得不去思考。也就發現：問題不僅出在文化大革命的十年裏，一些隨意修改歷史、隱瞞事實真相的不科學、反科學的做法，早在文化大革命前的十七年裏就存在了（當然，程度、性質都和十年浩劫期間不一樣）。

〔註 37〕

〔註 36〕唐弢的學術研究即是從史料的搜集整理校勘入手，他的《魯迅全集》的史料工作在現代文學研究界具有不可代替的地位。具體可參見樊駿：《唐弢的現代文學研究》，樊駿《中國現代文學論集》（上），北京：人民文學出版社，2006年 2 月，第 75～83 頁。

〔註 37〕嚴家炎：《從歷史實際出發，還事物本來面目》，《中國現代文學研究叢刊》，1980 年第 4 期。收入《求實集》，北京大學出版社，1983 年 11 月，第 2、3 頁。

80 年代初，嚴家炎的這種觀點代表了一種普遍的看法，〔註38〕那就是認為在「政治運動」的干預之下，文學史的本來面目遭到了「篡改」，因此，要「還歷史的本來面目」，就必須高度重視史料的收集、整理、校訂的工作。更值得注意的是上述引文中的最後幾句話，嚴家炎把文學史研究的「壞局面」進行了溯源，認為不僅是「文革」，實際上早在「十七年」時期就已經出現了「偏離」。嚴家炎這種判斷應該說是有歷史眼光的，對於現代文學這一學科而言，「史料」問題遠不僅僅是學風端正與否這麼簡單，至少從王瑤的《新文學史稿》開始，該問題就一直與學科的合法性和正確性糾纏在一起。《新文學史稿》「作為第一部完整的現代文學史的專著，該書第一次將『五四』新文化運動為開端一直到中華人民共和國成立（1917～1949）這一段文學的變遷作為完整獨立的形態，進行科學的、歷史的、體系化的描述，奠定了現代文學作為一門學科的格局。」〔註39〕這部擁有數個「第一」〔註40〕的文學史著作在對新文學的性質、線索、評價標準、體例、文獻處理等方面都為該學科奠定了基礎，但也正是這麼一部著作，被深深地捲入了民族國家確立其意識形態的「學術建制」之中，這一過程曾被相關研究者稱之為「史稿現象」進行了比較詳細的闡述〔註41〕。與本文討論相關的是，在這一生產過程中，「史料」的選取、剪裁始終是一個敏感而反覆的問題。就王瑤個人而言，他用新民主主義的觀點來撰寫「現代文學史」可以說是主動（同時也是真誠地）向新的意

〔註38〕持類似看法的文章有很多，如袁萬里：《秉筆直書與隨心所欲》，《中國現代文學研究叢刊》，1980 年第 1 期，等等。

〔註39〕溫儒敏等：《中國現當代文學學科概要》，北京大學出版社，2005 年 1 月，第 77 頁。

〔註40〕黃修己認為：「王瑤的《史稿》……在以下三個方面仍然具有『第一』的特性。一是過去那些新文學史，大多只寫到 30 年代，王瑤的《史稿》第一次通到了 1949 年。二是這是第一部以毛澤東的《新民主主義論》、《在延安文藝座談會上的講話》為指導，所編寫出的新文學史。……三是這部《史稿》是在新文學史成為一門新學科，並在大學中文系被規定為基礎課的條件下，最早出現的教材。……它作為被普遍採用的大學教材，影響比純學術著作要大得多。見黃修己：《中國新文學史編纂史》，北京大學出版社，1995 年 5 月，第 133 頁。另外樊駿也有類似的評價，具體見樊駿《論文學史家王瑤》，樊駿《中國現代文學論集》（上），北京：人民文學出版社，2006 年 2 月，第 16～24 頁。

〔註41〕溫儒敏等：《中國現當代文學學科概要》，北京大學出版社，2005 年 1 月。第七章「王瑤的《中國新文學史稿》與現代文學學科的建立」。

識形態表示善意和理解〔註 42〕，但是，作爲一個以研究古典文學起步的文學史專家，他的學術訓練使他在「意圖」和「實踐」中產生了不一致，很明顯的一個事實是，新文學的「史料」溢出了「新民主主義」的闡釋框架，更不符合當時日趨激進的現實政治形勢。那麼，這裏面臨的一個問題就是，究竟是「以論帶史」還是「以史帶論」呢？王瑤是傾向於後者的。早在 1947 年，他就在一篇文章中批評了林庚的《中國文學史》中「以論帶史」的研究方法：「（該書）完全由作者的主觀左右著材料的去取」，「用歷史來說明了作者的主觀觀點」，「有許多與史實不太符合的地方」，「與其說是用這種觀點來解釋了歷史，毋寧說是用歷史來說明了作者的主觀觀點」「對史的關聯不夠……歷史和時代的影子都顯得非常淡漠」，因此，「與其說這是一部著作，還不如說是一部創作。」〔註 43〕在王瑤那裏，他更主張一種實證主義的、注重客觀敘述分析的文學史研究方式：

> 文學史努力的方向，一定須與歷史發展的實際過程相符合，須與各時代的社會生活和思想文化相聯繫，許多問題才可能獲得客觀滿意的解決。〔註 44〕

這段話其實也是不久後他寫作《新文學史稿》的基本學術理念。但非常有意思的是，恰好是這種注重史料和實證的「客觀主義」在《史稿》出版後遭到了嚴厲的批評。《新文學史稿》的上冊於 1951 年初版刊行後，《文藝報》曾舉行一個相關的座談會，出席的有吳組緗、李何林、孫伏園、林庚、李廣田、臧克家、鍾敬文、黃藥眠、蔡儀、楊晦等，爲了回到當時的歷史語境，特把部分相關發言內容〔註 45〕摘錄如下：

> 吳組緗：書中評述，又多引用別人的話。作者的本意，是覺得評述不易，引別人的話，可以少出毛病。其實，無原則、無甄別地引用別人當年的議論，出的毛病只會更多。……因此只是客觀主義地羅列了許多的材料。

〔註 42〕樊駿認爲「（王瑤）始終以新民主主義理論作爲分析評價這段文學史的主要依據，並且從學術上對問題作不倦的探討。這也可以倒過來證明他當初以這一理論作爲依據，從來就不只是出於政治上的信念，同時也經過了學術上的選擇。」見樊駿：《論文學史家王瑤》，《中國現代文學論集》（上），北京：人民文學出版社，2006 年 2 月，第 18 頁。

〔註 43〕王瑤：《評林庚著〈中國文學史〉》，《清華學報》第 14 卷第 1 期，1947 年 10 月。

〔註 44〕王瑤：《評林庚著〈中國文學史〉》，《清華學報》第 14 卷第 1 期，1947 年 10 月。

〔註 45〕《〈中國新文學史稿〉（上冊）座談會記錄》，《文藝報》1952 年第 20 期。

李廣田：但他寫作的方法是「兼容並蓄」，是一種舊的方法。……基本上說來，這本書只是在史料方面提供了一些東西。……羅列材料，不作具體分析，作者對新文學的態度和以往的人研究舊文學一樣。

李何林：提供了很多材料（這些材料我個人還有好些沒有看過），我覺得這是很難得的。

林庚：作者依靠史料的地方較多，表現自己看法的時候較少，書中大半是引用別人的意見，因此從整個文學史上，就顯示不出一個一貫而有力的主流來。作品的介紹很少直接分析作品本身，多是間接地引用別人的評語。

黃藥眠：這種純客觀的立場，事實上就是資產階級的立場，忽視黨的領導……從方法論上來看，也可以看出本書的資產階級立場，因爲他把文學運動的發展，看成爲單純經驗知識的積纍，他企圖以進化論來代替歷史唯物論和辯證唯物論。此外，他那種材料堆積的歷史敘述方法，也正是資產階級的經驗論的方法。

很顯然，在這些學者看來，「論」與「史」的關係，不僅僅是一個學術理念的分歧問題，而是關涉到寫作者的「階級立場」和「政治傾向」，因此，用「正確」的「論」去分析、剪輯、整理史料直接關係到寫作者本身的政治態度和政治傾向。在另外一篇批評《新文學史稿》下冊的文章中，這種立場更爲明確：「寫一部文學史，只是爲了告訴讀者一些相關片斷的文學史的史實呢，還是應當給予讀者一種思想？而且，又是一種什麼樣的思想呢？……文學史著作應該擔負一種崇高的任務，它要以文學的黨性和人民性的思想、以社會主義現實主義的原則來教育作家和人民。」〔註46〕如果從學術的角度看，「史」與「論」的關係當然是相當複雜的，但是 60 年代以降這種對「論」——實際上是不斷趨向激進的黨派觀點——的極端強調，明顯偏離了正常的學術討論的範圍，並直接導致了嚴家炎在上文中提到的情況，整個一部文學史變成了「魯迅走在金光大道」上，在這種情況下，文學史所具有的「史學形態」不復存在，而是變成了當下形勢的「應聲蟲」，隨著不斷變化的現實需要而任意

〔註46〕甘惜分：《清除胡風反動思想在文學史研究工作中的影響——評「中國新文學史稿」下冊》，《文藝報》1955 年第 19 期。

刪減、篡改「歷史實際」，在這樣的學科背景中，我們或許可以理解 80 年代初嚴家炎等人〔註47〕對「還事物本來面目」的迫切心情。

二

在「從歷史實際出發，還事物本來面目」的口號之下，80 年代初現代文學史研究展開了地毯式的「重新發掘」。在 1979 年創刊的《現代文學研究叢刊》的「致讀者」〔註48〕中對此有明確的倡導：

> 本叢刊以發表有關我國新民主主義革命時期文學的研究和評論文章爲主，內容包括文學運動和鬥爭、文學思潮和流派以及作家作品的研究分析等幾個方面。鑒於過去對現代文學的各種複雜成分注意很少，研究很不夠，我們希望今後不僅要注意研究文學運動、文學鬥爭，還要注意研究文學思潮和創作流派，不僅要注意有代表性的大作家的研究，還要注意其它作家的研究，不僅要研究無產階級革命作家，還要研究民主主義作家，對於歷來認爲是反面的作家作品也要注意研究剖析，不僅要考察作品的思想內容，還要注意作品藝術形式、風格的研究。此外，本叢刊還刊登一些五四以來我國作家的回憶錄、傳記以及有關文學史和作家作品的專題資料。

這一意圖基本上得到了貫徹，以 1979 到 1980 年《中國現代文學研究叢刊》發表的文章爲例，五輯共發表各類文章 114 篇，其中四大專欄分別是：「魯迅研究」專欄 14 篇，「左聯」研究專欄 10 篇，資料專欄 18 篇，作家作品研究專欄 27 篇。其中作家作品專欄佔了總篇幅的 60%，可見其是重點中的重點。我們可以分析一下這 27 篇文章的分佈情況：茅盾 4 篇，胡適 3 篇，郁達夫 2 篇，葉聖陶 2 篇，冰心 2 篇，柔石、洪靈菲、郭沫若、丁玲、徐志摩、殷夫、艾青、沙汀、巴金、沈從文、許地山、趙樹理、老舍各一篇。胡適、徐志摩、沈從文都是過去被定義爲「反革命的作家」，現在已經進入了研究的行列，而且所佔篇幅很多。而丁玲、艾青、趙樹理等都是在建國後的各種運動中被「打

〔註47〕王瑤在 1980 年也提到：「在古典文學研究中，我們有一套大家所熟知的整理和鑒別文獻材料的學問，版本、目錄、辨僞、輯軼，都是研究者必須掌握或進行的工作；其實這些工作在現代文學的研究中同樣存在，不過還沒引起人們應有的重視罷了。」王瑤：《關於中國現代文學研究工作的隨想》，《王瑤全集》，第五卷，石家莊：河北教育出版社，2000 年 1 月。

〔註48〕「致讀者」，《中國現代文學研究叢刊》1979 年第 1 期。

倒」的作家，現在也重新被肯定。從這樣一個小小的分析可以看出，80 年代初的現代文學研究在保證魯迅的「優先」地位的前提下向兩個方面拓展：一是史料的收集整理，二是作家作品的重評。〔註49〕

〔註49〕 比如 1980 年，「一九八零年現代文學研究的成果中，對於一些過去已有定論或者比較一致的看法的作家作品、文學社團等，進行再評價，提出新的見解的文章，占著很大的比重，突出地表明了大家正在認眞總結歷史的經驗教訓，糾正過去工作中的偏差，通過重新研究，力圖對有關問題作出科學的結論。這種努力，成爲一九八零年現代文學研究工作的又一個鮮明的特點。」「在一九八零年發表的一千多篇有關現代文學的文章中，有七百來篇是屬於史料性質的文章。其中，像紀念「左聯」成立五十週年的七十多篇文章中，史料性的文章近六十篇。關於蕭紅的三十來篇和關於田漢的二十多篇，也幾乎都是這方面的文章。文學史料收集整理工作的廣泛展開，成爲一九八零年現代文學研究的一個引人注目的特點。」（張建勇、辛宇：《一九八零年中國現代文學研究述評》，《中國現代文學研究叢刊》1981 年第 3 期。）；又比如 1981 年，「當前的作家作品研究，表現出這樣一種趨勢，一些政治上不怎麼激進的作家，一些不是正面描繪革命和階級鬥爭的作品，一些屬於藝術範疇的課題，正在引起研究者的興趣，研究的文章多了，作出的評價也比過去高了。過去，現代文學研究幾乎一直是在革命戰爭和政治運動激烈的環境中進行的。那時更多地著重於作家的政治態度和作品的思想意義，主要肯定革命作家和具有強烈戰鬥意義的作品，是必要的。今天在對這段文學歷史進行全面總結時，也注意研究當年被人們忽略了的作家和問題，給過去被貶低了的作品以新的評價，同樣也是需要的。這可以幫助我們充分認識現代文學的豐富內容，得到更多的值得借鑒和學習的東西。」「在史料的搜集整理方面，一九八一年同樣做了不少工作。這一年在報刊上發表的史料性文章有六百篇左右，另外還出版了一些資料性的書籍。」（張建勇、劉福春、辛宇：《一九八一年中國現代文學研究述評》，《中國現代文學研究叢刊》，1982 年第 2 期。）；再比如 1982 年，「關於作家作品的研究，仍然是這一年現代文學研究工作的主要內容。過去幾年裏，在這方面做得最多的是開拓研究的範圍，注意對歷來評價不夠甚至完全忽略了的作家作品，和曾經批判或者否定過的作家作品作出新的評價。一九八二年這個工作仍在繼續進行，如像王統照、李廣田這樣在文學史上有過一定貢獻的作家，過去很少有人專門研究，這一年分別都有好幾篇內容翔實的評論文章。此外，對楊振聲、王思玷、李金髮、曼晴、張愛玲等人，也有一些評介。但在作家作品的研究上，一九八二年值得注意的趨向，主要不在於增加新課題，或者提出與過去截然不同的新評價，而在於對歷來或者近年來研究得比較多的作家與作品，進行比以前更爲全面、細緻的分析，在充分揭示他們的思想和創作上內在的豐富性、複雜性以及矛盾性的基礎上、作出切實的結論」。除此之外，這一年史料問題依然是重點，「在一九八二年，我們看到一方面，隨著研究工作的鋪開和深入，尤其是系統研究的開展，史料不足的弱點日益突出了。比如這一年出版的一些作家傳記、評傳中，關於作家生平、文壇活動、社會風貌的敘述和描寫，往往失之簡略粗疏，甚至留下不少空白，令人深感充實資料的迫切性。另一方面，如本文一開始提到的，

　　值得注意的是，這兩者是緊密捆綁在一起的，「重評」往往借助新的史料的發現，而在史料發掘的同時關於作家作品的「重評」也同時得以展開。比如 1983 年發現的殷夫的《孩兒塔》原稿中未刊的三十首愛情詩，〔註50〕由此，「在人們心目中，殷夫不再只是一位『紅色鼓動詩』的革命歌手，同時還是經歷了青春的歡樂和憂鬱、詠歎著愛情的美好和磨難的抒情詩人，他的形象因此得到了明顯的變化。」〔註51〕又比如對徐志摩的發現和評價，在唐弢的《中國現代文學史》中，沒有專門提到徐志摩和「新月派」的詩歌寫作，僅僅是放在「對『新月派』和法西斯『民族主義文藝運動』的鬥爭」一節中作爲「反面材料」進行了簡單的批判。〔註52〕在 80 年代初，全面考察徐志摩的思想、創作的文章開始出現，這些文章往往用「二分法」的方式，把政治上的「退步」和藝術上的「進步」分開來討論：

　　　　如果說思想性是文學作品的靈魂，那麼，藝術性則是它的生命。這兩個方面既是互相聯繫又是有區別的。我們評價一個作家的詩作，不僅要剖析其思想內容，而且應研究其藝術上的成敗得失。徐志摩的詩，和一般作家的作品一樣，各篇往往有自己的特色，但各篇之間，藝術性並不平衡。僅就徐志摩收進《志摩的詩》、《翡冷翠的一夜》、《猛虎集》、《雲遊》四個詩集中的詩而言，藝術上也有少數係平庸之作，但大多數作品，藝術性較高。由於徐志摩愈到後來

與前兒年相比，資料性文章無論是絕對數字還是在全部文章中所佔的比重，都開始下降，而且有繼續下降的趨勢。這是一個尖銳的、函待解決的矛盾。」雖然說在評述者看來，史料性文章的比重有所下降，實際上在全年發表的關於現代文學研究的 1300 多篇文章中，史料性的文章也有 600 篇之多。（張建勇、劉福春、辛宇：《一九八二年中國現代文學研究述評》，《中國現代文學研究叢刊》，1983 年第 3 期。）

〔註50〕 朱金順：《殷夫〈孩兒塔〉中的愛情詩》，《中國現代文學研究叢刊》，1982 年第 1 期。胡從經：《〈孩兒塔〉未刊詩稿及其它》，《中國現代文學研究叢刊》1983 年第 1 期。

〔註51〕 樊駿：《論中國現代文學研究的當代性》，《中國社會科學》1986 年第 6 期。收入《中國現代文學論集》（上），北京：人民文學出版社，2006 年 2 月，第 278 頁。

〔註52〕 「『新月派』創作大多也是一些爲反動統治服務的『貨色』。其中像徐志摩的《猛虎集》、《雲遊》等所收的詩作，往往用整飭、華麗的形式表現頹廢、迷惘的思想情調。……這種消極無聊，藉以消磨時間的文字遊戲，同樣反映了他們的精神的空虛和墮落。」見唐弢：《中國現代文學史》（二），北京：人民文學出版社，1979 年 11 月，第 23 頁。

愈在藝術上形式上著力，因此，在這一方面貢獻也較大。徐志摩的
詩，不少是抒情詩。而且，正是這些詩，藝術上的特點突出。當我
們讀他那些藝術性較高的詩作時，儘管我們的思想感情和作者顯然
不同，但我們卻不能不承認這些詩構思巧，意境新。

僅就詩形來說，徐志摩在新詩發展史上也是有貢獻的。……總
的說來，徐志摩的思想曾經歷一個發展變化過程，他的詩作在大革
命失敗前後有顯著變化。《志摩的詩》和《翡冷翠的一夜》中尚有不
少具有積極意義的作品，《猛虎集》、《雲遊》，消極因素較多，且有
個別具有嚴重政治錯誤之作，但也不是沒有一點可取之處，在藝術
上，徐志摩的詩有其獨到之處，不少地方值得我們借鑒。後面這一
點，決不可以輕視。大家知道，在大革命失敗後的中國文壇上，資
產階級文學流派在創作上能和進步文學爭奪讀者的唯一的東西是新
月派的詩，而新月派的詩，在內容上無法與進步詩歌比擬，但因爲
在藝術上有長處，故吸引了一部分併非反動的讀者和不少年輕的詩
作者。僅僅這一事實本身，就足以發人深省。〔註53〕

這種一方面不放棄政治上的評價，一方面擴大藝術評價的範圍和標準的做法
固然有「平反昭雪」的意思，應和著 80 年代初「撥亂反正」的政治形勢，另
外一方面也暗示著 80 年代初的現代文學研究開始向學科自身靠攏，就後一點
而言，嚴家炎 1982 年有相關的總結〔註54〕：

請想一想近幾年文學史怎樣處理陳獨秀、胡適、周作人的吧。
對這類人物，無非是兩條：第一，如實地承認和肯定他們在「五四」
當時所起的積極作用；第二，指出他們後來向不好的方面發展變化
的趨勢。這兩點歸結起來，就叫做歷史主義，實事求是。……

我很贊成卞之琳同志談到徐志摩詩時說的一段話：「做人第一，
做詩第二。詩成以後，卻只能就詩論詩，不應以人論詩。」

在一些後來的研究者眼裏，80 年代初的這種史料的收集和作家作品重評的工
作主要貢獻在於「拾遺補缺」，填補空白，在舊有的「文學史框架」裏面換一

〔註53〕 陸耀東：《評徐志摩的詩》，《中國現代文學研究叢刊》1980 年第 2 期。相關的
文章還有藍棣之：《論新月派詩歌的思想特徵》，陳山的《論新月詩派在新詩
發展中的歷史地位》。均見《中國現代文學研究叢刊》，1982 年第 1 期。

〔註54〕 嚴家炎：《現代文學研究方法答問——中國現代文學史研究筆談之三》，《求實
集》，北京大學出版社，1983 年 11 月，第 32 頁。

些「演員、道具」〔註 55〕等等。這種觀點就整體而言是有道理的，但還是忽略了一些細節的問題，從而簡單化了前人的工作。比如說，嚴家炎對「新感覺派」的發現和重評實際上就涉及到更多的複雜性。在中國現代文學史中，「新感覺派」本身就是一個比較複雜的文學流派，在建國後的文學史著作中它因爲被目爲「現代主義」而被迴避和刻意遺忘，爲此它的重要參與者之一施蟄存在 90 年代還憤憤不平，認爲中國不存在「眞正的文學史」。〔註 56〕但實際上嚴家炎在 1983 就開始了對「新感覺派」的全面評價，並在 1985 年出版了應該說是建國後首部《新感覺派小說選》，收入代表作品 23 篇，施蟄存因此而戲稱自己是「出土文物」〔註 57〕。該小說選「前言」部分對「新感覺派」的形成、起源、變遷、創作特色、傾向性進行了全面評述。與 80 年代初的一些研究文章花大量篇幅在「政治」和「藝術」或者說「思想性」和「藝術性」之間「走鋼絲」的情況不同，雖然在嚴家炎的文章中上述「二分法」依然存在，但是卻在最大程度上進行了調整，把更多的筆墨用在對「創作特色」的總結肯定上面〔註 58〕，其表述上的專業和精確在 80 年代初的文章是不多見的。另外，嚴家炎對新感覺派與外國文學影響之間的梳理也顯示出了比較開

〔註 55〕 如賀桂梅認爲，「這種側重於拾遺補闕的現代文學觀，成爲 80 年代突破既有文學史模式以重寫文學史的先聲」。賀桂梅：《人文學的想像力——中國當代思想文化與文學問題》，開封：河南大學出版社，2005 年，第 65 頁。陳思和認爲：「局部研究大於整體研究，說好話，談積極性的方面多，談局限性的方面少」「這也導致文學批評中感情因素超越於審美因素」。陳思和：《關於「重寫文學史」》，《筆走龍蛇》。濟南：山東友誼出版社，1997 年 5 月。黃子平認爲「用材料的豐富能不能補救理論的困乏呢？如果涉及的是換劇本的問題，那麼只是換演員、描布景、加音樂，恐怕都無濟於事。」陳平原、黃子平、錢理群：《關於「二十世紀中國文學」的對話》，原載《讀書》1986 年第 6 期。收入《二十世紀中國文學三人談・漫說文化》，北京大學出版社，2004 年 8 月，第 31 頁。

〔註 56〕 【美】史書美：《現代的誘惑——書寫半殖民地中國的現代主義（1917～1937）》，何恬譯，南京：江蘇人民出版社，2007 年 4 月。

〔註 57〕 嚴家炎：《一個癡情者的學術回眸》，《東方論壇》2008 年第 2 期。

〔註 58〕 分別是「在快節奏中表現半殖民的都市的病態生活」、「主觀感覺印象的刻意追求與小說形式技巧的花樣翻新」、「潛意識、隱意識的開掘與心理分析小說的建立」，見嚴家炎：《新感覺派小說選・前言》，北京：人民文學出版社，1985年 5 月第 1 版。另外，我認爲近年關於「新感覺派」最精彩的研究是美國學者史書美《現代的誘惑》一書中的有關章節。見史書美：《現代的誘惑——書寫半殖民地中國的現代主義（1917～1937）》，何恬譯，南京：江蘇人民出版社，2007 年 4 月。

闊的文學史眼光，即使在今天看來，這些研究仍然難以超越。更重要的是，對大都市文學、心理分析、形式和技巧、現代主義文學與革命文學之間關聯的分析，對一個完全無法被「新民主主義」和「反帝反封建」的文學史觀念歸類的現代主義文學流派的發掘和評價，從一定程度上意味著 80 年代初的現代文學研究並不僅僅是「填補空白」，同時也在進行有限度的開拓。史書美博士因此高度評價了嚴家炎的這一研究：

> 有關民國以降現代主義的研究，至少會帶來中國文學研究的一種新範式，它不僅要求對文學史進行反思，而且要求對歷史編纂法進行反思。作爲敘述結構的歷史編纂法被特定語境下的意識形態命令所規訓，進而構成了文學史寫作的基礎。要討論民國時期的現代主義，首先必須與那些有國家支持的馬克思主義的文學史話語保持距離，因爲這種話語專爲著使共產主義運動取得合法性和使資產階級失去合法性的目的。〔註59〕

史書美因爲對現代主義文學的偏愛從而有些誇大對現代主義文學進行研究的歷史功能，但是她依然指出了一個事實：在 80 年代初的語境中，對現代主義文學的研究與對舊體詩詞、「鴛鴦蝴蝶派」、沈從文、張恨水、張愛玲等作家作品的研究一起，即使談不上帶來了新的研究範式，但的確促成了研究者對以往單一性質的現代文學的懷疑。何謂現代？何謂現代文學？對這些問題的認識的分歧開始出現，並將在很長的時間裏面成爲現代文學研究者需要面對和思考的難題。

1.3 對「現代文學」理解的分歧

一

1980 年 1 月 15 日，作家姚雪垠給茅盾寫了一封信，信中提及茅盾在前此不久召開的「四次文代會」上發言中提到的一個問題，即應該重視「南社」詩人柳亞子的舊體詩，茅盾的這段話是這麼說的〔註60〕：

〔註59〕 【美】史書美：《現代的誘惑——書寫半殖民地中國的現代主義（1917～1937）》，何恬譯，南京：江蘇人民出版社，2007 年 4 月，第 52 頁。

〔註60〕 茅盾：《解放思想，發揚民主——在中國文學藝術工作者第四次代表大會及中國作家協會第三次會員代表大會上的講話》，《人民文學》1979 年第 11 期。

現在談繼承遺產，應當從《詩經》、《楚辭》直到章太炎、柳亞子。我以為柳亞子是前清末年到解放後這一長時期內在舊體詩詞方面最卓越的革命詩人。一九五九年出版了《柳亞子詩詞選》。郭沫若作序，說到一九四三年郭沫若曾有詩祝亞子先生（時在桂林）五十晉七的大壽，柳亞子有《次韻答沫若六月八日作》，郭老把自己的贈柳亞子詩也抄在序中，說「把我的詩和亞子先生的次韻比較一下吧。拿詩來說，那真算是小巫見大巫；拿詩中的情趣來說，亞子先生所表現的就比我積極得多了。他的詩的結尾四句『肯信寒瓊出幽草，北望橋陵佳氣好。雲臺他日定相逢，君是星盧我房昂。』這是他的科學性的預言。六年後便完全的中了。」（引見《柳亞子詩詞選》郭序頁三）郭序中還把柳亞子比作屈原（見郭序頁二）。郭沫若的《天地玄黃》集中有《今屈原》一文即指柳亞子。毛主席對柳亞子的詩評價很高，說他的詩「慨當以慷，卑視陳亮、陸游，讀之使人感發興起。」（見《柳亞子詩詞選》頁一五零）陳亮字同甫，和辛稼軒同時，辛詞集中有與陳唱和之作，對陳亦推崇。柳亞子的詩、詞反映了前清末年直到新中國成立後這一長時期的歷史——從舊民主主義革命到社會主義革命的歷史，如果稱它為史詩，我以為是名符其實的。

這個問題讓姚雪垠深有感觸，並為當時出版的唐弢的《中國現代文學史》沒有介紹柳亞子等的舊體詩詞而感到遺憾，並進而對中國現代文學史的編寫方法提出了自己的見解 [註61]：

解放後寫的現代文學史很少對「五四」前夜的文學歷史潮流給予重返論述，私心常以為憾。目前正在陸續出版的《中國現代文學史》（唐弢主編）第一冊前邊，也未重視這個問題。我認為我們論述「五四」新文學運動的時候應該立專章論述清末的風氣變化和一些曾起過重要間接作用的前驅者。……

關於中國現代文學史，我常常考慮應該有兩種編寫方法。一種是目前通行的編寫方法，只論述「五四」新文學運動以來的白話體文學作品，供廣大讀者閱讀，也作為大學中文系的教材或補充教材。

〔註61〕姚雪垠 1980 年 1 月 15 日寫給茅盾的信。姚新勇編：《茅盾‧姚雪垠談藝書簡》，北京：人民文學出版社，2006 年 6 月，第 128～131 頁。

另外有一種編寫方法，打破這個流行的框框，論述的作品、作家、流派要廣闊得多，姑名之曰「大文學史」的編寫方法，不是對一般讀者寫的。

我所說的「大文學史」中，第一，要包括「五四」新文學運動以來的舊體詩、詞。毛主席和許多黨內老一代革命家寫了不少舊體詩、詞，早已在社會上傳誦。新文學作家也有許多擅長寫舊體詩、詞，不管從內容看，從藝術技巧看，都達到較高造詣。……郁達夫的舊體詩寫得很好，這是大家都清楚的，當然應該作為郁氏文學遺產的一個組成部分。現代文學史應該在論述他的小說之外，也提一提他的詩。其它「五四」以來的重要作家，在現代文學史上均照此例。

還有一種類型，例如柳亞子、蘇曼殊等，人數不少，不寫白話作品，即以舊體詩、詞蜚聲文壇，受到重視，也應該在現代文學史中有適當的地位。……

還有民國初年和「五四」以後的章回體小說家，也應該將其中較有成就的在新文學史中加以論述。……

以上是對中國現代文學史考慮的另一種編寫方法，仍以「五四」以來的文學主流為骨架，旁及主流之外的各派作家和詩人，決不混淆主次。這樣一部現代文學史將會較全面地反映我國近半個多世紀以來的文學運動情況，豐富多彩，也能夠回答讀者所需要明白的一些問題。例如所謂「禮拜六派」，究竟是怎麼回事兒？在以往迄今的文學史中沒有說明。

姚雪垠在發表這封信的時候又在前面加了一個「跋」〔註62〕：

得到茅公的信後，我因自己沒有把握，就將我的信稿寄給多年研究近代和現代文學史的老朋友任訪秋教授，徵求他的意見。他回信表示完全同意。他來信中指出了我所遺忘的兩個人：一個是從「禮拜六派」分化出來的，為「五四」新文學運動做出過貢獻的作家劉半農，另一個是在包天笑和張恨水這一部分作家中起過較大影響的

〔註62〕姚新勇編：《茅盾・姚雪垠談藝書簡》，北京：人民文學出版社，2006 年 6 月，第 132 頁。

徐枕亞。我也想起來，抗戰末期和大陸解放前夕應該一提的徐訏，
當時上海的女作家應該提到張愛玲。另外，有些在海外的華籍作家，
只要有一定影響，當然也應該寫進中國現代文學史。

我首先肯定目前由唐弢同志主編的《中國現代文學史》的寫法，
只是提出來另外一種編寫方法，作爲補充，我所說的《大文學史》
不是作爲大學教材和供應一般青年讀者閱讀。這樣的現代文學史雖
然涉及的方面比較廣，但是，一方面要尊重客觀的文學事實，一方
面有我們自己的評論和分析，決不得無原則的兼容並收。

引文中所謂的「得到茅公的信」是指茅盾 1980 年 1 月 19 日寫給姚雪垠的回
信，表示姚的這封信可以發表出來，並表示「對於文學史的寫法，我也有點
感想，但目前沒有時間寫。」〔註 63〕茅盾或許並沒有想到自己的一段發言會
引來姚的這個長篇大論，實際上當時不僅是姚，還有其它的文章更早就對茅
盾的發言進行了呼應。在 1979 年《中國現代文學研究叢刊》創刊號上發表的
《新文學史漫筆》〔註 64〕開篇就以「柳亞子的詩」爲話題，指責以往的文學
史忽略對「舊體詩詞的論述」。不過茅盾終究是沒有表示出明確的意見，他讓
姚發表這封信，可能正是因爲不太肯定，希望引起相關的討論吧。

姚雪垠的想法立即就引起了不同的意見，王瑤在《關於現代文學研究工
作的隨想》〔註 65〕中專門回答了姚的問題：

「四人幫」垮臺以後，大家都感到應該解放思想，擴大現代
文學史的研究範圍，以反映歷史的眞實面貌；而且事實上如胡適、
周作人、徐志摩等過去長期對之採取迴避態度的作家也在好幾部
新編的現代文學史中出現了，說明大家已大體上取得了一致的看
法。但在具體處理時究竟擴大到多大呢？目前仍有不同的意見。
姚雪垠同志最近在給茅盾同志的信中，談到現代文學史應該包括
舊體詩、詞和包天笑、張恨水的章回體小說。這就是值得討論的
意見。他舉出了毛主席等老一輩無產階級革命家和著名新文學作

〔註 63〕茅盾 1980 年 1 月 19 日寫給姚雪垠的信。收入《茅盾・姚雪垠談藝書簡》，北
京：人民文學出版社，2006 年 6 月，第 133 頁。
〔註 64〕吳泰昌：《新文學史漫筆》，《中國現代文學研究叢刊》1979 年第 1 輯。
〔註 65〕王瑤：《關於現代文學研究工作的隨想——在中國現代文學研究會學術討論會
上的發言》，《中國現代文學研究叢刊》，1980 年第 4 期。

家的舊體詩詞，特別強調了蘇曼殊和南社詩人的作品；我對此是
有所保留的。我以為文學史研究的對象應該是在社會上公開發表
過並且得到社會上一定評價的作品，不包括沒有產生影響的個人
手稿⋯⋯

　　至於蘇曼殊和南社詩人，則確實是專寫舊體詩的，但蘇曼殊已
於「五四」前逝世，南社活動的最後時間雖為 1923 年，但創作早已
成為強弩之末，他們都應該屬於舊民主主義革命時代的範圍，不是
現代文學史所要研究的對象。在這一時期內當然也有一些舊詩集出
版，例如吳宓、吳芳吉的詩集，但不僅社會影響甚微，而且明顯處
於新文學對立面的範疇，因此在現代文學史中是否應該包括舊體詩
詞，是值得研究的問題。⋯⋯至於章回體小說，則流行的現代文學
史並未一例排斥，⋯⋯只是包天笑、張恨水這些作者需要具體研究
而已。包天笑在二十年代明顯處於新文學的對立面，就作品來說也
很難把它納之於反帝反封建的現代文學的總的性質的範疇。張恨水
的情況比較複雜，⋯⋯像這樣的作家究竟應該如何評價，是需要深
入進行研究的。這就牽涉到現代文學史的主流問題。⋯⋯無論就文
學現象或作家作品來說，都不能等量齊觀地去對待，而必須突出進
步的、民主主義和社會主義的文學的主流，因為只有這樣才能反映
出歷史的真實面貌。

爭論並沒有因為王瑤的發言而停止，嚴家炎在 1982 年的文章 [註66] 中表達了
類似於姚雪垠的觀點：

　　這就是我們研究工作的實際內容與學科名稱之間名實不符的問
題。建國以來，已出版過多種《中國現代文學史》，這些著作名為「中
國」，卻只講漢族，不講少數民族；名為「現代文學」，實際上只講
新文學，不講這個階段同時存在著的舊文學，不講鴛鴦蝴蝶派文學，
也不講國民黨御用文學，即使在新文學中，資產階級文學講得也很
少；名為「文學史」，實際上偏重講的是作品的思想內容，文學本身
包括體裁的變遷、風格流派的演變等講得很少，至於「史」的發展
脈絡，文化上和文學上的種種歷史聯繫，以及文學發展的規律、經

[註66] 嚴家炎：《從歷史實際出發，還事物本來面目》，《中國現代文學研究叢刊》，1980
　　　年第 4 期。收入《求實集》，北京大學出版社，1983 年 11 月，第 2、3 頁。

驗，幾乎絕少觸及。這個名實不符的問題，要不要從發展「實」的方面予以解決？我想是需要的。

這篇文章後來收入《求實集》，在唐弢爲其所做的序言〔註67〕中，重點對上述的這一段話表達了異見：

> 我認爲現代文學應當是具有眞正現代意義的全新的文學，記得在西郊編寫文科教材的討論會上，有人提出要立專章專節，談毛澤東等老一輩革命家和魯迅、郁達夫的舊體詩；有人提出要從鴛鴦蝴蝶派中選一些作家來談。《中國現代文學史》出版以後，也聽到類似的意見，日本京都大學清水茂教授還寫信給我：「辛亥以後，好像還有舊詩的一脈伏流：從南社柳亞子一直到毛主席。這一點，我們不大熟悉。……舊詩當然不是現代文學的主流，但是如果有幾個字論到這一脈伏流，使我們瞭解它，就好極啦。」……這樣看來，談舊文學不光是家炎一個人的意見，甚至也不是國內少數研究者的意見，而是一種相當普遍的看法了。我當時是反對派，只贊成寫到魯迅思想精神的時候引用他的舊體詩，寫到郁達夫遊記的時候介紹他的舊體詩；至於鴛鴦蝴蝶派，我認爲抗戰爆發後，文藝界統一戰線成立，從鴛鴦蝴蝶蛻變過來的張恨水，用新的藝術構思寫成的愛國主義小說，例如《八十一夢》，應當提及，別的可以不談。……沒有必要正面介紹舊文學和鴛鴦蝴蝶派文學，理由很簡單：它們不是現代文學，不屬於現代文學史需要論述的範圍。否則，又會落得名不符實，不是科學的研究方法了。

二

從前文我引述的大段引文來看，至少可以看到這麼幾個問題，第一，舊詩詞、「鴛鴦蝴蝶」派要不要寫入現代文學史其實是一個老問題，在 60 年代就曾提出，80 年代不過是在重複這個問題。第二，在這個問題上有兩個針鋒相對的觀點，一方是姚雪垠、嚴家炎等，認爲現代文學史應該包括舊詩詞，而王瑤、唐弢等人則在同意開拓現代文學研究範圍的同時，堅決反對把舊體詩詞、「鴛鴦蝴蝶派」正面寫入現代文學史。這種分歧其實是非常有意思的，

〔註67〕唐弢：《求實集‧序》，嚴家炎：《求實集》，北京大學出版社，1983 年 11 月。

就王、唐、嚴、姚而言，在 80 年代就這個老問題重新發生爭論，暗示了現代文學學科性質的不穩定。毫無疑問，他們都強烈反對「左」的教條對現代文學史的束縛和改寫，但是，究竟什麼才是現代文學？什麼才是現代文學應該包括的範圍呢？在要求把「舊體詩詞、鴛鴦蝴蝶派」寫入文學史的人的理解中，「現代」顯然僅僅是一種普遍性的「時間概念」，並不包括有特別的意識形態的內容，因此，把該時空內發生的一切文學現象納入論述就是題中的應有之義。但是在反對者看來，「現代」不僅僅是一種時間概念，更重要的是，在這樣一種時間概念裏面，含有一種新的「質」的規定，在唐弢看來，「現代文學是從內容到形式，都具有現代意義的文學，它只能是近代思想影響下的『五四』運動的產物。」王瑤同樣持此觀點，「進步的、民主主義的、社會主義的」才是現代文學「歷史的眞實面貌」。從某種意義上說，姚雪垠代表的是一種連續性的時間觀念，在這種時間觀念中，「現代文學」可能會被視作與古典文學沒有任何本質差別的文學時間段落，而在王瑤、唐弢等人看來，現代更意味著一種斷裂的時間類型〔註 68〕，只有在這種斷裂的時間類型中，「現代文學」的「質」才被有效區別開來，獲得其學科上的合法性。但問題的纏繞並沒有因此而結束，很明顯，唐、王的關於「現代」的定義實際上嚴格等同於「新」：新的語言、形式、思想內容、創作方法、評價標準等等，如果失去這些「新」的支撐，現代就成了一種「空洞」的時間形式。因此，「新」與「舊」的對立被高度強調，因爲只有在對「舊」的否定中，「現代文學」的「新」才能被建構起來。洪子誠曾經在其著作中論述了建國後「新文學」概念被「現代文學」概念替換的歷史過程，並以爲這種替換是爲了建構「當代文學」的合法性〔註 69〕，這其中的複雜我在後文將繼續討論，這裏需要指出的是，也許在王瑤、唐弢等人看來，「現代」和「新」其實是一體兩面的概念，是根本不需要費盡心思來予以分割的。而且需要指出的是，「現代」之「新」——也就是它的歷史性而不是普遍性——已經成爲了一個認識的裝置，無論是它的贊成者還是反對者都其實是在這個「認識論」的前提下來思考問題，當茅盾把柳亞子的詩詞放到「文學遺產」的範圍內來談時候，他實際上已經把它排

〔註 68〕 可參見賀桂梅的相關論述。賀桂梅：《「現代」‧「當代」與「五四」——新文學史寫作範式的變遷》，《在歷史與現實之間》，濟南：山東文藝出版社，2008年 1 月，第 142 頁。
〔註 69〕 洪子誠：《「當代文學」的概念》，《文學評論》1998 年第 6 期。

斥到現代以外了，姚雪垠也表示「收入舊體詩詞的文學史不適合作爲教材，不是對一般讀者寫的」〔註70〕，言下之意是只是「作爲個人的研究興趣」，在這一點上唐弢也是同意的〔註71〕。

關於舊體詩詞是否屬於現代文學史研究的範疇，在 80 年代似乎是得到了一個比較確定的答案，在 80 年代的現代文學研究和重寫文學史的過程中，舊體詩詞再也沒有納入考慮的範圍〔註72〕。但是，對於「現代文學」的性質、內涵的討論卻在隨後的研究中被日益重視，畢竟，這不僅關涉到現代文學學科的界定問題，更關涉到如何理解這一段和很多研究者緊密相關的「歷史過程」及其自我歷史的想像和定位（我們當然無法想像王瑤、唐弢、李何林等左翼文學的重要參與者會放棄對「現代文學」歷史性的敘述），因此，對於它的「突破」，需要更多因素和力量的介入。

〔註70〕 姚雪垠 1980 年 1 月 15 日寫給茅盾的信。姚新勇編：《茅盾·姚雪垠談藝書簡》，北京：人民文學出版社，2006 年 6 月，第 128～131 頁。

〔註71〕 唐弢說：「現在那些舊體詩的意義，恐怕未必超過《懷舊》吧？怎麼算是現代文學呢？我這樣說，並不含有厚此薄彼、或褒或貶的意思，我只是認爲它們不屬於現代文學的範圍，倘是作家個人結集，或者有人能寫『五四』以來中國舊體詩發展史，或者『五四』以來鴛鴦蝴蝶派文學發展史，我以爲都值得收，值得寫，都是有意義的事情。」唐弢：《求實集·序》，嚴家炎：《求實集》，北京大學出版社，1983 年 11 月。

〔註72〕 但這並不意味著問題的終結，實際上一直到 2007 年，這個問題還被繼續討論。王澤龍於 2007 年發表《關於現代舊體詩詞的入史問題》（《文學評論》2007 年第 5 期），認爲「現代舊體詩詞不能入史」，其觀點頗似當年王瑤、唐弢等人。隨後有馬大勇撰文《論現代舊體詩詞不可不入史》（《文藝爭鳴》2008 年第 1 期），提出針鋒相對的觀點。

第 2 章 「二十世紀中國文學」和 「去歷史」敘事

　　1985 年「二十世紀中國文學」的提出，在當時就被認定爲是 80 年代「重寫文學史」思潮的重要一環，「今年 8 月，我和陳思和一起去鏡泊湖參加一個中國文學史的討論會，不少同行一見面就說，『你們那個專欄開了個好頭，可一定要堅持下去啊』，聽著朋友們的熱情鼓勵，我不由得想起了 3 年前的暮春季節，在北京萬壽寺召開的中國現代文學創新座談會。倘說在今天『重寫文學史』的努力已經彙成了一股相當有力的潮流，這股潮流的源頭，卻是在那個座談會上初步形成的。正是在那個會議上，我們第一次看清了打破文學史研究的既成格局的重要意義，也正是在那個充當會場的大殿裏，陳平原第一次宣讀了他和錢理群、黃子平醞釀已久的關於『20 世紀中國文學』的基本設想。」〔註1〕不僅如此，在另外的研究者看來，「『二十世紀中國文學』這一文學史論述從 1985 年提出，距今已有 20 餘年的歷史了，不過它卻似乎並沒有因此而成爲一個只能被貶入歷史冷宮的學科概念。姑且不論從其提出之初就被接受爲開闢了自其時迄今的學科發展『新階段』，並被實踐爲多本已出版或仍在寫作中的名爲『二十世紀中國文學』的著作；更值得分析的是，二十世紀的逝去、新世紀的降臨似乎使這一概念獲得了更爲充足的合法性：它從一個「滲透了『歷史感』（深度）、『現實感』（介入）和『未來感』（預測）」的現實概念，變爲了一個被封閉在『自然終結』的物理時間中的歷史概念，一

〔註1〕陳思和、王曉明：「重寫文學史」專欄之「主持人的話」，《上海文論》，1988
　　　年第 6 期。

個『真正』的史學範疇。」〔註2〕於是，利用「二十世紀」終結時刻的「後設」歷史視野和知識資源對「二十世紀中國文學」這一概念範疇作出「重讀」就具有了合理性。事實是，自「二十世紀中國文學」這一概念提出以來，對於它的種種的應和、反思和重讀都有把「二十世紀中國文學」理解為一種「學科話語」的傾向，而在某種程度上忽視了這一「歷史事件」所獨具的主體和語境，更值得注意的是，在這種不斷的「話語演繹」之中，「二十世紀中國文學」成為一個被「增殖」的概念，而離它的「起源」越來越遠。正如雷蒙・威廉斯所提醒的，「任何一種形式的分析都必須建立在對歷史形態分析」的基礎上，因此，對於「二十世紀中國文學」這一「形式」（理論）的分析，也必須置於具體的歷史形態（思潮或者事件）之中，這樣才可能更為接近歷史的「現場」，發現「這些文本與歷史場景有著深厚及共謀性的關聯」〔註3〕，這麼做的目的固然無法迴避對「二十世紀中國文學」的知識譜系和話語機制進行重新思考，但這種思考更多地指向一種歷史性的「理解」。〔註4〕

2.1 「二十世紀中國文學」提出的幾個背景

1988 年，有學者這樣回憶 1985 年「二十世紀中國文學」提出時候的情景〔註5〕：

那還是 1985 年的暮春時節，北京西郊的萬壽寺裏，幾十個神情熱烈的年輕人，正在七嘴八舌地討論中國現代文學研究的「創新」問題。就在那座充當會場的大殿裏，陳平原第一次介紹了他和錢理

〔註2〕 賀桂梅：《重讀「二十世紀中國文學」》，《當代作家評論》2008 年第 4 期。

〔註3〕 薇思瓦納珊編：《權力、政治與文化——薩義德訪談錄》，單德興譯，北京：三聯書店，2006 年 1 月，第 36 頁。

〔註4〕 在賀桂梅看來，「或許可以說，真正使得『20 世紀中國文學』成為一個必須被放置於當下歷史視野中加以批判性考察的原因，正在於因世紀之交的諸多社會變遷而導致的文化轉移，使得那些支撐它的曾經不言自明的知識譜系和話語機制被『暴露』為一種歷史的『建構』。」（賀桂梅：《重讀「二十世紀中國文學」》，《當代作家評論》2008 年第 4 期。）她的這種「批判視野」對於反思「二十世紀中國文學」的建構是很有價值的，但是就一種「歷史研究」而言，我更願意通過回到「物質性」的歷史「現場」來展示該概念的起源、發生和演變。

〔註5〕 王曉明：《從萬壽寺到鏡泊湖》，《刺叢裏的求索》，上海遠東出版社，1995 年 3 月，第 242 頁。

群、黃子平醞釀已久的「打通」現、當代中國文學研究的基本設想；
幾個月以後，《文學評論》又以醒目的篇幅刊登了他們三人署名的題
爲《論「二十世紀中國文學」》的長篇論文，我不知道以後的人們將
會怎樣看待這兩個事件，但在當時，我卻和許多同行一樣受到了強
烈的震動。就是今天，一回想起當初會場上的熱烈氣氛，甚至回想
起一九八四年的深秋，我在未名湖畔聽錢理群介紹他們三人的初步
設想時的興奮心情，我都覺得彷彿就是昨天才發生的事情，歷歷如
在眼前。

這可以說是一段「經典」的「80 年代回憶錄」，涵蓋了「80 年代」主要的組
成元素：年輕人、文學、爭論、創新、第一次、興奮等等。不管王曉明寫下
這段文字出於什麼樣的動機，這種描述都帶有一種「歷史從我們這裏開始」
的味道，這種描述與文學界的「尋根文學」、哲學界的「美學熱」、美術界的
「85 新潮」等等一起，敘述出了一個「自由而開放的」的「80 年代」形象。
我絲毫不懷疑王曉明對「二十世紀中國文學」發生學敘述的眞誠和眞實性，
新一代的學人開始粉墨登場，他們不但具有更有活力的知識結構和理論素
養，而且迫切地想要在學術研究場內發出自己的聲音並獲得承認，「二十世紀
中國文學」的提出滿足了這種想像。但是「1985 年」的「轉折」顯然並不僅
僅是一個開始，同時也是一種「結果」，是整個 80 年代社會、文化發展的一
次集中爆發。〔註6〕「我覺得 80 年代的現代文學史研究實際上經歷了兩個階
段，第一是撥亂反正的階段，這個就包括發掘以前沒有注意到的作家，還有
一些作家被遮蔽的另一面。那個階段是有很強的政治性的，它和政治上的撥
亂反正實際上是聯繫在一起的。然後到了 85 年左右，尤其是創新座談會後，
它意味著現代文學研究進入了學科建設自身的階段，我們發現這個學科單獨
研究不行了，應該有一個整體的突破，開始進入宏觀的研究，當時陳思和也
提到了這個問題，就是所謂的『整體觀』。所以說『二十世紀中國文學』的提
出是很自然的，是學科發展的一定階段的必然結果。」〔註7〕更重要的是，對
於 80 年代的現代文學研究界而言，既有的研究框架和思維模式並不是一夜之

〔註6〕 吳亮、楊慶祥：《八十年代的先鋒文學和先鋒批評——吳亮訪談錄》，《南方文
　　　　壇》2008 年第 6 期。
〔註7〕 錢理群、楊慶祥：《「二十世紀中國文學」和 80 年代的現代文學研究——錢理
　　　　群訪談錄》，見附錄一。

間就可以拋棄，因爲這不僅關涉到學術場內不同力量之間的博弈，同時還涉及到官方意識形態對於這一段歷史的特殊關注和控制。因此，要完整地理解「二十世紀文學」這一概念的發生和內涵，就必須把它重置於具體的歷史背景中。

2.1.1　對海外文學史的批評和「五四」文學革命領導權的爭論

　　持續數年的帶有「撥亂反正」性質的史料發掘和作家作品重評雖然帶來了短暫的激動和不菲的成果，但是這種數量上的積纍卻並不能從整體上改變中國現代文學史既有的研究框架——即作爲新民主主義革命史和社會發展史的一部分。「目前大家對於 80 年代的認識有一個很大的誤區，就是把 80 年代過於理想化了，好像 80 年代是一個啓蒙的、完全自由的時代。這種看法當然也不是完全沒有道理，但是卻脫離了具體的歷史語境。80 年代相對於『文革』來說是一種解放，但實際上一直有不斷的『敲打』，比如清污、反自由化等等，對思想的控制始終是有的。當時最大的潮流就是『思想解放』，但『思想解放』並不僅僅是對『文革』而言的，也是對當時的現實禁錮而言的，所以 80 年代一直有一個『解放』的衝動，這就是很主要的問題。」〔註 8〕事實是，雖然作品作家重評一度出現了越界的「衝動」，但是，這種「衝動」迅速就受到了「規訓」。我們知道，在 80 年代初，有兩本海外文學史對當時的現代文學研究界產生了很大的影響，一個是夏志清的《中國現代小說史》，一個是司馬長風的《中國新文學史》。「夏志清對沈從文、錢鍾書、張愛玲、凌叔華的高度評價，司馬長風以誕生期、收穫期、凋零期對新文學發展進行的段落區分以及對新月派、語絲派、孤島文學等文學潮流和文學現象的分析等，對 80 年代大陸重評作家作品產生了深遠的影響。」〔註 9〕「夏志清對我的啓發主要是他對幾個作家的發現，一個是張愛玲，一個是師陀，還有端木蕻良，因爲我認爲一個文學史家的功力主要在於發現作家，所以印象很深。但是當時我總的看法是他的反共意識太強，而且我不認爲他的整個框架和思路有什麼新的東西。司馬長風的藝術感覺非常好，這對我有影響，我對周作人的研究就受到了他的

〔註 8〕　錢理群、楊慶祥：《「二十世紀中國文學」和 80 年代的現代文學研究——錢理群訪談錄》，見附錄一。

〔註 9〕　賀桂梅：《「現代」「當代」與「五四」——新文學史寫作範式的變遷》，《歷史與現實之間》，濟南：山東文藝出版社，2008 年 1 月，第 144 頁。

影響。當時我們接觸到的海外學者主要就是他們兩個，他們的著作都是個人著述，而當時我們都是教科書，好像是吹來了一股新鮮之風，這也是一種影響。」〔註10〕雖然如此，這兩本文學史及其遵循的評價標準卻受到了不同程度的批評。其中尤其以王瑤和唐弢的批評最具有代表性：

> 就對作家的評價來說，國外學者的某些觀點也同我們有很大的差別。他們常常重視一些我們注意較少的作家而忽略一些比較重要的作家，其原因也比較複雜，有些是他們的藝術觀點和藝術趣味的問題，也有些確實是我們研究工作中的缺點，特別是左傾思潮干擾所造成的後果。這需要作具體分析，不能籠統地認爲他們的看法就都是正確的或者都是錯誤的。舉例說，有些國外學者對沈從文的評價很高，有的甚至把他和魯迅並列，而國內則注意較少，差別比較懸殊，這就需要我們認眞研究。對於一個寫過三十多部小說集而且在文體風格上有自己特色的作家，長期沒有得到我們應有的重視，確實是我們研究工作中的缺點，至少是一個薄弱環節。但我們也不能同意他們那種過高的評價。過去的忽略當然有思想和政治上的原因，而且作家自己也不是完全沒有責任的，但即使僅就作品的藝術成就來衡量，他也沒有達到那樣突出的高度。我們過去講古典詩歌有所謂「大家」和「名家」的區別，「大家」指某一時代公認的突出的高峰，如李白杜甫這樣的詩人，而「名家」則僅指他在某些方面有獨到的成就，如唐代的某些邊塞詩人。在我看來，沈從文的作品只能認爲是「名家」之作，還沒有達到「大家」的成就。他善於簡潔細膩地描寫自然風物和人物心理，在情節結構上富於變化，作品具有湘西一帶的濃厚的地方色彩，作者用抒情式的筆調漫敘故事和描摹風習，讀來頗有動人之致。這些成就是值得稱道的，而且也產生過一定的影響。但作者不僅著重渲染了邊地的生活寧靜和民性淳樸，歌頌了一種古老的封建性的生活秩序，而且作品中的人物大都只有輪廓，並沒有寫出豐滿的有性格的人物形象來，這即使在他的比較著名的《邊城》、《長河》等作品中也是如此，很少人物能使人讀後留下深刻的印象。當然，對一個作家如何評價是一個可以討論

〔註10〕錢理群、楊慶祥：《「二十世紀中國文學」和 80 年代的現代文學研究——錢理群訪談錄》，見附錄一。

的學術問題，我們只是說明對於任何人的觀點都需要經過思考和分析，不能籠統地認為國外學者的觀點就一定是科學的。〔註11〕

國外現在風行夏志清寫的《中國現代小說史》，許多大學採為教材或學生參考書。……現在有人開始對他的觀點注意了。我這次在大連碰到丁玲，她就說你們為什麼不批一批夏志清呢？國內已經有人在批，但我認為最重要的還是寫出正面的好的文學史，以抵銷錯誤影響。這是最根本一著。因為單是反駁一個夏志清，不一定有效。……夏志清說錢鍾書是他發現的，這不對；說張愛玲是他發現的，也不對。……所以我說張愛玲的起點就是她的頂點，後來由於政治偏見，以耳代目，寫的作品就只是道聽途說，連藝術上也粗製濫造，沒有什麼可取了。錢鍾書的《圍城》要高明得多，它也寫人物的心理活動，主要是抗戰時期部分知識分子的生活，很有獨到之處，不過並不如夏志清說的評價應在《子夜》之上，那是兩碼子事，很難相比（《圍城》的生活面沒有《子夜》寬），以張愛玲和他並論更不恰當。……

沈從文、戴望舒、錢鍾書，論述分析也不夠詳盡細緻，這些應該承認。可是，是不是就採用海外那些文學史或評論家說的評價呢？那倒不一定。夏志清在他的《小說史》裏，把有些作家捧得太高了些，譬如張愛玲就是。沈從文先生是我的前輩，我很尊重他，他是一個有風格的作家。我們寫文學史片面地強調政治，對他的藝術風格估價不足。不過那時他也的確寫了一些不好的文章，主要是評論，這是不能一筆抹掉的。特別是在雲南跟「戰國策」派搞在一起的時候，寫了不利於人民的文章，不完全是政治上的，還有思想和文藝理論的。「戰國策」派提倡法西斯主義，把希特勒那些東西搬過來，為蔣介石幫腔。沈從文在那個時候也寫了許多文藝評論，如《向現實學習》、《一種新希望》等。解放前夕，北京有個刊物《周論》，也和他有關係。現在青年看到的只是一些小說，他的小說倒是有風格的。我說我們的「政治唯一」不好，但也不能對思想政治視若無睹。

〔註11〕 王瑤：《關於中國現代文學研究工作的隨想》，《中國現代文學研究叢刊》1980年第 4 期。

> 從政治著眼，過去把徐志摩也否定了。我看他的有些詩，有些
> 散文是好的，政治思想上無害。……但是徐志摩就像有些人說的那
> 麼好？卻也未必。……

> 海外攻擊我們，說我們對有些作家作品不夠重視，我們承認。
> 但有些作家並不像海外評論家說的那樣好。他們有些人的目的就是
> 利用幾個作家來打擊其它作家，他們說錢鍾書寫的《圍城》好，這
> 是對的，我也喜歡……但是夏志清的目的在利用他來貶低茅盾，那
> 就是另一回事了。……他們認爲藝術應該脫離政治，離政治愈遠愈
> 好，我們不會也不可能接受。〔註12〕

在第一章中我就曾經指出過，80 年代的史料發掘和作家作品「重評」工作固然主要是「撥亂反正」，但是也在進行有限度的開拓，這種「限度」在王瑤、唐弢等對夏志清的批評中再次表露無疑。我們絲毫都不需要懷疑王、唐等一代文學史家對於重新恢復現代文學史作爲一門歷史學科的眞誠，他們也一再強調要寫出「正面的好的文學史」，但是關鍵問題是，如何才能寫出這樣好的文學史呢？很明顯，在王、唐等人的規劃中，這種「好的文學史」一方面要保持「現代文學史」作爲一種「文學」史的獨特性質，另外一方面又不能放棄現代文學史在思想內容和政治傾向上的「正確性」。具體一點來說，即使現代文學史在「反帝反封建」的標準下可以拓展它的研究視野和准入原則，但是也決不意味著就可以放棄「左翼文學」的優先地位以及「現實主義」作爲主流的評價體系。「我的看法是：現實主義是否在發展？從中國現代文學史來看，恐怕是在發展的。所以用現實主義這條線貫串中國現代文學史，我覺得還可以。」〔註13〕但是讓人懷疑的是，這種猶豫而舉棋不定的思維是否能夠眞正寫出所謂的「好的文學史」來？不管怎麼說，當時的實際情況是，一方面既沒有人願意做這種「左右逢源」的嘗

〔註12〕 唐弢：《中國現代文學史的編寫問題》，《唐弢文集》第九卷，北京：社會科學
文獻出版社，1995 年 3 月，第 375～376 頁，第 385～387 頁。

〔註13〕 唐弢：《中國現代文學史的編寫問題》，《唐弢文集》第九卷，北京：社會科學
文獻出版社，1995 年 3 月，第 389、390 頁。而王瑤認爲現代文學的歷史特點
是：一，主流是人民的文學；二，是以革命現實主義爲主體並包有多種創作
方法和流派的文學；三是吸收外來文學營養使之民族化、繼承民族傳統使之
現代化的過程；四，是在積極的思想鬥爭中向前發展的。見王瑤：《中國現代
文學的歷史特點》，《王瑤全集》，第五卷，石家莊：河北教育出版社，2000
年 1 月。

試，另外一方面，對於更年輕的學者來說，這種思路顯然過於保守和陳舊，而且依然局限在「政治」這樣一個大的框架裏面討論問題，不過是從「文革」退回到了「五六十年代」而已。

如果說王瑤等人的不同意見還只是一種理性的學科內的學術討論，那麼，1983 年發生的關於「五四文學革命」領導權的論爭和批評則直接凸顯了當時的官方意識形態對現代文學研究設定的「範圍」，而且直接影響到後來「二十世紀中國文學」的提出和命名。〔註 14〕1983 年，南京大學教授許志英發表了《「五四」文學革命指導思想的再探討》一文〔註 15〕，對「五四」文學革命的指導思想提出了不同的意見，許志英在文章的開篇即闡明：

> 一九四九年以前，文化界儘管在不少問題上發生過多次爭論，眾說紛紜，莫衷一是，但是對「五四」文學革命的指導思想的認識卻相當一致，即認為「五四」文學革命同「五四」新文化運動一樣是資產階級啟蒙運動，其指導思想是資產階級民主主義。而在一九四零年以後主要是全國解放以後，文化界對這個本來似乎有了定論的問題的認識來了一個大轉彎，在批判前說是資產階級歷史觀時，建立了新的看法，「五四」文學革命的指導思想是無產階級文化思想。不少論者甚至將一九一七年到「五四」前夕的文學革命運動都說成是無產階級領導的文學運動。有人走得更遠，竟認為李大釗寫於一九一六年的《青春》一文，也表現了「新興的無產階級所特有的那種勇猛創造、堅持樂觀的精神」，言下之意是無產階級一九一六年已在行使其文化領導權了。

在許志英看來，「對這個問題的認識，不僅直接涉及對『五四』文學革命運動的估價，而且在一定程度上影響著對『五四』新文學三十年歷史的估價。解放以後對新文學的一些『左』的觀點，除了別的原因外，與長期以來對『五四』文學革命的指導思想的認識上存在著『左』的看法不無關係。」〔註 16〕實際上，對「五四」文學革命領導權的質疑從「文革」後就開始了，根據錢

〔註 14〕錢理群、楊慶祥：《「二十世紀中國文學」和 80 年代的現代文學研究——錢理群訪談錄》，見附錄一。

〔註 15〕許志英：《「五四」文學革命指導思想的再探討》，《中國現代文學研究叢刊》1983 年第 1 期。

〔註 16〕許志英：《「五四」文學革命指導思想的再探討》，《中國現代文學研究叢刊》1983 年第 1 期。

理群的回憶〔註17〕，1978 年他參加北京大學研究生入學考試的題目中就有一題與此相關，即，「你如何看待毛澤東的「新民主主義論」與現代文學之間的關係？」，錢理群推測這道題是嚴家炎出的。不管當時的學生是如何回答這個問題，這一問題的設置本身就說明了在 1978 年以前絲毫都不能懷疑的「無產階級領導權」的「定論」開始遭到了懷疑。1981 年第 2 期的《中國現代文學研究叢刊》上發表的《文學革命性質質疑》一文也表露出相同的傾向，「建國後編寫的幾十本現代文學史，幾乎一致認爲新文學運動始終都是無產階級領導的。那麼，新文學初期的文學革命運動當然也就是無產階級領導的。我們的現代文學史上也確實是這樣寫的。既然如此，那麼文學革命的性質問題，照理說，就應該是一個早已解決了的問題。然而仔細一琢磨，就會發覺支持這個結論的論據雖然不少，可惜都不那麼充分，似乎還有重新討論的必要。」〔註18〕這篇文章表面上是爲「新文學是無產階級領導的」這一「經典論點」找更「充分」的論據，但是實際上卻是對支撐這一論點的「十大論據」都提出了質疑，並委婉地批評之所以得出「新文學是無產階級領導」的這一論點的原因在於研究方法上的「以論代史」，其言外之意無非就是說該論點實際上是站不住腳的。

對「五四文學革命」指導思想（領導權）隱隱約約的「異見」在許志英的這篇文章中得到了充分的表達，通過對魯迅、郭沫若、茅盾、鄧穎超、毛澤東等人經典言論的詳細考察，許志英得出了一個非常明確的結論：

> 通過以上遠非詳盡的考察，我們的意見實際上已經清楚了：與其說「五四」文學革命的指導思想是無產階級文化思想，不如說是小資產階級革命民主主義思想和資產階級民主主義思想更符合歷史實際。〔註19〕

許志英的這篇文章發表後不久適逢「清污運動」，據說胡喬木看完這篇文章後勃然大怒，並指示立即給以批評〔註20〕，於是嚴家炎、林非、樊駿、楊義等

〔註17〕 錢理群、楊慶祥：《「二十世紀中國文學」和 80 年代的現代文學研究——錢理群訪談錄》，見附錄一。
〔註18〕 稅海模：《文學革命性質質疑》，《中國現代文學研究叢刊》1981 年第 2 期。
〔註19〕 許志英：《「五四」文學革命指導思想的再探討》，《中國現代文學研究叢刊》1983 年第 1 期。
〔註20〕 錢理群、楊慶祥：《「二十世紀中國文學」和 80 年代的現代文學研究——錢理群訪談錄》，見附錄一。

都發表了批評文章〔註 21〕，其中又以嚴家炎、林非的文章爲代表。嚴家炎的批評文章《關於「五四」新文學的領導思想問題》〔註 22〕，首先就對許志英的文章和稅海模的文章提出了批評並提出了自己的觀點：

> 在「五四」文學革命和最初十年新文學指導思想的探討上，也出現了某種值得注意的傾向。有些同志撰文批評、糾正過去某些「左」的極爲簡單化的論點，例如將一九一七年初的文學革命也算作無產階級思想指導時，卻又走向另一極端，輕率地否定了無產階級對「五四」以後新文學的領導作用。

> 這樣一些見解符合文學史的實際嗎？

> 並不符合。應該說，它們有背於基本的歷史事實，與實際情況相距甚遠。……

> 總之，在「五四」以後新文學領導思想的研究上，我們同《再探討》的作者從觀點到方法都是有分歧的。《再探討》一文的論述，我認爲只適用於「五四」以前，不適用於「五四」以後。

另外一篇批評文章是林非發表在《文藝報》1984 年第 2 期上面的《關於「五四」文學革命的指導思想問題》〔註 23〕，林非的觀點與嚴家炎相似：

> 從 1916 年開始是「文學革命」的第一階段，由資產階級思想指導；經過 1918 年到次年之間的馬克思主義宣傳的醞釀時期，即從「五四」前後到 1923 年底「革命文學」的提倡爲止，無產階級指導思想已經在明顯發揮作用。……因此可以說，《新民主主義論》對於這個問題的判斷完全符合客觀實際情況。

在錢理群等人看來，許志英的文章「代表了當時比較敏感的學者的看法，文

〔註 21〕 楊義：《應該如何認識「五四」文學革命》，《中國現代文學研究叢刊》1983 年第 4 期；嚴家炎：《關於「五四」新文學的領導思想問題》，《中國現代文學研究叢刊》1984 年第 1 期；林非：《關於「五四」文學革命的指導思想問題》，《文藝報》1984 年第 2 期；衛建林：《中國現代文學史研究中的一個原則問題——兼評「五四」文學革命指導思想的再探討》，《高校戰線》1983 年第 11 期；林誌浩：《關於「五四」文學革命指導思想的商榷》，《文藝研究》1984 年第 1 期；辛宇：《新民主主義的理論和中國現代文學研究》，《文學評論》1984 年第 1 期；等等。

〔註 22〕 嚴家炎：《關於「五四」新文學的領導思想問題》，《中國現代文學研究叢刊》1984 年第 1 期。

〔註 23〕 林非：《關於「五四」文學革命的指導思想問題》，《文藝報》1984 年第 2 期。

章發表以後，實際上得到了學術界很多人的贊同，」〔註 24〕至於嚴家炎等人的批評文章更多的是一種表態性質，是迫於「上面」的壓力而完成的，因此，這些批評的文章「都寫的很嚴謹，很緩和，盡可能採取學術爭鳴的態度而不是政治批判的態度。」〔註 25〕話雖如此，但是如果說嚴家炎等人的文章完全是表態性質、是違心之言似乎也說不過去，否則就沒有必要這麼長篇大論。實際上，在糾正「極左」觀點的大前提下，對於「領導思想」的問題還是有微妙的分歧，這其中最重要的關節點就是「五四」，在嚴家炎和林非看來，以「五四」為界限區分「指導思想」似乎更為妥當，之前不是「無產階級」指導的，之後卻是「無產階級」指導的。但是這種微妙的分歧卻不一定能在 80 年代強烈的去「政治化、革命化」的氣氛中得到關注，實際情況是，「這件事情當時我們都知道，私下裏都在討論，我們是贊同許志英的觀點的。」〔註 26〕對於錢理群等青年學者來說，這次論爭給他們的提醒更多是「學術策略」上的，在他們看來，「許志英老師太老實，不應該直接去碰。」一方面要擺脫帶有官方意識形態的學術觀點，另一方面又不能直接和官方意識形態對抗，「所以我們的『二十世紀中國文學』就直接把時間從『五四』提前了，這樣就把這個問題消解了。」「提出『二十世紀中國文學』的一個動因就是一方面要迴避這個問題，另一方面又要提出不同的看法。當時許志英的文章及其爭論提醒了我們，也就是說我們現代文學這門學科還是在『黨史』的籠罩之下。所以我們現在要突破它，就是要擺脫現代文學史作為黨史的一部分的屬性，擺脫政治對它的控制，但是直接提到『五四』又為當時的官方意識形態不允許，所以乾脆把時間往前提，使這個學科能夠從革命史的附屬中解脫出來。」〔註 27〕既然「二十世紀中國文學」不再從「五四」開始討論問題，那麼「五四」的指導思想究竟是什麼似乎就可以暫時擱置起來了。但是這可能也只是錢理群等人一廂情願的說法，因為無論怎麼提前，「五四」都是「二十世紀中國文學」這一概念中的核心元素，沒有「五四」文學革命，何來「二十世紀中國

〔註 24〕 錢理群、楊慶祥：《「二十世紀中國文學」和 80 年代的現代文學研究——錢理群訪談錄》，見附錄一。

〔註 25〕 錢理群、楊慶祥：《「二十世紀中國文學」和 80 年代的現代文學研究——錢理群訪談錄》，見附錄一。

〔註 26〕 錢理群、楊慶祥：《「二十世紀中國文學」和 80 年代的現代文學研究——錢理群訪談錄》，見附錄一。

〔註 27〕 錢理群、楊慶祥：《「二十世紀中國文學」和 80 年代的現代文學研究——錢理群訪談錄》，見附錄一。

文學」？其實在錢理群等人關於「二十世紀中國文學」的特徵表述中（「世界文學中的中國文學」、「改造民族靈魂的總主題」、「悲涼的美感特徵」、「藝術思維的現代化」）我們都可以看出「五四」的指導思想其實已經是被置換過了，「二十世紀」這一時間概念不過是表述上的一種「障眼法」而已。

　　80 年代特殊的社會環境使得當時很多新的命名都帶有「策略」的意味〔註28〕。但是如果僅僅是從「學術策略」上去考慮「二十世紀中國文學」似乎又過於簡單化了，畢竟，正如布迪厄所強調的，知識文化活動有其自身的「場域」，即內部過程，從而對其它「場域」特別是政治和經濟場域保持相對的自主性。〔註29〕因此，「二十世紀中國文學」提出的學科背景和知識背景應該也是我們重點考察的對象。

2.1.2　「回到乾嘉」與現代文學研究的創新

　　雖然對於「現代文學」的內涵和外延在 80 年代初就開始出現認識上的分歧，但是，至少在 1985 年之前，現代文學研究的主要思路還是史料的收集整理加工，其所採用的方法大概類似於「乾嘉樸學」的「實證主義」。〔註

〔註28〕比如創作界與「二十世紀中國文學」幾乎同時提出的「新小說」的概念，實際上也是為了迴避「現代派文學」所具有的強烈的「意識形態」色彩。見楊慶祥：《〈新小說在 1985 年〉中的小說觀念》，《南方文壇》2008 年第 4 期。

〔註29〕參見【法】布迪厄：《藝術的法則》，劉暉譯，北京：中央編譯出版社，2001年 3 月。

〔註30〕「在近幾年斐然可觀的整個現代文學領域，資料工作的成就佔有突出的地位。一個學科的資料建設的程度，在一定意義上標誌著這個學科當前理論研究的水平和預示著今後理論研究的發展。」「如果從這個學科的發展來說，目前的資料工作還遠遠不能適應需要。因此，有組織、有計劃、全面、系統地去進行現代文學資料建設已是當務之急。鑒於這種考慮，我認為在現代文學領域應該建立起『史料學』。」（馬良春：《關於建立中國現代文學「史料學」的建議》，《中國現代文學研究叢刊》1985 年第 1 期。）與這種「史料學」的倡導相呼應的是有的高校開設了這樣的專題課，1986 年還出版了第一部新文學史料學方面的著作《新文學資料引論》，該書對現代文學研究中史料的收集整理、考證、版本、校勘、目錄等五個方面進行了歸納和闡述，「相當系統地、全面地規定了現代文學史料工作的範圍、任務和方法，……為建立現代文學史料學安放了第一塊基石。」（樊駿：《關於中國現代文學史料工作的總體考察》，《中國現代文學論集》（上），北京：人民文學出版社，2006 年 2 月。）在其引言中，作者認為：「中國傳統的研究方法，清代的樸學精神，在我們的現代文學研究中，也是應予繼承的。他們耙梳史料、考據、校訂的本領，也應該學習和發揚。」（朱金順：《新文學資料引論》，「引論」，北京：北京語言

30〕現代文學的這種研究思路只是 80 年代初期整個人文社科研究領域的一個
典型代表而已,在 80 年代初,「回到乾嘉」的實證主義研究方法實際上是整
個文史研究界的一股「潛流」。之所以說是「潛流」,借用王學典的說法:「在
近日中國的條件下,是不會有人公開舉起『回到乾嘉』的旗幟的,但是也並
非無跡可尋。至少,我們可以從史學界 1981 年開始提倡呼籲強調必須用馬
克思主義指導歷史研究,批評、指責、抑制『重史輕論』的現象中,看出這
股潛滋暗長的思潮影響之大。」〔註 31〕另外一篇研究者的文章也指出:「事
實上,就當時的論文而言,無論是選題、內容,還是論證方式、價值追求、
表述方式等方面,均是朝著考據史學方向在努力的。因此,這個時期存在崇
尚考據、崇尚乾嘉時代的學術潛流是確定無疑的。」〔註 32〕與現代文學研究
相似,整個史學界「回到乾嘉」的思潮其實質是強調歷史事實的「客觀性」
和「科學性」,其主要目的是為了擺脫前此時期歷史研究領域的「教條主義
傾向」和「影射史學」的實用主義惡劣學風。它的盛行必然出現的一個結果
就是:「淡化甚至排斥馬克思主義理論的傾向。」〔註 33〕「近來聽說還有極
少數輕視或不太信任馬克思主義的史學工作者,又強調『乾嘉學者』的考據。
考據之學,當然我們仍是需要的。我也欽佩乾嘉學者的淵博和巨大成就,他

學院出版社,1986 年 10 月。)正如有的評論者所指出的,「(該著)的一個顯
著特點是繼承傳統的研究方法。」(藍棣之:《繼承傳統的研究方法——讀朱
金順〈新文學資料引論〉》,《中國現代文學研究叢刊》,1987 年第 1 期。)實
際上,「這些進展和成就的取得,都不僅僅來自現代文學的史料工作者的努
力,同時還有多種其它學科的貢獻,比如隨著中國現代史、中華民國史、中
共黨史、現代出版史等學科的研究和史料工作的全面鋪開,以及各地的地方
志編修工作的提上日程,還有《新文化史料》等刊物的出版發行,都為現代
文學研究提供了大量的史料……總之,上述各個方面的成就,是學科內外、
國內外的眾多人士共同努力的結果。」「這些事例說明,中國現代文學的史料
工作之所以能有這樣的進展和成就,決不是偶然的,或者孤立的,而是我們
整個學術工作終於走上了正規的健康的發展的道路的產物。」(樊駿:《關於
中國現代文學史料工作的總體考察》,《中國現代文學論集》(上),北京:人
民文學出版社,2006 年 2 月。)

〔註 31〕王學典:《二十世紀後半期中國史學主潮》,濟南:山東大學出版社,1996 年
1 月,第 118 頁。

〔註 32〕侯雲灝:《20 世紀中國史學思潮與變革》,北京:北京師範大學出版社,2007
年 1 月,第 320 頁。

〔註 33〕侯雲灝:《20 世紀中國史學思潮與變革》,北京:北京師範大學出版社,2007
年 1 月,第 323 頁。

們的許多著作今天我們仍要利用。但科學總是後來居上的，處於我們這個時代，完全有條件超越他們，而他們決不可能達到我們所能達到的水平。」〔註34〕「由於傳統的錯誤歷史觀和治學方法對我們歷史工作的消極影響，特別是十年內亂對歷史工作的消極影響，使得部分史學工作者理論興趣十分淡薄，越來越只是醉心於瑣細問題的考證。這種情緒，對於馬克思歷史科學的發展，顯然是不利的。」〔註35〕不過對於當時的史學界來說，這種批評的態度顯得比較「僵硬」和「無力」，「大多數人卻把對『回到乾嘉去』傾向的批評僅僅變成對用馬克思主義治史重要性的簡單宣傳，變成了一種政治表態，有的甚至是一種自我保護的措施。」〔註36〕但是不管是出於什麼目的，對於把歷史研究僅僅變成「回到乾嘉」的實證考據之學的不滿卻是確實存在的，一個叫陳忠龍的讀者在 1981 年的一封給《歷史研究》編輯部的信中〔註37〕就表達了這種不滿：

> 看了最近幾期的《歷史研究》以後，有一個感覺：發表的文章，真正對歷史進行「研究」的比較少，而對歷史「考證」的卻大量增加。有的考證不能說沒有益處，但起碼說益處不是很大。……我以為，《歷史研究》今後可以多發表一些這樣的文章：從歷史的經驗教訓中，找出一些規律性的東西，給人以啟示，給人以教育。

《歷史研究》編輯部特別把這封信予以發表，並附了編者的話：

> 陳忠龍同志的意見很好。掃蕩了「四人幫」的假大空的影射史學以後，歷史論文趨於求實，這是一件好事。但求實不能停在僅僅弄清歷史現象上，而應深入探究歷史本質及其規律。本刊願以此與作者共勉。

〔註34〕 熊紹基：《從中國古代史的「論文答辯」談到有關專業的素養問題》，《江西社會科學》1981 年第 2 期。

〔註35〕 丁偉志：《馬克思主義與宏觀歷史研究》，《人民日報》1981 年 8 月 25 日。另外，與此相關的文章還有這些：戴逸：《歷史研究要以馬克思主義作指導》，《人民日報》1981 年 4 月 2 日；胡如雷：《時代賦予歷史學家的中心使命》，《光明日報》1982 年 2 月 1 日；劉大年：《歷史與現實》，《近代史研究》1981 年第 4 期；葛懋春：《論史論結合的幾個問題》，《文史哲》1982 年第 2 期；楊生民：《歷史學必須以馬克思主義為指導》，《光明日報》1981 年 5 月 18 日；吳懷祺：《談「功力」與「學問」》，《光明日報》1981 年 7 月 13 日。等等。

〔註36〕 王學典：《二十世紀後半期中國史學主潮》，濟南：山東大學出版社，1996 年 1 月，第 123 頁。

〔註37〕 陳忠龍：《關於「考據」文章的意見》，《歷史研究》1981 年第 3 期。

與此情況相伴隨的是關於「史學危機」說法的出現。一個數據表格〔註 38〕直觀地顯示了這種情況：

根據中國期刊光盤資源，以任意詞檢索所得論文條目，列表如下

（單位：條）

年代\條目	社會	社會史	文化	文化史	乾嘉（乾嘉史學）	國學	國學熱	考證（包括考據）	史學危機	總數
50／79	36820	44	17086	26	11	505	無	124	無	54616
80／92	57175	154	17920	241	94	930	無	657	16	77187

統計顯示，1950～1979 年，「乾嘉」專題所佔的年平均數為 11％，而 1980～1992 年為 94％；1950～1979 年「史學危機」條目為零，1980～1992 年則為 16％。〔註 39〕這種對歷史研究現狀的不滿隨著 80 年代社會環境和知識氣候的改變而變得越來越強烈，「在高校歷史系，大凡為『歷史而歷史』的課程和學術報告，很難引起青年學子的興趣與共鳴……反之，探討『通古今之變』的課程和學術演講，常使青年學子興奮不已。特別是初出茅廬的青年學者所作的具有強烈時代感的學術演講，更是座無虛席。」〔註 40〕「到了 20 世紀 80 年代，現行歷史解釋模式顯然已無法解釋人們在變動中的現實的感受和思想，『回到乾嘉去』所進行的知識積纍遂喪失其方法和意義。青年人尤其痛感到，據說是『究天人之際，通古今之變』的史學已經變成與自己的生命和時代漠不相關的東西。」〔註 41〕由此可見，所謂的「史學危機」其實指的就是 70 年代末以來的以「乾嘉漢學」為方法的知識積纍已經不能滿足學術界思想界發展的需要，從而要求變革現行的歷史研究模式和解釋框架的一種學術傾向。

實際上我們可以看出，史學研究的這種情況也同樣出現在現代文學研究

〔註 38〕侯雲灝：《20 世紀中國史學思潮與變革》，北京：北京師範大學出版社，2007
　　　　年 1 月，第 321 頁。
〔註 39〕侯雲灝：《20 世紀中國史學思潮與變革》，北京：北京師範大學出版社，2007
　　　　年 1 月，第 321 頁。
〔註 40〕劉澤華：《「史學危機」與歷史再認識》，《書林》1986 年第 2 期。
〔註 41〕江湄：《「實證」觀念與當代中國史學》，《史學月刊》2001 年第 4 期。

界，我在本書的第一章中已經指出，從 70 年代末到 80 年代初，現代文學研究主要集中在史料的發掘、收集和整理的工作上，從某種意義上講這些工作類似於「補課」，積累了大量的文學史知識，雖然這一過程必不可少，但從根本上卻沒有動搖原有的文學史敘述框架和敘述理念。在一些青年學者看來，當時現代文學研究存在諸多問題：「局部研究大於整體研究，說好話，談積極性的方面多，談局限性的方面少」「這也導致文學批評中感情因素超越於審美因素」。〔註 42〕「用材料的豐富能不能補救理論的匱乏呢？如果涉及的是換劇本的問題，那麼只是換演員、描布景、加音樂，恐怕都無濟於事。」〔註 43〕「我們所要強調的是文學史研究上的一個方法問題，即從宏觀角度去研究微觀作品。……很多重要的作品，需要放到新的概念中去細細地重新讀幾遍，一定能有一些新的『發現』。」〔註 44〕正如「史學危機」要求史學界進行新的改變和突破〔註 45〕，雖然現代文學研究界當時並沒有出現類似於「哲學的貧困，經濟學的混亂、法學的幼稚，史學的危機」〔註 46〕等說法，但是突破這種「換湯不換藥」的方法和思路卻成為當時研究界尤其是青年學者的主要學術興趣點。因此，從什麼角度，尋找什麼理論和思路來突破現代文學研究的困境，從而達到變革舊有理論框架的目的，成為當時現代文學研究界「創新」的主要著眼點。

1984 年前後，現代文學研究「突圍」的焦點漸漸集中到了「整體研究」或者「宏觀研究」上。《現代文學研究叢刊》1984 年第 1 期的「如何開創中國現代文學研究的新局面筆談」中發表的兩篇文章就非常有代表性，分別是彭定安的《加強現代文學的綜合研究》〔註 47〕和王富仁的《開創新局面所需要的「新」》〔註 48〕。彭定安在文中指出：

〔註 42〕 陳思和：《關於「重寫文學史」》，《筆走龍蛇》，濟南：山東友誼出版社，1997 年 5 月。

〔註 43〕 陳平原、黃子平、錢理群：《關於「二十世紀中國文學」的對話》，原載《讀書》1986 年第 6 期。收入《二十世紀中國文學三人談·漫說文化》，北京大學出版社，2004 年 8 月，第 31 頁。

〔註 44〕 陳平原、黃子平、錢理群：《關於「二十世紀中國文學」的對話》，《二十世紀中國文學三人談·漫說文化》，第 88 頁。

〔註 45〕 參見《提倡學術自由 繁榮歷史科學——首都部分史學工作者座談會紀要》，《歷史研究》1985 年第 1 期。

〔註 46〕 參見侯雲灝：《20 世紀中國史學思潮與變革》，北京：北京師範大學出版社，2007 年 1 月，第 323 頁。

〔註 47〕 彭定安：《加強現代文學的綜合研究》，《中國現代文學研究叢刊》1984 年第 1 期。

〔註 48〕 王富仁：《開創新局面所需要的「新」》，《中國現代文學研究叢刊》1984 年第 1 期。

　　所謂綜合研究，首先是把現代文學當作一個整體、一個系統來研究。總的說來，文學研究包括文學史、文藝理論和作家作品這幾個方面的研究，我們一般都是分工協作地分部研究的，然後，在必要時例如寫文學史的時候進行「組裝」，它們之間常常是各自獨立地拼合在一起的，或者在「組裝」時，在「技術上」加工一下，使它們具有了外在的、行文上的聯繫，最多是在內容上互相照應一下。這仍然不是綜合研究。綜合研究應該是把研究對象作為一個具有內在聯繫、具有獨特結構的整體來對待的。亞里士多德的著名論點：「整體大於它的各部分的總和」，對於現代文學研究，也是適用的。當我們把所研究的各個對象都做為「現代文學」這個系統的一個組成部分，而以「整體」觀念來對待時，我們就會發現進行分部研究時得不到的東西。

　　對於現代文學進行綜合研究的另一方面的內容，便是把文學這個系統和相鄰系統結合起來研究。文學不是一個自我封閉體，而是一個開放系統，又是一個接受系統，這個系統同經濟、政治、思想、文化、教育、藝術、宗教等等都有密切的關係。它是「生活」於這個大系統之中的，大系統中的任何一項都滲透、影響文學這個系統而文學又滲透、影響其它系統和整個大系統。我們看到，中國現代歷史上政治、經濟、思想、文化、宗教等各個方面，無不烙印於中國現代文學，而現代文學也總是參與了這些「兄弟」系統的鬥爭和發展。從這樣一種大範圍、廣視野的系統來對現代文學進行綜合研究，就可以看到現代文學是一個「生活」於中國現代社會中的活的肌體而具有它自身的特質、形象、發展規律。

　　綜合研究的另一個意思是，從一個「文學的世界」來瞭解社會、歷史，然後又返回來考察文學。

而在王富仁看來，現代文學研究的「創新」需要「新的眼光、新的角度、新的標準和新的態度」，其中「宏觀研究的新角度」是關鍵所在：

　　我認為，當前現代文學研究的主要問題是微觀研究較多，宏觀研究不足。所謂的宏觀研究，主要指下列幾個方面：（一）把中國現代文學放在整個世界文學的發展中進行研究；（二）把中國現代文學放在整個中國文學的發展中進行研究；（三）把中國現代文

學放在整個中國現代歷史尤其是思想發展史中來研究；（四）研究
中國現代文學發展的總體變化規律和特點；（五）研究中國現代文
學各個發展階段的總體特徵及與前後期的衝接和變化；（六）研究
貫穿在整個現代文學史中的流派、風格、體裁、主題題材等等的
變化和發展、產生和消亡的脈絡和規律；（七）研究現代文學與當
代文學的關係……

　　宏觀研究之所以重要，不僅因為它是研究中國現代文學在整個
世界文學和中國文學發展中的地位和作用，研究中國現代文學自身
發展的特點和規律的必由之路，而且也規定和制約著現代文學研究
中一個作家、一個作品、一個事件等等的微觀研究。整體性畫面的
不清晰，也必然影響對局部畫面的完整而準確的認識。

我們注意到，在彭定安和王富仁的定義中，所謂的「綜合研究／宏觀研究」
實際上是在兩個方面展開的，一方面是學科內的「綜合」，既包括橫向上的
文學理論、文學史和作家作品的綜合研究，也包括把現代文學放在整個中
國文學和世界文學的視野中來考察。另外一個方面就是學科與學科之間的
綜合，也就是把文學與經濟、政治、思想、文化、教育、藝術、宗教等等
聯繫起來研究。當然這兩個方面是緊密聯繫在一起的，學科之間的溝通和
拓展其目的是為了「返回來考察文學」〔註 49〕，也就是趙園所謂的：「現代
文學研究只有『破關而出』，才有可能真正『返回自身』，──一個古怪然
而真實的邏輯。」〔註 50〕

　　其實這個邏輯並不古怪，「到了 1985 年左右，尤其是創新座談會後，它
意味著現代文學研究進入了學科建設自身的階段，我們發現這個學科單獨研
究不行了，應該有一個整體的突破，開始進入宏觀的研究，當時陳思和也提
到了這個問題，就是所謂的『整體觀』。」「當時很多的年輕學者都有兩個想
法，一個是走向世界，另一個就是打通『近、現、當、代』」〔註 51〕為此，錢
理群專門在他參與編輯的 1985 年第 3 期的《中國現代文學研究叢刊》上策劃

〔註 49〕 彭定安：《加強現代文學的綜合研究》，《中國現代文學研究叢刊》1984 年第 1
　　　　 期。

〔註 50〕 趙園：《一九八五：徘徊、開拓、突進》，《中國現代文學研究叢刊》1986 年第
　　　　 2 期。

〔註 51〕 錢理群、楊慶祥：《「二十世紀中國文學」和 80 年代的現代文學研究──錢理
　　　　 群訪談錄》，見附錄一。

組織了三個專欄：「論壇」、「現代文學與近、當代文學的匯通」、「在世界文學的廣闊背景下研究文學」。發表了吳中傑、張中、夏曉虹、黃子平、張琢、陳平原、伍曉明等七個青年學者的文章，其中既有方法論上的探討、也有個案的研究，基本上都是圍繞著錢理群所謂的「兩個想法」做文章，比如吳中傑的《現代文學研究要破關而出》〔註52〕認為：

> 我贊成文學史的分期應該考慮自身的特點，不能簡單地與政治史混同；也認為五四以後的文學是新文學，有別於五四以前的舊文學，應該分成兩個階段。但覺得將五四到建國這三十年間的文學孤立起來研究，總有點割裂之感。有些文學現象不容易談清楚，有些作家也有被腰斬之弊。這是不是也是一種閉關狀態將研究對象分得太細了，割得太碎了，不容易得到一個完整的印象。要談流變，要將問題研究得深入，看來還得破關而出。我以為不妨將近代文學與現代文學包括當代文學連起來研究，構成一個大的段落。其實前人本來就是這樣做的。將現當代文學分開來研究，這只是近年來的事。魯迅的《上海文藝之一瞥》，就從晚清的才子文人一直談到當時（該文寫於一九三一年）的革命文學家，講清了某種文藝思潮的流變；胡適的《五十年來中國之文學》和陳子展的《最近三十年中國文學史》也是將近、現代文學放在一起研究的，對於我們瞭解五四文學思潮的由來有所裨益。

1985 年「關於現代文學作為學科整體的重新估量和思考，這也許是學科形成以來初次發生的現象。而一個關係到學科未來發展的重大問題接近於理論上的解決，這前景不能不令人興奮。長期醞釀之後，由近、現、當代文學的研究現狀出發，思路幾乎彙聚在同一點上，那麼較為系統全面的論證的提出，就近於『瓜熟蒂落』了。」〔註53〕趙園認為，這種全面系統論證的代表即是

〔註52〕 吳中傑：《現代文學史研究要破關而出》，《中國現代文學研究叢刊》1985 年第 3 期。同時期持類似觀點的文章還有很多，如張中：《近、現、當代文學史的 合理分工和一體化研究》，《中國現代文學研究叢刊》1985 年第 3 期；宋永毅：《重大突破後的徘徊──現代文學研究學科革命的思考》，《中國大學生》創 刊號 1985 年 4 月；王錫倫《論中國現代文學史的分期》，《北方論叢》1985 年第 1 期；鮑昌：《現代文學研究與當代文學思潮》，《中國現代文學研究叢刊》 1985 年第 4 期。等等。

〔註53〕 趙園：《一九八五：徘徊、開拓、突進》，《中國現代文學研究叢刊》1986 年第 2 期。

《新文學研究中的整體觀》〔註 54〕和《論「二十世紀中國文學」》〔註 55〕這兩篇論文的公開發表。就「整體觀念」的落實這一點來說，這種判斷應該是有道理的，無論是陳思和的「整體觀」還是「二十世紀中國文學」，其最鮮明的特徵之一就是把以往割裂的「現代」、「當代」重新「整合」在一起。但是需要注意的是，這種「整合」卻並不就是簡單的「近、現、當代」的打通，以「二十世紀中國文學」來說，它不但沒有把「近代」整合進來，反而是把「近代」毫不猶豫地排斥到了「二十世紀中國文學」的範圍之外，比如在吳中傑的文章中，「近代文學」至少應該從龔自珍算起，甚至是要溯源到「晚明」〔註 56〕，這種思路類似於陳學超在 1983 年提出的「百年文學史」的概念〔註 57〕。但是在錢理群等人看來，「陳學超的那個提法是從鴉片戰爭來說的，我們覺得他還是從政治的角度來說的。我們主要強調要從文學的角度來說，這樣的話『鴉片戰爭』顯然構成不了一個轉折，比如龔自珍，我們覺得他是古代文學最後的一個大家，但他不是開創者，而是最後的終結者，而『百年文學史』就要把龔自珍放在裏面。但是在我們看來龔自珍並不能代表一個時代的開始，所以從文學的角度來說，我們偏重從 19 世紀晚期開始。」〔註 58〕這裏暗示了「二十世紀中國文學」的兩個向度，第一，「二十世紀中國文學」雖然把「現代文學史」提前到了「五四」之前，但「五四」的決定性地位是不可動搖的，這是「現代文學」之所以爲「現代」的決定性因素。〔註 59〕第二，「二十世紀中國文學」指向的是「當代」，但又不僅僅局限在「當下文學」，而是指向一個具有「五四」精神的未來文學「規劃」。正如《論「二十世紀中國文學」》開篇所言：「初步的討論使我們意識到，這並不單是爲了把目前存在著

〔註 54〕陳思和：《新文學研究中的整體觀》，《復旦學報》1985 年第 3 期。

〔註 55〕黃子平、陳平原、錢理群：《論「二十世紀中國文學」》，《文學評論》1985 年第 5 期。

〔註 56〕吳中傑：《現代文學史研究要破關而出》，《中國現代文學研究叢刊》1985 年第 3 期。

〔註 57〕陳學超：《關於建立中國近代百年文學史研究格局的設想》，《中國現代文學研究叢刊》，1983 年第 3 期。

〔註 58〕錢理群、楊慶祥：《「二十世紀中國文學」和 80 年代的現代文學研究──錢理群訪談錄》，見附錄一。

〔註 59〕在這一點上，錢理群等人的觀點似乎又回到了王瑤等人那裏，王瑤在《關於現代文學史的起訖時間問題》一文中就堅持認爲現代文學的起點應該是從「五四」開始。見王瑤：《關於現代文學史的起訖時間問題》，《王瑤全集》，第五卷，石家莊：河北教育出版社，2000 年 1 月。

的『近代文學』、『現代文學』和『當代文學』這樣的研究格局打通，也不只
是為研究領域的擴大，而是要把二十世紀中國文學作為一個不可分割的整體
來把握。」〔註60〕

2.2 「現代化」與「去歷史」敘事

2.2.1 倡導者的歷史意識和文學史規劃

　　不管「二十世紀中國文學」的發生是多麼順其自然的事情，一個事實是，
它是一個擁有「主體」的話語事件，在當事人看來〔註61〕，「三人談」之間的
合作帶有很大的偶然性，一來他們三人正好一個研究近代、一個研究現代、
一個研究當代，二來當時他們都是北大的單身漢，平常沒什麼事情喜歡在一
起聊天，所以才有：「我們在各自的研究課題中不約而同地，逐漸形成了這麼
一個概念。」〔註62〕「但需要說明的是，這裏將『二十世紀中國文學』作為
80 年代文化的核心範疇加以考察，並非要格外突出這一論述的署名權／發明
權，也並不認為這種論述對當時文化語境的『因應』是出於三位研究者個人
先知先覺的『天才』，而是在福柯理論的意義上首先質詢『作者是什麼』之後，
將這一文學史表述視為某種話語構成的徵兆，亦即在譜系學意義上將其視為
某一話語形態『出現』／顯影的話語事件。」〔註63〕自「二十世紀中國文學」
提出以來，它就不可避免地與三個名字捆綁在一起，因此，「作者是誰」構成
了「二十世紀中國文學」最重要的一部分。我將從兩個方面對此進行考察，
一是三個倡導者的歷史意識和自我意識，另外一個是由此而生成的文學史規
劃。

一

　　錢理群、陳平原、黃子平經歷了那個時代大部分年青人相似的生活：接

〔註60〕黃子平、陳平原、錢理群：《論「二十世紀中國文學」》，《二十世紀中國文學
　　　　三人談》，北京：人民文學出版社，1988 年 9 月，第 1 頁。
〔註61〕錢理群、楊慶祥：《「二十世紀中國文學」和 80 年代的現代文學研究——錢理
　　　　群訪談錄》，見附錄一。
〔註62〕黃子平、陳平原、錢理群：《論「二十世紀中國文學」》，《二十世紀中國文學
　　　　三人談》，北京：人民文學出版社，1988 年 9 月，第 1 頁。
〔註63〕賀桂梅：《重讀「二十世紀中國文學」》，《當代作家評論》2008 年第 4 期。

受革命教育、上山下鄉、參加恢復的高考等，因此他們三人的知識背景有共性的一面，基本上來自三個大的知識系統，一是早期正統的馬克思主義、社會主義的革命教育；二是 80 年代後伴隨「思想解放」而來的西方 19 世紀文藝復興的思想傳統，主要是人道主義；三是伴隨「文化熱」而來的西方現代思想傳統，如存在主義、精神分析學等等。當然，因爲個體的不同，他們各有所側重，錢理群就曾經坦言：「當時……有一個西方思潮（指 1985 年左右的「文化熱」），陳、黃跟這個跟得比較緊，比較熟悉，但是我當時年齡比較大，學外語很吃力，我當時想與其花這麼多時間精力學外語，半懂不懂的，不如乾脆放棄，而且我對西方理論本身也不大感興趣，因爲我是更重視經驗、體驗，除了對馬克思理論有一點瞭解以外，其它的理論都不太瞭解。」〔註 64〕不過需要注意的是，無論這些個體的差異多大，卻有一個大概一致的訴求，那就是企圖通過「新知識」來更新「舊」的知識構成。

這種急於擺脫「革命話語／知識」的控制的趨勢一方面來自於對「文革」的不滿，另外也來自於對 1949 年以來形成的高度統一的「意識形態話語」的背離。根據一些學者的研究，「文革」帶來的後果是非常複雜的：「起初，這場運動帶來了空前的自由。……人們可以隨意閱讀官方的或是紅衛兵的報紙，對各種活動也根據自己的興趣決定是否參加，調查生活和查閱個人的檔案以及參加一些自己認爲是有益的活動。通過這些經驗，他們瞭解了被隱瞞起來的權貴們的特權，官僚腐敗和相互傾軋，還有其它一些弊病。……對於城市居民來說，相當普遍的反應，是他們感到自己在文化大革命前太幼稚和容易上當受騙，……這是文化大革命所導致的一種反作用，即利用人們的盲目的信仰最大限度地進行了動員，結果卻使人們覺醒並形成自己獨立的見解和意味深遠的懷疑主義。」〔註 65〕在 1980 年代思想解放的潮流中〔註 66〕，如何擺脫「革命」的「話語方式」和「知識譜系」成爲當時知識界的一個難題。之所以說是難題，就在於「知識譜系」和「話語方式」的更新是一個相對比

〔註 64〕 錢理群、楊慶祥：《「二十世紀中國文學」和 80 年代的現代文學研究——錢理群訪談錄》，見附錄一。

〔註 65〕 【美】R.麥克法誇爾、費正清：《劍橋中華人民共和國史》，第十章「人民共和國的城市生活」，北京：中國社會科學出版社，1992 年 8 月，第 716 頁。

〔註 66〕 需要指出的是，雖然對「文革」的懷疑有可能呈現出多樣化的趨向，但是在「思想解放」的號召之下，「個人記憶」卻有可能被「集體記憶」所遮蔽，從而出現對「革命」、「社會主義」一概否定的「一邊倒」情況。

較緩慢的過程，如果閱讀 1985 年以前的現代文學研究的文章，我們會發現一個有趣的問題，雖然一些文章表達的觀點與以前大不相同，但是就文體和文風而言，卻幾乎都是「黨八股」和「毛文體」。從這個意義上來說，1985 年左右的知識界必須通過一種新的話語方式的提倡來推動知識譜系（文化譜系）更新，在這一點上，「二十世紀文學三人談」和「尋根文學」的發生形成某種隱秘的呼應關係〔註67〕，「具體到『20 世紀中國文學』提出時的歷史語境來說，關鍵問題並不在於質疑當時支撐著現代文學學科體制的主流知識體系，那種強烈的『破關』意識本身已經宣告了這一知識體系的失效；更關鍵的問題在於以怎樣的『語言』來表述（或『創造』）新的共識。」〔註68〕也可能是從這點考慮，陳平原在回首「二十世紀中國文學」時指出：「其實，我更看好和《論「二十世紀中國文學」》同時發表的『三人談』，也就是在《讀書》雜誌上刊出的那個系列。不是說思想有多高深，關鍵是文體意識，還有醞釀這種文體的文化氛圍。以前，我們都是正兒八經地寫論文，現在改用談話的方式，發表『思想的草稿』，這個值得注意。……所謂『思想的草稿』，就是有想法，但不成熟，還沒有定型，還在思考過程中。我們把尚不完整的思考說出來，吸引同道，一起來攻關。這是一種新的嘗試。也正因此，很多人對《讀書》上『三人談』的印象，遠遠超過作為主體的《論「二十世紀中國文學」》——那是我們的主打產品。」〔註69〕其實在 1985 年，他們已經意識到了這種「文體」嘗試的意義，在《二十世紀中國文學三人談》的「寫在前面」中，作者專門為這種「對話文體」的合理性作了大量的解釋：「對話——作為一種人際交流的方式，同時也是一種文學批評的方式，一種思想增殖的方式」「古往今來，不知有多少新鮮的見解、大膽的設想以至神妙的雋語，都是在對話中產生的。書信往來，文章商榷，都不若直接的對話來得帶勁。在直接的對話中，你領略到思考的樂趣、口語的魅力和一種『現場氣氛』。」「顯然，光會說不

〔註67〕 阿城在談到尋根文學的興起的時候就坦言：「從文化構成來看……1949 年是最大的一個坎兒，從知識結構、文化構成直到權力結構，終於全盤『西化』，也就是唯馬列是瞻」，這種「轉型」帶來的直接後果就是生活方式、情感模式、話語表達上的高度「集體化」，所以「尋根派」就是「要去找不同的知識構成，補齊文化結構，（這樣）你看世界一定就不同了。」見查建英：《八十年代訪談錄·阿城》，北京：三聯書店，2006 年 5 月。
〔註68〕 賀桂梅：《重讀「二十世紀中國文學」》，《當代作家評論》，2008 年第 4 期。
〔註69〕 查建英：《八十年代訪談錄·陳平原》，北京三聯書店，2006 年 5 月，第 128、129 頁。

會聽的對話不是眞正有水平的對話，在這裏，『開放的心態』，『精神互補』，『眞理面前人人平等』等等，比什麼都重要。」「我們渴望見到更多的未加過分整理的『學術對話錄』的問世，使一些述而不作的研究成果社會化，使一些『創造性』的碎片得以脫穎而出，並養成一種在對話中善於完善、修正、更新自己的理論構想的風氣。」「如今風行『紀實文學』、『報告小說』和『口述實錄文學』，在文學批評和研究中，是否可以嘗試一下『口述實錄評論』呢？」〔註70〕花這麼長的篇幅來論證文學批評的文體問題似乎顯得有些「饒舌」，但這是可以理解的，一方面「文革」遺留下來的「大批判」的遺風依然讓人心有餘悸，「對話體」背後所隱藏著的「學術面前人人平等」的觀念需要予以強調；另外一方面，對於陳、黃、錢三人來說，知識譜系的更新首先需要借助一種有效的「形式」，通過這種「形式」呼應新的「內容」，「用對話形式發表的文學研究，可能在文體上也呼應了一種開放的批判觀」〔註71〕。

在這裏，「文體」實際上已不是一個簡單的「體裁」問題，而是「個體」得以彰顯其歷史意識和歷史觀念的一種有意味的「形式」。在以往的文學史研究中，歷史（文學史）是外在於個體研究者的，歷史（文學史）經過經典化的種種複雜程序以後，已經被完全儀式化。在這種儀式化了的「歷史」（文學史）面前，個體的研究者實際上是被「規訓」過的「讀解者」，他只能按照既定的文學史知識和文學史判斷進行「布道」，而不能把個體的感受、經驗和思考過多地放入到對象中去，更不能脫離意識形態劃定的範疇去討論和分析對象。但是在 1985 年的歷史語境中，這種情況發生了變化。「80 年代對於我們來說面臨一個很具體的問題，當時我們還是青年學人（雖然從年齡上來說我已經不是青年了），我們需要爭取自己的發言機會，爭取自己的言論空間。」〔註72〕「回頭看 80 年代學術，1985 年以前和以後，是兩回事情。我估計，這與整個人文環境和人才培養有關係。所謂人文環境，是指經歷思想解放運動，整個學術界，緩過氣來；走過最初的『撥亂反正』，開始思考一些深層次的問

〔註70〕黃子平、陳平原、錢理群：《寫在前面》，《二十世紀中國文學三人談》，北京：人民文學出版社，1988 年 9 月，第 1～4 頁。

〔註71〕原話是：「用對話的形式發表的文學研究，是否可能在文體上也呼應了這種開放的批評觀呢？」見黃子平、陳平原、錢理群：《寫在前面》，《二十世紀中國文學三人談》，北京：人民文學出版社，1988 年 9 月，第 8 頁。

〔註72〕錢理群、楊慶祥：《「二十世紀中國文學」和 80 年代的現代文學研究——錢理群訪談錄》，見附錄一。

題。而文化大革命以後培養出來的研究生，也開始走上學術崗位。作家不念
大學，也可以寫出好小說。但學界不一樣，有沒有受過良好的學術訓練，差
別很大。幾屆研究生出來，整個學界風氣大變，這點很明顯。在電影界，七
七級大學生，1982 年畢業，兩三年後，可以獨立拍電影了。印象中，似乎音
樂和美術走得更快，更急，只是大眾不太瞭解而已。我的感覺是，1985 年，
整個京城文化界，全都『蠢蠢欲動』，不是『躍躍欲試』。」〔註 73〕「文體」
的變化凸顯了個體在歷史面前所具有的自由度和個人性，對歷史終於可以「說
三道四」了，在錢、陳、黃等人看來，必須通過「發言」獲得一種新的歷史
意識和身份認同。他們的這種努力獲得了各種力量的支持：前輩學人的指點
和支持，大牌雜誌的鼎力相助，青年同仁之間的互通聲氣、相互合作。可以
說，在 80 年代現代文學研究的「場」內，其輿論導向和資源配比實際上是非
常有利的，「好老師，好編輯，好雜誌和出版社，還有我們自身的努力，八十
年代的學術研究的小環境實際上是很好的。」〔註 74〕這種學術環境鼓勵一系
列的越位和出界，並與整個社會「除舊逐新」的思想傾向保持一致，因此，「二
十世紀中國文學」的提出幾乎不出意外地獲得了熱烈的反響〔註 75〕並獲得某
種示範性的「成功」〔註 76〕。

〔註 73〕 查建英：《八十年代訪談錄‧陳平原》，北京三聯書店，2006 年 5 月，第 126
頁。

〔註 74〕 錢理群、楊慶祥：《「二十世紀中國文學」和 80 年代的現代文學研究——錢理
群訪談錄》，見附錄一。

〔註 75〕 不過需要指出的是，在 80 年代的學術場內，始終就有不同的聲音發出，即使
如嚴家炎、王瑤等人雖然一方面支持並讚賞「二十世紀中國文學」提出的勇
氣和創造力，但是另外一方面也對其中的內容表達了不同的意見，這種分歧
源於不同的文學史觀念、知識結構和情感認同。「嚴家炎老師後來婉轉地批評
了我們，他覺得我們還沒有做更深入的研究就提出這麼宏大的概念，不妥。」
（錢理群、楊慶祥：《「二十世紀中國文學」和 80 年代的現代文學研究——錢
理群訪談錄》，見附錄一。）「另外，你們很少講文學與時代的關係，連一戰
二戰這樣的大事似乎都跟文學毫無關係」（孫玉石在《關於「二十世紀中國文
學」的兩次座談》上的發言，時間是 1986 年 7 月，收入《二十世紀中國文學
三人談‧漫說文化》，北京大學出版社，2004 年 8 月，第 98 頁。），等等。

〔註 76〕 「二十世紀文學」提出之後，在青年學者之間引起很大的反響，根據當時的
青年批評家李劼的回憶：「當時，又正值北大的幾個年輕同行，在《讀書》雜
誌上發表了有關二十世紀文學史的一些看法。王曉明認為我們上海也可以做
個相應的表示。」見李劼：《上海八十年代文化風景》之《有關人文精神討論
及其它「合作」舊事》，這是李劼 2003 年寫於美國紐約的長篇回憶文章，轉
載於國內各大網站。來自「左岸會館」http://www.eduww.com/bbs/。

二

如果單單從「事件」的意義上說，「二十世紀中國文學」的提出似乎達到了預期的效果。但如果驅除那些圍繞在其周圍的「光環」，進一步追問錢、黃、陳等人由這一文學議案所透露出來的歷史意識和身份觀念，並把它置於八十年代的文化實踐中予以考量，則會透露出更多有意思的問題。

在「二十世紀中國文學」提出後，王瑤等學者立即就指出了一個事實，即「二十世紀中國文學」實際上是把「左翼文學」排斥在外的，這一點所昭示的歷史症候被很多文章予以討論，並最終歸結爲 80 年代文學「去政治化」的一次具體實踐。如果從文學擺脫「政治工具」和「黨的意志」這個角度來說，這是沒有問題的。但有一點值得討論的是，無論是錢理群，還是陳平原和黃子平，都並非對「革命」抱有十分排斥態度，實際上我們會發現，「革命」甚至「革命文藝」在錢等人的一些回憶中往往是以正面的形象出現的，那麼，爲什麼他們在「二十世紀中國文學」中要刻意刪減、迴避這一段歷史呢？在我看來，這恰好是錢等人歷史意識的獨特之處，無論對革命抱有多少的同情，也不管革命文藝曾經多麼地激動人心，但是經歷過「文革」這一激進的「試驗」期後，「革命」／「革命文藝」已經耗盡了它的歷史勢能，從一個「正面」歷史試驗變成了一個「反面」的意識形態。在這種情況下，如果不把「革命」從「中國」這一概念中剝離、驅除出去，就無法完成文化重建的任務。因此，在「二十世紀中國文學」中，「文學」的涵義實際上處於一種高度的張力中，一方面它是被嚴格限定的，是「審美化」、「世界化」、「現代化」的文學（也就是非政治化、非革命化、非現實主義化的文學），而在另外一方面，它又是被無限放大的，即文學承擔了「文化」的功能，「文化」在這裏隱喻著一個普遍化的遠景，即，文學可以通過它的某些品質和風格（如悲涼）獲得普遍性形態，從而完成文化重建的任務：一方面重建民族文化的主體，另外一方面進入世界，成爲一個世界文化的一分子。在此，「文化並不是僅僅用來標誌一個人所屬的某種事物，而是他擁有的某種事物，而在擁有的過程中，文化也指稱一種邊界（boundary），憑著這一邊界，外在於或內在於文化的諸概念起到了強有力的作用。」「文化依靠它的崇高或優越的地位，而擁有賦予權威、主導、使之合法化、貶謫、限制並確認的權力。」〔註77〕

〔註77〕【美】愛德華·W·薩義德：《世界·文本·批評家》，李自修譯，第 14 頁，三聯書店，2009 年。

　　通過這種「文化」的特殊功能,「二十世紀中國文學」的倡導者們一廂情願地把中國二十世紀文學納入世界文學譜系中去,這一構想的虛幻性 90 年代以來的歷史已經予以了最好的證明。但我在這裏並不想從「結果」來裁決當年的成敗,而是想指出這一背後所隱藏的歷史遺忘機制。用「文化中國」置換「革命中國」,用「二十世紀」置換「新民主主義革命時期」,最後,文學被無限提高到文化的「高度」,成爲重建「普遍性」的重要手段。在這一話語置換的背後,是歷史遺忘機制對於個體歷史記憶的排斥和強迫性遺忘。我在上文已經指出,實際上錢等人對於「革命史」並非天然排斥,但是因爲受制於八十年代「去革命」的文化潮流,他們於是選擇性地進行了遺忘,在屏蔽自我的歷史的同時也把這種屏蔽投射到對象上去,由此,「歷史的人」被「普遍的人」所取代,最終還是呈現出一個「群體」的形象〔註 78〕。

　　非常有意思的是,我們發現錢、黃、陳對於「二十世紀中國文學」的規劃實際上是有細微的差別的,具體來說,錢理群更願意從一個比較宏觀的民族文學的角度出發,魯迅是這一文學的代表,而黃子平似乎更強調微觀的文學風格、形式和敘事結構,而陳平原則更多從文學史的角度討論歷史的因襲變革。但非常遺憾的是,這種細微的差別最後都被掩蓋在一個寬泛的「現代化」的「未來」規劃上。實際上,他們是在用一個現代化的遠景取代了「歷史性的過去」和「歷史性的當下」,但讓我們懷疑的是,這個現代化的文學遠景就眞的那麼值得信任嗎?

2.2.2 「現代化」與「去歷史」敘事

　　雖然「二十世紀中國文學」尤其是其後的「三人談」所具有的開放性爲 1985 年的中國現代文學研究界提供了許多話題,比如現代文學的分期問題(打通近、現、當代),研究方法問題(整體研究),研究範圍問題(是否局限於「三十年」)等等。但是,就「二十世紀中國文學」這一概念本身來說,它更指向一種鮮明的文學史觀念〔註 79〕,「文章突破了『文學史分期』問題的固有思路,提出的是『文學研究觀念』的調整等遠爲重大的問題。」〔註 80〕「一

〔註 78〕 趙園:《1985:徘徊、開拓、突進》,《中國現代文學研究叢刊》1986 年第 2 期。

〔註 79〕 需要指出的是,《論「二十世紀中國文學」》最早是發表在《文學評論》「我的文學觀」專欄中,可見當時是把它看成一種新的理論觀念。

〔註 80〕 趙園:《1985:徘徊、開拓、突進》,《中國現代文學研究叢刊》1986 年第 2 期。

個時期以來，中國現代文學研究就在醞釀出新的變動，要求把學科領域拓寬、拓深，要求革新文學史的理論觀念和方法，以至從建設現代意義的中國文學總體出發，來把握現代文學的特質，提出嶄新的文學史模式。……三人的觀點，超出了一般關於文學史分期的討論，……確實標誌了舊的現代文學格局的突破。」〔註 81〕這種比較新的「文學史觀念」或者說「文學史理論模式」也就是陳平原所謂的「現代化文學史敘事」：「說白了，（二十世紀中國文學）就是用『現代化敘事』來取代前此一直沿用的階級鬥爭的眼光。」「以『革命』、『政治』、『階級鬥爭』作為文學敘事的框架，這是有問題的。我們改用現代化進程，以及世界文學背景，來思考並定位近百年的中國文學。」〔註 82〕正是在這種「現代化文學觀」的觀照下，「二十世紀中國文學」被定義為：

> 所謂「二十世紀中國文學」，就是由上世紀末本世紀初開始的至今仍在繼續的一個文學進程，一個由古代中國文學向現代中國文學轉變、過渡並最終完成的進程，一個中國文學走向並彙入「世界文學」總體格局的進程，一個在東西方文化的大撞擊、大交流中從文學方面（與政治、道德等諸多方面一道）形成現代民族意識（包括審美意識）的進程，一個通過語言的藝術來折射並表現古老的中華民族及其靈魂在新舊嬗替的大時代中獲得新生並崛起的進程。〔註83〕

分析這一定義是非常有意思的，我們發現，這一定義是通過一系列相互對應的詞語來組成的，「古代中國／現代中國」、「中國文學／世界文學」、「東方／西方」、「傳統／現代」、「舊／新」等等，正是通過對前者的否定和對後者的肯定，「二十世紀中國文學」的倡導者們建立起了關於「現代化」的理論想像和理論話語。在後殖民理論的觀照下，我們很容易看出這一定義所包含的「殖民主義」色彩以及某種通過自我否定而進行自我更新的傾向，這種理論話語的虛幻性自 90 年代以來已經得到了反思〔註 84〕。但是，「現代化」文學史觀

〔註81〕 吳福輝：《現代文學研究面對新的格局》，《文藝報》1985 年 11 月 30 日第 1版。

〔註82〕 查建英：《八十年代訪談錄·陳平原》，北京三聯書店，2006 年 5 月，第 128頁。

〔註83〕 黃子平、陳平原、錢理群：《論「二十世紀中國文學」》，《二十世紀中國文學三人談》，北京：人民文學出版社，1988 年 9 月，第 1 頁。

〔註84〕 比如錢理群在 90 年代末的長篇論文《矛盾與困惑中的寫作》中就反思了 80年代秉持的「現代化」意識形態。錢理群：《矛盾與困惑中的寫作》，《文學評論》1999 年第 1 期。

的生成過程卻一直沒有得到有效的清理，一些常識性的問題也沒有引起足夠的重視，比如，「現代化」作爲一個社會經濟學的概念，它是如何被納入文學範疇內並發揮其效用的？在這一跨學科的「理論旅行」中它的內涵發生了何種位移？最後，「現代化」是否一定要被訴諸爲一系列「二元對立」的敘事方式？我的工作就從這些最基本的問題開始。

一

「現代化」在中國語境中最初是作爲社會學和經濟學的概念來使用的，根據目前可以找到的資料，最早明確提出「現代化」的是周恩來，1954 年 9 月，周恩來在一屆人大一次會議所作的《政府工作報告》中提出「如果我們不建設起強大的現代化工業，現代化農業，現代化的交通運輸業和現代化的國防，我們就不能擺脫落後和貧困，我們的革命就不能達到目的。」〔註 85〕其後毛澤東在不同的時間和場合也提到「現代化」，比如 1957 年 3 月，在中國共產黨全國宣傳工作會議上的講話中，他提出了「我們一定會建設一個現代工業、現代農業和現代科學文化的社會主義國家。」〔註 86〕。1959 年末至 1960 年初，在讀蘇聯《政治經濟學教科書》筆記中，他指出：「建設社會主義，原來要求是工業現代化，農業現代化，科學文化現代化，現在要加上國防現代化。」〔註 87〕1960 年 3 月 18 日，他在同尼泊爾首相的談話中，又提到：「我們的任務……就是要安下心來，使我們可以建設我們國家現代化的工業，現代化的農業，現代化的科學文化和現代化的國防。」〔註 88〕到了 1963 年，周恩來在一次講話中比較系統地闡述了今天我們經常說的「四個現代化」的構想：

> 我們要實現農業現代化、工業現代化、國防現代化和科學技術現代化，把我們祖國建設成爲一個社會主義強國，關鍵在於實現科學技術的現代化……我們落後於世界水平……我們應該迎頭趕上，也可以趕上。〔註 89〕

〔註 85〕《周恩來選集》下卷，北京：人民出版社，1984 年 11 月，第 136 頁。
〔註 86〕《毛澤東文集》第七卷，北京：人民出版社，1996 年 9 月，第 268 頁。
〔註 87〕《毛澤東文集》第八卷，北京：人民出版社，1996 年 9 月，第 116 頁。
〔註 88〕《毛澤東文集》第八卷，北京：人民出版社，1996 年 9 月，第 162 頁。
〔註 89〕《周恩來選集》下卷，北京：人民出版社，1984 年 11 月，第 412～413 頁。

1978 年，鄧小平在全國科學大會上再次提出了「中國式」〔註 90〕的現代化觀念，可以視爲是對毛、周現代化思想的直接繼承和發展：〔註 91〕

> 在 20 世紀內，全面實現農業、工業、國防和科學技術現代化，把我們的國家建設成爲社會主義現代化強國，是我國人民肩負的偉大歷史使命。……在無產階級專政的條件下，不搞現代化，科學技術不提高，社會生產力不發達，國家的實力得不到加強，人民的物質文化水平得不到改善，那麼，我們的社會主義政治制度和經濟制度就不能充分鞏固，我們國家的安全就沒有可靠的保障。……四個現代化，關鍵是科學技術現代化，沒有現代科學技術，就不可能建設現代農業、現代工業、現代國防。沒有科學技術的高速度發展，也就不可能有國民經濟的高速度發展。〔註 92〕

從這一系列的論述中我們大致可以看出，「現代化」在此的含義主要是指「在近代資本主義興起後的特定國際關係格局下，經濟上落後國家通過大搞技術革命，在經濟和技術上趕上世界先進水平的歷史過程。」「現代化實質上就是工業化，更確切地說，是經濟落後國家實現工業化的進程。」〔註 93〕需要特別指出的是，在這種論述裏面，中國的「落後」僅僅被認定在「經濟技術」這一範圍，並不涉及到政治制度和文化形式上的比較，這種現代化是「社會主義」和「現代化」的混合體，這可能也是羅榮渠稱之爲「中國式」現代化的主要原因。

隨著「現代化」在 80 年代語境中的廣泛傳播和討論，「現代化」的含義開始越出其經濟學的概念範疇，成爲一種涵蓋各個學科的「元話語」。1980 年 5 月，李鵬程發表了《四個現代化與人》一文，文章系統論述了「四個現代化與人」的關係：「人是四個現代化整個社會變革過程中主體位置的確定不移的

〔註 90〕羅榮渠在《現代化新論》中認爲鄧小平的觀念是一種「中國式」的現代化觀念。見羅榮渠：《現代化新論——世界與中國的現代化進程》（增訂版），商務印書館，2004 年 1 月，第 10 頁。

〔註 91〕鄧小平在 1980 年 4 月的一次談話中指出：「我們現在講的四個現代化，實際上是毛主席提出來的，是周總理在他的政府工作報告裏講出來的。」見《鄧小平文選》第二卷，北京：人民出版社，1983 年 7 月，第 311、312 頁。

〔註 92〕鄧小平：《在全國科學大會開幕式上的講話》，《鄧小平文選》第二卷，人民出版社，1983 年 7 月，第 85、86 頁。

〔註 93〕羅榮渠：《現代化新論——世界與中國的現代化進程》（增訂版），商務印書館，2004 年 1 月，第 9～11 頁。

佔有者」,「人是四個現代化的目的的承擔者和歸宿」,因此,「四個現代化是
屬於人的社會的現代化,所以,它的核心是人的現代化,是爲了人的現代化」
「四個現代化必須是爲了現實的人即人的現實生命活動的現代化;四個現代
化必須是爲了具體的人的現代化。要不是每一個人都得到現代化,社會本身
也不能得到現代化。」〔註 94〕雖然這篇文章後來被收入《人性、人道主義問
題論集》,被認爲是關於「人道主義討論」的一次發言,但是卻並沒有引起太
多的注意。確實,與後來「人道主義大討論」中周揚等文化權威的文章相比,
這篇文章顯然份量不夠,但是,必須注意的是,這篇文章可以視爲一個「關
節點」,暗示了在 80 年代「現代化話語」的一個比較重要的轉向,那就是從
單純的黨的社會經濟學的指標過渡到人文社會理論,從黨的「政策」過渡到
知識界的理論命題。其實我們可以注意到,雖然在「人道主義與異化問題」
討論中「現代化」並沒有成爲一個出現頻率很高的詞語,但是「異化」這一
概念的背後本身就含有「非現代」的意味,這裏面其實是有一個「人的現代
化」的視角和標準在裏面的。可以說,在 1983 年左右的一系列理論問題的討
論中,「現代化」漸漸具有了另外一層含義,那就是「一種心理態度、價值觀
和生活方式的改變過程,⋯⋯是代表我們這個歷史時代的一種『文明的形式』」
〔註 95〕。

需要指出的是,雖然「現代化」的涵義已經發生了某種變化,但是並不
意味著 80 年代的知識界就提出了一種完全不同於官方意識形態規定的「現代
化話語」,實際情況是,這兩者在某種程度上既有「合謀」的關係,同時也開
始出現一些裂隙。以文學界關於「現代派」文學〔註 96〕討論問題爲例,徐遲
1982 年發表的《現代化與現代派》一文集中反映了當時的一種文化／文學思
路。在這篇文章裏,徐遲運用馬克思主義經濟基礎決定上層建築的原理,把
西方現代派文學看作是與西方現代生產關係相對應的意識形態,「西方現代
派,作爲西方物質生活的反映,不管你如何罵它,看來並沒有阻礙西方經濟

〔註 94〕 李鵬程:《四個現代化與人》,《人是馬克思主義的出發點:人性、人道主義問題論集》,北京:人民出版社,1981 年 1 月。

〔註 95〕 羅榮渠:《現代化新論──世界與中國的現代化進程》(增訂版),商務印書館,2004 年 1 月,第 15 頁。

〔註 96〕 需要特別指出的是,在 80 年代初,「現代派文學」是一個包涵極大的概念,包括了二十世紀現代派文學和後現代派文學在內的各種文學傾向,並在一定程度上被視爲「現代化」的一種表現形式。

的發展，確乎倒是相當地適應了它的。」﹝註97﹞他的討論集中在兩點，其一是把文學藝術看作是經濟關係的集中體現，把「現代派文學」等同於資本主義意識形態之一種；其二是強調一種進化的文學史觀，「現代派」是比「過去派」、「近代派」更高的社會、意識、文學發展環節。因此，徐遲才熱切地盼望：「但是不管怎麼樣，我們將實現社會主義的四個現代化，並且到時候將出現我們現代派思想感情的文學藝術。﹝註98﹞

有意思的是，徐遲把「我們現代派」定義爲是「建立在革命的現實主義和革命的浪漫主義兩結合的基礎上」，這種把「現代派」與「十七年」時期的文學理論資源嫁接在一起的做法一方面固然是爲了使「現代派」的「出場」有一個合理的歷史文化邏輯，另一方面也暗示了 80 年代初對「社會主義文學」的理解，徐遲的思路實際上在當時有一定的代表性，在他們的理解中，以「十七年文學」爲代表的「社會主義文學」並不是天然「排斥」「現代派／現代性」的，恰好相反，以「革命的浪漫主義和革命的現實主義」爲基礎的「社會主義文學」最終指向的也是一個「現代派」的遠景，這種文學「現代化」的遠景和經濟政治上的「社會主義現代化」的遠景是一致的。

不過，也正是在「現代派和現代化」問題上，關於「現代化」的敘事開始出現裂隙，在 80 年代一些更具有「激進」姿態的人看來，「現代派」所代表的不僅是一種「技巧」和「知識」，更是具有「啓蒙」色彩的思想資源和批判武器，它一方面是文學的發展的「方向」和「世界潮流」，另一方面也是表現自我、解放思想的有效形式。比如當時一篇很激進的批評文章就認爲當時具有現代趨向的「現代詩歌」不僅是「新詩自身的否定」，更是「一次伴隨著社會否定而出現的文學上的必然否定。」中國新詩的現代傾向是「五四新詩的一個分支的復活；是三十年代新詩探索的繼續；也是五十年代民歌道路失敗後的再次嘗試」。﹝註99﹞在這種文化／文學思路中，1949 年以來的文化／文學實踐即使不是被全盤否定，也是乏善可陳的。這裏的「現代化」所指向的，不僅是中國文學的發展遠景，最重要的是以「現

﹝註97﹞徐遲：《現代化與現代派》，洪子誠編：《中國當代文學史‧史料選》，武漢：長江文藝出版社，2002 年 7 月，第 654 頁。

﹝註98﹞徐遲：《現代化與現代派》，洪子誠編：《中國當代文學史‧史料選》，武漢：長江文藝出版社，2002 年 7 月，第 654 頁。

﹝註99﹞徐敬亞：《崛起的詩群》，洪子誠編：《中國當代文學史‧史料選》，武漢：長江文藝出版社，2002 年 7 月，第 692 頁。

代文化」來重新建構個人身份意識，以更具活力的意識形態來消解僵硬的官方意識形態。

二

　　不管上述的分歧如何之大，有一點卻是共同的，那就是「現代化」始終與「走向世界」緊密聯繫在一起。同樣，在「二十世紀中國文學」的倡導者那裏，「現代化」首先是一個與「世界文學」結合在一起的概念。「二十世紀是『世界文學』初步形成的時代。……到了二十世紀，已經不可能孤立的談論某一國家的文學而不影響其敘述的科學性了。文學不再是在各自封閉的環境裏自生自滅的自足體了。……國別文學納入世界文學的大系統之後獲得了一種『系統質』，即不是由實體本身而是由實體之間的關係來決定的一種質。」「一直到一九一九年的五四運動，才最終完成了這一『斷裂』，使『二十世紀中國文學』越過了起飛的『臨界速度』，無可阻擋地彙入了世界文學的現代潮流。」〔註100〕「『現代化』這個概念就包含了好幾層意思：由古代文學的『突變』，走向『世界文學』，或者用嚴老師的話來說，是『與世界文學取得共同語言』的文學，等等。」〔註101〕陳平原在若干年後用一種帶有自我解嘲的語氣反思了當時的「世界文學」觀念：「其實，我們知道多少外國文學？我們的『世界文學想像』，不外是從此前的蘇俄榜樣，轉爲被長期禁錮的西方現代主義文學。這與那個時候外國文學界的熱情擁抱『現代主義』，大有關係。」〔註 102〕如果僅僅從陳平原的這麼一段「夫子自道」來看，我們似乎就可以認定「二十世紀中國文學」的「現代化敘事」接近於上文提到的徐敬亞的「激進」的觀點，而且他們作爲同代人也似乎能從側面印證這種觀點的一致性。但是問題卻並非如此簡單，即使如陳平原所言，1980 年代初「現代派／現代主義」確實是一個被熱議的話題，但是，80 年代關於「世界文學」的想像卻決不僅僅止於「西方現代主義文學」。在 80 年代，對於「世界文學」的想像至少包括自文藝復興以

〔註100〕黃子平、陳平原、錢理群：《論「二十世紀中國文學」》，《二十世紀中國文學三人談》，北京：人民文學出版社，1988 年 9 月，第 3～5 頁。

〔註101〕黃子平、陳平原、錢理群：《二十世紀中國文學三人談》，北京：人民文學出版社，1988 年 9 月，第 35 頁。

〔註102〕查建英：《八十年代訪談錄‧陳平原》，北京三聯書店，2006 年 5 月，第 128頁。

來的西方各種經典文學作品，「現代主義文學」不過是其中很少的一部分而已，這一點在劉再復的文章中體現得非常明顯，在 1985 年出版的《性格組合論》〔註103〕中，自古希臘以來的西方文學、中國現代文學和「新時期文學」都是「世界文學」這一坐標的重要元素。而在「二十世紀中國文學三人談」中，「世界文學」在空間上也不僅包括歐洲文學，同時也包括拉丁美洲文學和非洲文學。但即使如此，「世界文學」依然是一個被過濾掉了的概念，是一個被 80 年代的特殊語境所建構起來的一種「話語」。

我們注意到在劉再復的《性格組合論》和「二十世紀中國文學三人談」裏面都出現了一個所謂的「坐標系」，在劉再復的坐標系裏，他以「文學即人學」這一觀念爲橫軸，以從古希臘到中國現代文學乃至新時期文學的「世界文學」爲縱軸，以「文學／人學」爲討論的「原點」。通過這樣一個坐標體系，劉再復把「中國現代文學」納入「世界文學」這一空間裏面予以討論和定位，利用一組二元對立的概念（個人／集體、內宇宙／外宇宙、精神性／實踐性）把中國現代文學從「社會主義文學傳統」裏面置換出來，並將其命名爲是「藝術本性的失落與復歸激烈鬥爭的歷史」〔註104〕。同樣，「二十世紀中國文學」概念「實際上，存在著一個以『民族——世界』爲橫坐標，『個人——時代』爲縱坐標的坐標系，二十世紀中國文學的每一個創造，都必須置於這樣的坐標系中加以考察。」〔註105〕雖然這一坐標系不斷強調「民族化」和「現代化」之間的協調，但有一點是確定無疑的，在這個坐標系裏面，「左翼文學」和「社會主義文學」既不屬於民族化，也不屬於現代化。

需要注意的是，在現代文學研究界，最早提出「現代化」的並不是錢、黃、陳，而恰好是王瑤、嚴家炎等人，「我覺得這裏文學史的觀念有一個逐步的變化。從這幾年文學的研究狀況來看，最早是撥亂反正，提出不要用『無產階級』的標準要求新民主主義革命時期的文學，要用『反帝反封建』作爲標準來研究現代文學。……但這還只是用比較寬泛一點的政治標準代替原先過於褊狹的政治標準。……後來嚴家炎老師在一篇文章中最早提出了中國文學的現代化是從魯迅手裏開始的，他提出了『現代化』這樣一個標準，打開

〔註103〕劉再復：《性格組合論》，合肥：安徽文藝出版社，1999 年 1 月，第 3～29 頁。
〔註104〕劉再復：《性格組合論》，合肥：安徽文藝出版社，1999 年 1 月，第 3～29 頁。
〔註105〕黃子平、陳平原、錢理群：《二十世紀中國文學三人談》，北京：人民文學出版社，1988 年 9 月，第 7 頁。

了思路……」〔註106〕這裏的問題是，嚴家炎所謂的「現代化」和「二十世紀中國文學」中的「現代化」的涵義是一致的嗎？王瑤在《中國現代文學研究工作的回顧和現狀》〔註107〕一文中對嚴家炎的「現代化」作了比較仔細的概括：

> 這樣，隨著研究工作的深入發展，就要求對現代文學的認識和觀念要有新的突破。正是在這樣的情況下，有人提出了「文學現代化」的概念。它包含了文學觀念的現代化，作品思想內容的現代化，作家藝術思維、藝術感受方式現代化，作品表現形式、手段的現代化，以及文學語言的現代化等多方面的意義，並且把作家作品的思想內容、傾向與藝術表現、形式統一爲一個有機的整體。

由此可見，「現代化」在這裏主要還是一種「作家作品」重評的「標準」，主要是一種方法論意義上的「現代化」，並沒有上陞到對整個「文學史」重構的位置上。但是，在「二十世紀中國文學」這裏，「現代化」已經不僅僅是一種方法論和重評的「標準」，而是「在我們的概念中滲透了『歷史感』（深度）、『現實感』（介入）和『未來感』（預測）。……歷史是由新的創造來證實、來評價的。文學傳統是由文學變革的光芒來照亮的。我們的概念中蘊含了通往二十一世紀文學的一種信念、一種眼光和一種胸懷、文學史的研究者憑藉這樣一種使命感加入到同時代人的文學發展中來，從而使文學變爲一種實踐性的學科。」〔註108〕方法論意義上的「現代化」溢出了學科的範圍，成爲一種「現代化敘事」，與整個社會文化中的「現代化話語」一道，共同構成「現代化意識形態」之一部分。

在「二十世紀中國文學」的現代化敘事中，「現代化文學史觀」、「啓蒙主義」和「整體觀」是三位一體的，「現代化」本身就包含了啓蒙主義的內涵，也正是通過啓蒙主義，「現代化敘事」確立了大寫的「人」的主體，而要完成這種「大寫的」啓蒙，現代化文學敘事就必須排斥或者過濾掉一些不符合「現代化」的元素，所以「整體觀」作爲一種方法論和思維方式才是必須的。「整

〔註106〕黃子平、陳平原、錢理群：《二十世紀中國文學三人談》，北京：人民文學出版社，1988 年 9 月，第 35 頁。

〔註107〕王瑤：《關於現代文學研究工作的回顧和現狀》，《王瑤全集》第五卷，石家莊：河北教育出版社，2000 年 1 月，第 141 頁。

〔註108〕黃子平、陳平原、錢理群：《論「二十世紀中國文學」》，《二十世紀中國文學三人談》，北京：人民文學出版社，1988 年 9 月，第 26 頁。

體觀」是一種有選擇的「整體」，很多學者都注意到了「現代化文學敘事」是
一種意識形態，〔註109〕但是卻沒有注意到，在「二十世紀中國文學」裏面，「整
體觀」同樣也是一種意識形態，它以方法論的「客觀性」和「創新性」爲掩
護，實際上完成了意識形態上對「異端」和「差異」（左翼文學和文革文學）
的壓制和忽略，而沒有這種排斥和忽略，「現代化文學敘事」將不會成立。

　　由此可見，雖然相對於前此的「階級敘事」和「左翼敘事」，「二十世紀
中國文學」的「現代化敘事」從一定程度上擴大了中國現代文學的內涵和外
延，但是，它依然是一種「政治無意識」的產物，「『二十世紀中國文學』這
個概念，係架構在近百年來中國正處在現代化進程中的歷史理解上。現代化，
又被認爲是一種世界性的運動，一方面亞非拉丁美洲等地區皆因受西方勢力
及文化之衝擊，而展開其現代化，顯現出脫離個別傳統文化，彙入世界的大
趨勢……從文學上來說，即『世界文學』。……此一思路，實際上仍採用西學
東漸、中國逐漸西化現代化世界化的歷史解釋模型。然而以現代化爲新指標，
重新討論近百年之歷史，從社會意識上說，並沒有脫離政治的影響，因爲中
共官方所謂改革開放，正是以『四個現代化』爲標誌的。而黃子平他們所說
的『走向世界』或『走向世界文學』，也並不是從文學的歷史研究中形成之概
念，而是把當前社會意識及願望反映到文學史的論述中。」〔註110〕龔鵬程因
此而懷疑：「努力想擺脫政治羈絆的文學研究，爲何不能自我釐清文學史論和
政論之間的分際。」〔註111〕其實龔鵬程沒有認識到這一點，雖然借助的是中
國現代文學學科的話語，但是，80 年代的「重寫文學史」思潮始終沒有局限
於學科話語的內部演繹，而是一次次實踐於其時的社會運動和文化變革，因
此，文學史論從某種意義上說只是另外一種「政論」的歷史「生成」。

〔註109〕如曠新年：《「重寫文學史」的終結和中國現代文學研究轉型》，《南方文壇》
　　　　2003 年第 1 期。賀桂梅：《重讀「二十世紀中國文學」》，《當代作家評論》，
　　　　2008 年第 4 期。
〔註110〕龔鵬程：《「二十世紀中國文學」概念之解析》，陳國球編：《中國文學史的省
　　　　思》，香港：三聯書店，1993 年 6 月。
〔註111〕龔鵬程：《「二十世紀中國文學」概念之解析》，陳國球編：《中國文學史的省
　　　　思》，香港：三聯書店，1993 年 6 月。

第 3 章　上海的「重寫」姿態和內涵

　　在前面兩章裏，我比較詳細地討論了 80 年代初的「重評」和「二十世紀中國文學」的歷史語境和概念內涵，並試圖把這些現象和概念納入 80 年代具體的歷史語境中予以界定和考察，但還是感到了一種強大的學科話語的束縛，使得我的討論總是受制於學科的「話語場」，這是讓我覺得不滿意的。因為對於 80 年代的「重寫文學史」思潮而言，它固然與學科的發展變遷史相關，更是一個極具有「物質性」的歷史事件，或者說，它首先是一個歷史事件，其次才是一種學科實踐，這兩者之間並沒有先後之次序，但卻是共生而糾纏在一起，彼此互為作用的。因此，如何進一步打開「重寫文學史」思潮的討論空間，考察學科和歷史之間的互為建構的關係，是以下兩章繼續努力的方向。這麼說並不是為了削弱「重寫文學史」思潮所提供的學科意義，而是以為，這種「學科」的意義只有置於更開放的空間之中才能進行更具體的落實和分析。

　　實際上，學科話語的力量如此強大，以致於 1988 年上海在倡導「重寫文學史」的時候，也不得不依附於這種話語體系以求得自身的合理性，陳思和和王曉明等人在當時都一再強調北京的「二十世紀中國文學」的「首義」作用，並認為上海的「重寫」只是北京的延續和發展〔註1〕。這種謙恭的態度固

〔註 1〕　王曉明說：「今年 8 月，我和陳思和一起去鏡泊湖參加一個中國文學史的討論會，不少同行一見面就說，『你們那個專欄開了個好頭，可一定要堅持下去啊』，聽著朋友們的熱情鼓勵，我不由得想起了 3 年前的暮春季節，在北京萬壽寺召開的中國現代文學創新座談會。倘說在今天『重寫文學史』的努力已經彙成了一股相當有力的潮流，這股潮流的源頭，卻是在那個座談會上初步形成的。正是在那個會議上，我們第一次看清了打破文學史研究的既成格局

然是出於對北京學科強勢的認可〔註2〕和學術傳承上的嚴肅，但同時也進一步強化了「重寫文學史」的學科內涵，從而封閉了「重寫文學史」作為社會思潮之一分子的意義，而這後一點，只是在近 20 年後才得到陳、王的有限度的承認〔註3〕。非常有意思的是，可能陳、王等人並沒有意識到這一點，在把上海的「重寫」納入到對北京的發展之中，這幾乎是一個被固定了的思維定勢，尤其是 90 年代以來所強調的「學科規範」進一步強化了這一「認識」的合理性，其背後隱藏的是某種進化論和因果論的東西。在這種情況下，從北京到上海的空間轉移被僅僅理解為是「時間性」的延續，而忽視了空間轉移背後所內涵的複雜因素，正如福柯所指出的：「空間一直被視作為死亡的（dead）、固定的（fixed）、非辯證的（undialectical）和靜止的（immobile）；相反時間則是豐富的（richness）、富饒的（fecundity）、有活力的（life）和辯證的（dialectic）。」〔註4〕在社會學研究者看來，「所謂『時間』，簡單地說，是只關注事件（event）與事件之間的聯繫，這種聯繫指涉的是事件之間邏輯上的因果關係，這種因果關係在線性的時間上定是因發生在先，果發生在後。空間面向（spatial dimension）的社會學研究，其基本的設想，是事件與空間之

的重要意義，也正是在那個充當會場的大殿裏，陳平原第一次宣讀了他和錢理群、黃子平醞釀已久的關於『20 世紀中國文學』的基本設想。」見陳思和、王曉明：「重寫文學史」專欄之「主持人的話」，《上海文論》1988 年第 6 期。李劼說：「當時，又正值北大的幾個年輕同行，在《讀書》雜誌上發表了有關二十世紀文學史的一些看法。王曉明認為我們上海也可以做個相應的表示。」見李劼：《上海八十年代文化風景》之《有關人文精神討論及其它「合作」舊事》，這是李劼 2003 年寫於美國紐約的長篇回憶文章，轉載於國內各大網站。來自「左岸會館」http://www.eduww.com/bbs/。類似的話還有很多，前文中已經多次引用，不再贅述。

〔註 2〕 王曉明 2008 年 10 月 28 日接受筆者的訪談時曾說王瑤當時就是現代文學研究界的「領袖」，敬畏之心可見一斑。

〔註 3〕 參見筆者與陳思和、王曉明的訪談。比如王曉明說：「當時所有參加討論的人都沒有把這個事情僅僅看作是一個文學的事情。這牽涉到當時的中國現代文學的特色，我們所有這些人會去做現代文學研究，大概有很大一部分人是讀了魯迅，還有一些人可能會喜歡一些現代的作家，但是主要的是魯迅，魯迅的書所內含的那種關懷和介入現實的精神氣質，對我們影響很大。」見王曉明、楊慶祥：《歷史視野中的「重寫文學史──王曉明答楊慶祥問》，見附錄二。

〔註 4〕 轉引自李家翹：《資本主義世界體系與其空間的生產──一個有「後現代」視角的現代化理論芻議》，北京大學世界現代化進程研究中心編：《現代化研究》（第三輯），北京：商務印書館，2005 年 1 月。

間有著某種的關係，每一事件都與一特定的空間環境相互關係著。一個事件
的發生，不必然由其它的事件引發，每一事件的發生都有其獨特的邏輯和因
由，引發它的因可以是其它的事件，亦可以是空間；同樣，一個事件的發生，
它繼而引發的後果也不一定是其它的事件，而可以是空間的後果。」〔註5〕對
於 80 年代的「重寫文學史」這一文化思潮而言，北京的「二十世紀中國文學」
固然是上海「重寫文學史」的一個「因」，但是，卻不一定就構成簡單的「因
果」關係。根據錢理群的描述，80 年代現代文學研究有包括北京、上海、武
漢、廣州等在內的多個研究中心和研究群體，〔註6〕那麼，一個最基本的疑問
是，為什麼是上海而不是武漢、廣州等地明確提出了「重寫文學史」的口號？
在此，上海作為一個特殊的文化地理「空間」的意義就凸顯出來了。「上海」
這一空間究竟為重寫提供了何種可能？是哪些事件、人物、思潮構成了這一
空間的文化內容並參與到「重寫文學史」的建構中去？最終生成了何種歷史
性的狀貌？這都是本章需要解決的問題。需要指出的是，對「空間」的關注
並不意味著就會放棄「時間性」的考察，恰好是，只有把這兩者進行合理的
分配和權量，才能拓展研究的可能性。

〔註5〕 轉引自李家翹《資本主義世界體系與其空間的生產——一個有「後現代」視
　　　角的現代化理論芻議》，北京大學世界現代化進程研究中心編：《現代化研究》
　　　（第三輯），北京：商務印書館，2005 年 1 月。

〔註6〕 錢理群回憶說：「首先是北京、上海，北京以李何林、王瑤、唐弢三大巨頭為
　　　核心，以社科院文學研究所、北大、北師大為三大中心，上海以賈植芳、錢
　　　谷融為核心，有華東師大、復旦大學兩大中心。然後是：南京（以陳瘦竹為
　　　核心，南京大學為中心），山東（以田仲濟、孫昌熙、薛綏之為核心，山東大
　　　學、山東師範大學、聊城師範大學為中心），廣東（以吳宏聰、陳則光為核心，
　　　以中山大學為中心），陝西（以單演義為核心，以陝西師範大學為中心），四
　　　川（以華忱之為核心，以四川大學為中心），河南（以任訪秋為核心，河南大
　　　學為中心），此外，還有幾個以第二代學者為核心的集中點，如武漢（以陸耀
　　　東、黃曼君為核心，以武漢大學和華中師範大學為中心）、甘肅（以支克堅、
　　　吳小美為核心，以蘭州大學為中心）、東北（以孫中田等先生為核心，以吉林
　　　大學、遼寧大學為中心），每一個中心，都集中了老、中、青三代學人」見錢
　　　理群、楊慶祥：《「二十世紀中國文學」和 80 年代的中國現代文學研究——錢
　　　理群訪談錄》，見附錄一。

3.1　上海：「重寫」的另一發生空間

一

　　在 90 年代的一篇文章〔註 7〕中，陳思和詳細回顧了 1988 年上海「重寫文學史」的發生史：

> 　　「重寫文學史」的提出，並不是隨意想像的結果，近十年中國現代文學的研究確實走到了這一步。我們不妨回顧一下這門學科的發展軌跡。「文革」前的 17 年且不去談，自 1978 年到 1985 年，這門學科的主要工作是資料的發現、整理以及重新評價。這在當時標誌了一場重要的學術革命。……

> 　　由於這種種問題的存在，1985 年現代文學研究有了明顯突破。其標誌是那一年 5 月在北京萬壽寺中國現代文學館召開的青年學者「創新座談會」。那一年正是文藝理論界掀起「方法論」熱的時候，其波及學術領域，啓發了一些研究者在更廣闊的視野範圍內思考如何對現代文學作新的整合，以期改變過去那種對象過於狹隘而造成的局限。……會議以後，思想轉化爲具體成果，有北京大學陳平原、錢理群、黃子平三人提出的「20 世紀文學」的概念，在上海，有王曉明關於「20 世紀作家文化心理局限」的研究，陳思和關於「中國新文學整體觀」的論述以及李劼等人從語言本體角度對新文學史作出重新梳理，等等。……

很明顯，陳思和的這種「講述」正好屬於我在上文中提到的「時間性」敘述，這裏面的三個關鍵時間分別是 1978 年、1985 年、1988 年，其對應的「故事」分別是「80 年代初的重評」、「20 世紀中國文學」（還包括「新文學整體觀」等）、上海的「重寫文學史」。在這樣一種歷史敘述中，上海的「重寫文學史」被理所當然地理解爲「學術場」內「自足的」、「獨立的」、「純粹的」知識生產活動，而與產生這種「知識」的社會歷史環境不發生具體的聯繫。這種歷史敘述自有其合理性，不過讓我感到懷疑的是，這種敘述是否遮蔽了更複雜的內容？我發現，正是在同一篇文章中，似乎還有另外一種「聲音」：

〔註 7〕陳思和：《關於「重寫文學史」》，《筆走龍蛇》，濟南：山東友誼出版社，1997年 5 月，第 110～114 頁。

　　這些年輕的學者，幾乎沒有人是單純地為學術而研究的，他們都是從患難中挣扎出來，帶著「文革」留在肉體上和心靈上的傷痕，把眼睛盯住了屬於他們經驗以外的方面。他們如饑似渴地探求一切新的知識、新的學說，企圖用新的理論信念來平衡他們已經失去了原有理論支持的心理，他們通過文學史的回顧和反省，企圖悟出一條中國知識分子為什麼老是演出悲劇的道理來。而在這個時候的現代文學學科，他們感到特別親近……唯有現代文學領域，在時間和空間上都為這批學者提供了一片任意馳騁的處女地。〔註8〕

這段話暗示了「重寫文學史」發生的另一種背景，那就是一代知識分子借助文學研究來表達其人文理念和社會關懷，並介入到當代政治實踐中，這也是 80 年代學術比較突出的特徵〔註9〕。如果我們結合「重寫文學史」的重要參與者，《上海文論》編輯部主任、「重寫文學史」專欄的責任編輯毛時安的說法，也許會看得更清楚一點，毛時安在接受筆者採訪的時候，非常詳細地談到了「重寫文學史」發生的一些細節，為了討論的需要，特摘錄如下〔註10〕：

　　我辦《上海文論》，首先我是非常關注《上海文論》對現實的介入。在某種意義上說呢，我們和 57 年那批「右派」有異曲同工之處，就是強調這個介入、強調干預，那麼也和薩特的「存在主義」相通，當時正好也是「存在主義」剛剛進入中國嘛。……

　　當時 88 年的上半年《新民晚報》發了一篇很小的文章，大概是三四月份還是四五月份，叫《蘇聯重評金星英雄》。我當時一看，就是蘇聯對文學開始重新評價，因為當時戈爾巴喬夫掌權嘛，對文學開始重新評價，他對他之前的赫魯曉夫時代斯大林時代的很多聲名很大的文學作品進行重新評價，其中就包括《金星英雄》。那麼受到

〔註8〕　陳思和：《關於「重寫文學史」》，《筆走龍蛇》，第 111～112 頁，濟南：山東友誼出版社，1997 年 5 月。

〔註9〕　陳平原曾指出：「八十代的學人，因急於影響社會進程，多少養成了『借經術文飾其政論』的習慣。……換句話說，表面上在討論學術問題，其實是在做政論，真正的意圖在當代中國政治。這一方面體現了我們的現實關懷，但另一方面，也會導致專業研究中習慣性的曲解和挪用。」查建英：《八十年代訪談錄・陳平原》，北京三聯書店，2006 年 5 月，第 138～139 頁。

〔註10〕毛時安、楊慶祥：《〈上海文論〉和「重寫文學史」——毛時安訪談錄》，見附錄四。

這個啓發以後呢，當時就因爲很年輕嘛，覺得做什麼事情就一定要做好做大，就是一定要產生巨大的社會效應和轟動效應，所以我覺得我們也應該對我們自己的文學史上的重要作品進行重新評價。那麼當時呢，還受到尼采價值重估的思潮的影響，我就把這個想法跟徐俊西講，他也很贊同。

當時專欄的名字也是很難起的，因爲你要做一件事情，就要有一個最簡單、最明確的口號，這個口號就是綱領，就是一面旗幟。所以你必須要找到一面旗幟，這個旗幟呢，我的想法是既要有一定的學術性，又要有一定的普及性，讓人一看就能理解明白。所以開始呢，這個欄目不是叫「重寫文學史」，是叫「重估文學」、「重估文學史」，受到尼采的價值重估影響嘛。後來覺得「重估」不太好，因爲「重估」總是覺得太拗口了，不夠大眾化、不夠明確，後來又想到「重讀經典」、「重讀名著」等，但是又覺得不夠激情，我這個人是很有點激情的，覺得口號一定要有點殺氣，這幾個名字殺氣不夠，也文縐縐的。「重讀經典」、「重讀名著」，不來勁。最後想，一定要有種翻個兒的感覺，所以「重」字是必需的，「重」等於要倒個兒，重什麼呢？從我們開始重新寫，就是這個比較明確嘛，好，就定下「重寫文學史」了。

不難看出，毛時安關於上海「重寫文學史」發生的敘述和陳思和、王曉明的敘述有很大的差異，這一點主要表現在幾個方面，第一，在毛時安的敘述中，完全沒有提及北京的「二十世紀中國文學」、「青年學者創新座談會」等內容，也就是說，他完全沒有「北京——上海」這樣一個學科發展延續的觀念。第二，在他的敘述中，觸發「重寫文學史」的主要是意圖是爲了對現實的介入，產生社會轟動效應，而沒有考慮到過多的學科建設方面的因素。第三，他認爲觸發「重寫」動機的主要是存在主義思潮、尼采的「重估一切價值」和蘇聯的「重評」運動。由此可見，「重寫文學史」在毛時安看來，更多的是一種社會（激進）思潮裹挾下的產物，是當代社會思潮在文學研究領域中的一種表現形式。而且，「重寫文學史」在上海的提出實際上帶有很大的偶然性，不過是，恰好有了《上海文論》這麼一份刊物，有了那麼幾個人一起，才最終落實成了一個所謂的上海的「重寫文學史」實踐：

　　當時在上海的這群青年評論家當中呢，我是年紀最大，當時我
們想做這件事情，我就跟徐俊西他們商量，就是說需要找到這樣的
人，一方面要有學院的背景，使這個欄目顯得很學術，我們不是亂
寫文學史，我們是有科學依據的；另外就是要對現當代文學確實很
熟悉，僅僅熟悉還不行，因爲有的很熟悉卻沒有思想，還要有思想；
然後呢，還要年輕、有點衝擊力；而且名氣不能比我們還大、比徐
俊西還大，那就沒意思了，是不是？名氣也不能太大。我們就是要
找這樣的人，最後呢，覺得陳思和、王曉明是納入我們視野最合適
的，因爲他們兩個人一來跟我們關係很好，都比我小嘛，然後呢，
兩個人做事情都很認眞、很踏實，他們都是很學者的，對現當代文
學也很熟悉的，是專業出身。比如曉明，既有家學，還有錢谷融先
生的學術背景；最後，兩個人文字都很好，我們覺得很合適。我把
這個想法跟他們一說，他們覺得很來勁。所以我們這個是很好的一
個組合。〔註11〕

　　《上海文論》是上海社會科學院文學研究所的一個刊物。主編
是徐俊西。徐俊西當時主要從事文藝理論研究，思想比較開放，另
外還有一個人，就是編輯部主任毛時安，實際的雜誌是毛時安具體
在編。然後就在那裏討論，說是想要辦一個響亮點的欄目。徐俊西
是復旦中文系的老師，陳思和是復旦中文系畢業的，所以他就找了
陳思和。我跟陳思和是很好的朋友，我們當時都很年輕，都是大學
裏的青年教師，那個時候很多事情都一塊做，所以找我們倆一塊去。
〔註12〕

　　我記得有一天下午是在上海社科院《上海文論》編輯部的一個
房間裏面，我們三個人，毛時安說要我和陳思和兩個人來編一個關
於文學的欄目，但是要想出一個具體的題目。大家講啊講啊講，想
不到好的題目。後來我說了一段話，我的意思是說，我們其實想做
的就是要一個重寫文學史啊什麼什麼的，我說了一通，陳思和反應

〔註11〕毛時安、楊慶祥：《〈上海文論〉和「重寫文學史」——毛時安訪談錄》，見附
　　　　錄四。
〔註12〕王曉明、楊慶祥：《歷史視野中的「重寫文學史——王曉明答楊慶祥問》，見
　　　　附錄二。

很快:「那就叫『重寫文學史』吧」,我說的時候是無心的,是他把

這五個字拎了出來。他這麼一說,大家都覺得好,就這麼定下來了。

〔註 13〕

雖然毛時安、王曉明、陳思和三人的敘述在具體的歷史細節上有所出入,但是還是很容易看出「重寫文學史」思潮的落實確實帶有一定的偶然性,並非如陳思和後來所言的那樣「順理成章」。在我看來,這種敘述的差異來自於不同的身份意識,相對於陳思和、王曉明專業研究者的身份,毛時安主要是一個批評家和編輯,90 年代以後也一直沒有進入大學的學術體制,因此,他的回憶更接近於一種未經學科規範「規訓」的敘述,自然更少「學科色彩」。而陳思和、王曉明本來就是科班出生,後來又一直在高校從事現代文學的教學和研究,自然更容易從學科的角度來理解「重寫文學史」。我之所以在這裏把毛時安的敘述與陳、王等的敘述並置在一起,其實是為了提出這樣一個事實:如果跳出學科史的角度,80 年代的「重寫文學史」思潮可能就不僅僅是一個在時間上構成的線性遞進的進程,而是一個可能是在不同的空間裏面都開始醞釀發生的「歷史思潮」,它一方面是 80 年代社會思潮在文學研究領域的反饋,另外一方面也是一批文學知識分子借助這一形式來表達對現實社會的介入和建設。具體一點來說就是,北京和上海同屬於「重寫」發生的空間,雖然在時間上有先後(1985 年和 1988 年),但是,這種時間上的先後並不構成一個嚴格的因果邏輯,並沒有一個誰是因,誰是果的線性進化的順序,而是可能平行構成「重寫文學史」發生的起源。

二

需要進一步追問的是,上海這一地理空間為「重寫文學史」口號的提出和實踐提供了何種文化氛圍?誠然,《上海文論》雜誌,徐俊西、陳思和、王曉明、毛時安等人的參與可能都是「重寫文學史」落實的推介因素之一種,但是,即使是這些偶然因素也直接受到該空間文化氣質的影響。從根本上說,上海的文化氛圍和文化性格〔註 14〕必然和當時的整個社會文化思

〔註 13〕 王曉明、楊慶祥:《歷史視野中的「重寫文學史——王曉明答楊慶祥問》,見附錄二。

〔註 14〕 根據有關資料顯示,歷史上關於上海的城市精神(文化性格)就有很多的討論,比較著名的有兩次,「一次是清末民初的討論……將上海與北京、南京、天津、漢口等城市相比較,或批評上海崇洋、膚淺、奢靡,或讚揚勇於學習

潮、意識形態構成錯綜複雜的關係，並直接影響到「重寫文學史」思潮的變化和發展。這其實是一個帶有跨文化研究的大題目〔註 15〕，出於本文的研究目的，並不適合也不需要進行全部的展開，只是作一些相對簡單的梳理歸納。

對於 1985 年後的上海文化氛圍，有很多不同的甚至是截然相反的說法，在一次訪談中，李陀認為上海 1985 年後的文化氛圍其實是比較寬鬆的，他把此原因歸結為當時上海的一批文化人如巴金、茹志娟、王西彥、李子雲等觀念比較開放，對於新的文化現象都持一種開明保護的態度。〔註 16〕吳亮也認可這種觀點，但卻是從另外一個角度來談的：「中國作協、中宣部都在那裏（指北京，筆者注），甚至當時《人民日報》、《光明日報》都有文藝版，都有文藝評論，他們都喜歡板著面孔。《中國青年報》當時還比較開放一些，有些年輕人。上海當時沒有這樣一些中央級的大報，相對而言控制得比較鬆一些，是不是還有些其它個人原因，我不得而知，我也很少去關注這些問題，可能上海相對不是一個政治化的中心，而且當時整個的氣氛就是鼓勵文藝繁榮，鼓勵文藝創作。」〔註 17〕而在 80 年代的另外一位文化干將甘陽看來：「我們後

外國文明，有創新精神。」「第二次討論發生在 20 世紀 30 年代。這一次，既包括由沈從文等挑起的關於京派、海派的論爭，也包括《新中華》雜誌發起的討論。……這次討論，對於我們今天研究上海城市精神比較有啟發意義的是兩個人的意見，一個是哲學家李石岑，他將上海與蘇州、南京、北平相比，認為上海作為一個資本主義的現代化的城市，能夠抓住時代發展核心，生活緊張，能鍛練人的能力。……另一個是留學法國、日後成為北京大學教授的曾覺之的意見。他從不同文化的並存、融合和新文化的產生的角度，認為上海這一特殊的城市，將成為新文明的中心之一。」見熊月之、周武主編：《海納百川——上海城市精神研究》，上海：上海人民出版社，2003 年 10 月，第 30～36 頁。

〔註15〕 近年來，對上海作為一種特殊文化空間的研究成為一個熱點，相關著作繁多，比如研究上海與中國現當代文學的關係的著作有：李歐梵的《上海摩登》（北京大學出版社，2001 年 12 月）、李今的《海派小說與現代都市文化》（合肥：安徽教育出版社，2000 年 12 月）、杜心源的《城市中的現代想像》（上海：中國福利會出版社，2007 年 12 月）；陳惠芬：《想像上海的 N 種方法》（上海：上海人民出版社，2006 年 10 月）；研究上海的文化性格的有：楊東平的《城市季風》（北京：新星出版社，2006 年 1 月）、熊月之、周武主編：《海納百川——上海城市精神研究》（上海：上海人民出版社，2003 年 10 月）等等。

〔註16〕 李陀與筆者在 2008 年的一次談話中談到這一問題。

〔註17〕 吳亮、李陀、楊慶祥：《80 年代的先鋒文學和先鋒批評》，《南方文壇》2008 年第 6 期。

來比較明白，就是上海比北京嚴得多，上海控制緊得多。」〔註 18〕這種對上海文化氛圍截然不同的觀點可能都帶有個人的體驗，並不能代表歷史的真實狀況，但是這並不重要，重要的是，從這些 80 年代的當事人的言談中，我們可以捕捉到另外一種更有價值的信息，那就是，在 80 年代，只有上海才擁有足夠與北京相抗衡、制約和互補的政治文化資本。上海從某種意義上構成了另外一種空間，這一空間既是北京的複製和補充，另外一方面也同時是它的拓展和變異。所以從這個意義上說，上海的文化氛圍究竟是「寬」還是「嚴」並不是一個問題，問題是無論「寬」、「嚴」，80 年代的上海都是一個至關重要的「文化場」，在此社會思潮和意識形態緊密糾纏在一起，並因此成爲一系列文化事件「生產」和「加工」的溫床。

上海的這種特殊的文化位置是經過長期的歷史建構起來的。比如在三十年代，上海是「左翼文學」的中心，代表了當時一種激進的、對官方意識形態形成對抗和顚覆的文化力量。在另一些研究者看來，三十年代的「新感覺派」不僅是「文學上的先鋒」，同時也是「意識形態上的先鋒」，具有某種解構的文化性質。〔註 19〕王曉明據此認爲上海的文化性格具有某種「解構性」的特徵，這是有一定道理的。〔註 20〕這裏面其實有兩條線索可以追溯下來，第一是以魯迅爲代表的「五四」文化傳統，第二是上海的市民文化傳統。我們分開來略作討論。

首先討論第一個，「五四」傳統是 80 年代文化重建的主要思想資源之一，這一點無論是北京還是上海都是一致的。但是對於 80 年代的上海學人來說，「五四傳統」不僅是一種文化記憶，更是非常現實的具體所指，陳思和對此有非常清楚的體認〔註21〕：

> 復旦大學有幾個關鍵性的老先生，這是非常難得的。賈植芳先生就是其中的一個，我的一生碰到賈先生是我的一個轉折點，是他讓我知道是怎麼做人的，⋯⋯賈植芳先生對「五四」這種傳統是非

〔註18〕 查建英：《八十年代訪談錄‧甘陽》，北京三聯書店，2006 年 5 月，第 224 頁。

〔註19〕 【美】史書美：《現代的誘惑——書寫半殖民地中國的現代主義（1917～1937）》，何恬譯，南京：江蘇人民出版社，2007 年 4 月。

〔註20〕 王曉明、楊慶祥：《歷史視野中的「重寫文學史——王曉明答楊慶祥問》，見附錄二。

〔註21〕 陳思和、楊慶祥：《關於「重寫文學史」及其它——陳思和訪談錄》，見附錄三。

常認可的，如果現在我問你什麼是「五四」，你可能搞不大清楚的，
他們是很具體的，「五四」就是跟著胡風，胡風就是跟著魯迅，魯迅
就是「五四」精神，他們的腦子裏面這個線是很清楚的。

從魯迅開始，然後是胡風和巴金，再到後來的賈植芳、錢谷融等等，這是 80
年代上海文化學術的一個基本的傳承，陳思和、王曉明、李劼等都是認可並
自覺參與到這樣一個文化傳承中去的〔註 22〕。這種文化傳承在當代要麼被壓
抑和排斥（如胡風、賈植芳、錢谷融等），要麼遭到一定程度的「扭曲」和改
寫（如魯迅和巴金），因此，它們很容易在 80 年代的話語體系中找到並放大
自己的位置，通過「重寫文學史」為這一文化傳統「正名」同樣是當時應對
意識形態危機的一種方式。

　　其次，上海的特殊性還在於它不僅僅是一個精英文化所塑造的空間，實
際上，它強大的商業和市民文化傳統也同樣構成了它的獨特性。在很長的時
間裏，上海的這種市民商業文化都沒有得到應有的重視，比如陳思和顯然沒
有意識到商業市民傳統（它的文學形式就是通俗文學）會對他的文學史觀念
和學術實踐產生什麼重要的影響，但實際上他的學術研究卻一度和通俗文學
發生關係。〔註 23〕當然，這種聯繫也沒有必要予以誇大，但是有一點需要指
出，在 1985 年以後，隨著城市經濟體制改革步伐的拉開，上海作為開阜最早
的國際大都市，它潛在的市民觀念和商業意識可能比其它地方更容易得到激
發並得到回應，我在一篇文章中曾經很有限地討論了 1985 年《上海文學》雜
誌與城市消費之間的關係，並認為正是這種觀念推動了「新潮文學」在上海
的發展，〔註 24〕程光煒在最近一篇討論「先鋒文學」的起源的文章中〔註 25〕
也令人信服地指出：

　　　　正如作家王安憶描繪的，那時上海的生活景象是：「燈光將街市

〔註 22〕王曉明、楊慶祥：《歷史視野中的「重寫文學史——王曉明答楊慶祥問》，見
　　　　附錄二。
〔註 23〕陳思和在訪談中說：「(《巴金論稿》寫完以後接著要寫畢業論文嘛，我就想換
　　　　個題目，最早想研究的『鴛鴦蝴蝶派』這塊，研究通俗文學，為什麼呢，我
　　　　當時認識一位老先生，是研究舊文學，我受了他一點影響，後來看看，發現
　　　　我也不大喜歡這方面，就放棄了。」見陳思和、楊慶祥：《關於「重寫文學史」
　　　　及其它——陳思和訪談錄》，見附錄三。
〔註 24〕楊慶祥：《「讀者」與「新小說」之發生——以〈上海文學〉1985 年為中心》，
　　　　《當代作家評論》2007 年第 4 期。
〔註 25〕程光煒：《如何理解先鋒小說》，《當代作家評論》2009 年第 2 期。

照成白晝，再有霓虹燈在其間穿行，光和色都是濺出來的」，「你看
那紅男綠女，就像水底的魚一樣，徜徉在夜晚的街市。他們進出於
飯店，酒樓，咖啡座，保齡球館，歌舞廳以及各種專賣店，或是在
街頭磁卡電話亭裏談笑風生」，這「才是海上繁華夢的開場。」（王
安憶：《海上繁華夢》，引自《接近世紀初》，第 53、54 頁，杭州，
浙江文藝出版社，1998 年。）而當時北京和大多數內地城市，各大
商場夜晚 7 點鐘前已經熄燈關門，很多地方還是「黑燈瞎火」的情
形。某種程度上，城市的功能結構對這座城市的文學特徵和生產方
式有顯著的影響。所以，無論從雜誌、批評家還是作為現代大都市
標誌的生活氛圍，上海在推動和培育「先鋒小說」的區位優勢上，
要比其它城市處在更領先的位置。這些簡單材料讓人知道，即使在
1980 年代，上海的文化特色仍然是西洋文化、市場文化與本土市民
文化的複雜混合體，消費文化不僅構成這座城市的處世哲學和文化
心理，也滲透到文學領域，使其具有了先鋒性的歷史面孔。

雖然上述兩篇文章研究的對象都是集中在「先鋒文學」與上海城市文化的關
係方面（「先鋒文學」、「新潮文學」與「重寫文學史」其實關係甚大，這是我
們下面一節討論的問題，這裏暫且不表），但從中我們實際上可以看出在城市
改革的影響之下，文化行為和文化方式實際上都會受到一定的影響。毛時安
在談及「重寫文學史」欄目的時候就曾談到「商業方面」的考慮，希望通過
「重寫文學史」欄目改變《上海文論》的面目，並求得經濟上的效應。〔註 26〕
當然，我們並不能在這種商業意識與「重寫文學史」思潮之間建立一種必然
的「因果聯繫」，如果是這樣的話，則是把問題簡單化了，也必然會貽笑大方
吧。我想指出的是，上海的這種商業文化和市民傳統更多的是一種背景性和
文化上的參照系，在 80 年代，它與上述的以魯迅、巴金、胡風、「新感覺派」
等文化傳統一起，在「思想解放」和「城市改革」的影響下，被重新予以「複
製」和「激活」。羅威廉（william T Rowe）的研究曾指出這種「文化記憶」的
效用：「我的全面研究表明，造成該縣暴力泛濫歷史除地理因素之外，還須歸

〔註 26〕毛時安說：「但是，光改版還是不行，必須內容上有變化，我第一個講改版，
第二個就是要講經濟。那個時候刊物發行量小嘛，只有兩三千份，經濟上一
直沒辦法運作，所以我們當時我們搞了很多企業的報告文學，通過報告文學
來讚助，出版報告文學來養《上海文論》，就是這麼運作的。」毛時安、楊慶
祥：《〈上海文論〉和「重寫文學史」──毛時安訪談錄》，見附錄四。

因於當地特殊的文化傳統，它們能夠系統地複製世代傳承的大規模暴力行爲傾向。這種文化傳統表現在其它事物中，其中包括不斷地撰寫的地方志和其它文化記憶載體，如民間歌謠、傳說、地方戲、詩歌、武術和民間宗教傳統，還有各種歷史遺跡與遺址。」〔註27〕就 80 年代的上海的「重寫文學史」而言，無論是死去的魯迅、還是蒙受「冤屈」的胡風、巴金，以及被冷落的「鴛鴦蝴蝶派」，這些「歷史記憶」和「歷史碎片」在該空間裏面被重新縫合、型構，它並不必然導致某一事件或者後果，但是，這種文化性格卻始終以一種邊緣的身份與當時的官方意識形態形成一種「偏離」，以「異」的面目出現，刺激和活躍著上海的文化想像和文化參與方式，也正是在這個意義上，上海的「重寫文學史」在繼承和發展前此的「重寫」思潮的基礎上，呈現出更加激進的「解構」姿態。

3.2　與「新潮批評」、「文學圈子」與「重寫意識」

一

在第一節裏面，我們討論了作爲一種文化空間的上海對「重寫文學史」構成的背景性影響，這種大致的勾勒最多能爲上海的「重寫文學史」提供一個潛在的對話文本。而實際上，在此空間發生的其它文化事件或者思潮可能會與「重寫文學史」有更具體細緻的關聯。我們知道，在 1985～1988 年左右，中國當代文學界一個比較重大的事件就是「新潮文學」的出現和崛起，而「新潮文學」的重心，恰好也是上海：「當時先鋒作家主要分佈在北京、上海、江浙和西藏等地，顯然，就像 20 世紀 30 年代曾經發生過的一樣，它的『文學中心』無疑在上海。據統計，僅 1985 到 1987 年間，《上海文學》發表了 30 篇左右的『先鋒小說』，這還不包括另一文學重鎮《收穫》上的小說。差不多佔據著同類作品刊發量的『半壁江山』。另外，『新潮批評家』一多半出自上海，例如吳亮、程德培、李劼、蔡翔、周介人、殷國明、許子東、夏中義、王曉明、陳思和、毛時安等。」〔註28〕雖然從「新潮文學」的起源來看，上

〔註27〕 羅威廉（william T Rowe）：《清代棗山民變：鄉村暴力的傳奇》，沈宇斌譯。
　　　　收入王笛主編：《時間・空間・書寫》，杭州：浙江人民出版社，2006 年 8 月。
〔註28〕 程光煒：《如何理解先鋒小說》，《當代作家評論》2009 年第 2 期。程光煒經過
　　　　檢索得出：1985 到 1987 年在《上海文學》上發表的「先鋒小說」（當時叫「新

海不一定是「新潮文學」「發生學」意義上的起源之地〔註29〕，但是毫無疑問，因爲大量雜誌和批評家的存在，上海實際上已經成爲「新潮批評話語」的生產中心和認證中心，那麼，這裏的問題是，同時發生在這一空間中的「重寫文學史」和「新潮批評話語」之間是否有某種關係？我對這個問題饒有興趣，並曾求證於兩位重要的當事人王曉明和陳思和，不過他們的回答卻截然不同，陳思和認爲上海的「重寫文學史」和「新潮批評話語」毫無關聯，而王曉明，則認爲「新潮批評話語」對「重寫文學史」產生了影響。〔註30〕但是這種分歧並不影響我們對具體問題的分析，因爲「歷史」一旦生成，則具有了一定的自在性，其中所隱含的問題，即使是當事人也不一定能夠意識得到吧。在 2008 年的一篇研究「重寫文學史」的文章〔註31〕中，我曾意識到類似的問題，認爲「新潮批評話語」的發生和撒播與「重寫文學史」之間存在一定的關聯：

> 提倡「重寫文學史」的《上海文論》和「先鋒文學」的重鎮《上海文學》之間的關係非常密切，從某種意義上講它們是當時上海文壇重要的兩翼（作品和理論），這兩家雜誌的編輯人員和作者群體也有著驚人的重複。從這些方面來看，「現代派文學」和「重寫文學史」的空間轉移就具有某種歷史的必然性，這是從文化政治方面來考慮的。如果從當時文學的「內部發展」來看，就會發現這兩個文學「運動」之間有著更爲內在的聯繫，我們知道，「先鋒小說」當時一個重

潮小說」）有：鄭萬隆《老棒子酒館》，陳村《一個人死了》、《初殿（三篇）》、《一天》、《古井》、《捉鬼》、《琥珀》、《死》、《藍色》，阿城《遍地風流（之一）》、張煒《夏天的原野》，王安憶《我的來歷》、《海上繁華夢》、《小城之戀》、《鳩雀一戰》，韓少功《女女女》，馬原《海的印象》、《岡底斯的誘惑》、《遊神》，劉索拉《藍天綠海》，張辛欣、桑曄《北京人（七篇）、（十篇）》，孫甘露《訪問夢境》，殘雪《曠野裏》，李銳《厚土》，莫言《貓事薈萃》、《罪過》，蘇童《飛越我的楓楊樹故鄉》等。而實際數目可能還不止這麼多。

〔註29〕中國當代「先鋒文學」的起源，目前一直沒有得到有效的清理，比如對 80 年代以札西達娃爲代表的西藏作家群的研究，可能會拓寬對「先鋒文學」起源問題的認識。

〔註30〕參見王曉明、楊慶祥：《歷史視野中的「重寫文學史——王曉明答楊慶祥問》，見附錄二。陳思和、楊慶祥：《關於「重寫文學史」及其它——陳思和訪談錄》，見附錄三。

〔註31〕楊慶祥：《審美原則、敘事體式與文學史的「權力」——再談「重寫文學史」》，《文藝研究》2008 年第 4 期。

要的特徵就是強調文學本身的「獨立性」和「自足性」，強調批評觀
念上的「審美」原則和「文本主義」，陳思和、王曉明雖然比吳亮、
程德培等人對「先鋒小說」的態度更加謹慎，但同屬於上海「先鋒
批評」的圈內人，不可能不受到影響，而且，在「重寫文學史」中
起到不可或缺作用的李劼是當時最活躍的先鋒批評家之一。因此，
「先鋒小說」的寫作觀念和批評方法實際上對「重寫文學史」影響
甚大。

當然，考察「新潮批評」與「重寫文學史」的聯繫不能簡單地建立在雜誌和
「同仁」關係的基礎上，而是要分析這兩者之間通過何種文學話語發生了實
質性的關聯。在我看來，「新潮文學／新潮批評」對於「重寫文學史」的影響，
主要是通過「新潮批評話語」的傳播和交流來完成的，正是在「話語」中蘊
含了一種新的文學觀念和批評標準，從而對當時的文學評價標準和評價體系
形成衝擊和改寫。只有在這個意義上，所謂的 80 年代上海「新潮批評家圈子」
才具有了歷史分析的價值，正是通過所謂的「新潮批評家圈子」這一特殊的
媒介，新的文學觀念和標準才一步步確立，並佔據了某種優先的地位，不僅
影響到「圈內人」對當下文學的定位（文學批評），同時也影響到對過去文學
的定位（文學史研究）。因此，如果要繼續深入分析上海的「重寫文學史」與
「新潮批評話語」之間的關係，就必須追問兩個問題，第一，「圈子」是如何
形成的，它與上海這一空間有何關聯？第二，「新潮批評」到底確定了何種文
學評價標準和體系，並對「重寫文學史」產生了何種效用？

二

最早討論文學「圈子」這一現象的可能是吳亮，在 1986 年左右的《文學
與圈子》〔註 32〕一文中，他對「圈子」的出現、形成和功能進行了一種社會
學的大致描述：

　　　社會生活的分化，使得人們各行其是，紛紛找到了自己合適的
　　位置。人們相互之間，一方面交往方式和聯絡渠道大大增加了，另
　　一方面又忙於切身的工作與瑣務而疏於交往。時間的短缺，空間的
　　隔離，分工和興趣的日益細密與專門，使他們失去了一部分共同的

────────────────

〔註32〕吳亮：《文學與圈子》，《批評的發現》，桂林：灕江出版社，1988 年 4 月，第
　　　50、51 頁。

語言。許多原則不再通用了，適用域越來越小。因此，與這種情況相適應，一種圈子內的生活方式和交往方式，在悄悄中形成起來。

　　文學圈子的形成，社會生活本身提供了可靠的外在條件。不過，操縱並支配每一個特殊的文學圈子的，則是這一圈子的自身同一性：一致的社會政治觀，一致的哲學理趣，一致的文學觀念，以及相似的語言表述、相似的審美情致、相似的感情態度和處世反應……文學圈子的多元，乃是以整個社會文化環境爲背景的，它本身卻體現出一種單純性和排外性。

吳亮在此指出了「圈子」出現和形成的一個很重要的原因，那就是「整體性」、「一體化」生活方式的消失和「分散性」、「個性化」生活方式的出現，不過，這種認識雖然敏銳，但是仍然給人感覺很抽象。實際是，這種「社會分化」之所以出現的更具體的原因在於 1983 年開始全面推行的城市改革，相對於全國其它城市而言，上海城市改革的步伐邁得更加迅捷〔註 33〕，作爲當時中國最繁華發達的大城市，一種類似於本雅明所描述的「大都市體驗」開始成爲一種現實而不是想像：

　　今年初秋的某天下午，我一個人匆匆地走在大街上，突然感到了一種驚奇：因爲我發覺自己置身於陌生人的重圍之中，而那熙熙攘攘的「陌生人的洪流」並沒有與我敵對；相反，我還感到了可靠、

〔註 33〕一組大事記和數據可能更能說明問題：「1983 年，上海舉辦了全國第五屆運動會；1984 年，中央批轉沿海城市座談會紀要，進一步開放上海等 14 個沿海港口城市，……同年，上海港貨物年吞吐量突破 1 億噸，從而躋身世界億噸大港行列；……1985 年，國務院批准上海擴大利用外資；1986 年，滬杭鐵路外環線一期工程竣工通車。……1987 年，中國最大的火車站——上海鐵路新客站落成並投入營運……1988 年，上海第一條高速公路——滬嘉高速公路通車。……1989 年，上海成爲大陸第一個全市電話號碼全部升位爲七位號碼的城市。」（見姚錫棠：《上海城市 15 年》，「附錄一」，上海：上海社會科學院出版社，1995 年 3 月，第 101～103 頁。）另外四組數據是：1978 年上海的市區面積是 158.56 平方公里，市區人口是 557.38 萬人，旅客發送量是 1763 萬人，市內電話是 7.47 萬戶，到 1988 年，這四組數據分別是：748.71 平方公里、732.65 萬人、4409 萬人、24.18 萬戶。1984 年每銷售百元商品提供的利潤北京是 1.6 元，廣州是 4.1 元，天津是 2.3 元，而上海高達 6.0 元，商業利潤位居全國之冠。1984 年上海的工業總產值是 7,443,655 萬元，是北京的近 3 倍（2,817,210 萬元），天津的近 3 倍（2,514,862 萬元），瀋陽的近 6 倍（1,337,102 萬元）。（見《北京城市性質與功能分析》，北京市哲學社會科學規劃領導小組辦公室編輯發行，1986 年 10 月，第 34 頁。）

依賴和安全。作爲素不相識的一員，我也加入了這密密麻麻的人流，全是一張張陌生人的臉，或是微笑，或是漠無表情。在每張臉的背後隱藏著每個人的行蹤、身世、職業、動機、家庭、心境、近況以及他不可預知的未來。我於是意識到在我素來熟視無睹的城市中，存在著無以計數的日常戲劇；存在著無以計數的面具和面具後的真相，存在著滾滾人流中的孤寂、盲目和相互模仿；存在著未明的計劃、目標和行動；存在著斑駁絢麗或灰濛濛的色彩；存在著信賴、隔膜和神秘感；存在著迷惘、焦慮和不安定〔註34〕

儘管我廣交朋友，可我仍然時時感到有孤獨襲來。……所謂城市的喧鬧與集中不過是假象，裏面有某種不牢靠的東西，……我所說的『自我囚禁』還更隱秘地表現爲心靈的封鎖。名目繁多的多重人與人關係，其重要便是三項：血緣、契約和功利，真正純粹的精神聯繫通常是難得的。〔註35〕

我無法斷定吳亮在這個時候是否閱讀了本雅明、西美爾等人的著作，不過他這種對於都市體驗的表述卻和他們有某些方面的一致〔註36〕，不過對於吳亮等在社會主義經驗下成長起來的一代人而言，固然對「陌生感」、「孤獨感」、「漂浮感」有一定程度的不適應，但更多卻是一種被「解放」的愉悅和憧憬。

〔註34〕吳亮：《城市人：他的心態和生態》，《批評的發現》，桂林：灕江出版社，1988年4月，第274頁。

〔註35〕吳亮：《城市與我們》，《批評的發現》，桂林：灕江出版社，1988年4月，第289～290頁。

〔註36〕本雅明認爲：「害怕、恐怖和不合心意是大都市人流在那些最早觀察它的人心中引起的感覺。」「住在大城市中心的居民又退化到野蠻狀態中去了，也就是說，又退化到了各自爲營之中。那種由實際需求不斷激活的、生活離不開他人的感覺逐漸被社會機制的有效運行磨平了。這種機制的每一步完善都使特定的行爲方式和特定的情感活動……走向消失」（【德】瓦爾特•本雅明：《發達資本主義時代的抒情詩人》，王才勇譯，南京：江蘇人民出版社，2005年2月，第134頁。）西美爾指出：「都會性格的心理基礎包含在強烈刺激的緊張中，這種緊張產生於內部和外部刺激快速而持續的變化」「厭世態度首先產生於迅速變化以及反差強烈的神經刺激」「無限地追求快樂使人變得厭世，因爲它激起神經長時間地處於最強烈的反應中，以致於到最後對什麼都沒有了反應。」「在對人對事的態度上，它們都顯得務實，而且，這種務實態度把一種形式上的公正與冷酷無情相結合。理智上世故的人對所有的真正個性都漠不關心。在相同的方式中，各種現象的個體性與金錢原則並不相稱」（【法】齊奧爾格•西美爾：《大都會與精神生活》，《時尚的哲學》，費勇等譯，北京：文化藝術出版社，2001年9月，第186、190頁。）

　　一方面是因爲上海的城市發展而導致的「一體化」、「整體性」生活的瓦解以及這種瓦解所帶來的自由和解放，另外一方面是個體在這種物質性、消費性、商品化的大都市中的不安和孤獨以及對眞正意義上的精神交流的渴求，由此，「圈子」似乎成爲應對這種情況的一種有效的社會交往方式：「在小圈子裏，人們相互瞭解彼此的個性，因而形成一種溫情脈脈的氣氛，人與人之間的行爲不只是服務與回報之間的權衡。」〔註 37〕「文學圈子」體現了人們的自願組合，體現了個人的選擇不僅可以指向一個抽象目標，而且可以指向一種親善互助的組織形式。」〔註 38〕在很多 80 年代的當事人看來，80 年代是一個充滿了激情、天眞和詩意的時代，友誼和朋友是這種氣氛形成的一個重要原因，「八十年代跟今天對照當然有很多區別，但我覺得其中一個非常重要的區別，就是那時候重友情，朋友多——而且都是那種肝膽相照的朋友，可以信賴，可以交心。」〔註 39〕但是這些當事人可能沒有意識到，這種「友情」形成的一個重要原因則在於「圈子」的出現和鞏固，正是在「圈子」內的不帶功利（從一定程度上而言）的閱讀、寫作和討論，才有了「激情」和「詩意」的產生，而「圈外人」則可能是另外一種完全不同的生活和記憶。〔註

〔註 37〕【法】齊奧爾格・西美爾：《大都會與精神生活》，《時尚的哲學》，費勇等譯，
　　　　北京：文化藝術出版社，2001 年 9 月，第 188 頁。

〔註 38〕吳亮：《文學與圈子》，《批評的發現》，桂林：灕江出版社，1988 年 4 月，第
　　　　56 頁。

〔註 39〕查建英：《八十年代訪談錄・李陀》，北京：三聯書店，2006 年 7 月，第 249、
　　　　250 頁。

〔註 40〕所以有人撰文對查建英《八十年代訪談錄》進行了批評，認爲帶有強烈的精
　　　　英色彩（實際上就是圈子色彩），並不能代表 80 年代。如閻廣英在《我的八
　　　　十年代，我自己的神話：關於〈八十年代訪談錄〉》中說：「在我的記憶裏，
　　　　八十年代就是飢餓和貧困。我們兄妹幾個無數次在一個個狂風暴雨的晚上不
　　　　得不都跑到父母的被窩裏互相溫暖著因爲房屋漏雨而被凍僵的身體的時候，
　　　　我自己的八十年代的記憶已經形成了。我想，在《訪談錄》中沒有我的八十
　　　　年代，因爲我來自那個遙遠貧困的被遺忘的農村；《訪談錄》沒有我的八十年
　　　　代，因爲我們是一群沉默的大多數；《訪談錄》中沒有我的八十年代，因爲我
　　　　們是一群邊緣人，沒有我們的話語方式，也沒有我們自己的話語空間。是的，
　　　　《訪談錄》中沒有我們的八十年代。我們的八十年代的記憶是應該被公眾所
　　　　遺忘的，我們是一群基本被遺忘的、卑微的、下賤的、看似毫無生命的失語
　　　　者。我們在生活邊緣處的掙扎，注定被一個國度所謂的現代化、全球化、西
　　　　方化所犧牲或者遺忘。從這個角度講，我對《訪談錄》中的精英主義的話語
　　　　方式感到無比的厭惡。」轉引自李陀：《另一個八十年代》，《讀書》2006 年第
　　　　10 期。

40〕在這個意義上，「文學圈子」不僅是一種全新的生活方式，同時也是一種新的文學生產機制。

　　把一種普遍的「圈子」的出現和形成歸結爲城市改革（上海表現得尤其突出），從社會學的角度來說是可以成立的，但是，就吳亮所致力陳述的「文學圈子」而言，僅僅是城市改革的大背景還不能說明全部的問題，它的出現成形還與 80 年代文學場的變化密切相關，在另外一篇文章〔註41〕中，吳亮對此進行了進一步的細化：

> 　　小説在今年的大分化趨勢中，愈來愈走向小型化、圈子化和專門化。這顯然是對全知型批評家的挑戰。權威的意義被縮小了，權威的影響也跟著縮小。

> 　　小說家圈子事實上在若干年以前就悄悄地形成了，因此，小說家們自己的批評，顯然就是圈子批評家出現的預告。……無論如何，當代小說的多向性發展已經召喚著圈子批評家的成批出現。

> 　　小說的多樣化和小型化，暗示了一種批評分工的前景，這一前景已經向我們隱約地呈現出一個新的組合模型：不是小說家和批評家各自成爲兩個堡壘，而是由幾個小說家和幾個批評家組成一個文學圈，這個圈子有著各自的運轉機能和協調機能，以及對外說話的多種媒介工具。

首先是「小說家圈子」的出現，爾後才有「批評家圈子」的出現，最終才有可能出現理想中的由「幾個小說家和幾個批評家組成的」理想的文學圈。這就是吳亮爲我們描述的「文學圈」的發展軌跡。毫無疑問，在這個過程中，「新潮小說」和「新潮小說家」的出現是關鍵和前提，在吳亮的文章中，這一批小說和小說家有：馬原《岡底斯的誘惑》、阿城《遍地風流》、劉索拉《你別無選擇》、李杭育《炸墳》、韓少功《爸爸爸》、莫言《透明的紅蘿蔔》、陳村《從前》、王安憶《小鮑莊》等，基本上涵括了 1985 年左右湧現出來的所有「新潮小說」。在吳亮看來，這批小說對批評提出了眞正的挑戰，對於這些小說的解讀、闡釋，已經不是以往那種「全知全能」的批評家所能負擔得了的，而是需要有新的知識結構、新的審美眼光、新的評價標準，因此只能是非「圈子批評家」莫屬。從某種意義上，我們可以看出吳亮在面對 1985 年文壇（小

〔註41〕吳亮：《當代小說與圈子批評家》，《批評的發現》，桂林：灕江出版社，1988 年 4 月，第 58～62 頁。

說界）時產生的話語焦慮，「往年，幾乎沒有無法評論的小說，但這種情況在一九八五年不存在了，評論感到了無法言說的困難。」〔註 42〕在另外的研究者看來，這種變化其實關涉巨大，「至此，小說從廣大社會階層共享的普遍的體裁和一般知識分子的共同語言，迅速轉變爲專業話語和特殊的體裁」，〔註 43〕這一轉變帶有某種先導性，它「預示了某種社會歷史的變遷：即新時期的知識分子終於脫離宏大的社會角色，從該階層的最高職能（承擔社會良心）回到最低職能（掌握書面文化）。」〔註 44〕無論是從小說轉型的角度，還是從知識分子的身份變化的角度來看，一個事實是，與城市改革和社會現代化發展相一致的是學科的「專業化」成爲趨勢，「文學圈」既是社會分層的結果，同樣也是知識「專業化」的要求。

不過在 1985 年左右，在另外一些堅持文學的「總體性」的文學力量看來，對於「圈子」的倡導和追求，卻是對於文學作爲意識形態功能的一種削弱，而且「小圈子」讓人不由自主地聯繫到「小集團」、「小幫派」，所以，遭到批評應該也就在意料之中。〔註 45〕從這種意義上說，對「圈子」的倡導實際上是有一定的政治目的，它在「專業化」和「分層化」的掩護之下，同樣指向對於政治的拒絕。很明顯，這裏所謂的「文學圈」和埃斯卡皮在他的《文學社會學》中所定義的「文人的圈子」（即「文人群體」）是不一樣的，「這個文人群體同我們所說的『文學階層』相符合，這一階層中聚集著大多數作家，

〔註42〕 吳亮、程德培編：《新小說在 1985 年·前言》，上海：上海社會科學院出版社，1986 年 9 月。

〔註43〕 祝東力：《精神之旅：新時期以來的美學和知識分子》，北京：中國廣播電視出版社，1998 年 9 月，第 108 頁。

〔註44〕 祝東力：《精神之旅：新時期以來的美學和知識分子》，北京：中國廣播電視出版社，1998 年 9 月，第 109 頁。

〔註45〕 吳亮在一篇訪談錄中曾提到「圈子」問題：「當時這篇文章給《上海文學》被退了稿，好像是周介人說這篇文章公然標榜了圈子文學，我記得我又給了王斌，他在河北石家莊主編《文論報》，發表了，影響當時也不是很大，後來收到集子裏面，估計看的人也不是很多。當時已經有人說我們在搞小圈子，說你們寫東西是不給大眾看的，不給讀者看的，你們都是圈子寫給圈子看。那麼當時我就想起一件事，你說我是印象派，我就是印象派，你說我是野獸派，我就是野獸派了。歷史上都有這樣的例子，一開始是貶義的，那麼我就公開爲這個圈子批評家和圈子文學進行辯護，所以呢這是一種針鋒相對的做法。」見吳亮、李陀、楊慶祥：《八十年代的先鋒文學和先鋒批評》，《南方文壇》2008 年第 6 期。其實在 80 年代，並沒有人會公開宣稱自己屬於某個「圈子」，這些對於「圈子」歸屬的認定，大部分是 90 年代以後追認的。

以及所有同文學事實有關的人，即從作家到大學裏的文學史家，從出版商到文學批評家」。〔註46〕80 年代的「文學圈子」恰好是要從埃斯卡皮定義的廣義的文學圈子裏面脫離出來，通過另外一套話語體系和協調機制，形成獨特的審美標準和意識形態，並試圖在文學場內佔據優勢地位。

三

雖然在 1985 年，我們還不能像確定「新潮小說家圈子」那樣確定「新潮批評家圈子」的組成人員，但是，一批新的批評家確實以各種方式在開始聚集，並通過各種會議、雜誌、著作頻繁交流，發出聲音。1985 年的「杭州會議」可以說是一次新潮批評家的正式亮相，根據吳亮提供的會議合影照片〔註47〕，參加者有：李杭育、韓少功、董校昌、徐俊西、茹志娟、李子雲、吳亮、薛家柱、高松年、沈治平、陳建功、宋耀良、季紅眞、黃子平、魯樞元、蕭元敏、陳杏芬、徐幸立、鍾高淵、許子東、曹冠龍、李陀、周介人、南帆、陳村、程德培、蔡翔、陳思和、阿城、鄭萬隆等。分析這份名單我們會發現，來自上海及其周邊的批評家佔了絕大部分，如吳亮、宋耀良、南帆、程德培、蔡翔、陳思和、許子東、季紅眞（浙江杭州），而來自北京的只有李陀和黃子平兩人。上海作爲「新潮批評」的中心已是不爭的事實，實際上，作爲當時最著名的編輯之一，周介人和《上海文學》周圍聚集了當時最有活力的「新潮批評家」：「作爲《上海文學》的主持者，周介人周圍正在聚集起一大批青年評論家，從而成了後來所謂的上海青年評論群體的核心人物。周介人周圍這些人，一一說來可是張很長的名單。擇要而言，大概有這麼些人物：吳亮、程德培、蔡翔、許子東、王曉明、陳思和、毛時安。」〔註48〕

〔註46〕【法】埃斯卡皮：《文學社會學》，王美華、於沛譯，安徽文藝出版社，1987年 9 月，第 100 頁。

〔註47〕吳亮：《八十年代瑣記一》，《書城》2006 年第 3 期。

〔註48〕李劼：《上海八十年代文化風景》（2003 年）第四章「成也介人，敗也介人」。來自「左岸會館」http://www.eduww.com/bbs/。其實名單還不止這些，根據毛時安的回憶，「實際上當時我們這一批青年評論家當中有一個核心的人物，就是周介人和《上海文學》這樣一塊理論陣地。……最早是許子東，許子東是我們中最早的，他最早出了《郁達夫新論》。這個以後呢，搞批評其實就是王曉明、許子東他們師兄弟，然後呢，還有殷國明，殷國明比我小，然後就是我、夏中義、宋耀良，方克強，還有這個魏威、夏志厚、朱大可、朱大可的前妻張擎等等一大批。再年輕一點的就是南帆、方克強、吳俊幾個。」（毛時安、楊慶祥：《〈上海文論〉和「重寫文學史」——毛時安訪談錄》，見附錄四。）

　　需要予以說明的是，在評論界，批評家的代際更替和作家的代際更替一樣，都是再平常不過的事情，比如在 1986 年，就有雜誌以大篇幅提出「第五代批評家」〔註 49〕的命名，其實也就是上文提到的「新潮批評家」這一代。所以「圈子批評家」實際上帶有其普遍性，不過是在 80 年代的因緣際會中，伴隨「新潮文學」的興起，再加上上海的文化條件（編輯、雜誌等等），所以才會有一個所謂的上海「新潮批評圈子」的出現吧。這種情況的出現固然有我在上文中提到的種種文化背景為前提，但是如果非要在其中找出一一對應的因果關係，估計也是勉為其難的，如果沒有周介人，沒有《上海文學》、《上海文論》，是否就無法形成一個「新潮批評圈子」呢？我看也不一定，新的力量還是會通過其它的方式找到亮相和表達的渠道。不過不管怎麼說，通過這樣一個梳理，我們可以很直觀地得到一些信息，首先，「新潮批評圈子」在 80 年代上海的形成是一個存在的歷史事實，這既與上海的城市改革的大環境有關，同時又與 80 年代文學場的轉型相關；其次，上海的「重寫文學史」的倡導者和發起人陳思和、王曉明、毛時安等都是當時上海「新潮批評圈子」裏面的活躍分子，因此，「新潮批評圈子」所信奉的文學觀念、批評原則不可避免地會對他們產生影響，並直接影響到他們的「重寫」觀念和「重寫」策略。

　　要進一步分析的是，「新潮批評圈子」內部傳播、交流著何種文學觀念，並對上海的「重寫文學史」產生了何種影響？相對於「圈子」的形成過程而言，我覺得這是一個更有意思的問題，因為「圈子」實際上是一個普遍性的存在，而正是「圈子」內部的話語、觀念才是「新潮批評圈子」區別於當時的文學界，賴以確立自身的「歷史性」的關鍵所在。在吳亮看來：「一致的社會政治觀，一致的哲學理趣，一致的文學觀念，以及相似的語言表述、相似的審美情致、相似的感情態度和處世反應……」〔註 50〕是文學圈子確立自身同一性的主要條件。那麼，對於「新潮批評圈子」而言，有沒有這種一致性

〔註49〕甘肅的《當代文藝思潮》雜誌於 1986 年第 3 期推出了「第五代批評家專號」，刊發了陳思和、陳晉、朱大可、蔡翔、周政保、李書磊、郭小東、李潔非、張陵、李慶西、鄔華、李黎、徐亮、劉樹生、鄧平祥、譚明、王鐵、鄭羽等 19 位青年批評家的文章。同期謝昌餘的文章《第五代批評家》把這批批評家的特徵歸結為四點：一、宏闊的歷史眼光；二、頑強的探索精神；三、現代的理性自覺；四、深刻的自由意識。

〔註50〕吳亮：《文學與圈子》，《批評的發現》，桂林：灕江出版社，1988 年 4 月，第 50、51 頁。

觀念的存在呢？我覺得這是一個特別需要謹慎處理的問題，應該說，吳亮那
種對文學圈子的界定實際上是一種「理想主義式」的，是值得懷疑的。就「新
潮批評圈子」而言，可以肯定的是，這些「新潮批評家」確實分享了一些「一
致性」的東西，比如對文學批評中權威主義的拒絕，認可文學的自主性，強
調自由、個性、主體的批評，對新的批評方法的倡導等等。但是這種一致性
難道不是整個 80 年代的特徵嗎？在我看來，討論「新潮批評圈子」的一致性
是有必要的，但是必須從這些老生常談的「知識」中剝離出來。爲此，讓我
從陳思和的一段話開始進行分析：

> 一九八四年冬，我在杭州參加了一個學術會議，這次會議是我
> 近年來在國內參加的所有學術會議中最有意義的一次，一群年輕的
> 作家評論家都深入地討論當前文學發展的趨向，提出來許多新鮮的
> 看法。第二年，文壇驟然熱鬧起來，原因當然是多方面的，但這次
> 會議的確產生了一定的作用。也就是這次會議重新煽起了我對當代
> 文學的熱情。從一九八五年起，我又開始寫當代文學批評的文章，
> 並主要做了二方面的工作，一方面是從文學史的角度來把握和確定
> 當代文學現象的價值和意義；另一方面是以當代認識來重新整合文
> 學史，重新評價文學史。〔註51〕

這次會議確實如陳思和所言，有很多新鮮的想法，並一直爲很多批評家所津
津樂道〔註52〕：

> 這次會議不約而同的話題之一，即是「文化」。我記得北京作家
> 談得最興起的是京城文化乃至北方文化，韓少功則談楚文化，看得
> 出他對文化和文學的思考由來已久並胸有成竹，李杭育則談他的吳
> 越文化。而由地域文化則引申至文化和文學的關係。其時，拉美文
> 學「爆炸」，尤其是馬爾克斯的《百年孤獨》對中國當代文學刺激極
> 深，由此則談到當時文學對西方的模仿並因此造成的「主題橫移」
> 現象。有意思的是，這些作家和評論家都曾受西方現代主義影響，
> 像李陀，曾是「現代派」的積極鼓吹者和倡導者，而此時亦是他們
> 對盲目模仿西方的現象作出有力批評。……由於當時會議沒有完整

〔註51〕 陳思和：《〈筆走龍蛇〉序跋》，《馬蹄聲聲碎》，上海：學林出版社，1992 年 5
　　　　月，第 158 頁。
〔註52〕 蔡翔：《有關「杭州會議」前後》，《當代作家評論》2000 年第 6 期。

的會議記錄留下，我已無法回憶具體的個人發言內容，但有一點是肯定的，把「文化」引進文學的關心範疇，並拒絕對西方的簡單模仿，正是這次會議的主題之一。面對「文化」的關注，則開始把人的存在更加具體化和深刻化，同時更加關注「中國問題」……饒有意味的是，「杭州會議」對中國文化的重視，卻並未引出任何民族狹隘觀念或者復古主義，沒有任何這方面思想的蛛絲馬蹟。相反在這次會議上，現代主義乃至西方的現代思想和現代學術仍是主要的話題之一。我記得陳思和在會上有過一個專題發言，是討論現代主義和中國現代文學關係的（這次發言後來被陳思和整理成《中國文學中的現代主義》，並交由《上海文學》發表），引起與會者的極大重視，並引發出相關討論。

「杭州會議」熱議的「文化、拉美文學、中國化、西方現代主義」等議題都指向文學「現代化」的圖景，這中間肯定有熱烈的討論和分歧，因為材料所限制，我們沒有辦法予以更細緻的分析，但大致可以作出如下一些判斷：第一，從 80 年代中期開始，伴隨著「新潮文學」的興起，「新潮批評界」確定了一種對「當下文學」的強烈興趣和自信心，1985 年的「杭州會議」帶給了大家一種期待感，覺得當代文學是有希望的〔註 53〕。這一點非常重要，因為只有對「當下文學」高度自信，才可能不斷探索新的知識資源、理論方式和話語類型來確認「新潮文學」的合法性。第二，借助「文化熱」和「方法論」所提供的思想資源和批評方法（如文化分析、弗洛伊德主義、「三論」、敘事學、語言學等等），新潮批評界在確認「新潮文學」合法性的同時，逐漸形成了一種新文學評價體系，也就是所謂的「現代化」的標準，這一標準反過來又成為一種認識的裝置，不但論證和規劃著當下的文學創作，同時也參與到對文學史的重新評價中去，並直接影響到對文學史的認定和「重寫」。正是在這個意義上，「當下認識」、「當下話語」成為一種標準，對以往的文學史標準形成了顛覆。這一點在錢理群等人的「二十世紀中國文學」和陳思和的《中國新文學整體觀》中已經有了初步的體現，1985 年興起的「尋根文學」是他們進行文學史判斷的一個重要標準。在 1988 年上海的「重寫文學史」實踐中

〔註 53〕吳亮、李陀、楊慶祥：《八十年代的先鋒文學和先鋒批評》，《南方文壇》2008 年第 6 期。

〔註 54〕，包括「尋根文學」、「現代派文學」甚至「先鋒文學」在內的「新潮文學」的寫作觀念和批評標準成為判斷作品優劣、作家高低的一個潛在參照系。第三，在此前提下，「重寫文學史」的方法論實際上是一種「向前看」的歷史認識方式，「我把這種研究叫作『從當代想現代』，就是從當代文學中發現問題，再追溯到現代文學中去挖掘歷史的淵源。」也就是不斷地通過「新的作品」和「新的標準」來調整對「過去的文學」的看法，這是一種「整體性」和「普遍性」的思維方式，因為只有把所有作品（過去的和當下的）理解為一個系統〔註 55〕，才有可能用「當下的」的文學標準去「重寫」過去的作品。「現存的藝術經典本身就構成一個理想的秩序，這個秩序由於新的（真正新的）作品被介紹進來而發生變化。」〔註 56〕但是，如果承認文學作品同時也是一種獨特的歷史性存在，每一件文學作品和文學思潮都與當時的歷史、社會、文化密切相關，這種「向前看」的歷史認識方式就是不全面的，甚至是偏頗的。第四，更需要注意的是，這種「當下標準」、「當下認識」僅僅只是當下話語之一種，其自身也一直處於一種不穩定的遊移狀態，比如在 80 年代中期，雖然「新潮文學」在話語場內佔據了優勢地位，但是傳統的現實主義創作和現實主義批評依然通過官方意識形態的支持在文學場域中佔有較大的份額。〔註 57〕也就是說，「新潮批評話語」僅僅是 80 年代眾多話語之一種，它在排斥當下文學其它可能性的同時，也排斥和遮蔽了理解「過去的文學」（文學史）的可能性。它本身帶有的「圈子」意識實際上具有一定的「趣味主義」的色彩，而不是一種嚴格的歷史認知，這種「趣味主義」不可避免地使「重寫文學史」帶有強烈的傾向性。

　　如果說「新潮批評圈子」確實有某種一致性並影響到「重寫文學史」的話，我想上述四點才是他們的一致性，但是這種一致性是一種共同的意識和趨向，而不是嚴格的「同一性」。即使這種共同意識和趨向的存在，也絲毫不

〔註 54〕黃子平、陳平原、錢理群：《二十世紀中國文學三人談》，北京：人民文學出版社，1988 年 9 月，第 32 頁。

〔註 55〕「系統論」和「整體觀」是「二十世紀中國文學」和「新文學整體觀」的核心方法論之一，這一點與英美「新批評」的理論有很大的關係。

〔註 56〕【美】艾略特：《傳統和個人才能》，《艾略特詩學文集》，王恩衷編譯，北京：國際文化出版公司，1989 年 12 月。

〔註 57〕比如路遙等人在 80 年代的創作就一直受到官方意識形態的肯定和制度上的支持。相關論述可參見楊慶祥：《路遙的自我意識和寫作姿態——兼及 1985 前後文學場的歷史分析》，《南方文壇》2007 年第 6 期。

能掩飾「圈內人」之間在美學觀念、文學史意識上的巨大分歧，並直接影響
到「重寫文學史」觀念的建構和生成〔註58〕。

〔註58〕比如同爲「新潮批評」圈內人的李劼堅持認爲中國當代文學只能從 1985 年算
　　　　起，完全是以「先鋒文學」爲文學史的准入標準，這一過於激進的觀點就很
　　　　難得到陳思和、王曉明、毛時安的認同。

第 4 章　反思「重寫文學史」：
審美主義和主體意識

　　作為「重寫文學史」思潮的「高潮」部分，上海的「重寫文學史」在特殊文化空間的激發之下，一方面延續並發展了 80 年代初即告開始的文學史書寫的現代化進程，另外一方面，從某種意義上說，上海的「重寫文學史」在最大限度上涵概了 80 年代「重寫文學史」的重要症候，並以一種「解構」的姿態把這種「症候」實踐到對當代文學和當代歷史的「重寫」之中，在此過程中漸漸確立了一系列的歷史（文學史）編撰原則和編撰方法。無論是「審美原則」、敘事體式還是主體意識和文學史書寫的尺度，都以更加學科化的話語方式呈現其背後隱藏的主體利益訴求和意識形態焦慮，因此，對這些「關鍵詞」的歷史分析，將會深入到「重寫文學史」思潮的根部，發現其複雜的設置和型構。

4.1　審美性和作品中心主義

一

　　1986 年，美學家李澤厚似乎也對「重寫文學史」產生了興趣，寫出了一篇長文《二十世紀中國（大陸）文藝一瞥》，在這篇文章中，他以啟蒙主義的立場，從「思想史的角度而並非從文藝史或美學角度來看中國現代文藝，⋯⋯便只是通過文藝創作者的心態，以觀察所展現的近現代中國所經歷的思想的

邏輯。」〔註1〕在一些人看來，這種寫作的出發點只能是把「文學史」作爲「思想史」的「注腳」，成爲知識分子「心態史」的一個簡單比附。正是在這個意義上，這篇文章遭到了李劼的強烈批評，認爲「他把文學史硬塞進思想史的框架從而攪混了思想史的同時也消滅了文學史。」〔註2〕這種指責今天看來有些誇大其詞，但是，李劼在當時確實一針見血地指出了李澤厚的「文學觀念」，「從文學的角度說，他認同了傳統的文以載道；從哲學的角度說，他依然是一個黑格爾主義者。」〔註3〕對於李劼咄咄逼人的指責，李澤厚沒有作出正面回應，我想他可能是有些不以爲然吧。在他的文章的結尾，他已經有了非常鮮明的態度：

> 從文藝史看，則經常有這樣一種現象：一些作品是以其藝術性審美性，裝修人類心靈千百年；另一些則以其思想性鼓動性，在當代及後世起重要的社會作用。那麼，怎麼辦？追求審美流傳因而追求創作永垂不朽的「小」作品呢？還是面對現實寫寫儘管粗拙卻當下能震撼人心的現實作品呢？……如果不能兩全，如何選擇呢？……選擇審美並不劣於或低於選擇其它，「爲藝術而藝術」不劣於或低於「爲人生而藝術」，但是，反之亦然。世界、人生、文藝的去向本來就應該是多元的。

> 如果是我。大概會選擇後者。這大概因爲我從來不想當不朽的人，寫不朽的作品，不想去拿獎金、金牌，只要我的作品有益於當下的人們，那就足夠使我歡喜了。所以在文學（不是文藝）愛好上，我也更喜歡現實主義，容易看，又並不失其深刻。

李澤厚的這一段話是作爲「展望未來中國文學」的意思來說的，但是在我看來，他在歷數中國現代文藝的種種「功過」之後說出這麼一段坦誠之言，卻帶有更多的總結的意思，他認識到了評價、研究、書寫中國現代文學史的兩難困境，究竟是用審美性的原則呢？還是思想性的原則？他可能意識到了一點，任何一個原則都可能會帶來一段不全面的歷史敘述。

同樣的困惑也存在於「二十世紀中國文學」的倡導者身上，雖然他們一

〔註1〕 李澤厚：《二十世紀中國（大陸）文藝一瞥》，《中國思想史論》（下），合肥：安徽文藝出版社，1999 年 1 月，第 1033 頁。

〔註2〕 李劼、黃子平：《文學史框架及其它》，《北京文學》1988 年第 7 期。

〔註3〕 李劼、黃子平：《文學史框架及其它》，《北京文學》1988 年第 7 期。

再強調：「二十世紀中國文學這一概念首先意味著文學史從社會政治史的簡單比附中獨立出來，意味著把文學自身發生發展的階段完整性作爲獨立的研究對象。」〔註4〕但是，在隨後的討論中，立即就有學者非常敏銳地指出了其中的「含糊」之處，「把研究的立足點從『政治』深入到『文化』，過去爭論不休的一些問題變得不甚重要了。但在具體論述中，可能會碰到不少困難。強調文學的獨立性，努力把文學史從政治史的附庸中解放出來，這一點文章貫徹得很好。關於現、當代文學要不要分家可以討論。1949 年以後文學基本上是 30 年代革命文學的發展，可是 1949 年這條線仍然很重要，起碼文學的領導方式變了，這一點對『十七年』文學影響很大。『文化大革命』文學則是 1949 年以後主流文學的極端發展。」「當然，捨棄了一些不該捨棄的東西，比如，30 年代左翼文學就沒有很好地概括進去。」〔註5〕「另外，你們很少講文學與時代的關係，連一戰二戰這樣的大事似乎都跟文學毫無關係」〔註6〕如何把「革命文學」、「十七年文學」、「文革文學」整合進「二十世紀文學」，如何處理文學與時代，文學與意識形態的關係，這成爲當時「重寫文學史」的一個學術「瓶頸」，正如黃子平所矛盾的，「我們怎樣才能又保持住『作品』（審美與語言）又不喪失『世界』與『歷史』呢？」〔註7〕

在 1980 年代的學者看來，文學的「審美性／歷史性」、「藝術性／思想性」、「形式語言／思想內容」是相互對立排斥的，兩者基本上是不可以並存的，只能是「二者取其一」，正是從這樣一種二元對立的問題意識和知識理念出發，「重寫」就只可能採用如程光煒所言的「概念分離」〔註8〕的方法來確認文學的「自主性」。這種「分離」在上海學者對「二十世紀中國文學」這一概念的辯駁和最終的捨棄中可以清楚地看出來。

在 1988 年，李劼和黃子平就當時的文學史研究現狀有一個對話，正是

〔註 4〕陳平原、黃子平、錢理群：《論「二十世紀中國文學」》，《文學評論》1985 年第 5 期。

〔註 5〕洪子誠在《關於「二十世紀中國文學」的兩次座談》上的發言，時間是 1986 年 7 月，收入錢理群、黃子平、陳平原：《二十世紀中國文學三人談·漫說文化》，北京大學出版社，2004 年 8 月，第 96 頁。

〔註 6〕孫玉石在《關於「二十世紀中國文學」的兩次座談》上的發言，時間是 1986 年 7 月，收入錢理群、黃子平、陳平原：《二十世紀中國文學三人談·漫說文化》，北京大學出版社，2004 年 8 月，第 98 頁。

〔註 7〕李劼、黃子平：《文學史框架及其它》，《北京文學》1988 年第 7 期。

〔註 8〕程光煒：《歷史重釋與「當代」文學》，《文藝爭鳴》2007 年第 7 期。

在這個對話中,李劼質疑了「二十世紀文學」這一提法,在他看來,「二十世紀文學」這一概念至少有兩個方面的涵義,第一是特殊性涵義,「二十世紀文學」是指世界範圍內的一種文化主潮,這一文化主潮就是「現代主義文學」。第二是普遍性涵義,那就是發生在這一時段的整個世界文學的總和。在特殊性涵義上,李劼認為「中國現代文學在一個很長的時間內,是不屬於二十世紀文學意義上的世界文學的。」因此,「凡是不具備二十世紀文學特徵的文學現象,都是被省略的,諸如『兩結合』、『三突出』之類」。〔註9〕在普遍性意義上,「假如我們以二十世紀文學作為背景性的參照來描述中國現代文學史,那麼,情形就完全不同了,因此,在這裏,『兩結合』、『三突出』之類不僅不能省略,而且還構成了一段文學主潮。不管這種主潮的文學性有多少,但遺憾的是,它們就是歷史。」〔註10〕很明顯,李劼在這裏同樣陷入了二元對立、非此即彼的思維模式中,但是他很快就從操作的意義上進行了「剝離」,「我認為,不要企圖建立包羅萬象的文學史,選取一個維度就能獲得一部歷史。……可是既然訴諸行動,就應該擺脫無休止的深思熟慮。哈姆雷特什麼都不缺,就缺把利劍刺向國王的力量」。〔註11〕李劼的這番話其實回答了上文中提到的黃子平的疑問,在「審美」和「歷史」之間,他選擇了「審美」這個維度,同時也放棄了「二十世紀文學」這個概念。幾乎同時,在「重寫文學史」專欄的發刊詞中,陳思和和王曉明開篇聲明的就是「審美性」:「重寫文學史,……它決非僅僅是單純編年式的史的材料羅列,也飽含了審美層次上的對文學作品的闡發批評。」〔註12〕後來又不斷強調「本專欄反思的對象,是長期以來支配我們文學史研究的一種流行觀點,即那種僅僅以庸俗社會學和狹隘的而非廣義的政治標準來衡量一切文學現象,並以此來代替或排斥藝術審美評論的史論觀。」〔註13〕雖然他們也同樣提到了「歷史的審美的」研究方式,但是,「歷史」在此不過是「虛晃一槍」,其重心還是落在「審美」上面,「在歷史的和美學的標準之間,重寫文學史的倡導者似乎更傾向於美學標準並對歷史主義的提法表示了懷疑」,並進而認為「這一觀點,也正是文學界倡導的『文學自

〔註 9〕 李劼、黃子平:《文學史框架及其它》,《北京文學》1988 年第 7 期。
〔註 10〕 李劼、黃子平:《文學史框架及其它》,《北京文學》1988 年第 7 期。
〔註 11〕 李劼、黃子平:《文學史框架及其它》,《北京文學》1988 年第 7 期。
〔註 12〕 陳思和、王曉明:「主持人的話」,《上海文論》1988 年第 4 期。
〔註 13〕 陳思和、王曉明:「主持人的話」,《上海文論》1989 年第 5 期。

覺』、『回到文學自身』等文學本體論觀念在文學史研究中的反應。」〔註14〕

　　我在此用如此長的篇幅來論述從李澤厚到陳思和等人對現當代文學史研究理論模式的探索過程，是爲了說明一個事實，那就是，上海的「重寫文學史」最終以「審美原則」作爲它的標準和方法論，並不是一個「偶然」的選擇，而是帶有某種「歷史的必然性」。一方面，它是「當代文學」全部歷史生成的結果，如李楊所言，沒有「十七年文學」與「文革文學」，何來 1980 年代文學？〔註15〕也就是說，沒有「十七年文學」、「文革文學」對「語言」、「形式」的過度「排斥」，也就沒有 1980 年代文學對「純文學」，對「審美主義」的極端追捧；另一方面，它是 1980 年代話語方式生成的產物，可以說，只有在 1980 年代那種二元對立的話語模式中，「審美」才會成爲一種「主義」和「方法」得到研究者的青睞，當然，這種選擇中不可避免地帶有「文學策略」的意味。作爲現代化話語的內在要求之一，「審美性」對於現當代文學史研究的專業化起到了一定的積極作用，正是在「審美標準」下，現當代文學史才在一定程度上擺脫「革命史」、「思想史」、「社會史」的模式，重塑了一個新的「現當代文學」。因此「審美主義」作爲文學史研究的准入標準在一定的時段內有它的合理性和進步意義。

二

　　不可否認，「審美主義」其實是另一種意義上的文學政治學，在 2003 年，有人因此對「重寫文學史」進行了激烈的批評：「『20 世紀中國文學』的提出是要把一個資產階級現代性的敘事硬套在中國現代的歷史發展上，用資產階級現代性來馴服中國現代歷史，這種文學史的故事具有明顯的意識形態的預設和虛構性。」〔註16〕這種觀點確實指出了「重寫文學史」在意識形態和方法論上的「偏頗」，但是這種情緒化的顛覆並不有助於問題的深入，在我看來，對這一問題進行反思是必要的，但不能再次採用簡單的二元對立的思維方法，用資產階級美學／社會主義美學等很宏觀的概念來進行區分，這樣可能

〔註14〕賀桂梅：《人文學的想像力——當代中國思想文化與文學問題》，開封：河南大學出版社，2005 年 12 月，第 66 頁。

〔註15〕李楊：《沒有「十七年文學」與「文革文學」，何來「新時期文學」？》，《文學評論》2001 年第 2 期。

〔註16〕曠新年：《「重寫文學史」的終結和中國現代文學研究轉型》，《南方文壇》2003 年第 1 期。

會把問題再度簡單化。在我看來,「重寫文學史」毫無疑問有其意識形態性,關鍵是,它是如何通過一種「去意識形態」的姿態來重構新意識形態的。無疑,「審美性」是其重要的話語策略之一。因此,對於「重寫文學史」思潮來說,更需要反思的問題可能是「審美性」這一概念在理論和實踐上的「偏至」。實際上,「審美性」這個詞語在 80 年代的語境中負載了多種的內容和內涵,要理解「重寫文學史」思潮中的「審美性」,就必須進一步追問,「審美性」的具體歷史內涵何在?它與 80 年代的社會文化思潮尤其是「美學熱」〔註17〕之間形成何種互文的關係?

「審美」是來自美學領域的一個術語。美學作為一門學科是在 20 世紀初開始引入中國,在一些研究者看來,美學話語的引入實際上是一種應對文化危機的方式,「在二十世紀之交,中國知識分子引進、闡釋和化用西方美學的初期努力預示著一個更為複雜的畫面。美學和其它從西方借鑒的技術與社會科學理論一樣,被視為挽救文化危機的選擇之一。」〔註 18〕「中國美學的現代性的基本命題既不是單純的認識論,也不是本體論,而是由美學所折射的實在問題:中國人是否能通過審美方式獲得有價值的生存或精神拯救?由此引出中國美學現代性的兩條理路:一者以審美形式求取族群、階級、國家之生存發展,重建文化精神的同一性。美學被賦予遠超過其本來學術身份的意義。另一條理路則以審美為個體精神的解放或解脫。由於中國近百年來的社會政治文化的特殊性,以及重建現代國家和社會組織的歷史任務,致使前一

〔註17〕 根據祝東力的描述:「1979 年可以被視為『美學熱』的開端,而 1980 年又為此增加了新的內容。這年出版的《美學》第二期發表了從美學角度重新翻譯的《1844 年經濟學——哲學手稿》(朱光潛節譯),並集中刊發了三篇研究論文:《馬克思的〈經濟學——哲學手稿〉中的美學問題》(朱光潛)、《歷史唯物主義與馬克思的美學思想》(鄭湧)和《〈經濟學——哲學手稿〉中的美學思想》(張志揚)。由此,引發了美學界持續多年的《手稿》研究熱,在美學界正式奠定了這部著作的經典地位。……1980 年以後,『美學熱』進入高潮。到 1981 年,新時期前半期的基本美學著作已大部分出齊,如:《談美書簡》、《美學拾穗集》、《朱光潛美學文學論文選集》(以上為朱光潛著)、《美學論集》、《美的歷程》(以上為李澤厚著)、《德國古典美學》、《美和美的創造》(以上為蔣孔陽著)、《先秦諸子美學思想述評》、《「美」的探索》(以上為施昌東著)、《美學散步》(宗白華)、《美學概論》(王朝聞主編)……等等。」見祝東力:《精神之旅》,北京:中國廣播電視出版社,1998 年 9 月,第 84、85 頁。

〔註18〕 【美】王斑:《歷史的崇高形象——二十世紀中國的美學與政治》,孟祥春譯,上海三聯書店,2008 年 3 月。

條美學理路大張其道，後一條美學理路則蟄伏潛延。」〔註19〕有人則乾脆根據這種思路把二十世紀中國的美學及其代表人物作了一個二元劃分：

> 20世紀的美學似可分為強調「有用之用」的功利主義美學和強調「無用之用」的審美主義美學兩種傾向。前者包括前期的梁啓超、魯迅、瞿秋白、馮雪峰、胡風、周揚、蔡儀以及王朝聞。這一美學傾向直接淵源於俄國民主主義美學，以及馬克思、恩格斯、普列漢諾夫和列寧的美學思想。蔡儀的《新美學》則試圖從馬克思、恩格斯的美學論斷出發，對這種功利主義的美學理論作體系化的建構。後者包括王國維、後期梁啓超、蔡元培、朱光潛、宗白華、豐子愷，以及後期李澤厚。這一美學傾向直接淵源於康德、席勒、以及叔本華、尼采的德國古典美學中的審美主義傳統。以「建立新感性」為指歸的李澤厚美學，試圖在人類學文化本體論或主體性哲學基礎上，對這一美學傾向作體系化的建構。〔註20〕

這種劃分當然有簡單化的嫌疑，不過在一個有效的時段內進行這種劃分也大致可以成立。「功利主義美學」和「審美主義美學」固然都是應對文化危機的不同方式，卻也確實糾纏在中國二十世紀的美學話語之中，而且，這種糾纏的複雜程度在社會政治的重大轉型期尤其表現得明顯。在80年代，李澤厚的美學思想比較集中地彙集了這種「症候性」。在李澤厚的美學譜系中，他對「美」的定義至少有兩個思想資源，一個是馬克思和恩格斯的理論資源，一個是來自康德的美學資源。早在1956～1962年的美學論爭中，他就借用馬克思《1844年經濟學哲學手稿》中「人化的自然」的概念來闡釋美的本質，「自然對象只有成為『人化的自然』，只有在自然對象上『客觀地揭開了人的本質的豐富性』的時候，它才成為美。」〔註21〕並以此批判以朱光潛為代表的「唯心主義」的美學觀念，更重要的是，通過這次辯論，李澤厚「不僅開創了馬克思主義美學，還成功地將康德引入中國的美學著作中。」〔註22〕不過康德對李澤厚

〔註19〕吳予敏：《試論中國美學的現代性理路》，《文藝研究》2000年第1期。
〔註20〕陳文忠：《美學領域中的中國學人》，合肥：安徽教育出版社，2001年4月，第6頁。
〔註21〕李澤厚：《論美感、美和藝術》，《美學論集》，上海：上海文藝出版社，1980年7月。
〔註22〕【美】王斑：《歷史的崇高形象──二十世紀中國的美學與政治》，孟祥春譯，上海三聯書店，2008年3月，第156頁。主要指李澤厚：《關於崇高與滑稽》，《美學論集》，上海：上海文藝出版社，1980年7月。

的影響在 80 年代更爲突出，在《批判哲學的批判——康德述評》等一系列著作中，李澤厚在對康德的引入和辯駁中，進一步豐富並發展了其「實踐哲學」的美學觀，「美的本質是眞與善、規律性與目的性的統一，現實對實踐的肯定。」〔註 23〕「眞與善、合規律性和目的性的這種統一，就是美的本質和根源。」〔註 24〕「美是那些包含了現實生活發展的本質、規律和理想的具體形象（包括社會形象、自然形象和藝術形象）」〔註 25〕。從這些論述中可以看出，雖然李澤厚在 80 年代「去政治化」（功利主義）的思潮下借鑒了康德關於美的無功利性的一面，但並不是完全接受了康德的這種思想，而是始終企圖把康德納入馬克思主義哲學美學的體系中。比如對「崇高」這一美學概念的理解，李澤厚就表現出了和康德完全不同的視野，「在康德看來，崇高超越了人類和有限的想像的界限。……而在李澤厚看來，崇高來自於人，而人不應定義爲主觀、個體意識的內部世界或是美學思考的主體；」〔註 26〕正如有學者所指出的，在李澤厚的美學譜系中，「美的本質是和人的本質密不可分的」，「美的本質被界定爲眞與善、感性與理性、合規律與合目的性……的統一」〔註 27〕，「美」是不可能獨立於歷史、社會和意識形態而存在。即使李澤厚認爲「美的本質是自由的形式，審美的本質是主體心理的自由感受」，但是這種感受卻始終受到具體的時空和歷史、社會環境的規定〔註 28〕，也可能是基於這一點，所以他才會更喜歡「爲人生的藝術」吧。

我們注意到，在上海「重寫文學史」倡導者的知識譜系中，「審美性」的歷史和社會內涵實際上也是得到強調的，陳思和就坦言他的「審美原則」主要來自於恩格斯和李澤厚的影響，〔註 29〕而且，作爲魯迅和胡風的繼承人，

〔註 23〕李澤厚：《美學論集》，上海：上海文藝出版社，1980 年 7 月，第 199 頁。

〔註 24〕李澤厚：《李澤厚哲學美學文選》，長沙：湖南人民出版社，1985 年 1 月，第 465 頁。

〔註 25〕李澤厚：《美學論集》，上海：上海文藝出版社，1980 年 7 月，第 108 頁。

〔註 26〕【美】王斑：《歷史的崇高形象——二十世紀中國的美學與政治》，孟祥春譯，上海三聯書店，2008 年 3 月，第 158～160 頁。

〔註 27〕祝東力：《精神之旅》，北京：中國廣播電視出版社，1998 年 9 月，第 88 頁。

〔註 28〕李澤厚認爲人類學本體論哲學和美學的出發點：「並不是如時下許多人所套的公式：康德－黑格爾－馬克思，而應該是：康德－席勒－馬克思。貫穿這條線索的是對感性的重視，不脫離感性的性能特徵的塑形、陶鑄和改造來談感性和理性的統一。不脫離感性，也就是不脫離現實生活和歷史具體的個體。」見李澤厚：《批判哲學的批判》，北京：人民出版社，1984 年 6 月，第 414 頁。

〔註 29〕陳思和說：「恩格斯早就提出了評價文藝作品要用歷史的，審美的觀點，不要用黨派的觀點。另外一點是，我們還是強調魯迅的傳統的，要有擔當，不喜

他和王曉明也不會忽視文學的歷史和社會面向。不過有趣的是，如果從「重寫文學史」專欄刊發的一系列文章看來，一種簡單的「功利主義寫作」和「非功利主義寫作」的區別卻被極力的強調，「於是在文學上，趙樹理自然成為一個不折不扣的功利主義者」〔註30〕「（胡風的文學理論）是黨派的，甚至是宗派的批評原則高於審美的批評原則」〔註31〕「對政治的熱情遠遠超過對藝術的癡迷……強烈而又自覺的政治化審美功利傾向性，決定了『山藥蛋派』作家們統一而又前後一貫的生活觀察視角」。〔註32〕通過「政治／藝術」、「功利／審美」這樣一個二元對立的坐標系，「政治」被簡單地轉喻為「功利」，而「審美」也被簡單轉喻為「非功利」，這不僅是對李澤厚所謂「審美」的誤讀，同樣也與陳思和、王曉明所倡導的「歷史的審美的」原則不相一致。也就是說，上海的「重寫文學史」的倡導和實踐之間存在著「名不符實」的情況，意圖和效果之間出現了很嚴重的偏離。雖然陳思和等人一再強調「歷史」和「審美」兩個維度不可偏廢，但是，它的響應者們卻一邊倒向一個已經被大大被刪減了的「審美性」。

更需要注意的是，這種對「審美」的偏執理解導致了「作品中心主義」的傾向，「審美性」的歷史和社會內容遭到無意識地遮蔽，被簡單等同於「新批評」所謂的「文學性」（形式和語言），創作被大大簡化為一個技術性的問題（具體到作品分析中就是「怎麼寫」的問題），比如王曉明對發表在《上海文論》「重寫文學史」專欄中的《一份高級形式的社會文件》就評價很高：「《一份高級形式的社會文件》自有突出之處……而是運用現代文學批評理論重新整合出它的意義和局限，並提出一系列啟人深思的問題，如：如何把素材轉化為結構（即內容）的有機部分？有沒有脫離文本結構的技巧？……」〔註33〕陳思和也持有相同的觀點：「因此，對於一個優秀的作家來說，他在文學上所構成的成就，不在於他寫什麼，更要緊的是他怎麼寫

歡純美學的。所以我們提出既要歷史的，也要美學的，這兩個是不能分離的。歷史的，就是你要把所有的作家還原到當時的歷史環境下去考察，所謂審美的，就是文學有它的特徵，它的社會性、政治性都是通過美的方式來表達的。」陳思和、楊慶祥：《關於「重寫文學史」及其它——陳思和訪談錄》，見附錄三。

〔註30〕戴光中：《關於「趙樹理方向」的再認識》，《上海文論》1988 年第 4 期。
〔註31〕陳思和：《胡風文學理論的遺產》，《上海文論》1988 年第 6 期。
〔註32〕席揚：《「山藥蛋派」藝術選擇是非論》，《上海文論》1989 年第 2 期。
〔註33〕陳思和、王曉明：「主持人的話」，《上海文論》1989 年第 3 期。

的，也就是他怎麼運用他特殊的藝術感覺和語言能力來表述。」〔註34〕「如果僅就思想性而言，現代人遠比曹雪芹、托爾斯泰、托斯陀耶夫斯基先進許多，但至今仍無一個作家、一部作品稱得上比他們更加偉大，其中原因也就在這裏。」〔註35〕「應該說，一部眞正的藝術作品，不存在『對不對』的問題，只有『好不好』之分。然而我們從上面可以看到，《青春之歌》的修改恰恰是在『對不對』的層面上進行的，有關它的討論也是在『對不對』的層面上展開的。」〔註36〕這種把「審美性」僅僅簡化爲「語言能力」、「寫作技巧」的技術主義傾向在很大程度上損害了「重寫文學史」思潮的「歷史」面向，實際上是把文學史僅僅理解爲「好」作品和「好」作家的歷史，程光煒因此而質疑：「如果說『文學作品』比『文學知識』更能夠培養學生的『藝術感受』，那麼『文學史知識』作爲一種歷史經驗的總結和反省，是否就因此而毫無存在的價值？」〔註37〕在 2007 年的一篇文章中，陳思和已經清楚地表達了自己對這一問題的反思，他認爲他主編的《中國當代文學史教程》只能屬於第一種形態的文學史，即優秀文學作品研究，離他認可的「理想的文學史研究」還有相當的距離。〔註38〕

　　不過，當時對「審美」不斷窄化的理解不僅有意識形態對抗的原因，還有一些非常具體的因素，其中比較重要的一點就是，爲「重寫文學史」專欄撰文的大多是在校大學生〔註39〕，他們一方面在社會思潮的裏挾下未加消化地接受了大量的理論知識而來不及予以實際的轉化〔註40〕，另一方面又在一

〔註34〕陳思和：《關於「重寫文學史」》，《筆走龍蛇》，濟南：山東友誼出版社，1997年 5 月，第 117 頁。

〔註35〕陳思和：《關於「重寫文學史」》，《筆走龍蛇》，濟南：山東友誼出版社，1997年 5 月，第 117～118 頁。

〔註36〕楊樸：《林花謝了春紅，太匆匆──由〈青春之歌〉再評價看革命題材創作的局限》，《上海文論》1989 年第 2 期。

〔註37〕程光煒：《歷史重釋與「當代」文學》，《文藝爭鳴》2007 年第 7 期。

〔註38〕陳思和：《漫談文學史理論的探索和創新》，注釋 4，《文藝爭鳴》2007 年第 9 期。陳思和曾在其主編的《中國當代文學史教程》（上海：復旦大學出版社，1999 年）的「前言」中談到文學史的三個理論層次，分別爲：優秀文學作品研究、文學史知識考辨、文學精神的探索與表達，並認爲最後一個層次是「文學史理想的寫作。」

〔註39〕陳思和、楊慶祥：《關於「重寫文學史」及其它──陳思和訪談錄》，見附錄三。

〔註40〕這裏可以提供兩則數據：1985 年，康德的著作得以重印，立刻就賣掉了 12500本（見閻國忠：《朱光潛美學思想研究》，第 302～307 頁）；韋勒克、沃倫合

種激進和激情的狀態下急於通過所學專業對社會進行發言並獲得話語權力，在這種情況下，作爲話語策略和眞誠歷史信仰的「審美性」被建構爲一種新的「主義」，雖然偏頗且簡單，但也是可以得到理解的吧。

4.2　敍事體式背後的主體意識

一

在《文學史的探索──〈中國文學史的省思〉導言》〔註41〕這篇文章中，陳國球區分了文學史的兩種涵義以及由此而產生的兩種存在模式：「文學史既指文學在歷史軌跡上的發展過程，也指把這個過程記錄下來的文學史著作。就第一個意義來說，文學史存在於過去的時空之中；就第二個意義而言，文學史以敍事體（narratives）形式具體呈現於我們眼底。」在他看來，文學史的第一個意義只能通過文學史的第二個意義呈現出來，「文學史的常識的傳遞、擴散都根源於口傳或成文的敍事體。」正是在這個意義上，對於各種文學史的「敍事體式」的考察就變成了一個非常重要的問題，因爲這種「敍事體式」直接影響到「我們對文學史本體的認識，以及對文學史過程的理解。」

具體到中國當代大陸的歷史語境中，占主要地位的「敍事體式」無疑就是教科書式的文學史著作。「當時的情況可能是這樣：一個新的國家剛剛誕生，上層建築及其意識形態都在爲鞏固政權而展開工作，政治、教育、歷史、哲學、法律、文學等社會科學領域都參與了這項工作，即通過各種途徑向人們描繪中國革命是怎麼走向勝利的，人民共和國是經過了怎樣艱苦的鬥爭建立起來的。現代文學史從這個意義上講具有教科書的性質，是有鮮明的目的與嚴格的內容規定的。」〔註42〕除了這個大的歷史語境之外，還可能有另外兩個原因，第一，從學科建制來看，現代文學史從 1950 年代起就成爲大學中文系的基礎課程之一，第一批現代文學史的著作就是第一批中文系的教材。

著的《文學理論》先在臺灣出版，1984 年大陸再次譯出由三聯書店出版，一周內即賣出 34000 冊（見鄭鵬：《文革後中國當代文學中的主體性問題》，中國社會科學院研究生院博士學位論文，2006 年 6 月，未出版，第 33 頁。）

〔註41〕陳國球：《文學史的探索──〈中國文學史的省思〉導言》，《文學史的書寫形態與文化政治》，北京大學出版社，2005 年 10 月，第 317 頁。

〔註42〕陳思和、王曉明：「主持人的話」，《上海文論》1989 年第 6 期。

第二，在當代資源控制高度一體化的情況下，教科書式的文學史著作無論是從科研立項、經費保證、出版發行以及「經典化」上面都佔有巨大的優勢，所以即使不是身在學院的研究者，也願意把自己的著作寫成教科書式的「敘事體式」。在王曉明看來，「這種教科書式的文學史闡述，本身並無可厚非」，但是，在當代語境中，由於官方意識形態強大的控制力量，這種教科書式的文學史逐漸畸形發展爲以政治爲第一標準的排斥性敘事，完全控制了對「文學」（具體來說是現當代文學）進行歷史闡釋的權力。因此，對於「重寫文學史」而言，除了要借助「審美」的標準來代替「政治」的標準之外，選擇一個更有效的區別於教科書式的「敘事體式」也成了一個需要著力解決的問題。

早在「二十世紀中國文學三人談」中，對個人主體意識的強調已經得到了重視，在上海的「重寫文學史」中，這一點更是得到了極端的強調。王曉明曾極力讚賞「重寫文學史」專欄中的一篇文章：

> 這一期發表的《論丁玲的小說創作》，也許會有這樣那樣的不足，但它有一點卻值得肯定，那就是它的論述和分析當中，你幾乎感覺不到過去丁玲研究中的那些「公論」的牽制，作者只是一心一意地在那裏訴說自己的感受和理解，她甚至都不想去反駁那些「公論」。我很欣賞這種態度……〔註43〕

王曉明所欣賞的態度正是一種新的敘事體式，與教科書式的敘事體式相比，這種敘事體式的一個突出特點是，它不再標榜自己是一個「全知全能」的敘事者，也不「力圖公正地解釋各種歷史現象，並負有意識形態指導者的責任。」〔註44〕它是一種完全「個性化」的敘事，是在訴說「我」的而不是「我們」的感受和理解。如此強調「個性化」的敘事體式和「非個性化」的敘事體式，並因此從文學史的功能上把文學史區分爲「專家的文學史」、「教科書式的文學史」、「普及的文學史」〔註45〕，其首要目的當然是爲了把文學史研究和寫作從單一的「意識形態話語」中解放出來，它的遠景指向的是文學史研究的多元化態勢。

但實際上，因爲對「個人主體意識」的過份強調，「重寫文學史」並沒有

〔註43〕陳思和、王曉明：「主持人的話」，《上海文論》1988 年第 4 期。

〔註44〕陳思和：《一本文學史的構想——插圖本 20 世紀中國文學史總序》，陳國球：《中國文學史的省思》，香港：三聯書店，1993 年 6 月。

〔註45〕陳平原：《二十世紀中國小說史》（第一卷），「卷後語」，北京大學出版社，1989年 12 月，第 300 頁。

處理好歷史闡釋的尺度問題。以「重寫文學史」專欄所極力反對的「文學史公論」問題爲例，雖然他們也意識到了僅僅憑藉「個人判斷」並不能駁倒那些「公論」，但另外一方面又強調對這些「公論」「的確是忘記得越乾淨越好」。〔註 46〕且不說學術研究根本不可能在完全斷裂的基礎上進行，退一步說，難道那些「公論」就完全沒有價值嗎？「重寫文學史」專欄第一次刊發的兩篇文章《關於「趙樹理方向」的再認識》和《「柳青現象」的啓示》就明顯有把歷史「簡單化」的趨向，「趙樹理方向」和「柳青現象」中的一些豐富的歷史內容，如民間文學與現代文學的關係、問題小說的社會意義、四五十年代作家的身份意識及其與意識形態的複雜糾纏都沒有得到很好的清理，作者只是先入爲主地以一個想像中的「自由主義」的立場對之進行顛覆式的「批判」。在另外一篇討論《子夜》的文章裏面，相似的處理方式也同樣存在：「其實，《子夜》的創作一開始就出了毛病，如茅盾所說的，他寫《子夜》就是爲了回答托派……可是我們不禁要問，托派爭論的是一個社會政治經濟發展的問題，本因通過理論爭辯去解決，何嘗需要一個小說家來湊熱鬧？再則，《子夜》作爲一本現代都市小說，它的對象是市民，這些讀者看看老闆舞女覺得蠻新鮮，又何嘗有興趣來聽你解答社會經濟學甚至中國有沒有資本主義的大問題？」〔註 47〕毫無疑問，這種思考方式過於情緒化，爲什麼小說家不可以通過作品來回答重大的社會問題呢？難道市民讀者就只喜歡看「老闆舞女」嗎？蔣光慈的小說在當時的「熱銷」不正好證明了市民讀者的趣味實際上也是很「多元」的嗎〔註48〕？我提出這些質疑並不是爲了指責「重寫文學史」的「失誤」，而是懷疑 1980 年代這種比較「粗暴」的進入歷史的方式，它帶來的可能不是歷史的豐富和多元，而是單一和遺忘。

對於「重寫文學史」而言，它對歷史的這種「敘述」可能是刻意的，當時的研究者們已經意識到了歷史闡釋中「當代性」和「歷史性」的問題，在

〔註 46〕陳思和、王曉明：「主持人的話」，《上海文論》1988 年第 5 期。

〔註 47〕陳思和、王曉明：「主持人的話」，《上海文論》1989 年第 3 期。

〔註 48〕對於讀者的趣味問題，普魯斯特的一段話將有助於我們對問題的理解，「爲什麼認爲要一個電氣工人理解你，你就必須寫的很壞，還要談法國大革命？情況恰恰相反。巴黎人喜歡閱讀大洋洲遊記，有錢的人也喜歡閱讀描寫俄國礦工生活的書，人民大眾同樣喜歡閱讀書寫與他們生活無關的事情的書。再說，爲什麼要設置這種障礙呢？一個工人很可能喜愛波德萊爾的作品」。見【法】馬賽爾·普魯斯特：《駁聖伯夫》，王道乾譯，南昌：百花洲文藝出版社，1992年 1 月，第 227 頁。

面對很多批評意見認爲「重寫文學史」太過於強調「當代性」的時候，他們
是這麼回答的：「因爲人們對歷史的認識，總是在發展變化的，人們總是用批
判的眼光去看待歷史，這本來就符合歷史主義。」「人處於當代歷史環境下的
時候，不能不受到此時此地氣氛的感染，主觀因素可能更強烈一些，……在
這個意義上，當代性與歷史性是不矛盾的。」〔註 49〕從普遍的意義上來看，
這麼解釋也是合理的，但是，他們立即強調了「歷史主義」所蘊含的「敘事
性質」，「那些我們以爲是客觀歷史的東西，實際上都只是前人對歷史的主觀
理解，那些我們以爲是與這『客觀歷史』相符合的『歷史主義意識』，實際上
也只是前人的『當代意識』而已」。「現在強調歷史主義的人們，多半是把從
50 年代的當代性整合出來的歷史認定爲『客觀歷史』，認定是不朽的，不允許
任何變更，這倒是眞正離開歷史主義了。」〔註 50〕這種完全把「當代性」和
「歷史性」等同起來的做法當然是爲了強調研究者在面對「歷史」時所具有
的「自由度」，從而爲重新敘述「現當代文學史」提供合法性支持。但是，讓
人疑惑的是，歷史僅僅是一種「敘述」嗎？「文學史運行的軌跡」是完全「建
構」起來的嗎？洪子誠在 1990 年代的一段話就代表了不同的聲音：「強調文
學史寫作的『敘事性』，在文學史研究中還能不能提出『眞實性』這樣的概念，
這一類的問題？這個問題雖然會感到困惑，但是它是沒有辦法迴避的。……
我們不能夠因爲強調歷史的『敘事性』，而否認文本之外的現實的存在，認爲
『文本』就是一切，『話語』就是一切，文本之外的現實是我們虛構、想像出
來的。即使我們承認『歷史』具有『修辭』的性質，我們仍然有必要知道，『哪
些事是歷史上實際發生過的，它們具有何種程度上的歷史確定性』。……在中
國的近現代史中，也有一系列的經典事件，一系列的重要歷史事件。它們不
是文本所構造出來的，不是只存在於文本之中。『這些事實要求我們做出道義
上的反應，因爲把它們作爲事實來陳述，本身就是一種處在道德責任中的行
動』（《詮釋學、宗教、希望》，第 65～66 頁）。跟外在世界斷絕關係的那種『解
構式』的理論遊戲，有時確實很有趣，很有『穿透力』很犀利；但有時又可
能是『道德上無責任感的表現』。對於後面這種情況，是需要我們警惕的。」
〔註 51〕

〔註 49〕 陳思和、王曉明：「主持人的話」，《上海文論》1989 年第 6 期。
〔註 50〕 陳思和、王曉明：「主持人的話」，《上海文論》1989 年第 6 期。
〔註 51〕 洪子誠：《問題與方法》，北京三聯書店，2002 年 8 月，第 43、44 頁。

二

　　從本質上講，「個性化敘事體式」是 1980 年代知識分子精英話語極度膨脹的結果之一，「個性化」的敘事體式其實與研究者的「主體意識」密切相關，「文學史家面對的是人類精神的符號——語言藝術的成品，……因此它不能不是研究者主體精神的滲入和再創造。」〔註 52〕當時甚至有人提倡寫出一部「有偏見的、個人的文學史」。對個人主體精神如此徹底的信任和崇拜再次證明了「重寫文學史」所具有的 1980 年代「氣質」，「重寫文學史」思潮的敘事主角似乎已經不是「文學」了，而是一個大寫的「人」，這個「人」試圖通過「審美」構建一個完整的「主體」，「從而試圖更爲乾淨地撇清其與國家／社會等社會組織形態之間的關係」〔註 53〕。鄭鵬博士在其論文中對「主體性」與「當代文學」的學科建構之間的隱秘關係作出了比較細緻的討論：〔註 54〕

　　　　爲瞭解釋我對當代文學中主體性產生的來源，我們需要重新審視文學的內部研究與外部研究對中國當代文學所具有的意義。如果沒有內部研究與外部研究在主體性問題中的二分，很多評論家和當代文學的研究者或許還將長時間地被輕視文學性的反映論所束縛……

　　　　這個問題最先是由韋勒克與沃倫在合著的《文學理論》（Theory of Literature）一書中提出的。此書一直以來在研究界廣受讚譽，先在臺灣出版，1984 年大陸再次譯出，三聯書店一經推出一周內 34,000 冊隨即被搶購一空，對當代文學的研究產生了巨大的影響。……此書本身的特點幾乎可以用來概括八十年代當代文學的主體性問題所內含的最基本的一些含義：

　　　　首先，韋勒克有明顯的文學本質主義傾向。他相信基於「共同的人性」的文學藝術具有「共同的特點」，因而可以超越狹隘的地方主義和相對主義進入「普遍的藝術王國」。在建構他的文學理論體系的時候他曾說道：「總的來說，閱讀美學史或詩學史所留給人們的印

〔註 52〕陳思和：《關於「重寫文學史」》，《筆走龍蛇》，濟南：山東友誼出版社，1997 年 5 月，第 107 頁。

〔註 53〕賀桂梅：《人文學的想像力——中國當代思想文化與文學問題》，開封：河南大學出版社，2005 年 12 月，第 98 頁。

〔註 54〕鄭鵬：《文革後中國當代文學中的主體性問題》，中國社會科學院研究生院博士學位論文，2006 年 6 月，未出版，第 33、34 頁。

象是：文學的本質和作用，自從可以作爲概念上廣泛運用的術語與
人類其它的活動和價值觀念相對照和比較以來，基本上沒有改變
過。」（韋勒克、沃倫：《文學理論》，北京：生活・讀書・新知三聯
書店，1984 年版，第 19 頁）其次，他試圖釐清被總體文學、比較
文學和民族文學等等文學研究模糊掉的綜合性的視野，以不變的文
學體系重建「世界文學」統一性。最後，基於統一各種文學概念的
打算，他傾向於用「新批評」的形式主義整體性地分析研究對象，
同時又儘量迴避歷史主義的方法，這其實是他所受的康德哲學思想
影響所決定的。

　　關於整體性，黑格爾講的更清楚：當自我面對外部世界的時候，
它總是把「內部問題」與「外部問題」作爲一個問題的不同方面和
環節來處理，因此說「主體就是整體」。簡單一點說，主體性的問題
的出現在中國當代文學的領域就體現爲這樣一個契機：即，在新時
期的文學話語開始走向穩定和成熟的情況下，第一次在沒有國家直
接管理文學的情況下訴諸於文學的內部與外部的劃分而展開的所有
當代文學問題的再一次整體化。

鄭鵬在這裏梳理出了「康德（審美的普遍性）──韋勒克（新批評）──中
國當代文學研究的主體性」這樣一條理論線索，並認爲這是一種普遍的人學
話語的反映。不過，出於研究的需要，在鄭鵬的視野中，他只是很有限度地
提到了劉再復的《文學研究思維空間的拓展》（《讀書》1985 年第 2、3 期）和
《文學研究應該以人爲思維中心》（《文匯報》1985 年 7 月 8 日）這兩篇文章
開風氣之先的作用〔註 55〕。而實際上，在現當代文學學科的領域內，最終將
這種「主體性」的「人學話語」落實到實處的卻是「重寫文學史」實踐。正
是運用「新批評」所提供的方法論，把文學的外部研究和內部研究轉化爲政
治和審美、功利和非功利二元對立，「重寫文學史」成功地剔除了文學所具有
的「地方主義和相對主義」（同時也是一種歷史主義），而把文學還原爲「普
遍的形式主義」和「審美經驗」。不過，這種轉化是否就一定是爲了求證一個
抽象的、普遍的主體性話語呢？我覺得也不僅僅是這樣的，固然，對於普遍
的人性和「大寫的人」的追求是 80 年代最重要的話語之一，但是，這其中同

〔註 55〕鄭鵬：《文革後中國當代文學中的主體性問題》，中國社會科學院研究生院博
　　　　士學位論文，2006 年 6 月，未出版，第 33 頁。

樣有很多的差異性，至少在「重寫文學史」思潮中，「大寫的人」決不是全部的人的抽象化，而是有其特殊的所指。陳思和在接受我的訪談中曾大段談及「五四知識分子精神」對他的文學史觀念的影響〔註56〕：

> 李澤厚當時有本書《近代思想史論》，這本書影響非常大，《近代思想史論》後面有個後記〔註57〕，他就寫了六代知識分子相互交替的現象，我當時完全受他的影響，我就想把李澤厚的這個六代知識分子的觀點移植到文學史上面，寫六代作家的演變。

> 「五四」就創造出了一個新的知識分子的群體，這個群體就憑他的知識、憑他的社會上的一個職業，他就對這個社會有力量說話，能夠批判這個社會，能夠推動這個社會的進步。

> 所以知識分子在「五四」是一個特殊的情況，是一個特殊的階層、階級，特殊的話語。在這之後，知識分子一直把自己定位在一個既不是官方廟堂的也不是普通老百姓的這麼一個不上不下的當中的一個群體，或者說一個階層，這個階層一批批地培養我們所謂的「五四」新文學的精神，他們可以批評政府，抗拒政府，批判民眾，指導民眾，他們擔負著一個新的知識力量，比如馬克思主義、各種社會主義、民主與科學等等新的觀念。

按照李澤厚的說法，二十世紀中國的六代知識分子各有其特點：「如果說第一代是舊模式的解脫，第二代是新模式的呼喚，第三代是新模式的創立，第四代是擴展，那麼這一代（筆者注：指第五代）便只是接受。他們於各個方面，從科技到文藝，從政治到生活，都很少創造立新。一切『創造』都轉向內心，不是轉向內心的豐富、複雜和發展，而是轉向內心的自我束縛、控制和修煉。」〔註58〕雖然李澤厚也承認「第五代知識分子」的作品「不能說沒有強壯的氣勢、不能說沒有真實的感情，不能說它不是那一時期令人振奮的強音，這是一種明朗、單純的美。……其中也有一些可讀作品，但可惜，這條通道一直走到了『文化大革命』中以『樣板戲』為代表的文藝創作。而那便不是文藝，

〔註56〕陳思和、楊慶祥：《關於「重寫文學史」及其它——陳思和訪談錄》，見附錄三。

〔註57〕指李澤厚：《二十世紀中國（大陸）文藝一瞥》，《中國思想史論》（下），合肥：安徽文藝出版社，1999年1月，第1033頁。

〔註58〕李澤厚：《二十世紀中國（大陸）文藝一瞥》，《中國思想史論》（下），合肥：安徽文藝出版社，1999年1月，第1077頁。

只是教義的號筒；那裏已經沒有知識分子的『思想情感方式』或任何心態可言，而是被『語錄歌』、『忠字舞』弄得頭腦萬分愚蠢、心魂已被攝去的機器創作了。」〔註 59〕陳思和顯然是認可李澤厚的這種說法的，在其主持的「重寫文學史」專欄文章中，對知識分子精神「墮落」的惋惜和批評（如茅盾、郭沫若、何其芳、丁玲、曹禺等）以及對非知識分子精神趣味的指責和批判（如趙樹理、柳青、「山藥蛋派」、郭小川等）成為最重要的內容之一。在李澤厚和陳思和看來，知識分子「主體意識」的失落是造成「當代文學」（「十七年文學」和「文革文學」）質量整體滑坡的最主要的原因，因此，剔除這樣一段非知識分子的「文學史」，把「當下文學」與「五四文學」續接起來，成為「重寫文學史」思潮的一種明確的趨向〔註60〕。在這種情況下，「重寫文學史」也就意味著重新確立一個以知識分子的文學趣味為標準的「文學史」，其敘述主體雖然以「個體」、「自我」自居，但實際上依然是一類人的代言者，不過是從一類「知識分子」（左翼的、革命的知識分子）轉移到了另外一類「知識分子」（「自由主義」知識分子〔註61〕）而已。那麼，這裏有幾點值得思考，第一，知識分子的文學趣味和審美眼光是否就可以代替全部的文學史？很顯然，文學史不僅僅是一部知識分子的文學史，如果僅僅是從知識分子的精神史來「重寫」文學史，那麼，通俗文學、民間文學等不屬於「嚴肅文學」範疇之內的文學如何納入文學史的研究和寫作中？第二，更需要指出的是，在陳思和、王曉明的理解中，「五四」的知識分子傳統就是以魯迅、胡風、巴金、賈植芳等人為代表，這些人的一個特點就是要麼與當代政權保持了一定的疏遠關係，要麼就是與當代政權發生了劇烈的摩擦和衝突（如「胡風集團」），以這一類在當代遭到壓抑和排斥的「知識分子」來批評左翼的、親政權的知識分子，這豈不是另一種歷史的「翻烙餅」，這裏面是否注入了太多個人感情的因素〔註 62〕，而忽視了歷史和文學生成的豐富性和複雜性？最後，如果按

〔註59〕 李澤厚：《二十世紀中國（大陸）文藝一瞥》，《中國思想史論》（下），合肥：安徽文藝出版社，1999 年 1 月，第 1076 頁。

〔註60〕 這一點賀桂梅的博士論文有精彩的論述，參見賀桂梅的博士學位論文：《80年代文學與五四傳統》，北京大學博士學位論文，2000 年 6 月，未出版。

〔註61〕 從某種意義上，當代中國的「自由主義知識分子」是被當代的政治環境所建構出來的，在當代持續的文化和政治批判的過程中，一批在鬥爭中「出局」的知識分子選擇「自由主義」為其旗幟和理念，有一定的被動性。

〔註62〕 在「重寫文學史」專欄刊發的文章中，建國來確立的經典作家「魯郭茅巴老曹」，只有魯迅和巴金沒有被「重寫」。另外，陳思和的《胡風文藝理論的遺

照李澤厚關於主體性的「雙重性」的含義：「它具有外在的即工藝——社會的結構面和內在的即文化——心理的結構面。……它具有人類群體（又可區分爲不同社會、時代、民族、階級、階層、集團）的性質和個體身心的性質。這四者相互交錯滲透、不可分割。而且某一方又是某種複雜的組合體。」〔註63〕我們似乎可以得出一種判斷，「重寫文學史」的主體決不是一個簡單的「審美主體」，而是審美主體、歷史主體甚至是利益主體交錯糾纏的「綜合體」。

4.3　對「當代文學」的態度

一

無論是「二十世紀中國文學」概念的提出，還是「審美原則」和「個性化敘事體式」的確立，都企圖通過對文學史框架和文學史評價體系的轉化達到重寫、重構或者重建中國現當代文學史的目的。「從這個意義上說，70～80年代全方位的社會、政治、經濟和文化的調整，又並不簡單是『當代文學』（或文化）的崩潰過程，而是重新建構一種區別於左翼文化的新規則的過程。只有這樣，才能解釋 80 年代何以在那麼短的時間內出現『多元』的文學景觀。」〔註64〕賀桂梅在此敏感地意識到了 80 年代的「重寫文學史」其實是社會轉型期系統文化工程之一部分，但是，「由於 80 年代特定語境，並未被公開討論，問題在一個時期曾被轉移爲『當代文學能否寫史』的討論。但作爲一種突出的症候，……使人們對 80 年代的當代文學史寫作表現出普遍的不滿。」〔註65〕也就是說，在 80 年代的「重寫文學史」實踐中，如何「重寫」「當代文學（史）」是一個非常關鍵的問題，一方面，因爲「重寫文學史」的一個重要目的就是爲了「去政治化」，「使之從從屬於整個革命史傳統教育的狀態下擺脫

產》（《上海文論》1988 年第 6 期）一文，從某種意義上講是一篇「翻案」文章。巴金長期駐蹕上海，而屬於「胡風集團」的干將之一的賈植芳是陳思和的恩師，所以這裏面個人感情肯定是佔有一定的份量。

〔註63〕李澤厚：《李澤厚哲學美學文選》，長沙：湖南人民出版社，1985 年 1 月，第164～165 頁。

〔註64〕賀桂梅：《人文學的想像力——中國當代思想文化與文學問題》，開封：河南大學出版社，2005 年 12 月，第 62、63 頁。

〔註65〕賀桂梅：《人文學的想像力——中國當代思想文化與文學問題》，開封：河南大學出版社，2005 年 12 月，第 62、63 頁。

出來，成爲一門獨立的、審美的文學史學科。」〔註 66〕而「當代文學」恰好是與政治糾纏最爲緊密的一段歷史，不理清「當代文學」的性質和面目，就無法達成重寫的目的。另外一方面，「當代文學」的生成和結構又是一個異常複雜和敏感的問題，涉及到各種人事和力量，並直接與官方意識形態捆綁在一起，因此，對於它的處理既必要，同時又需要一定的勇氣、膽識和策略。「二十世紀中國文學」的倡導者可能是考慮到了這裏面諸多複雜的因素，因此，在他們的論述中，「當代文學」被有意無意地「省略」了，「二十世紀中國文學」實際上只是「五四新文學」的「穿靴戴帽」，是在時間範圍和歷史外延上被「擴大化」了的「五四文學」。〔註 67〕在這個意義上說，「二十世紀中國文學」實際上是 80 年代「重寫文學史」思潮的一個過渡階段，它的這種過渡性質恰好暴露了「當代文學」在「重寫文學史」思潮中的功能性作用，沒有對「當代文學」進行「重寫」的「重寫文學史」思潮將是不「完整」的，而反過來，正是在對「當代文學」以及當代歷史的「態度」中，最能見出「重寫文學史」思潮的意識形態屬性。

洪子誠在《問題與方法》、《「當代文學」的概念》等論文和著作中，對「當代文學」的內涵、性質進行了比較有說服力的界定〔註68〕：

> 40 年代初的這一論述卻有其重要意義。這不僅指這一理論的建構，是通過對中國社會的特殊性的分析來達到，因而更具說服力。更重要的還有，與既往的激進的文化主張不同的是，它與現實的政治實踐聯繫在一起，並在政治運動中，不斷推動其「體制化」的實現（激進文化主張作爲眾多的文化觀念中的一種是一回事，這種主張在政治權力的保證下成爲體制化的規範力量，又是另一回事）。在文學史的概念問題上，這一論述引發的結果，是賦予「新文學」（後來便用「現代文學」來取代）以新的涵義，而作爲比「新民主主義性質」的「新文學」更高階段的文學（它後來被稱爲「當代文學」），也已在這一論述中被設定。50 年代中後期，「現代文學」對於「新

〔註66〕陳思和：《關於「重寫文學史」》，《筆走龍蛇》，濟南：山東友誼出版社，1997年 5 月，第 109 頁。

〔註67〕樊駿指出：「二十世紀中國文學」屬於「擴大型」的文學史命題，「擴大研究對象的時間外延和歷史範圍」。見樊駿：《關於近一百多年中國文學歷史的編寫工作》，《中國現代文學論集》（上），北京：人民文學出版社，2006 年 2 月，第 199 頁。

〔註68〕洪子誠：《「當代文學」的概念》，《文學評論》1998 年第 6 期。

文學」概念的取代，正是在文學史敘述上，從兩個方面來落實《新民主主義論》的論述。

　　「當代文學」的特徵、性質，是在它的生成過程中描述、構造的。1949 年周揚在第一次文代會上的報告，雖說是講解放區文學成績的，卻爲「當代文學」的描述，建立了特殊的話語方式，並在以後得到補充和「完善」。對當代的「新的人民文藝」（社會主義文藝）的性質的敘述，通常這樣開始：新中國文學（當代文學）繼承了「五四」文學革命、尤其是延安文學的傳統，而在中國進入新的歷史階段之後，文學也進入新的歷史時期，而寫下了「嶄新的一頁」，文學變化爲社會主義的性質。在說明當代文學的「嶄新」特徵時，列舉的方面主要有：從「內容」上說，社會主義革命和社會主義建設成爲主要表現對象，工農兵群眾成爲創作中的主人公；在藝術形式和風格上，則是民族化和大眾化的追求，肯定生活、歌頌生活的豪邁、樂觀的風格成爲主導的風格；「作家隊伍」構成的變化，工人階級作家成爲骨幹；文學與人民群眾建立了從未有過的密切聯繫，並在現實中發揮重要作用，等等。

由此可見，「當代文學」作爲當代政治文化實踐的產物，其政治屬性和美學特徵都具有其「歷史性」，它既是執政黨對「當代文學」規劃的結果，同時也是建構「想像共同體」和「民族動員式」文化的重要手段和工具。在這種「歷史性」中，作爲它的學科形態「當代文學史」天然地在學科等級上處於進化的更高階段和文學秩序的更高等級。「『當代文學』所確立的文學評價體系，是從意識形態和政治觀念上來估斷文學作品的等級。由此得出的結論是，當代的『社會主義文學』不僅是封建、資產階級文學難以比擬，而且也比『新民主主義性質』的文學勝出一籌，它是『前所未有的一種新型的文學』」〔註69〕支撐這一文學史敘述的是一系列的文學史「事實」：經典的理論（社會主義現實主義、革命的現實主義加革命的浪漫主義、趙樹理方向等）、經典的作家作品譜系（晚期的丁玲、晚期的郭沫若、晚期的何其芳、趙樹理、柳青、楊沫、山藥蛋派等等）以及持續不斷的文學批判運動。〔註70〕上海的「重寫文

〔註69〕洪子誠：《「當代文學」的概念》，《文學評論》1998 年第 6 期。
〔註70〕比如朱寨的《中國當代文學思潮史》（北京：人民文學出版社，1987 年 5 月）
　　　　前面六章分別是「1，毛澤東文藝方向在全國的貫徹傳播；2，從《武訓傳》

學史」對於「當代文學」的「重寫」正是從這些地方開始的，專欄開篇的兩
篇文章《關於「趙樹理方向」的再認識》〔註71〕和《「柳青現象」的啟示——
重評長篇小說〈創業史〉》〔註72〕對準的就是「當代文學」中兩個重要的理論
命題（現象）「趙樹理方向」和「柳青現象」。前者從「問題小說論」和「民
間文學正統論」的角度著手，得出了「趙樹理方向」導致寫作成為一種簡單
的政治宣傳，從而形成一種民族主義的保守性的觀點。後者通過「柳青現象」
重審了「深入生活」這一毛澤東文藝思想的核心概念，指出「深入生活」的
前提應該是保持作家的獨立自主性，否則「深入生活」容易變成一種沒有距
離的政策圖解。此外，「重寫文學史」專欄的其它重要工作還包括：「著眼於
審美的角度，排除非文學因素的干擾，側重於文學的自身價值及發展規律，
以個人的經驗而不是集體的經驗對一些富有影響的作品進行再解讀，也是這
個專欄的重頭戲。」〔註73〕「與此同時，他們還深入到作家的內心世界，清
理他們的思想源頭、文化背景、文學觀念，尤其是著重分析過去簡單化的方
法不曾觸及或流行聲音代替認真思考之處。」〔註74〕「更為可貴的是，一些

批判運動到『創作傾向』的批判；3，社會主義現實主義文學思潮的高揚；4，
對《紅樓夢》研究的批判運動；5，對胡風文藝思想的批判運動；6，雙百方
針指導下的文學思潮。」王銳、羅謙怡主編的《中國當代文學簡明教程》（長
春：吉林大學出版社，1986 年 8 月）和李達三主編的《中國當代文學史略》
（杭州：浙江大學出版社，1989 年 8 月）都是按照體裁和作家來分章節敘述
的，兩者的經典作家基本一致，詩歌是艾青、聞捷、李季、郭小川、賀敬之、
李瑛等；小說是趙樹理、周立波、杜鵬程、楊沫、柳青等。
〔註71〕戴光中：《關於「趙樹理方向」的再認識》，《上海文論》1988 年第 4 期。
〔註72〕宋炳輝：《「柳青現象」的啟示——重評長篇小說〈創業史〉》，《上海文論》1988
年第 4 期。
〔註73〕周立民：《重寫文學史》，洪子誠、孟繁華主編：《當代文學關鍵詞》，第 202
～205 頁，桂林：廣西師範大學出版社，2002 年 2 月。這批文章指：周志宏、
周德芳：《「戰士詩人」的創作悲劇——郭小川詩歌新論》，《上海文論》1989
年第 4 期；席揚：《「山藥蛋派」藝術選擇是非論》，《上海文論》1989 年第 2
期；王雪瑛：《論丁玲的小說創作》，《上海文論》1989 年第 4 期；藍棣之：《一
份高級形式的社會文件》，《上海文論》1989 年第 3 期；徐循華：《對中國現當
代長篇小說的一個形式考察——關於〈子夜〉模式》，《上海文論》1989 年第
3 期。
〔註74〕周立民：《重寫文學史》，洪子誠、孟繁華主編：《當代文學關鍵詞》，第 202
～205 頁，桂林：廣西師範大學出版社，2002 年 2 月。這批文章指：李振聲：
《歷史與自我：深隱在〈女神〉詩境中的一種困難》，《上海文論》1989 年第
5 期；喻大翔：《論聞一多早期詩歌的狹隘性及其文化根源》，《上海文論》1989
年第 5 期；陳思和：《胡風文藝理論的遺產》，《上海文論》1988 年第 6 期；王

文章打破傳統視界，把過去一直未曾觸及的課題納入研究領域，爲學科發展開闢了新格局。」〔註75〕總之，這些文章在「兩個基本原則：一個是多元化、個性化的原則，強調研究者的主體精神的介入……另一個原則是審美的、歷史的原則」〔註76〕的指導下，對「當代文學」進行了比較全面系統的「解構」。

二

　　「重寫文學史」對「當代文學」的解構依託於兩個話語資源，第一是1980年代的「思想解放」話語，第二是1980年代以來的「新啓蒙」話語。很長時間裏，這兩種話語被混爲一談，在李陀看來，「思想解放」和「新啓蒙」兩者之間有著本質上的不同，前者是要「在對『文革』批判的基礎上建立以『四個現代化』爲中心的政治、經濟以及文化思想上的新秩序。」後者則是「想憑藉援西入中，也就是要憑藉從『西方』『拿過來』的『西學』話語來重新解釋人，開闢一個新的論說人的語言空間，建立一套關於人的新的知識。」〔註77〕其實李陀這種區別還不夠精確，對於這兩個運動的「主體」沒有釐清，實際上，「思想解放」運動是一個由官方意識形態爲主體的，各個階層共同參與的一次政治上的「撥亂反正」，它的目的是在維護政權的穩定性的前提下進行有限度的調整。「新啓蒙」話語則是以「精英知識分子」爲主體的，主要以人文學科話語爲依託（如美學、哲學、歷史學、文學等等）的一種知識的傳播和普及，同時以此爲手段爭奪文化領導權。我們知道，在「重寫文學史」思潮中，一個基本的判斷前提就是把以「五四文學」爲話語起源的現代文學和以「延安文學」爲話語起源的當代文學之間進行一個截然的劃分，並得出前者比後者的成就高的結論。趙祖武1980年發表的文章《一個不容迴避的歷史

　　　　彬彬：《良知的限度——作爲一種現象的何其芳文學道路批判》，《上海文論》
　　　　1989年第4期。
〔註75〕周立民：《重寫文學史》，洪子誠、孟繁華主編：《當代文學關鍵詞》，第202
　　　　～205頁，桂林：廣西師範大學出版社，2002年2月。這批文章指：沈永寶：
　　　　《革命文學運動中的宗派》，《上海文論》1989年第1期；毛時安：《重返中世
　　　　紀——姚文元「文藝批評」道路批判》，《上海文論》1989年第1期；范伯群：
　　　　《對鴛鴦蝴蝶——〈禮拜六〉派評價之反思》，《上海文論》1989年第1期；
　　　　夏中義：《別、車、杜在當代中國的命運》，《上海文論》1988年第5期。
〔註76〕周立民：《重寫文學史》，洪子誠、孟繁華主編：《當代文學關鍵詞》，第201
　　　　～202頁，桂林：廣西師範大學出版社，2002年2月。
〔註77〕查建英：《八十年代訪談錄‧李陀》，北京三聯書店，2006年5月，第274頁。

事實——關於「五四」新文學和當代文學估價問題》﹝註 78﹞就提出了這一看法，在把「當代文學」和「五四新文學」進行對比的時候，他認為：「前者並沒有真正地、完全地繼承後者的傳統，而是在一定程度上歪曲了這一傳統。」並進而得出了「前三十年」（現代文學）比「後三十年」（當代文學）價值更高的結論。這個結論現在看來當然很有問題，但是在當時卻得到了公認，陳思和就坦言是同意趙祖武的觀點的，雖然這一觀點缺少足夠的史料的支持，﹝註79﹞並認為「重寫文學史」一個主要的目的就是為了求證這個觀點：「我們和老錢他們都認為『五四』文學肯定比當代好，我們的基本描述就是把它連在一起對比著看，然後看出建國後文學糟糕的、墮落的地方，這是我們的基本思路，這個思路一直到延續到 1988 年。」﹝註80﹞根據這個思路，「把 50 年代後期建構起來的『當代文學』在歷史階段和政治性質上『高』於『現代文學』的文學史圖景作了一次顛倒的調整。五四文學被當成了新文學創作的最高點，當代文學沒有對這一文學傳統作出發展和超越，而是整體質量上的一次全面倒退。」﹝註81﹞這樣一種思路是否合理我們暫且不管，問題是，這樣一個思路是從哪裏來的？為什麼在 1980 年代出現這種思路？在我看來，這種思路實際上是 70 年代末 80 年代初「思想解放」話語在文學史話語中的回聲，借助對「當代政治」尤其是「文革政治」的「不滿」和「否定」，從而完成政治上的另一輪重組。對「文革」的否定實際上就是對 1942 年以來「極左」勢力的否定，通過把「文革」排斥在社會主義歷史之外而為新的「改革」奠定合法性，這是當時官方意識形態的主要策略，但是這種策略卻鼓勵了對整個「社會主義歷史」（包括文學史）的激烈反思，並以一種斷裂的姿態來撕裂歷史的連續性而完成對「當代」的否定。也就是說「思想解放」話語激勵了「啓

﹝註78﹞ 趙祖武：《一個不容迴避的歷史事實——關於「五四」新文學和當代文學的估價問題》，《新文學論叢》總第 5 期，北京：人民文學出版社，1980 年。

﹝註79﹞ 陳思和在接受訪談時說：「我覺得趙祖武的膽子是很大的，也很敏銳，欠缺的一點就是史料方面的工夫不夠，如果有大量的史料來支持，你就會看問題很辯證。但是沒有史料，僅僅有一個情緒化的觀點，雖然當時很招人注意，但是反過來，往後發展就會經不起推敲。」見陳思和、楊慶祥：《關於「重寫文學史」及其它——陳思和訪談錄》，見附錄 3。

﹝註80﹞ 陳思和、楊慶祥：《關於「重寫文學史」及其它——陳思和訪談錄》，見附錄三。

﹝註81﹞ 賀桂梅：《人文學的想像力——中國當代思想文化與文學問題》，開封：河南大學出版社，2005 年 12 月，第 70 頁。

蒙話語」的發言衝動，導致了「啓蒙話語」對「思想解放」話語的越位和改寫，並導致了這兩者之間的不斷衝突。

　　「啓蒙話語」是以「五四」爲其預設目標的。「五四」在 80 年代被理解爲一個多元的、自由的、民主的、走向世界的文化圖景，在此圖景下的「五四新文學」也被賦予相應的內涵。在這樣的思路中，「20 世紀中國文學被看成一個上陞——降落——回升」〔註 82〕的線性發展過程，分別對應著「五四新文學」（上陞）、「當代文學」（降落）、「新時期文學或者當下文學」（回升）。也就是說，在對「當代文學」的解構中，實際上存在著兩個視角，一個是站在「五四」看「當代文學」，一個是站在「當下文學（新時期文學）」看「當代文學」，這種首尾呼應的敘述策略強化了「當代文學」的非合法性，「當代文學」被視爲一個完整的歷史敘事（五四的啓蒙敘事）中的一個「例外」，被指認爲是一段「歪曲」或者「出軌」的歷史。非常有意思的是，這種對中國現當代文學的「連續性」的敘事是借助「非連續性」來完成的，比如對那些跨越現代、當代兩個時期的重要作家的批評，「重寫文學史」專欄的文章基本上都使用了一個同樣的方法，就是把作家的「早期寫作」和他的「晚期寫作」進行斷裂式的分析並予以對比，以此強化「早期寫作」高於「晚期寫作」的觀點，於是我們發現了一系列的早期丁玲／晚期丁玲，早期郭沫若／晚期郭沫若，早期老舍／晚期老舍的文學史敘事，雖然這種把作家從其歷史語境中予以剝離的方法遭到了後來研究者的強烈質疑〔註 83〕，但是在「重寫文學史」中，這種方式卻在最大程度上論證了「當代文學」以及產生當代文學的「當代政治文化」的偏頗。這麼說並非就意味著「重寫文學史」的目的就是要全盤否定「當代文學」，實際上無論是王曉明還是陳思和都表示了對柳青、趙樹理等作家的高度敬意和充分肯定，「重寫文學史」的激進態度也是有所保留的。〔註 84〕

〔註82〕　賀桂梅：《人文學的想像力——中國當代思想文化與文學問題》，開封：河南大學出版社，2005 年 12 月，第 70 頁。

〔註83〕　程光煒通過對孫犁文學史地位的研究指出：「我認爲他們在用『新孫犁』來壓『老孫犁』的時候，新的『文學大師』所代表的新的『當代文學』不僅沒有露面，反而將原來的那個當代文學弄得面目全非、更加的不堪。」見程光煒：《孫犁「復活」所牽涉的文學史問題》，《文藝爭鳴》2008 年第 7 期。

〔註84〕　毛時安在訪談中談到了這個問題：「就我個人而言，實際上我一直不是一個過分極端的人，所以我一直是希望，不要採取一種徹底否定的做法，我希望盡可能地客觀一些。當時發生過一件很重要的事情，就是夏中義的發表在《文

　　正如我在本章第二節中所分析的,「啓蒙話語」中的「五四」實際上是一種被「知識分子化」了的「五四」想像,從某種意義上說,是一個被建構起來的「80 年代的五四」。〔註85〕在社會轉折的關節點,召喚並激活某種「偉大」的傳統以便爲當下的思想文化發展提供支持和指導本來是常見的舉動,但是如果把這種「傳統」視爲唯一的源頭和判斷標準是否也會產生問題?實際上,對於 80 年代思想文化界來說,對「五四」的召喚和期待是沒有問題的,問題在於把「五四」的價值「普世化」了,在這種情況下,不僅遮蔽了「80 年代」的歷史性〔註86〕,同時也遮蔽了「五四」的歷史性。在普遍性的擠壓之下,「當代文學」的去「歷史化」似乎成爲建立一種多元的、開放的文學史圖景的前提,並在很大程度上被忽略和邊緣化,但事實是,對「當代文學」遮蔽的同時也就遮蔽了「五四文學」和「新時期文學」的複雜性和多樣性。就前者而言:「對五四的許多作家而言,新文學不是意味著包含多種可能性的開放的格局,而是意味著多種可能性中偏離或悖逆理想形態部分的擠壓、剝奪,最終達到對最有價值的文學形態的確立。正是在這個意義上,50～70 年代的政治文學時代,並不是五四文學的背離和中斷,而是它的發展的合乎邏輯的結果。」〔註87〕就後者而言,近年來的一系列研究表明了「新時期文學」與「文革文學」和「十七年文學」複雜糾纏的聯繫。由此程光煒不無擔心地指出,把「左

學評論》上的《歷史無可迴避》,你不知道看到沒有?那篇文章本來他是給《上海文論》的,我退掉了。當時的《文學評論》就是因爲那篇文章作了檢查。……他先給了我,我爲什麼不喜歡?我覺得這個文章很有衝擊力。他從『樣板戲』來看一些文藝的問題。我覺得對這樣一個嚴肅的文化問題,要採取一種尖銳,但是非常嚴肅的態度。但是他有時候用一種很輕慢的,甚至是很刻薄的語言來表達,我就覺得不行。當時他説,這篇文章會轟動的,我知道會轟動,但是我覺得不夠嚴謹。然後他就給了《文學評論》,《文學評論》就在 89 年 5 月份把它發出來了,六月份政治上發生變故,《文學評論》已經印刷發行了,結果他們把那個文章撕下來,開了天窗。《文學評論》爲那個事,寫了很多檢查,《文學評論》畢竟是老牌刊物,如果發在《上海文論》,《上海文論》就得徹底停刊。」見毛時安、楊慶祥:《〈上海文論〉與『重寫文學史』——毛時安訪談錄》,附錄四。

〔註85〕參見賀桂梅博士學位論文:《80 年代文學與五四傳統》的第一章「『文革』後的文化轉型與『五四』敍述」中的相關論述。北京大學博士學位論文,2000年 6 月,未出版。
〔註86〕南帆在近來的一篇文章中指出 80 年代是一個「多義的啓蒙」時代,見南帆:《八十年代:多義的啓蒙》,《文學評論》2008 年第 5 期。
〔註87〕洪子誠:《關於 50～70 年代的中國文學》,《文學評論》1996 年第 2 期。

翼文學」從整個文學史研究中「剝離」出去「很大程度仍然只是文學史研究的需要，或者說是研究者為了使現代文學研究獲得『新的活力』而不得不採取的立場和研究途徑，他們並沒有『碰』到歷史的關節之處。」〔註88〕這種擔憂其實是很有道理的，無論是「二十世紀中國文學」的理論框架還是上海的「重寫文學史」實踐，實際上在很大程度上都架空了二十世紀中國文學與歷史語境之間的複雜關係，企圖在「歷史（文學史）」之外來討論「歷史（文學史）」，這是否是一種不切合實際的想法呢？如果說二十世紀的中國文學本身就是一個在各種話語（政治的、歷史的、哲學的、社會學的等等）中確定和規劃自我的產物，那麼，僅僅剝離出一個「純粹的文學」是否也是一種沒有碰到「關節」的表示呢？實際上我們看到，無論是「二十世紀中國文學」的架構，還是後來的「審美原則」、「文學性」、「地下文學」、「潛在寫作」、「民間寫作」等等都只能是一種權宜的文學史敘述策略，無法擔當重建總體性的「文學史」的重任。而且更加弔詭的是，正是因為 80 年代「重寫文學史」思潮對「當代文學」的「重寫」和壓抑，一旦歷史語境發生改變，「當代文學」又以更加頑強的姿態凸顯了自身特殊的歷史建構性，進入 90 年代以來，重申「當代文學」的「社會主義性質」和「左翼特質」又成為文學史研究和書寫中的一個熱點〔註89〕，這可能是「重寫文學史」的倡導者們所沒有想到的吧。

　　但是話又說回來，如果「重寫文學史」的實踐者們不通過這樣一些手段和方法來推進文學史的解構和建構的工作，那麼他們又能怎麼做呢？實際上，借助「思想解放」的話語空間，利用「新啟蒙」的話語資源，「重寫文學史」的倡導者們一方面迅速確立了學科的合法地位，另外一方面，也在此基礎上企圖進一步清理文學與國家，文學與黨的意識形態等更廣大範圍內的歷史問題，只是遺憾的是，後者的努力與 80 年代的「偉大進軍」一起遭到了反對和拒絕。1989 年第 6 期的《上海文論》以專刊的形式一次性刊發了近十多篇文章宣告「重寫文學史」專欄的終結，並且不得不通過強調文學史研究的方法論（審美原則和個人敘事）來弱化「重寫」的意識形態訴求〔註90〕。

〔註88〕 程光煒：《孫犁「復活」所牽涉的文學史問題》，《文藝爭鳴》2008 年第 7 期。
〔註89〕 如洪子誠的《問題與方法》（北京三聯書店，2002 年 8 月）；程光煒的《文學想像與文學國家》（開封：河南大學出版社，2005 年 5 月）；曠新年的《寫在當代文學邊上》（上海：上海教育出版社，2005 年 9 月）；等等。
〔註90〕 王曉明的訪談證實了這樣的一種敘述策略：「這個專欄的前面幾期，基本都是乘的順風船，各方面評價都很好，麻煩的是『六四』，『六四』一出，『重寫文

　　「重寫文學史」專欄的終結是否就意味著 80 年代「重寫文學史」思潮的終結呢？我覺得這裏需要做一些簡單的區分，就應對 80 年代的文化危機，並參與現代化文學史話語的建構這個角度來看，這種終結大概是成立的。而另外一方面，就現代文學學科的內部發展而言，「重寫文學史」思潮的知識結構和行為邏輯依然在 90 年代以來的學術研究中被延續下去，並直接「生產」出一部部現實的文學史著述。「就真能涵蓋它所宣稱要涵蓋的領域而言，任何一種歷史仍然是普遍的，而就其真能指明我們關於其主題的知識在現代所處的位置而言，任何一種歷史都是終結性的。」〔註 91〕不過，這已經超出了本書研究的範圍了。這裏需要強調的是，就 80 年代「重寫文學史」這一社會文化思潮而言，通過不同的空間和時間形式，借助不同的主體和話語，在與歷史不斷奮力搏擊的過程中，它已經確立了其「自我」，並同時把「自我」內化為一段不可或缺的有效的歷史。

學史』就有問題了，但是『六四』反應到文化上來要稍微慢一點。……那個時候我跟陳思和這樣的在當時屬於要解放思想的青年學者，肯定就是有一定『問題』啦。那個時候的上海市政府、上海市委有一個制度，就是市委書記隔兩個月要和各方面的人士座談一次，叫做『雙月座談會』。當時的上海市委書記是朱鎔基，但是這個『雙月座談會』的人選，誰參加，是由各部門、各機關負責人決定的。那麼這次正好是輪到了文藝座談會，是由市委宣傳部來安排人選的，當時《上海文論》的主編徐俊西同時擔任市委宣傳部的副部長，分管文藝。所以由他確定了一個名單，都是中老年學者，唯獨陳思和跟我比較年輕。這個會我記得當時是八九月份召開的吧，然後名單就在報紙上登出來，說『朱鎔基與誰誰誰座談』，參加座談會的有二十來個人吧。這個很重要，這個東西一發表之後，至少就暗示了這兩個人不是『反革命』。……因為那個時候的大學裏面、文學界，有一些思想比較『左』的人，對解放思想很反感，所以他們會寫批判文章來攻擊我們，一旦出了這樣的批判文章，學校裏就很難處理的。所以客觀來說是這個消息挽救了這個欄目，使這個欄目還能夠繼續出到 89 年的年底。雖然可以靠徐俊西的支持撐一段時間，但是我們已經知道，風向已經大變，不可能再編多久了。當時我們就想，這個事情要怎樣順利地收場，既不要馬上就停，還要把話說圓。大概是 1989 年的 9 月，毛時安、陳思和跟我三個人跑到南京，請江蘇作協安排了一個旅館，我們在那個旅館裏準備最後一期稿子，所以最後一期稿子特別多。……我們當時基本的想法把『重寫文學史』基本的立足點定在審美和對文學史應該有個人的理解這兩點上，這兩點當時還是可以公開發表的。我們本來是更往前說的，比如強調對原有的官修文學史的否定，但是我們現在退回到文學史應該多樣化這一點上面來。」見王曉明、楊慶祥：《歷史視野中的「重寫文學史」——王曉明答楊慶祥問》，附錄二。

〔註 91〕【英】柯林武德：《歷史哲學》，賈鶴鵬譯，《新史學》第三輯，鄭州：大象出版社，2004 年 12 月。

結　語　重新解放中國現代文學研究

　　通過前面四章的敘述，我以 80 年代初的「重評」、「二十世紀中國文學」、上海的「重寫文學史」爲點，以學科話語和社會思潮之間的複雜關係爲線，全面考察了 80 年代「重寫文學史」思潮的發生語境、生成機制以及話語構成，並討論了在這一過程中所逐漸建立起來的有關中國現當代文學史敘述和書寫的方法和觀念，包括整體觀、審美主義、個人敘事體式和現代化文學史觀，通過這些不同側面的還原、對話和辯駁，「重寫文學史」思潮與 80 年代的「思想解放話語」、「新啓蒙話語」、「主體論話語」等主導性的話語思潮之間的複雜關係得到了大致的梳理和勾通，並在一定程度上還原並重新拆解、組裝了「重寫文學史」思潮的歷史功能和歷史效用。在這種考察中，對於歷史敘述的差異、縫隙和細節的審視和再建構是我工作的一種方式，這是建立在對本質化和知識化的歷史敘述懷疑和反思的基礎之上的，但是這麼做並非意味著我喪失了一種整體性的視野，恰好是，這些差異和細節正是在對「重寫文學史」思潮整體性觀照中才得以呈現其意義。這兩者之間不可避免地存在著張力和裂隙，甚至可能會導致論文敘述中的矛盾和猶豫，但是，如果論文的目的不是爲了得出一個本質化的結論而是試圖打開「重寫文學史」這一話語實踐的理解空間，我覺得這麼做也是有效的。正是在這樣的觀照中，無論是走向世界（未來）的現代化想像，還是自足的「審美無功利」的話語訴求，都在一定程度上與知識分子的主體訴求糾纏在一起，「幾乎每一位研究中國文學的學者的最後志願，都是寫一部滿意的中國文學史」。〔註 1〕「這裏涉及晚清

〔註 1〕陳平原：《重建「現代文學」──在學科建制與民間視野之間》，香港浸會大學主辦：《人文中國學報》，第 12 期，上海古籍出版社，2006 年。

以來關於現代民族國家的想像,『五四』文學革命提倡者的自我確證,以及百年中國知識體系的轉化」。〔註2〕「文學史研究……它體現了研究者對歷史的積極參與,要求重新敘述歷史的意義。」〔註3〕所謂的「文學史書寫」實際上是與現代以來中國的社會發展、政治演變、意識形態變遷有著密切關係的社會文化工程之一部分,「文學史」是一部分知識分子書寫歷史、闡釋歷史、參與歷史的「權力」的一種「確認」。從這個角度來看,80 年代的「重寫文學史」思潮不過是漫長的文學史的編撰、書寫中的一個階段。

90 年代以來,關於現代文學研究的困境就已經被廣大研究者所意識到〔註4〕,期間雖然有各種調整,但一直收效甚微。如果說 90 年代因為「後 89」氣氛的影響以及對於資本市場與全球政治秩序的轉變還處於一種未明的狀態,現代文學研究的從業者們也因為各種現實原因而難以對學科和自我進行更深刻的反思。那麼,在 2008 年以後來討論這個問題則更為迫切,也更有其現實的針對性和可能性。實際上,對於現代文學這樣一個一直與現代中國緊密糾纏的文化存在而言(注意它是一種「文化存在」,而不僅僅是一個「研究對象」),每一次大的歷史變動都會對它注入新的力量,激活潛在的問題,21 世紀以來十年中國所發生的巨大變動,尤其是金融危機之後世界秩序的微妙調整並因此而帶來的對於文化權力(在官方語言中被表述為「軟實力」)的高度關注,中國在高度發展過程中所呈現出來的種種內部和外部的難題,都是重新討論這一文化存在的非常及時的歷史語境。這是其一。其二是,雖然眾多的學者不斷在討論現代文學研究的困境,但是在我看來,這些討論很多都是不痛不癢的,這些討論的問題——比如研究缺乏活力,缺乏整體性的視野,生產大量的沒有創新性的論文,缺乏與現實的對話能力等等——是每一個學科都會面臨的問題,可以說是一種普遍的情況。在中文系傳統的七個專業中,哪一個專業目前不面臨這樣的問題呢?但是為什麼只有「現代文學」感覺到了如此強烈的焦慮和困境呢?從表面上看,這是因為現代文學有一種歷史的參照系,因為歷史上的現代文學研究不是這個樣子,所以才會對目前的現代

〔註2〕 陳平原:《「文學史」作為一門學科的建立》,《文學史的形成與建構》,南寧:廣西教育出版社,1999 年 2 月,第 3、4 頁。
〔註3〕 陳思和:《漫談文學史理論的探索和創新》,《文藝爭鳴》2007 年第 9 期。
〔註4〕 1997 年第 1 期的《中國現代文學研究叢刊》發表了關於現代文學研究的一組筆談,共 15 篇,趙園、錢理群、陳平原等都對當時的現代文學研究表示了不滿。

文學研究有種種的不滿。但如果不止步於這樣的思維惰性，會不會有新的發現呢？過去的現代文學如何變成了今天的現代文學，這僅僅是一個歷史流變的過程嗎？還是因為本來在現代文學這一文化存在中，內蘊著某種重要的意識和問題，從而一次次不屈從於自我的體制化和學科化，在遷延的歷史進程中執拗地展示其自我，從而讓我們不得不一次次對之進行區別性的對待？如果確實存在這種東西，那麼這一根本性的東西究竟是什麼？並在當下呈現為何種狀態呢？我將在一些學者的文章的基礎上來有限地討論這些問題，並能求得對話和交流。

一、現代文學成為「古代文學」？

在程光煒近來的一篇文章《重返 80 年代的「五四」》中，他用了一個很有意思的小標題——「現代文學已經變成了古代文學」，他是這麼說的：「它日益把現代文學視為一種『學問』，就像在 80 年代就被『邊緣化』的『古代文學』一樣。它仍在使用 80 年代的學術語言來解釋已經面臨 90 年代語境壓力的『五四』精神。」「『古代文學』之所以在 80 年代就被『邊緣化』，是因為它把文學研究變成了一種脫離於自己時代的所謂『學問』，而人們現在不免擔心，現代文學是不是也在重蹈『古代文學』的覆轍，重走脫離於自己時代的老路。」〔註5〕，程光煒的判斷敏銳到位，但出於某種原因，他在此似乎僅僅提出了問題，而沒有明確描述出現代文學在當下成為古代文學的種種表徵。在我看來，以下幾個方面是現代文學變成古代文學的表徵，第一是研究方法上。現代文學在 90 年代的「學術壓倒思想」的思潮傾向中越來越傾向於考據學的研究，這些研究不外乎史料的發現，挖掘和整理。我們知道，在 70 年代末 80 年代初現代文學研究也曾經熱衷於這種研究方式，並一度以「回到乾嘉」為其治學目標，但需要指出的是，80 年代初這種研究方法是針對現代文學研究在六、七十年代被極度政黨化（而不僅僅是政治化）的事實而產生的，既承擔著學科重建、積纍知識的功能，又是進行意識形態調整的需要。而 90 年代以來的現代文學研究雖然也有「後 89」的歷史語境，但現代文學學科在 90 年代基本上已經成形，因此，這種「乾嘉漢學」式的研究幾乎就是在「學術規範」的口號下進行的一種學科內部的自我生產，與 80 年代其鮮明的

〔註5〕程光煒：《重訪 80 年代的「五四」——我看「中國現代文學研究」併兼談其「當下性」問題》，《文藝爭鳴》2009 年第 5 期。

問題意識相比，這種研究方法在 90 年代已經變得有些封閉和局限，從某種意義上甚至可以說是一種對於現實問題的無力而導致的一種自我封閉。「現代文學研究在 90 年代最明顯的特徵，就是從原先對於思想和社會問題的介入中退出，學術規範和專業化成爲了學科最突出的追求。……90 年代出現的重新確立經典、史料熱、地域文學研究熱、報刊研究熱、等等，都可以從這個角度重新打量。」〔註6〕現代文學研究從表面上看變成了一門有「學問」的學科，而恰好是這種無力的「學問」，暗示了它的衰退。「考據」變成了「索隱」，很多的學者和研究生們熱衷於從故紙堆裏揾出一些三流四流的作家作品，毫無根據地誇大其文學史意義，這已經成爲現代文學研究的一種不正常的「常態」。第二是研究態度上的鑑賞主義和趣味主義。在目前的現代文學研究界，普遍存在著一種以專業姿態出現的「非專業」研究態度，非常典型的表現就是熱衷於對一些比較流行的作家作品進行研究，如果你讓一個現代文學專業的老師推薦現代文學作家作品，他大概會毫不猶豫地推薦周作人、沈從文、錢鍾書、張愛玲、徐志摩等，在近幾年的研究生學位論文中，以我任教的人民大學爲例，這些作家也是選題最多的。從某種意義上講，這是一種好事情，這意味著現代文學有了自己的經典作家和經典作品，成爲了一個有「共識」的學科；但從另外一個角度來講，這恰好也是一種致命的缺陷，因爲學術研究最害怕的就是這種「無意識」的經典觀念，它不僅排斥了經典以外的諸多內容，也導致了經典本身的封閉性，並對「經典」產生了依賴症式的鑑賞主義和趣味主義。誠然，文學研究有其鑑賞和趣味的一面，但是就其根本而言，文學研究遠遠不止於鑑賞和趣味，更何況對於現代文學而言，周作人、沈從文、張愛玲等作爲在 90 年代以來的去政治化的歷史語境中建構起來的「文化代碼」本身的經典性就非常值得懷疑。（2008 年香港導演李安執導的《色戒》在大陸知識界引起熱烈的爭論，從另一個側面反映了張愛玲作爲一個文化政治符號所涵蓋的歷史複雜性）。與第二方面密切相關的是現代文學的功能發生了變化，現代文學在當下作爲個人的修身養性的功能性作用得到了強化和放大，讀張愛玲、沈從文、周作人的目的是什麼？我曾聽一個研究現代文學的學者在碩士論文開題報告上說，研究生選題就應該選周作人、沈從文這樣的題目來做，因爲這些題目可以讓你讀很多書，是能受用一輩子的。讀很多書，

〔註6〕 張春田：《從「新啓蒙」到「後革命」——重思「90 年代「的中國現代文學研究》，《現代中文學刊》2010 年第 3 期。

受用一輩子，這當然是從個人修生養性的目的來談的，這個說法本身沒有錯，能夠將研究與個人的修養聯繫起來也是一種好事情，但問題在於，為什麼是周作人、沈從文才能成為修養的一部分，而茅盾、巴金、趙樹理就不能成為修養的一部分呢？這種「修養」背後的趣味主義和自以為是的「經典意識」可見一斑吧。

程光煒認為現代文學已經成了古代文學，我想他也是對這種狀態非常不滿意吧。一個學科變成了「學問」，從表面上看來似乎是好事情，但從根底究竟起來，也就看出了其停滯和固步自封，「學問」變成了個人的「興趣」、「愛好」、「修養」，而對這些「興趣」、「愛好」、「修養」又不進行詳細的自省和辨析，而是盲從於大語境中文化符號的設定和規訓，那麼，既然意識在一個「規定」的範圍內按照既定軌道進行勻速地行駛，「研究」也就變成了生產和複製，學問也就變成了與此時此地無關的僵死的「材料」。這幾年我一直很少閱讀中國大陸古代文學研究者的文章和書籍，因為在我看來，他們的大多數研究都是「不在場」、靜態化的研究，這種研究預設了「古代」與「當代」是一個完全隔絕的歷史語境，在一個想像中的靜態「時空」裏進行學問的生產。〔註7〕（近來所謂的「原典重讀」之類的趨向大概就是這種觀念的折射。）但非常讓人懷疑的是，有一個不變的「古代」或者「古典」存在嗎？〔註8〕今天我們討論的「古典文學」其實也是一種歷史建構的後果吧？比如在中國古代的文史傳統中，詩文才是文學的正統和經典，而小說一直屬於不能等大雅之堂的「野史稗言」，我們今天所謂的「四大名著」其實也不過是在「五四」以後經白話文運動而確定下來的。如果我們以為「四大名著」就是靜態的「經典」，那就不是歷史唯物主義的態度。不過就古代文學而言，因為中國在近代經由

〔註7〕　近幾年我讀過一些古代文學研究的書籍，印象深刻的有孫康宜《文學經典的挑戰》，其中尤其以文學社會學理論論述陶淵明和王士禎的「經典化」的文章最為有啟發；另外一部是夏志清的《中國古典小說》一著，在我看來，如果論影響力之大，該著肯定無法和《中國現代小說史》相提並論，但是如果從研究的角度來看，這部著作卻在《中國現代小說史》之上。該著最精彩的部分在於夏志清運用新批評的方法對古典文本進行細讀，並在一個現代的價值標準上重新討論古典價值觀，比如忠義、愛情等等的涵義。在我看來，這兩部著作都是一種「在場」的研究。

〔註8〕　八十年代文化熱討論中，對於「傳統」的認識就有很大的分歧，甘陽在《八十年代文化意識》中認為傳統只能是一種「當下的傳統」，我比較同意這種觀點。參見甘陽：《八十年代文化意識》，上海人民出版社，2007年。

古典向現代的轉型，以及「言文一致」運動導致的「文言文」的解體和消失，它在整體上確實已經成了「歷史檔案」，因此對於它的這種「不在場」的研究，似乎沒有必要苛責。但是對於現代文學研究來說，歷史正在繼續展開，因此，它無法迴避歷史的「在場」而進行某種「不在場」的純學問研究。比如啓蒙主義文學，很多學者在 90 年代末開始宣佈啓蒙主義的終結，以爲隨著中國市場化進程的推進和大眾社會的興起，啓蒙主義文學已經不需要了，但是事實是這樣嗎？康德在《回答一個問題：什麼是啓蒙？》裏面曾談到，啓蒙就是一個人理性地承擔自己的責任和義務。如果以此爲啓蒙的標準，在我看來，中國還遠遠沒有完成啓蒙主義時代。也就是說，現代的「命題」在中國當下都是「進行時」，而不是「過去時」。在這種情況下，簡單宣佈歷史的終結，逃避現實應對，來抽象地強調文學的修養、學問和趣味，這是不是一種非歷史的、逃避責任的思考方式和行爲方式呢？

二、「文學」研究與「文學史」研究

現代文學研究目前面臨的另外一個困境是把「文學研究」和「文學史」研究人爲地割裂開來。我們知道，自從韋勒克的《文學理論》面世以來，「外部研究」和「內部研究」就成爲文學研究兩種經典的模式。但需要指出的是，我這裏所謂的「文學研究」和「文學史」研究並不對應於韋氏的這種兩分法，如果非要給這兩者一個清晰的區分的話，我覺得用「普遍性的研究」和「歷史性的研究」更爲合適一些。文學研究指的是一種普遍性的研究，這種研究的目的是要在文本（作家與作品、思潮與流派等）的基礎上發展出一種普遍性，並指向一種普遍美學的向度。而「文學史」的研究則偏重於「史」的維度，它面對的不僅是文本，同時也面對產生這一文本的制度、生產機制和社會語境，這種研究的目的從某種意義上是一種結構性的話語研究，也就是分析文本在各種話語關係中的生產過程和歷史地位。舉例說明，對於張愛玲的研究是 80 年代末以來現代文學研究的顯學，其中尤其以夏志清在《中國現代小說史》中對於張愛玲的論述最爲著名，那麼，夏志清的這種基於文本細讀式的作品分析，並概括出張愛玲的小說美學在於「蒼涼」等，﹝註9﹞最終把張愛玲的作品普遍化爲一種文學美學甚至是人生美學，這就是我所謂的文學研

﹝註 9﹞夏志清：《中國現代小說史》，第十五章：「張愛玲」，復旦大學出版社，2005 年。

究。而「文學史」的研究則應該考慮另外一些問題，比如，張愛玲是在怎樣的歷史語境中登場的？張愛玲的小說美學與同時期的其它小說美學（如「左翼文學」）之間形成了何種對話或者對抗關係？張愛玲的美學與上海、香港這些文化空間有什麼關聯？張愛玲在 80 年代重返文學史並獲得如此重要的地位是出於什麼樣的原因等等？需要指出的是，在夏志清的研究中，雖然他明顯側重於文學研究（普遍性的研究），但依然沒有放棄歷史性研究的維度，所以張愛玲在夏志清的研究中依然呈現出複雜、開放的形態，但是後起的很多研究卻沒有去分析夏志清研究的前提，而是把夏志清的研究作爲一個普遍的標准予以接受，不加分析地去認同張愛玲的普遍性美學，最後把張愛玲完全變成了一個文化符號。〔註10〕

　　在我看來，眞正有意義的研究也許是這兩種研究方式的結合，那就是既著眼於文學研究的「普遍性」，同時也不放棄對於「歷史性」的探究，或者說，普遍性之所以有意義，總是在一定的歷史性的基礎之上建構起來的。目前現代文學研究要麼偏執於普遍性的文學研究，比如我上文提到的沈從文、張愛玲的研究，從單個的作家作品裏面抽離出某種抽象的不著邊際的審美標準，然後再拿這些標準去套其它的作家作品，以爲如此經典就可以釐定，而文學史研究就大功告成，這是 80 年代去政治化研究路向的一種「餘毒」，這種研究甚至都沒有達到韋勒克的「內部研究」的水平，而只是流於一般所謂文學風格和寫作特色的印象式的批評。而在另外一個層面上，歷史性的文學史研究被簡單化爲「史料」的研究，這在上文已經提及，不再贅言。

　　特別需要指出的是，90 年代以來由於文化研究的導入，對於現代文學研究產生的影響甚大，其中尤其以「再解讀」思潮爲最。毫無疑問，「再解讀」對於現代文學研究在 90 年代的推進（即使這種推進非常有限度並問題重重）具有非常重要的正面意義，「通過吸收和轉化新的理論資源，跨越專業區隔的限制……爲現代文學研究找到了重新出發的起點，也打開了新的文化政治空間。」〔註11〕但在我看來，「再解讀」在表面的「歷史性」研究中實際上消解

〔註10〕類似的情況也發生在沈從文、錢鍾書、蕭紅、茅盾等的研究上，尤其有意思的是茅盾，在 80 年代以前被作爲「左翼」的文化象徵而評價極高，而在 80 年代以後因爲這一符號而受到很不正常的貶低。

〔註11〕張春田：《從「新啓蒙」到「後革命」——重思「90 年代「的中國現代文學研究》，《現代中文學刊》2010 年第 3 期。這一時期比較有代表性的論著叢書有：賈植芳、俞元桂主編的《中國現代文學總書目》、陳平原、錢理群主編的《二

了歷史性，在「再解讀」中一個普遍的研究模式就是「革命文學」話語是如何被其它的話語所挾持和改寫，以及其它的話語是如何通過革命話語來獲得其「表達權」。比如孟悅對於歌劇《白毛女》的解讀：「政治運作是通過非政治運作而在歌劇中獲得合法性的。政治力量最初不過是民間倫理邏輯的一個功能。民間倫理邏輯乃是政治主題合法化的基礎、批准者和權威。只有這個民間秩序所宣判的惡才是政治上的惡，只有這個秩序的力量才有政治上以及敘事上的合法性。在某種程度上，倒像是民間秩序塑造了政治話語的性質。」〔註12〕在此，「政治」與「民間」被置於二元對立的關係，而大眾文藝似乎也和意識形態有著某種對抗性。但讓人懷疑的是，「民間」是否就是原生態意義上的「非政治」的飛地？大眾文藝本身是否也是另外一種意識形態？在這個意義上，我覺得「再解讀」其實是一個非常曖昧的研究路向，它的曖昧性在於其價值立場上的搖擺不停，並最終通過對「革命文學」的文化研究來達到「告別革命」的目的。「對於 40 至 70 年代中國革命歷史的特殊性，他們還沒有找到一種總體的認知和闡釋方式。所以更多的時候，他們顯然還是在從『外部』解構革命話語的意識形態。」〔註13〕「再解讀」的另外一個思路就是迴避文本的歷史生成語境和問題意識，通過一系列的「後學」理論，把「社會主義美學」轉譯爲「後現代美學」，並以某種客觀化的知識被「敘述」出來，比如張英進在分析電影《劉三姐》時認爲：「充滿『異域情調』的少數民族地區拍攝的電影在象徵性結構中並不意味著相應的權力分配。相反，在『族裔』文化實踐中確定『民族風格』的結果，決非『少數民族』文化向一種『主要民族』地位的回歸，而往往是把少數民族作爲中華民族大團結的一部分而合法化。」「考慮到 50 年代和 60 年代日益濃烈的政治氣氛──也可以轉譯爲中國電影製作者的藝術自由越來越少，少數民族電影的功能更多的不是作爲虛妄的『異域奇景』，以滿足電影觀眾對『異域世界』的欲求，而是民族國家通過定型化的形象把少數民族客體化、并把它們納入到社會主義中國框架之中

十世紀中國小說理論資料》、錢理群主編的《中國淪陷區文學大系》、嚴家炎主編的《二十世紀中國文學與區域文化叢書》和《二十世紀中國文學研究叢書》，等等。

〔註12〕孟悅：《〈白毛女〉演變的啓示──兼論延安文藝的歷史多質性》，唐小兵主編《再解讀──大眾文藝與意識形態》，香港牛津大學出版社，1993 年。

〔註13〕張春田：《從「新啓蒙」到「後革命」──重思「90 年代「的中國現代文學研究》，《現代中文學刊》2010 年第 3 期。

的一種行之有效的方式。」〔註14〕但張英進可能忽略了一點,「風景」雖然在電影中並不是作爲異域奇景來呈現的,但是也並不是民族國家把少數民族定型化,從而達到「一統天下」的霸權主義「形式」,在我看來,《劉三姐》中大量的「風景」的呈現使得風景具有一種「主體性」,這一「主體性」使得「風景」具有了超越簡單的意識形態的含義。更具體一點來說就是,「風景」在呈現的過程中解放了自我,風景不僅是客觀的自然環境,同時也是具體的社會背景。正是通過這種「風景」的呈現,劉三姐獲得了其「社會主義主體」的身份,而正是通過類似於《劉三姐》的一系列文本,社會主義文學(文化)才獲得了其鮮明的問題意識並有效地與現代文學(文化)區別開來。

要麼把「文學」從「文學史」中剝離出來,要麼把「文學史」從「文學」中剝離出來,這就是當下現代文學研究非常普遍的一種現象,比如陳思和的那本影響甚大的《中國當代文學史教程》可以視爲把文學從文學史中剝離出來的一個代表,作爲 80 年代「重寫文學史」思潮的一種延續甚至是強化,這種研究思路固然爲文學的「去政治化」、「革命化」起到了重要的作用,但同時也把文學史簡化爲一種「作品史」,這顯然是不夠的〔註15〕。文學史固然不能是革命史、政治史,但文學史自始至終都是「大歷史」的一部分,去「政治化「絕不是去「歷史化」。因此,如何把文學再次縫合、楔入文學史,在一個「大歷史」的視野中來展開研究,是目前的當務之急。〔註16〕

三、「整體性」與「當下性」

通過各種制度性力量(表現爲雜誌的選稿標準、研究生論文的選題、優秀論文的評比、以及著作的出版、文學史課堂的傾向性授課等)把現代文學限定在「學科」的範圍內,並以「學問」的名義來清除現代文學本身的「雜

〔註14〕張英進:《影像中國——當代中國電影的批評重構及跨國想像》,胡靜譯,上海三聯書店,2008 年。第 188～189 頁。

〔註15〕陳思和:《漫談文學史理論的探索和創新》,注釋 4,《文藝爭鳴》2007 年第 9 期。陳思和曾在其主編的《中國當代文學史教程》(上海:復旦大學出版社,1999 年)的「前言」中談到文學史的三個理論層次,分別爲:優秀文學作品研究、文學史知識考辨、文學精神的探索與表達,並認爲最後一個層次是「文學史理想的寫作」,而《中國當代文學史教程》只是第一個層次上的文學史著作。

〔註16〕筆者在一篇文章中對這個問題有更詳細的討論,具體見楊慶祥:《在「大歷史」中建構文學史——關於八十年代文學研究》,《文藝研究》2010 年第 2 期。

質」，這是 90 年代以來現代文學研究一個暗藏的傾向。這裏一個非常糾纏的問題就是，在對現代文學進行學科化（同時也是去異端化、正典化）的過程中，整體的研究視野被一再提出，比如 80 年代中期影響較大的「20 世紀中國文學」、「新文學整體觀」等概念，但非常弔詭的是，這種「整體觀」最終卻拆解甚至是破壞了現代文學研究的「整體性」，也就是說，在「二十世界中國文學」、「新文學整體觀」完成其在 80 年代末「去政治化」、「去革命化」的意識形態的功能後，作爲一個文學史的概念，它們實際上已經在 90 年代耗盡了其歷史勢能，一個非常明顯的例證是，90 年代末以後，對於「文革文學」、「十七年文學」的研究成學界的一個熱點，這一方面固然是學術增長點的慣性變化，但從更廣闊的視野來看，卻是對 80 年代確立的「新啓蒙」的文學史觀念的反駁和質疑。〔註 17〕但非常遺憾的是，無論是當初這些概念的提出者還是後來的文學史研究者，都沒有意識到這種變化和區分，而是毫不猶豫地把「二十世紀中國文學」、「新文學的整體觀」這樣一些帶有強烈的批評色彩和權宜之計的概念作爲一個「範疇」進行了「知識化」。我覺得這是 90 年代以後現代文學研究始終陷於一種自我循環的主要原因之一。按照程光煒的說法，80 年代的現代文學研究者如錢理群、王富仁等人針對「文革」後的歷史語境找到了「五四」這樣一種話語資源，從而爲現代文學與「文革」後的中國歷史語境緊密地聯繫起來〔註 18〕，「二十世紀中國文學」和「新文學的整體觀」等概念之所以在 80 年代的歷史語境中能夠成爲一個「主導型」的概念，那也是因爲這些概念充滿了「當下性」，是從 80 年代的歷史語境出發的概念。當 90 年代以後中國的歷史語境再次發生重大的變化的時候，我們發現，80 年代確立的如純文學、知識分子、啓蒙等等一套概念體系已經無法描述 90 後的中國社會和中國文化了。而現代文學研究這個時候沒有去認眞地反思這些概念的前提和局限，而是全盤接受下來，並在這些概念劃定範疇內用一些零散的史料去填充這些概念，其結果，現代文學不僅失去了其解釋當下社會文化的能

〔註 17〕洪子誠的《中國當代文學史教程》是這方面的典範，在該著作中，以前被有意忽略的「文革文學」得到了全面的研究。在錢理群看來，恰好是 90 年代以來中國的現實轉變導致了洪子誠等人對「新啓蒙」文學史觀的懷疑，從而重返「文革」和「十七年」文學。可參見錢理群、楊慶祥：《「二十世紀中國文學」和 80 年代的中國現代文學研究》，《上海文化》2009 年第 1 期。

〔註 18〕程光煒：《重訪 80 年代的「五四」——我看「中國現代文學研究」併兼談其「當下性」問題》，《文藝爭鳴》2009 年第 5 期。

力，也失去了其解釋自身歷史的能力，它既不能對日益變化的社會現實發言，也就無法借助這些變化來更新自我。

因此非常有必要的是重新討論新的「整體性」的可能。張英進在近來的一篇文章中提到中國現代文學研究的「消失的整體性」，他借助北美中國現代文學研究的現狀以及後結構主義的文化理論來討論「整體研究」的不可能性或者說「冒險性」，並論證「比較文學史」的可能。在我看來，張英進看到了在「宏大敘事」解體之後「重建整體性」研究的難度，但他同時也不得不承認，文學史的研究本身已經蘊含有「整體性」的視野，而所謂的比較文學史研究，其實也是在一個整體性的想像之下才有可能得以存在。〔註 19〕在我看來，問題的關鍵不是需不需要「整體性」的問題，而是需要何種「整體性」的問題？也就是說，「整體性」的主語非常重要，是文本主義的整體性（如所謂的「新文學的整體觀」）？還是文學英雄譜系的整體性？是意識形態主導的「整體性」（如「新民主主義文學論」）？還是歷史語境化的整體性？在我看來，真正有效的「整體性」大概應該是歷史語境化的整體性，這是一種包含了前三者同時又可能會超越前三者的一種整體性。這一整體性的要義在於不僅僅把文學史作為一種客觀的過去的知識予以記錄（這當然是非常重要的），而是把文學史視作一個從過去延續到當下的歷史的主體，而這一「過去」之所以能夠存在，恰好是因為「當下」進入了「過去」。這就是本雅明所謂的歷史唯物主義：「歷史唯物主義者不能沒有『當下』的概念。這個當下不是一個過渡階段……這個當下界定了他書寫歷史的現實語境。歷史主義給予過去一個『永恒』的意象；而歷史唯物主義則為這個過去提供了獨特的體驗。」〔註 20〕「整體性」是有「當下性」的整體性，而「當下性」則是在整體性的（同時也是一種歷史性）的觀照下的「當下性」。也正是在這個意義上，我覺得「中國現當代文學」這個看似很不「科學」的說法有其存在的意義，它至少暗示了這種傾向，第一，中國現代文學（通常意義上的 30 年）和中國當代文學本來就是一個連續性的整體；第二，中國現當代文學是一個既立足於歷史性（從現代看當代、當下）又立足於當代性（從當代、當下看現代）的沒有完成的歷史主體。

〔註 19〕張英進：《歷史整體性的消失與重構——中西方文學史的編撰與現當代中國文學》，《文藝爭鳴》2010 年 1 月號。

〔註 20〕本雅明：《歷史哲學論綱》，漢娜‧阿倫特編：《啓迪：本雅明文選》，張陽東、王斑譯，第 274 頁，三聯書店，2008 年。

四、現代文學研究的根本問題

　　現代文學研究的「當下性」也就是它必須在新的歷史語境中找到一個支撐點，並通過這個點回溯自我的歷史，激活並更新它。這個支撐點究竟是什麼？怎麼去尋找這個支撐點？正如前面我所提到的，所謂的「當下性」必須是一種「歷史性」、「整體性」的當下性，因此要尋找到這個支撐點，就不僅僅是著眼於當下的現實，同時也必須回到起源和過程中去，也就是要回到現代文學的發生發展史去。90 年代以來的現代文學研究對於「發生學」的研究蔚為大觀，其中又以「現代性」敘述最為流行。在我看來，這一「現代性」的視角實際上問題甚多，在這個「現代性」的背後，是 90 年代冷戰終結後西方普遍主義的產物，「現代性」的現代不過是西方「世界史」的一種學術話語，而從根本上並非就是中國現代文學的「現代」。此「現代」非「彼現代」，「此現代」──也就是中國現代文學所謂的現代──雖然也包括有西方「現代」的種種因素，但從本質上卻有著巨大的差異。從某種意義上說，中國現代文學的現代，一方面固然是借助西方的「現代話語」（人道主義和人的文學）來把中國文學從「古典文學」中解放出來，這是五四新文化運動最重要的目的之一。而在另外一方面，卻又是借著世界左翼的話語和本土經驗把自我從西方的「現代」中解放出來，這是三十年代普羅運動和革命文學之所以發生壯大的因由。這兩種意義上的「解放」奠定了整個現代文學發展的基本路向，這就是不斷地從某種單一的歷史敘事中解放自我，不斷地回到中國的現實歷史語境中尋找自我歷史更新和發展的動力，比如在 30 年代的大眾文藝運動陷入困境後，40 年代的解放區文藝通過趙樹理的方向的確立為之尋找到了新的解放的可能，而 50 年代～70 年代末的文學歷史，從一種意義上可以說是一種「一體化」，但從另外的意義上說卻是文學在不斷地尋找更加激進的「解放」之路。

　　今日之現代文學的基本格局可以說奠定於 80 年代的一系列話語模型，這些話語模型最主要的特徵就是重返五四，走向世界。也就是說，在 80 年代，普世意義上的「現代」再一次成為了歷史敘述的主角，「中國現代文學」這一句法結構中「中國」被去勢化，而「現代」被「賦魅」和「放大」，「中國現代文學」被視為可以加入「世界文學史」的一種普遍性的存在，而在這一過程中，中國現代文學不斷從「世界文學史」中「解放」的歷史衝動被「擱置」或者壓抑。因此，在我看來，今日中國現代文學研究的根本問題就在於重新

認識「解放」的問題，要意識到，「解放」問題不僅是中國現代文學的歷史內容，也同時是它的歷史形式：在 20 年代，它是人道主義和白話文運動，在 30～40 年代它是左翼主義和大眾化運動，在 50～70 年代，它是階級鬥爭和工農兵寫作，在 80～90 年代，它是去革命化和現代主義。這一歷史內容和歷史形式互相作用，共同推進著中國現代文學的發展以及關於中國現代文學研究的發展。具體來說，目前的中國現代文學研究要再一次從 80～90 年代形成的知識結構和歷史觀念中「解放」出來，這一方面在於 90 年代以來的中國社會已經發生了巨大的變化，純文學、審美等一套現代主義的認識範式已經不能回答被勞資關係、貧富懸殊、分配不公、國內外矛盾激化所重重裏挾的中國現實；另外一方面，2008 年的金融危機所導致的世界經濟政治秩序的重組已經使我們再次意識到所謂西方「現代性」所面臨問題和缺陷，可以這麼說，「世界史」再次以一種逆轉的形式展示了其巨大的裂隙，在這樣的情況，「現代性」的「中國屬性」被再次激活，它在尋求更合適的表達的內容形式。如果要問什麼是中國現代文學的當下性，這就是其當下性，如果問什麼是中國現代文學的歷史性，這就是其歷史性。只有從這個根本性的問題出發，中國現代文學研究才不會被所謂的歷史分期、史料徵引、經典譜系等一些「純知識化」的命題所束縛，才不會滿足於個人的修身養性和趣味愛好，才能在研究的「解放」中「解放」歷史和當下，最終獲得更闊大的歷史生命。

附錄一 「二十世紀中國文學」和80年代的現代文學研究——錢理群訪談錄

時間：2008 年 8 月 29 日

地點：北京楓丹麗舍小區

一、關於「二十世紀中國文學」的提出

楊慶祥（以下簡稱）：我們還是從 80 年代談起吧，一般來說，每個時代都有它主導的問題意識，您覺得 80 年代的問題意識是什麼？

錢理群（以下簡稱）：目前大家對於 80 年代的認識有一個很大的誤區，就是把 80 年代過於理想化了，好像 80 年代是一個完全自由的時代。這種看法當然也不是完全沒有道理，但是卻脫離了具體的歷史語境。80 年代相對於「文革」來說是一種解放，但實際上一直有不斷的「敲打」，比如清污、反自由化等等，對思想的控制始終是有的。當時最大的潮流就是「思想解放」，但「思想解放」並不僅僅是對「文革」而言的，也是對當時的現實禁錮而言的，所以 80 年代一直有一個「掙脫歷史與現實束縛」的衝動，這是我們在考察 80 年代不可忽視的思想和心理背景。

楊：所以當時你們提出的「二十世紀中國文學」實際上就涉及到這些社會環境和學科環境。

錢：對，實際上是涉及到幾個背景的，首先是 1983 年有一場論爭，當時

南京大學教授許志英在《中國現代文學研究叢刊》1983 年第 1 期上發表了一篇文章：《五四文學革命指導思想的再探討》，提出了一個問題：「五四」文學革命的指導思想到底是什麼？在當時這是一個很尖銳的問題，因爲毛澤東在《新民主主義論》裏面說得很明確，「五四」文學革命是無產階級領導的，但許志英在文章中認爲是「資產階級（民族資產階級或者小資產階級）領導」的，這就動搖了這個毛澤東的結論。其實當時有相當一批人在思考這個問題，許志英是他們中的一個代表，而且他寫出文章來了。記得 1978 年我研究生入學考試的時候，就有一個題目：「談談毛澤東《新民主主義論》發表後對現代文學研究的影響」。

楊：那這個題目是誰出的？王瑤先生嗎？

錢：我估計是嚴家炎老師出的。這是一個一直有爭論的問題，李何林在 30 年代的一場論爭中就明確表示「五四」文學革命是資產階級領導的。

楊：但是李何林後來改變了他的觀點。

錢：三十年代瞿秋白也持相同的觀點，認爲是資產階級領導的，所以他說「左翼文學」是對「五四文學」的反動，因爲「左翼文學」是無產階級領導的。這個觀點在 30、40 年代的學界，在毛澤東的理論出現之前幾乎是公認的，只不過立場不一樣，有人認爲資產階級領導是好的，有人認爲是不好的。是毛澤東第一個提出來是無產階級領導的。後來李何林到了解放區之後就面臨這個問題，當時他就非常困惑，究竟是誰領導的呢？他經過思考後接受了毛澤東的觀點。所以「五四文學」領導權問題本來是一個學術問題。當然，同時也是一個政治問題。

1978 年我們入學的那道試題我估計是嚴家炎老師想看看我們學生的看法，實質上大家一直在思考這個問題。因爲毛澤東特殊的權威性，在 80 年代以前大家是不可能質疑他的觀點的，「文革」結束後，才有可能提出這個問題。許志英的文章代表了當時比較敏感的學者的看法，文章發表以後，實際上得到了學術界很多人的贊同，但是後來在「清污」中好像是胡喬木對這篇文章表示了不滿，於是遭到批評，就弄得學術界很緊張，於是組織嚴家炎、樊駿等人發表文章，對許志英的文章進行批評。上面要求是批判，但是這兩個人的文章都寫得很嚴謹，很緩和，盡可能採取學術爭鳴的態度而不是政治批判的態度。這件事情當時我們都知道，私下裏都在討論，我們是贊同許志英的觀點的，但都覺得許老師太老實，不應該這麼直接去碰，所以我們的「二十

世紀中國文學」就採取了另一種策略：把時間從「五四」提前，這樣就把這個問題消解了。

楊：也就是通過時間的提前把領導權問題消解掉了。

錢：對，為什麼提出「二十世紀中國文學」的一個動因就是一方面要迴避這個問題，另一方面又要提出不同的看法。當時許志英的文章及其爭論提醒了我們：現代文學這門學科還是在「黨史」的籠罩之下。所以我們現在要突破它，就是要擺脫現代文學史作為黨史的一部分的屬性，擺脫政治對它的控制，但是直接提到「五四」又為當時的官方意識形態不允許，所以乾脆把時間往前提，使這個學科能夠從革命史的附屬中解脫出來。

還有一個是學科研究的背景，當時很多的年輕學者都有兩個想法，一個是走向世界，另一個就是打通近、現、當代。具體到我們三人，恰好具備這個條件，陳平原當時偏向於研究近代，黃子平是研究當代，我主要研究現代。當時我們是很自覺地在這麼想，這麼去努力。這些想法在《中國現代文學研究叢刊》裏面都有所反映，比如 1985 年第 1 期王富仁的文章《在廣泛的世界文學的聯繫中開闢中國現代文學研究的新道路》，它代表了走向世界的方向，當時還有一個很重要的舉動，現在大家可能都不記得了，就是出了一本書：《走向世界文學──中國現代作家與外國作家》，這本書的特點就是旗幟鮮明地強調走向世界。

楊：你們都參與這本書了嗎？

錢：都參與了，都有文章，這本書是我們這批文革後的現代文學的年輕研究者第一次集體亮相。

楊：後來你們的「二十世紀中國文學」裏面有走向世界的提法，就是受到這個的影響吧？

錢：對，《中國現代文學研究叢刊》1985 年第 3 期也很有趣。當時《叢刊》的編輯和現在一樣，也是有執行編委，那個時候的執行編委都是我們的老師，這一期正好是樂黛雲老師負責，當時她是我們的副導師，她選我做她的助手，她比較放心我，實際上就是讓我來編，我就抓住這個機會，利用這個權力，集體策劃了這一期。我們可以看看這一期的目錄，首先是論壇：「現代文學史研究要破關而出」，發表了張中（我們北大古典文學專業的研究生同學）的《近、現、當代文學史的合理分工和一體化研究》。另外特意辦了兩個專欄，一是《近、現、當代文學匯通》，發表了黃子平的《同是天淵淪落人──一個

「敘事模式」的抽樣分析》，另外一個專欄就是「在世界文學的廣闊背景下研究現代文學」，選的是陳平原《林語堂與東西方文化》等人的文章，還有「現代文學研究在國外」專欄，選的是溫儒敏翻譯的文章。其實這一期才是我們三人的最早合作。

楊：這一期應該是 1985 年 7 月出來的，和你們提出「二十世紀中國文學」時間比較接近。

錢：差不多前後。黃子平的文章《同是天涯淪落人——一個「敘事模式」的抽樣分析》，把古代、現代、當代聯繫在一起，當時影響非常之大。你看還有陳平原和夏曉虹的文章（《五四白話文學的歷史淵源》），當時他們正在談戀愛，我還開玩笑，說這一期正好當作送給你們的愛情禮物。

楊：我記得在你們提出「二十世紀中國文學」之前，在 1982、1983 年左右，就有人提出「百年文學史」的說法，比如陳學超的《關於建立中國近代百年文學史研究格局的設想》，我記得是發表在《叢刊》1983 年第 3 期。那「百年文學史」的提法和你們的「二十世紀中國文學」的提法有何不同？當時為什麼沒有使用「百年文學」這樣一個概念，而是用「二十世紀中國文學」這個概念，是不是要強調一種當代意識？

錢：當時我們考慮到，陳學超的那個提法是從鴉片戰爭說來的，我們覺得他還是從政治的角度來說的。

楊：是從近代史的角度來談的。

錢：對，我們主要強調要從文學的角度來說，這樣的話「鴉片戰爭」顯然構成不了一個轉折，比如龔自珍，我們覺得他是古代文學最後的一個大家，但他不是開創者，而是最後的終結者，而「百年文學史」就要把龔自珍放在裏面。但是在我們看來龔自珍並不能代表一個時代的開始，所以從文學的角度來說，我們偏重從 19 世紀晚期開始，這個陳平原更有發言權，當時他正在研究那一段。

楊：對，當時他正在研究蘇曼殊等人。

錢：我們認為最多只能從晚清開始，晚清那就比較接近 20 世紀文學了。這樣就擺脫了政治社會史的劃分標準，更強調文學本身發展的規律。

楊：後來你們在萬壽寺現代文學創新座談會上提出了「二十世紀中國文學」，發言的是陳平原，但據說幕後的策劃人是你？

錢：這是我們從不同的知識背景出發，不約而同的共同想法，談不上是

誰先策劃。我們都是「哥兒們」，誰代表發言都無所謂，推陳平原作代表，是因爲他在我們中間年紀最小，由他開炮，更有衝擊力，而且他剛來北京，也需要亮一個相。再加上第一次提出「二十世紀中國文學」的概念，就必須講清楚「發生學」的問題，陳平原熟悉晚清，當然他講最有把握。

80年代對於我們來說面臨一個很具體的問題，當時我們還是青年學人（雖然從年齡上來說我已經不是青年了），我們需要爭取自己的發言機會，爭取自己的言論空間。就我個人來說，考入北大讀研究生的時候已經38歲了，當時王瑤先生跟我說，我知道你急於在學術界表現出來，但是我勸你要沉住氣，要厚積薄發，後發制人。我沉默了7年，在1985年才發出自己的聲音，這個時候我對20世紀中國文學已經有了一些成熟的看法。所以當時我們非常感激那些首先發表我們文章的人，《論「二十世紀中國文學」》首先發表在《文學評論》，跟當時的編輯王信關係很大，緊接著《讀書》連著六期發表了我們的「三人談」。

我們三人比較早得到關注的是黃子平，他先在《文學評論》上發表了一篇研究林斤瀾的文章：《沉思的老樹的精靈》，一舉成名，所以他和陳平原與《讀書》有一些來往，因爲當時這些雜誌都比較注意新人。後來上海文藝出版社有一個編輯叫高國平，他找到了黃子平，問黃子平身邊有沒有值得注意的同學，黃子平推薦了兩個，一個是趙園，一個是我，趙園就寫了《艱難的選擇》，我是《心靈的探尋》，當場拍板出版，收入「探索書系」。還有一個就是浙江文藝出版社，主要是李慶西，他既是批評家又是編輯，出了一套書，黃子平，陳平原的都有，但沒有我的，只有一個原因，就是我年紀大了，這一套書影響極大。

還有就是幾個刊物，一個是《文學評論》，王富仁、趙園、劉納、汪暉、陳平原、黃子平全部是通過它出名的，另外一個就是《叢刊》，我先是助手，後來是編委，再到副主編，《叢刊》就成爲我們共同的一個陣地了，另外還有就是《上海文學》、《上海文論》，福建的《當代文藝探索》。

楊：《上海文論》的創刊比較晚，影響要晚一些。

錢：好老師，好編輯，好雜誌和出版社，還有我們自身的努力，八十年代的學術研究的小環境實際上是很好的。

楊：您提到的這些實際上是一個文學場的問題，當時的文學場對你們是很有利的。那王瑤先生當時知道你們要提出「二十世紀中國文學」嗎？

錢：其實當時這些想法都是一種共識，我們的很多舉動如果沒有老師的支持是不可能做成的。比如 1985 年第 3 期的《叢刊》，如果沒有樂老師的支持，就不可能讓我來編輯。實際上「走向世界文學」也是樂老師的思想，當時她正在提倡比較文學。我們當時上面有兩代人，一個是王瑤那一代，一個是樊駿、嚴家炎那一代，所以當時有句話叫做「老中青結合」。其實我們的這些想法，也不完全是我們自己的，我們的前一輩他們就已經在考慮了，他們更早，他們是先行者。

楊：對，比如王瑤老師和嚴家炎老師提出了「現代化」的觀點。但是我覺得他們討論的不是很深。

錢：所以你不能說這是我們的獨創，實際上是整個學科發展的一個結果。在這之前，有一個更大背景的討論，就是「如何開創現代文學研究和教學的新局面」。

楊：我覺得你們當時提出「二十世紀中國文學」的說法實際上是對嚴家炎老師他們的框架不太滿意的，他們當時主要是「回到乾嘉」，搞實證和史料，重新發現和發掘以前沒有提到的作家、作品等等，比如鴛鴦蝴蝶派，「新感覺派」等等，但是好像他們對整個文學史的框架還是沒有什麼大的突破。

錢：80 年代的現代文學史研究實際上經歷了兩個階段，第一是撥亂反正的階段，這個就包括發掘以前沒有注意到的作家，還有一些作家被遮蔽的另一面。那個階段是有很強的政治性的，它和政治上的撥亂反正實際上是聯繫在一起的。從 1983 年《叢刊》第 3 期開闢「如何開創中國現代文學研究新局面」的專欄，就意味著現代文學研究進入了學科自身建設的新階段。

順便說一點：這個專欄是樊駿、嚴家炎先生主持的；當時的現代文學研究，是在王瑤、唐弢、李何林、賈植芳、錢谷融幾位先生的指導下，而具體的組織工作主要是樊駿、嚴家炎先生做的，樊駿先生起了更大的作用。因此，你們要研究八、九十年代的中國現代文學，樊駿是一個關鍵人物，他的現代文學研究的學術思想，他所作的組織工作，特別是他對我們這一代人的重視、培養與影響，是不可忽視，應該認真研究的。這次他主持的「如何開創中國現代文學研究新局面」的討論，就是由老、中、青三代學人共同參與的。也就是在這一次的討論中，提出了「文學現代化」的概念和標準；現代文學的當代性（這也是樊駿首先提出的）；現代文學研究的內涵和外延；研究方法的革新等問題，你剛才提到的陳學超（他就讀於陝西師範大學，也是我們那一

屆的研究生）的「百年中國文學」概念，也是在這次討論中提出的。以上這些討論，對我們後來提出「二十世紀中國文學」都是有影響的。1985 年的創新座談會就是在這樣的討論的基礎上召開的，而它的主要目的，就是要為我們這一代提供一個發言的平臺。我們就要抓住這個機會，發出我們這一代研究者獨立的聲音。我們發言的中心，就是要提出一個關於中國現代文學研究「整體觀」。這也是我們當時感覺到的學術發展的一個客觀要求，就是在對局部的作家、作品、文學流派進行「重新估定價值」（這是五四的口號，八十年代也繼承下來了）以後，需要一個整體的突破，進入宏觀、綜合的研究，並在此基礎上，對現代文學作為學科的總體進行重新估量和思考，提出「中國現代文學的歷史淵源、發展線索、階段、進程，整個學科的基本格局，文學史編寫體例等關係全局的問題」（參看趙園：《1985：徘徊、開拓、突進》，《叢刊》1986 年 2 期）。我們的「二十世紀中國文學」的概念就是在這樣的背景下在這次會上提出的，上海的陳思和在會上也提到了「新文學的整體觀」的問題。所以說「二十世紀中國文學」的提出是很自然的，是學科發展的一定階段的必然結果。

楊：「二十世紀中國文學」提出後，具體的研究是沒有進行下去的，後來 1987 版的《中國現代文學三十年》應該和它有一定的關係吧？黃子平和陳平原為什麼沒有參與它的寫作？

錢：那本書是怎麼產生的呢？最早是山西一個雜誌叫《山西教育》，它約王瑤先生寫一個文學史的系列講座來連載，是帶有通俗性的。王先生自己不寫，把這個任務交給我，當時我剛剛研究生畢業，也想發表文章，所以我找了溫儒敏、吳福輝，當時王先生希望我們把他女兒王超冰帶一帶，所以加上她。從某種程度上是為了完成老師布置的任務。恰好我當時我正在教現代文學史這門課，實際上我寫的部分都是我的講稿。我們開始也不是很重視，主要是完成任務，也藉此發表我們對現代文學的思考成果，後來才想到要出版，出版的統稿是我做的，然後寫了個序，寫那個序的時候正好我們在搞「二十世紀中國文學」。

楊：那個序基本上是一個啟蒙主義的東西。

錢：對，那個序言基本上是我對「二十世紀中國文學」的理解。但是其它三個作者並沒有參與「二十世紀中國文學」的討論，我們的寫作又是單獨進行的，沒有商量，所以問題就出來了，序和後面的正文內容有些脫節。後

來 1998 年的修訂本就把序拿掉了。其實當時沒有更多的想法，就是出書，當時出一本書是很難的。書出來後社會反響也不大，主要是我們當時沒有名氣，後來之所以影響大了，和我們的學術地位的提高有關係。

楊：這種情況我倒不是很清楚，我就是把這兩個版本拿來作了一下比較，修訂版把序言去掉了，於是我就以為是你改變了對「啓蒙主義」的態度，或者說不再堅持「啓蒙主義」的文學史觀了。另外就是你在修訂版裏面提出了一個「審美」的東西，又提到「現代化」，我就以為你可能是把「啓蒙」的邊界放寬了。

錢：修訂本有兩個指導思想，一是它是教科書，不是私人著作，不能把太多的個人見解放進去。那個序言基本是我的觀點，既不能代表溫儒敏，也不能代表吳福輝，把它去掉是很正常的。還有把標題全部改了，以前的標題有鮮明的傾向性，那些標題都是我取的，去掉後是為了強調教科書的客觀性，減少主觀性和容易引起爭議的東西。第二個指導思想是要把當時該學科最新的研究成果體現出來，比如增加了通俗文學，單章作家增加了沈從文和趙樹理。沈從文是因為經過研究，我們意識到他的重要性（我們另一位同學淩宇就是專門研究沈從文的）就單列了一章。趙樹理單列一章是我堅持的，什麼原因呢？就是為了取得平衡，就是不要搞得太「右」，記得毛澤東說過：要注意一種傾向掩蓋越種傾向，我受這個觀點影響很大，就覺得在重新肯定被否定的自由主義作家時，也不能忽視左翼作家，文學史寫作要注意二者的平衡。當然從我個人來說，我比較喜歡趙樹理，我對他的語言很欣賞。我們的想法是既要吸收最新的成果，又要和潮流保持適當的距離。因此，書出來以後，有兩種評價，有的覺得太激進，有的又覺得還是有點保守，有「左」的遺蹟，我們則認為這是教科書，必須如此。現在看來，這本《三十年》至今還有生命力，跟我們的這一態度和選擇有關。

楊：這讓我想到一個問題，《中國現代文學三十年》修訂版是 1998 年出來的，而在 1988 年陳思和等人的「重寫文學史」專欄中，第一期的文章就是批判趙樹理的，如果按照他們的思路，趙樹理肯定是不能列單章的。

錢：對，我們當時就是不想跟潮流太緊，保持適當的距離，這樣能夠留下來長久一點。

楊：1988 年上海的學者就開始提出「重寫文學史」，從某種程度上說他們比你們要更激進一些。

　　錢：在我們提「二十世紀中國文學」的時候，同一個會上，陳思和就提出了「新文學的整體觀」。他們後來提出「重寫文學史」，我們確實事先不知道什麼消息，但他們提出來後，我們是很贊成的。後來在鏡泊湖會議上，我們提出南北合作，他們在上海搞，我們在北京呼應。那個時候我已經是《叢刊》的編委了。（楊：你就用《叢刊》來配合他們。）1988 年底他們在上海開了一次大型的座談會，我們《叢刊》1989 年第 1 期就開了一個專欄，發表了汪暉寫的《關於〈子夜〉的幾個問題》，那就是我組織的，（楊：上海那邊發了一個藍棣之的對《子夜》的重評的文章），那是我們在鏡泊湖會議上商量好的。順便說一點，考察八十年代的現代文學研究，鏡泊湖會議是不可忽視的，那是我們這一代古、現、當代研究生的一次大聚會，是京、海年輕學者的一次主動合作。參加會議的有北京的研究古典文學的張中、鍾元凱，研究現代文學的我，吳福輝（他是會議的主持者）、凌宇、趙園、王富仁，研究當代文學的黃子平，還有上海的王曉明、陳思和、蔡翔等等，討論中心就是如何打通古、近、現、當代，如何發揮我們這一代的作用，當時我們有很強的群體意識和主動性。鏡泊湖會議以後的第一個動作就是編《叢刊》1989 年第一期。那一期還有一個大動作，就是搞了個「論文摘編」，把與「重寫文學史」相關的論文都摘了，包括黃子平和李劼的那個對話。那一期是明顯的配合，煞費苦心，費了很大勁，這些在該期的「編後記」裏面都提到了。

　　楊：那為什麼當時你們沒有想到「重寫文學史」提法？

　　錢：怎麼說呢？「二十世紀中國文學」這個概念本身就包括了「重寫」的意思，另外與北京上海兩地的學風有關係。北京的學者很少合作提出問題，（「三人談」是很少見的例外），上海則喜歡不斷提出新的問題，製造新的概念，北京都是配合他們。

　　北大的傳統是強調個人，很少開會，很少提口號，但是我們都參加別人提出的問題或者活動，這主要是學術傳統的原因。至於我和陳、黃的合作是有緣由的，主要是當時我們三人都是一個人在北京，每天沒什麼事情就呆在一起。但我們後來也很少合作了，主要的合作只有三次，一次是「三人談」，一次是編「漫談文化」系列叢書，一次是準備編一本繪圖文學史。前兩次都出了書，最後一次因為發生政治風波，就流產了。

　　楊：「重寫文學史」比「二十世紀中國文學」要具體，是個案的研究，而且首先就是拿當代開刀的，我感覺就是當代實際上被取消了，也就是說社會主義性質的文學被取消、否定了。

　　錢：陳思和、王曉明都是腳踩現、當代兩隻船上的，和我們不太一樣，我和陳平原都不談當代，黃子平雖然是當代的，但他的興趣越來越轉向於史的研究，這與上海的那批學者是不太一樣的。

　　楊：對，我也覺得你們史的研究多一些，但是上海的學者因為身兼二任，可能受到批評的影響多一些。

　　錢：我對當代文學的關注到 1985 年就停止了。

　　楊：你看，這是明顯的區別，陳思和就說他為什麼重新對當代文學感興趣，就是在於「尋根文學」的興起，讓他很激動，於是想要重新研究當代文學了。

二、80 年代的知識氣候和學術傳統

　　楊：那您談談您的知識背景吧，我覺得這個很有意思。1960 到 1978 年，您在貴州呆了整整 18 年，這 18 年您都在讀什麼書？

　　錢：我在《我的精神自傳》裏面也談到了相關內容。我在大學時候主要讀的是十九世紀文藝復興以來的俄國文學。在貴州主要是讀魯迅，當時我有一個很大的雄心，就是要把魯迅讀過的書都讀一遍，我根據他的全集開了書單，但當時在貴州找不到那些書。當時主要就讀兩個方面，因為魯迅是強調受壓迫的民族的文學，我當時缺這一塊，很奇怪，貴州安順的圖書館很小，但是有很多北歐啊，南歐啊一些小國家的文學。另外就是讀莊子，因為魯迅受莊子的思想影響很深。然後就開始讀馬克思，我的理論基礎是馬克思主義。我在一篇文章中講過這個問題，其實讀這些的動機都是奔著魯迅來的，我的碩士畢業論文寫的就是魯迅和周作人的比較研究。

　　楊：難道 80 年代初您沒有讀一些新的西方理論方法之類的書嗎？80 年代夏志清、司馬長風的文學史很流行，當時您讀了嗎？對您有何影響？

　　錢：西方的理論讀得不多，但是夏志清和司馬長風的書都是看過了的。夏志清對我的啟發主要是他對幾個作家的發現，一個是張愛玲，一個是師陀，還有端木蕻良，因為我認為一個文學史家的功力主要在於發現作家，所以印象很深。但是當時我總的看法是他的反共意識太強，而且我不認為他的整個框架和思路有什麼新的東西。司馬長風的藝術感覺非常好，這對我有影響，我對周作人的研究就受到了他的影響。當時我們接觸到的海外學者主要就是他們兩個，他們的著作都是個人著述，而當時我們都是教科書，好像是吹來了一股新鮮之風，這也是一種影響。

楊：對，我也覺得夏志清的整個框架和思路並沒有什麼創新，他主要就是用新批評的方法來解讀了一些作家，記得當時很多人都批評了夏志清的著作，包括嚴家炎等人。對了，您爲什麼選擇周作人研究？

錢：其實我研究周作人最開始的想法是爲了擺脫舊有的魯迅研究模式。我的學術研究（主要是業餘研究）比陳平原、黃子平要早，最大的一個缺點就是受到 50、60 年代的學術思潮的影響比較大，比如對魯迅的認識就受到 50、60 年代毛澤東的魯迅觀的影響，當時就想從這個裏面擺脫出來。如果我繼續研究魯迅就跳不出來，所以我想換一個角度，最佳人選就是周作人了，因爲周作人和魯迅關係不一般，但是後來讀了周作人以後想法就有了改變。

我在文章中說過，我受到兩個傳統的影響，一個是西方文藝復興以來的啓蒙思潮和五四新文化的影響，另外一個就是社會主義革命思想的影響，八十年代我的主要任務是要擺脫革命思想對我的消極影響和束縛，以便走出文革的專制主義的陰影。那麼周作人對我來說是一個中介，幫我打開了另外一個視野，或者說喚起了我內心深處，從少年時代就有了（這又和我的家庭背景有關）的對民主、自由，博愛，人道主義的嚮往，這就必然向西方和五四啓蒙思潮傾斜。

我當初的畢業論文準備了兩個題目：一個寫魯迅的思維方式、心理結構、藝術世界，類似於我後來寫《心靈的探尋》那種寫法，試圖用全新的角度來研究魯迅。另一個就是魯迅和周作人的發展道路的比較。王瑤先生聽了我的彙報以後說，你的第一個題目很有新意，但你自己還沒有想清楚，短時間內也不容易想清楚，在不成熟、沒有把握的情況下急於寫成論文，會有很多漏洞，答辯時很可能通不過，反而糟蹋了這個題目，不如存放起來，多醞釀幾年以後再做。於是就定了做「魯迅和周作人發展道路的比較」這個題目，然後他就告訴我做這個題目可能會遇到的困難。他當時說了這麼幾點：第一是學術論證上的困難。王瑤打了一個比方，他說做這個題目你得有兩個包裹，一個包裹是魯迅，一個包裹是周作人，兩個人你都得搞清楚，但光分別搞清楚還不行，你得把他們兩人連起來，因爲你是比較研究，難點就在這裏。第二，你得注意，講周作人是有很大風險的。在周作人是漢奸這個問題上，你必須態度鮮明，要有民族立場，不能迴避民族感情問題，在大是大非問題上含糊其詞，整個論文就站不住了。一定會有很多人提出種種責難，你要做好準備，在答辯時舌戰群儒。因此，你所講的有關周作人的每一句話都必須有根據，有大量材料來支撐你的每

一個論斷。後來我那篇論文注釋的篇幅幾乎與正文相等，差不多每一句話背後都有一條注釋，越是敏感的問題就越要講究有理有據。

王先生還打了一個形象的比喻，說文章有兩種寫法，一種是「編織毛衣」式的，只是平列的鋪排：一點，兩點，三點；一方面，又一方面，再一方面。很有條理，很全面，但看不出觀點之間的內在聯繫，整篇章是散的。另一種是「留聲機」式的，有一根針，一個核心，一個「綱」，所有的觀點都圍繞它轉，這就是所謂「綱舉目張」，所謂「提綱挈領」。寫論文最難也是最要下工夫的，就是一定要找到能夠把整篇文章拎起來的東西。用什麼東西能把魯迅和周作人拎在一起呢？後來我想起列寧關於「亞洲的覺醒」這一命題，他認為 20 世紀將是一個亞洲覺醒的時代，我覺得這個命題可以來解釋魯迅和周作人的「啓蒙主義」、改造「國民性」的思想，而且這個「啓蒙主義」又不同於西方文藝復興時候的「啓蒙主義」。「亞洲的覺醒」使我感覺到中國 20 世紀的文學，包括「五四」文學革命，不是一般的文藝復興運動，而是一種獨特的啓蒙主義，魯迅是這個覺醒的主要代表人物，所以後來的「二十世紀中國文學」裏面提到「改造民族靈魂的文學」，就是從這裏來的。它不僅是反帝反封建的文學，同時也是關注下層人民的文學，所謂三大發現：「婦女的發現，兒童的發現，農民的發現」──總之是人的發現。後來魯迅走向左翼，更關心工農，是這樣一個「覺醒」的自然發展。在我看來，周作人後來成爲漢奸是背叛了「啓蒙主義」，背叛了這種「覺醒」，他把「五四」局限在少數幾個人之中，有貴族化的傾向。

楊：這個概念非常好，今天看來仍然有意義，日本的學者竹內好就曾經討論「作爲方法的亞洲」，和「亞洲的覺醒」這個命題可以互補。您這個論文後來出版了嗎？

錢：收到了《周作人論》裏面。後來提出「二十世紀中國文學」和這個「亞洲的覺醒」有一定關係。現在回過頭來看，我提出「二十世紀中國文學」，實際還是從我接受的馬克思、列寧主義的教育，知識背景出發的，更擴大了說，是和我在《精神自傳》裏談到的文革後期的民間思想村落的思想經歷相關的。但應該承認，在 1985 年提出「二十世紀中國文學」時，我自己也沒有意識到，當然也不會強調這樣的知識背景，這又和我前面提到的當時急於從革命意識形態束縛中擺脫出來，比較傾向於自由主義、啓蒙主義這樣一個思想狀態有關。

楊：當時黃子平、陳平原兩位同意您的看法嗎？就是把「二十世紀中國文學」理解爲啓蒙主義或者是「亞洲的覺醒」？

錢：每個人的知識背景不一樣，但是就打通近現當代的分割，擺脫以文學史作爲政治史的附庸地位，從文學本身出發這兩個大的方面來說，大家是一致的。但每個人的理解肯定不一樣，他們未必就會理解我的這些想法。當然話又說回來，這其中也有很多問題，比如所謂「走向世界」的問題，當時就是你剛才說的，有一個西方思潮（楊：1985 年左右的「文化熱」。），陳、黃跟這個跟得比較緊，比較熟悉，但是我當時年齡比較大，學外語很吃力，我當時想與其花這麼多時間精力學外語，半懂不懂的，不如乾脆放棄，而且我對西方理論本身也不大感興趣，因爲我是更重視經驗、體驗，除了對馬克思理論有一點瞭解以外，其它的理論都不太瞭解。我當時的想法是把現代文學搞透，死守這一塊。所以你看「二十世紀中國文學三人談」裏面談到現代文學時我話最多，我也最感興趣（楊：黃子平就喜歡談當代，比如「尋根文學」）。這對我來說其實是一個很大的局限，既不熟悉古代，又不熟悉外國，所以當時對於「走向世界」是一個很朦朧的感覺，對「世界」的認識很模糊。

楊：就是說只是受到到了一個思潮的影響，覺得應該走向世界，但世界是什麼，世界文學的代表是什麼都不清楚。

錢：對，我沒有想太多，他們兩個可能思考的更多些，有一個互補。

楊：但我感覺他們兩個也沒有往下挖。

錢：所以當時報告要我來做，我堅持不肯，因爲我怕我一講就要露餡。因爲很多東西都沒有讀過。

楊：當代文學您也不讀嗎？「尋根文學」您讀了嗎？

錢：我只讀到 1985 年爲止，再往下我就不讀了。所以按理說應該我發言，因爲我年齡最大，但是因爲考慮到這些我就推辭了。當時我對自己也有一個定位，就是一個「中間物」，他們年青，所以最後讓陳平原作報告。但文章不是陳平原寫的，而是黃子平寫的，什麼原因呢？

我們意識到了文章發表後肯定要闖禍的，所以文章必須要寫得比較「圓」，比較「巧」。首先我就不行，我的文字太直，我們中間最會寫文章的人是黃子平，他的文字比較活，能把一個問題說得雲裏霧裏的，所以就讓他寫了。

　　楊：對了，我還想知道當時文章發表後，王瑤、嚴家炎等人的反應是什麼？

　　錢：其實我自己當時也是有一點猶豫的，有點膽怯。當時覺得這麼做有點玄。因為這只是一種感覺，並沒有做深入的研究，我當時想三個人討論討論可以，發文章出來就有點玄，但他們兩個年輕氣盛，如果沒有他們兩個，這文章不會發表出來的。嚴家炎老師後來婉轉地批評了我們，他覺得我們還沒有做更深入的研究就提出這麼宏大的概念，不妥，因為嚴老師是很嚴謹的。

　　當然這和我對文學研究的方法的思考有關，是不是每一句話每個字都要有來歷，否則就不能說？我對此是持懷疑態度的。因為史料是不可能窮盡的，必須依靠一定的推理和想像，人文科學能不能有假設呢？我覺得是要分情況，第一步，掌握相當的材料後作出一個判斷，這個判斷最初只能是一個假設。第二步再去看材料，假設和材料會形成三種關係，一是材料推翻你的假設，那就放棄假設，二是證實你的假設，那就好了，但這兩種情況都比較少，更多的是這種情況：一部分材料證實你的假設，一部分推翻你的假設，所以你需要的是調整你的假設，那麼這種研究就是比較合理的，我把這種研究稱之為「浪漫主義的研究」。另外一種就是材料的爬行，我稱之為「爬行現實主義」研究。這後一種說法就得罪了很多人。我的這種研究方法受到了兩個人的影響，一個是林庚，他提出過「盛唐氣象」，他的這種概括實際上排斥了很多現象，可能是不科學的，但是隨著時間的推移，現在大部分人都能接受這個概念了。還有一個就是李澤厚的《美的歷程》，他也是一種「概括式」的，我們當時非常喜歡。我覺得「概括」不可能包括所有的問題、現象，但只要把主要的東西概括進去了，這就是可以成立的。

　　我們的這種方式，實際上和嚴家炎他們是有矛盾的，他是嚴格的「乾嘉學派」。我們的這種概括漏洞很多，儘管如此，我們還是做概括，某種程度上，我們所提出的「二十世紀中國文學」這個概念本身就是一種假設。我們提出的許多具體概括，就更是假設。這種假設有可能被後來的研究推翻，也有可能會留下來。比如我們認為「二十世紀中國文學」的美感特徵是「悲涼」，我們覺得魯迅可以用「悲涼」來概括，而魯迅是現代文學的主導性的代表形象。這在當時是引起最大爭議的，如果說 20 世紀文學都是「悲涼」，肯定有問題，但是如果說是一個主導的、主要的特徵、範疇，應該是成立的。做宏觀研究，整體概括的時候是避免不了這種矛盾的。當然，話說回來，後來宏觀研究成

了一個潮流，一種浮泛之風，也不好，潮流的倡導者總是落入「播下龍種，收穫跳蚤」的命運，所以到了 90 年代以後我又不主張做「宏觀概括」了，我也不提「二十世紀中國文學」了，當時是有積極意義的，後來就可能跟風的比較多，就沒有多少意義了。

王瑤先生的批評大家就都很熟悉了，就是「爲什麼不提左翼文學，第三世界文學，社會主義的文學」。這裏需要補充一點，當王先生提出這樣的批評和質疑，我幾乎是不假思索地就接受了，而且到處說，而且在《三十年》裏對左翼文學和解放區文學有意加上正面的肯定，這就跟前面說到的我所受的革命教育，我的馬克思主義的知識背景有關。

楊：王瑤先生的這個批評都成了一個掌故了。

錢：另外王瑤先生還認爲不應該把現代文學提前，他認爲還是應該從「五四」開始，而我們提前到了晚清。因爲王瑤先生認爲晚清文學是走向失敗的，走向了「黑幕小說」，是一個衰敗期。這個看法不是完全沒有道理的，現在我也覺得有點把晚清說得過頭了。當時對於他的批評我是比較容易接受的（楊：因爲你有社會主義經驗，你有革命經歷），對，後來我也有反省，爲什麼當時我們忽略了革命文學、社會主義文學呢？因爲 80 年代的思潮是現代化，現代化的主要象徵就是英美等資本主義國家，當時對於這個是沒有懷疑的，我在前面說過，80 年代對於我來說，主要是要擺脫革命意識形態的影響。還有現實原因就是，當時「自由化」在現實中是受到壓抑的，這樣反而讓我們更願意接受「自由化」，對我們來說，革命意識形態不僅是歷史包袱，更是一種現實的存在，所以我們要努力從中擺脫出來。

楊：陳平原在一次訪談中曾經提到過，說你們這一代人的學術傳承很奇怪，直接繼承了王瑤他們那一代人，也就是直接從 80 年代接上了 30、40 年代的學術傳統，但是實際上中間還有一個 50 年代的傳統，比如嚴家炎老師，那麼就您來說，您傾向於哪一個傳統？

錢：這個實際上是一個共存的東西。王瑤先生帶學生一個特點，基本上不管學生，當時我們的副導師是嚴家炎，樂黛雲老師雖然不是副導師，但是和我們打交道比較多。所以形成了一種結構，老一代的是王瑤，唐弢，李何林，錢谷融，賈植芳，陳瘦竹，田仲濟等等，中間一批就是樊駿、嚴家炎、樂黛雲，然後就是我們年青的一撥，陳平原的那個說法是對的，但是他可能忽視了中間的一批人，樊駿、嚴家炎、樂黛雲三個人非常敏感、嚴謹、學術

根基非常紮實，實際上他們對我們的影響更直接。這裏，順便說一個八十年代現代文學的「研究地圖」問題：它是以第一代學者爲核心，形成了若干研究中心。首先是北京、上海，北京以李何林、王瑤、唐弢三大巨頭爲核心，以社科院文學研究所、北大、北師大爲三大中心，上海以賈植芳、錢谷融爲核心，有華東師大、復旦大學兩大中心。然後是：南京（以陳瘦竹爲核心，南京大學爲中心），山東（以田仲濟、孫昌熙、薛綏之爲核心，山東大學、山東師範大學、聊城師範大學爲中心），廣東（以吳宏聰、陳則光爲核心，以中山大學爲中心），陝西（以單演義爲核心，以陝西師範大學爲中心），四川（以華忱之爲核心，以四川大學爲中心），河南（以任訪秋爲核心，河南大學爲中心），此外，還有幾個以第二代學者爲核心的集中點，如武漢（以陸耀東、黃曼君爲核心，以武漢大學和華中師範大學爲中心）、甘肅（以支克堅、吳小美爲核心，以蘭州大學爲中心）、東北（以孫中田等先生爲核心，以吉林大學、遼寧大學爲中心），每一個中心，都集中了老、中、青三代學人，而且彼此都配合得非常好，任何新的思想、觀念的提出，都會得到積極的響應，也包括不同意見的討論。我一直認爲，我們的「二十世紀中國文學」的概念能夠提出，並產生超乎我們意料的反響，是和我們所在的八、九十年代現代文學研究學界這樣一個相對自由、寬鬆、團結的良好的學術環境，是直接相關的，因此，我始終對我們的老師與各地的學友心懷感激，且有依戀之情。

三、90 年代以來的學術轉向

楊：談談您現在的工作吧，好像您現在很少搞現代文學研究了，您目前主要在從事哪方面的研究？

錢：主要是民間思想史。

楊：上次您去北大做過一次相關講座，我去聽了，其中您談到了民間思想史的研究。這其中有一個很大的變化吧，爲什麼從文學史的研究轉向思想史的研究？

錢：這個說起來也很自然，和我們這一代人有關係。我們這一代人對文學的關注和對思想的關注是聯繫在一起的。而且從現代文學的發展來說，我一直有一個判斷，現代文學這個學科和現實是比較密切的，從整體上看，它的認識價值要高於審美價值，當然它最優秀的作家，比如魯迅，這兩者是緊密結合在一起的。如果非要從純文學純審美的角度來研究現代文學，它的範

圍很狹窄，可以研究的東西實際上不多。前一段時間的研究大家比較關注審美價值，所以總是集中在幾個少數的作家身上，如沈從文啊，張愛玲啊，不多的那麼幾個人。

現代文學實際上是「爲人生」的文學，我們這一代人更關注現代文學歷史、思想的價值。從這個程度上說，「現代文學三十年」是一個束縛，很多情況在三十年的範圍內是說不清楚的，所以很多的研究者實際上走出了三十年的框架，根據每個人不同的知識結構、研究興趣來進行了調整，這是一個趨勢。但是即使這樣，也並不意味著他和這一段文學就能沒有關係了，他的眼光可能還是「現代」的眼光。比如趙園，她後來研究晚明去了，但是她對明代的研究很明顯帶有現代的眼光。

楊：是站在「現代」看「明代」。

錢：對，和那些本來就搞古代文學研究的，從先秦望後看明代的研究者就會有些差別。當然這個差異是各有各的價值。從這個意義上說，現代文學專業有很大的優勢，發展的空間很大，所以我搞思想史的研究實際上也是和現代文學研究緊密相關的。我就對我的學生說過，你搞現代文學研究，不要死守著一小塊地方，要發現線索，深深地挖下去。

楊：那您現在研究的視角、重心與您在 80 年代的研究（比如周作人研究、魯迅研究等等）有什麼變化或者說差異？在我看來，八十年代是一個強調普遍性的年代，而 90 年代則更強調特殊性。你覺得這是不是與我們三十年的改革開放的歷史有關，比如在 80 年代「現代化」是不需要懷疑的，但是到了 90 年代「現代化」成了一個被懷疑的對象。後來洪子誠寫了《中國當代文學史》，對「十七年文學」和「文革文學」進行了完全不同於 80 年代的定位，您怎麼看這些問題？

錢：不同時代實際上會提出不同的問題，研究也會隨著現實的變化而發生改變。問題意識是不一樣的，80 年代有 80 年代的問題，90 年代有 90 年代的問題。

其實現在學界迴避了一個問題，就是對我們這一代人來說，有兩個重要的事件影響到我們的學術道路和學術方向，一個是「文革」，「文革」的歷史和記憶導致了 80 年代的學術面向，另外一個是「89」，它直接影響了 90 年代的學術面貌。就我個人來說，就是從文學史研究轉向精神史、思想史的研究，比如《哈姆雷特和唐吉訶德的東移》。其實後來的「回到學院」，「回到書齋」，都是這個影響的結果，是不同的知識分子的不同選擇。

90 年代以後社會的兩極分化問題引起我們的關注，使我們來重新認識改革開放的結果，現代化並沒有帶來我們期望的結果，於是，我們的革命記憶重新被激發了，所以「十七年」文學重新受到關注，洪子誠的出現不是偶然的，他為什麼產生那麼大的影響，跟社會現實的變化有關係。80 年代為了從「文革」中掙脫出來，對此前的歷史採取的是全盤否定、割斷的態度，我當時就不完全同意，但是我沒有說，我後來反思，主要是因為人的記憶受到時代集體記憶模式的影響太大，擺脫不了，所以當時我們的記憶都是偏向於「文革」的陰暗面。這些到了 90 年代以後都有了重新思考的空間，面對「文革」（文學），「十七年」（文學），我們的態度更複雜了，所以我稱洪子誠的文學史為「猶豫不決」的文學史。

楊：那您現在對整個現代文學研究有沒有新的想法？吳福輝最近在一篇文章中說：「新一輪的書寫文學史開始了」，很多學者也開始參與相關討論，您的看法呢？

錢：總的來說，我覺得現在重寫文學史時機不成熟，我不認為我們已經到了可以書寫新的文學史的時候了。什麼原因呢？我覺得我們還有很多重要的問題沒有解決，我們還在猶豫不決。重寫必須提出新的敘述框架和方法，現在還沒有找到。坦白說我對這些討論不是太感興趣，現在這樣的討論太多，沒有具體實踐，我覺得應該把精力放在更多的具體的個案的研究上。另外，修修補補是沒有用的，必須有全新的思路。

楊：那現行的體制是不是也限制了我們的文學史書寫？

錢：我認為體制是一個問題，肯定有影響，但是也不能誇大它的作用，比如歷史上很多很偉大的著作都是在很壞的體制下寫出來的，比如司馬遷的《史記》。所以不能完全歸結於外在的原因。最多你寫出來不發表，藏之名山，現在社會已經進步到一定程度了，還是很有利於研究的。主要是我們自己的原因，太浮躁。我覺得還是要做具體的細緻的研究。

就我個人而言，本來是想把「二十世紀中國文學」繼續研究下去的，但是到了 90 年代後反思 80 年代，覺得過於空疏，所以就放棄了。但是興趣還一直在現代，尤其是 40 年代，因為我覺得 40 年代是一個很重要很複雜的時期，當然在研究方法上，又開始強調史料的重要性了，後來的成果就是《1948：天地玄黃》那本書。

另外一個問題是，我覺得現代文學要被經典化，最終會成為中國文學的

一部分，我寫過一本插圖本文學史，是從古代一直到 80 年代末，才 20 萬字，這是另外一種文學史。現代文學要回到中國文學中去。

　　楊：這將會是一種遺憾，很多的歷史都被刪減了。

　　錢：但這是一種必然，三十年時間太短，不會佔有太多篇幅。

　　楊：是的，以前王曉明也講過這個問題，我覺得現代歷史將會在中國的歷史書寫中變得越來越曖昧和尷尬，比如這次奧運會的開幕式。可能這也是現代文學和現代歷史的命運吧。

2008－9－28　整理

附錄二　歷史視野中的「重寫文學史」
——王曉明答楊慶祥問

時間：2008 年 10 月 28 日晚
地點：北京西苑飯店

一、80 年代語境中的「重寫文學史」

楊慶祥（以下簡稱）：王老師您好，我博士論文的選題是 80 年代「重寫文學史」思潮研究。在我的論文中，「重寫文學史思潮」不僅僅是您和陳思和老師在 1988 年提出的「重寫文學史」，而是包括 80 年代初的歷史重評，1985 年「二十世紀中國文學」的提出在內的整個八十年代的「重寫事件」，您是這一「歷史事件」最重要的參與者之一，所以就這個機會想和您聊聊，請教一些相關問題。

王曉明（以下簡稱）：你看了哪些相關的材料？如果你把「重寫文學史」理解爲一個「事件」，一個問題就是，這個「事件」的主體是誰？

楊慶祥：材料看了不少，主要是《上海文論》「重寫文學史」專欄的全部文章，您和陳思和老師的全部著作，以及 90 年代以來與「重寫文學史」相關的論著和論文，基本上都看了。

你提到的「事件」主體，在我看來，首先它是一些具體的個人，比如說「二十世紀文學」是陳平原、黃子平、錢理群三人，「重寫文學史」有您和陳思和。但另外一方面，我不想僅僅局限於這些個人，實際上它是一代學人對這樣一個事件的參與，大部分是出生於五十年代左右的學人，除了錢理群老

師年紀大一點外。我覺得你們這一代人的知識型構，你們的一些身體的體驗，可能都會構成你們對「重寫文學史」這一事件的態度，我覺得這個很重要。當然，雖然是作爲一個「事件」來研究，但是我在我論文的「結語」和「前言」裏面，都會把它作一些理論上的提升。就是說這是一代知識分子參與歷史的方式之一，不過是具體體現在「重寫文學史」這一個案上面。

王：其實好像還不止是一代人，也包括上一代的老先生，我們背後都是有老先生在後面支持的。

楊：對，這些老先生我都會涉及到，尤其是你們這一代和這些老先生們之間的異和同，是我處理的一個重要的問題，比如說北京的唐弢、王瑤、嚴家炎等和錢理群他們在很大程度上是不一樣的，有很多差異。但上海這方面材料我知道得很少，而且你們在文章裏面提得不是很多。

王：「重寫文學史」不光對我們當時所有參加的人——陳思和與我只是主持一個欄目——對所有參加的人來說，都是以當時廣泛的討論爲基礎的，但這種廣泛的討論大部分都沒有形成一種文字性的東西。其實就跟人文精神的討論一樣，有大量的私下的討論。我記得我最早聽到錢理群他們說要搞「二十世紀中國文學」是 1983 年，我在一個文章裏面提到在北大未名湖錢理群向我講述他們的構思，你看過沒有？

楊：看過，錢老師跟你講那個事情。

王：我知道他們有這個明確的想法最早是那個時候。後來他們三個人寫出《論「二十世紀中國文學」》的文章還是在兩年以後。

楊：對，1985 年。

王：當時所有參加討論的人都沒有把這個事情僅僅看作是一個文學的事情。這牽涉到當時中國現代文學的特色，我們所有這些人會去做現代文學研究，大概有很大一部分人是讀了魯迅，還有一些人可能會喜歡一些現代的作家，但是主要的是魯迅，魯迅的書所內含的那種關懷和介入現實的精神氣質，對我們影響很大。

楊：這裏就涉及到一個「五四觀」問題，你的「五四觀」是什麼樣子的？這個問題很大，你可以談小一點。

王：我們當時的「五四」觀念，差不多是共通的，一個看法就是說中國革命或者說現代中國走了一條歧路，背離了五四的傳統。五四新文化運動是向西方學習，然後抗日戰爭起來了，打斷了這個國家現代化的道路。抗日戰

爭最後導致了中國共產黨的勝利。中國共產黨的勝利，那個時候的想法，是理解成農村、落後的力量借著現代的形式起來了，再下面就是一路走到了「文革」。現在反過來了，「文革」失敗了，又重新回到「五四」：我覺得這是八十年代大多數人的共識。所以錢理群等人提出的「二十世紀中國文學」，其實是有一個對於現代性的、現代化的正面的看法，就是說中國要現代化，文學也要現代化。

楊：我覺得我們現在討論的「五四」，實際上是八十年代建構起來的「五四」。你們對「五四」的建構實際上是和你們對「文革」的態度是有著密切聯繫的。

王：對，就是你怎麼理解「文革」、理解共產黨。「文革」對我們來說，是從「延安整風」，「延安講話」一路過來的。所以那個時候我們把它看作是一個跟「五四」對立的東西。今天對「文革」的看法要比那個時候要進步非常多了，而這個進展的轉折點，主要因為幾個事件，一是 1989 年，一是「蘇東」解體，一個是 1992 年的市場經濟改革。

因為這些事情，我在 90 年代以後的想法，跟 80 年代不同了，是不同的兩種世界觀。80 年代的世界觀就是認為中國應該從前現代向現代轉變。

楊：向英美學習？

王：當時倒沒想過僅只是學英美，主要是如何學現代化。現在看來，80 年代大致可以分為前後兩期，前期就是從 1979 年開始到 1982 年，那幾年基本上知識界所關心的是政治的民主化，文化的開放，思想的開放。至於經濟這方面，基本上不考慮。所以我們 80 年代初讀得最多的書，是東歐的馬克思主義者的，也就是歐洲社會民主主義的書，並沒有明確得要向西方、向英美倒，想得比較多的還是用改革來挽救社會主義，用民主來挽救社會主義。這是 80 年代前期，關心的主要是政治跟文化的，精神的。

到 80 年代中期開始轉了。轉的原因很複雜，一個是反自由化運動，然後到 1983 年清污運動，另外，這個時候西方現代的思想理論大規模進來了，這與媒體的發展變化有關，比如電視成為一個主要的傳播媒介。

楊：1985 年「文化熱」就開始了。

王：對，「文化熱」，然後一路下去，到了 87 年就出了《河殤》。《河殤》那裏面就很清楚，要走英美的道路，黃色文明和藍色文明。我們當時的世界觀基本上就是在這樣一個過程當中慢慢地形成。我們對於現代化的理想其實

是比較模糊的，只是比方說政治民主，言論開放，人民生活富裕起來，自由，大概是這些。

楊：這都是當時的大環境，也就是說，「重寫文學史」實際上是一系列激進的思想的一個延續。你們當時提出「重寫文學史」是比較激進的，因為它裏面有一個徹底否定社會主義文學這樣的一個趨勢。

王：對，因為當時「重寫文學史」就是要打掉那個官方的文學史。

楊：能不能詳細談一下你和陳思和在《上海文論》上主持「重寫文學史」專欄的具體醞釀過程。

王：《上海文論》是上海社會科學院文學研究所的一個刊物。主編是徐俊西。徐俊西當時主要從事文藝理論研究，思想比較開放，另外還有一個人，就是編輯部主任毛時安，實際的雜誌是毛時安具體在編。然後就在那裏討論，說是想要辦一個響亮點的欄目。徐俊西是復旦中文系的老師，陳思和是復旦中文系畢業的，所以他就找了陳思和。我跟陳思和是很好的朋友，我們當時都很年輕，都是大學裏的青年教師，那個時候很多事情都一塊做，所以找我們倆一塊去。

我記得有一天下午是在上海社科院《上海文論》編輯部的一個房間裏面，我們三個人，毛時安說要我和陳思和兩個人來編一個關於文學的欄目，但是要想出一個具體的題目。大家講啊講啊講，想不到好的題目。後來我說了一段話，我的意思是說，我們其實想做的就是要一個重寫文學史啊什麼什麼的，我說了一通，陳思和反應很快：「那就叫『重寫文學史』吧」，我說的時候是無心的，是他把這五個字拎了出來。他這麼一說，大家都覺得好，就這麼定下來了。

定下來以後，因為我剛才說過，之前關於文學史有非常多的討論，我們就分頭約稿，比如說陳思和向復旦大學的朋友約，我是向華師大的朋友來約。有一部分稿子是已經寫好的，我記得當時李劼已經有一個很長的文章，是李劼、陳思和、我三個人一起討論，李劼執筆寫的，重新來評價「五四」以來的新文學，有點像「二十世紀中國文學」這樣一個東西。那個時候還沒有想辦這個欄目，我們三個人就是在一起討論，後來是李劼起的第一稿，陳思和和我修改。這篇文章後來就發在這個專欄裏，好像沒有全文發，我和陳思和也沒有署名。

前面兩三期出來，後面的稿子就自動來了。我們基本上是兩種方式，一

種是對具體的作家作品的分析，但是對具體作家作品的分析要求是通過講一個作品來講一個比較大的文學史問題，我記得藍棣之談《子夜》的文章就跟當時通行的講法完全不一樣。然後還有戴光中對趙樹理現象的一篇反思的文章……

楊：還有一篇是關於柳青的《創業史》的。

王：這是一類。然後另外一類的是對整個的文學史的縱觀的分析。李劼那個是比較長的一篇，我記得還有徐麟的一篇。我們大概這樣陸陸續續發表了不少文章，慢慢這個欄目影響就出來了。第二年在鏡泊湖召開了一次討論文學史觀念的會議，南北的學者聚集在一起，形成南北呼應的局面。會後，《中國現代文學研究叢刊》也發表了一系列的文章來跟我們呼應。

楊：開了一個「名著重讀」的專欄是吧，錢理群說這是他們跟你們約好的。

王：從我個人來說，我最早跟錢理群有一個約定，就是說他們在北京搞，我們在上海搞。但是這個約定要看條件的，正好有這個《上海文論》。因為陳思和跟我一直的想法都是很接近的，還有我們非常多的周圍的朋友，大家都有類似的想法。一旦有這樣一個欄目作為陣地，大家很容易聚集起來。那個時候發文章沒有現在那麼功利，要評職稱，要幹嘛幹嘛的，那時候根本沒有評職稱的概念。

當時還用了一個形式，這就是「主持人的話」。「主持人的話」有一些是陳思和寫的，有一些是我寫的，所以從文字上看得出來，有一點不一樣的。

楊：對，這個問題我還想問你，你們當時是如何分工的？有沒有產生什麼分歧啊？

王：通常的方式就是稿子來了，看我們兩個人誰有空，另外誰這個時候對這個文章內容比較熟悉。第一次我記得是我們兩個人一人寫一點，後面有的是我寫，有的是他寫，倒沒一定，實際在當中具體協調的是編輯毛時安，大家合作非常之順利。

這個專欄的前面幾期，基本都是乘的順風船，各方面評價都很好，後來「重寫文學史」就有問題了。

楊：嗯，你們大概是八九年六月停刊的。

王：嗯。我們最後停了。這裏有個事件很好玩的，我不知道可不可以說啊。

楊：可以，沒關係。我會斟酌的。

王：那個時候我跟陳思和這樣的在當時屬於要解放思想的青年學者，肯定就是有一定「問題」啦。那個時候的上海市政府、上海市委有一個制度，就是市委書記隔兩個月要和各方面的人士座談一次，叫做「雙月座談會」。當時的上海市委書記是朱鎔基，但是這個「雙月座談會」的人選，誰參加，是由各部門、各機關負責人決定的。那麼這次正好是輪到了文藝座談會，是由市委宣傳部來安排人選的，當時《上海文論》的主編徐俊西同時擔任市委宣傳部的副部長，分管文藝。所以由他確定了一個名單，都是中老年學者，唯獨陳思和跟我比較年輕。這個會我記得當時是八九月份召開的吧，然後名單就在報紙上登出來，說「朱鎔基與誰誰誰座談」，參加座談會的有二十來個人吧。這個很重要，這個東西一發表之後，至少就暗示了這兩個人是沒有問題的。

楊：對，被認定為是體制內的人了。這是保護你們啦。

王：對，徐俊西他肯定是想保護我們。不然的話我們在各自的學校裏就會有麻煩，不知道會有什麼麻煩，因為那個時候的大學裏面、文學界，有一些思想比較「左」的人，對解放思想很反感，所以他們會寫批判文章來攻擊我們，一旦出了這樣的批判文章，學校裏就很難處理的。所以客觀來說是這個消息挽救了這個欄目，使這個欄目還能夠繼續出到 1989 年的年底。雖然可以靠徐俊西的支持撐一段時間，但是我們已經知道，風向已經大變，不可能再編多久了。當時我們就想，這個事情要怎樣順利地收場，既不要馬上就停，還要把話說圓。大概是 1989 年的 9 月，毛時安、陳思和跟我三個人跑到南京，請江蘇作協安排了一個旅館，我們在那個旅館裏準備最後一期稿子，所以最後一期稿子特別多。

楊：對，《上海文論》的最後一期是關於「重寫文學史」的專刊。

王：對，我們就是想體面地結束，因為稿子也比較多嘛。這個專刊我跟陳思和要代表主持人寫一個比較長的類似於總結性的東西，毛時安也要代表編輯部寫一個。我們三個人倒是費了一番心思寫這個東西，我們三個人白天討論，討論完之後，毛時安是才子，他就出去玩，然後晚上他回來，一個通宵就寫出來了。我跟陳思和比較笨，在房間裏不停地想，最後總算也寫出來了。我們當時基本的想法是把「重寫文學史」基本的立足點定在審美和對文學史應該有個人的理解這兩點上，這兩點當時還是可以公開發表的。我們本

來是更往前說的，比如強調對原有的官修文學史的否定，但是我們現在退回到文學史應該多樣化這一點上面來。

楊：這是一個策略性的轉移。

王：因爲你要考慮當時什麼樣的話可以發表。

楊：就是說審美那個東西實際上是有策略性的成分存在的。

王：當然啦。

楊：我還一直想問你這個「審美原則」是怎麼來的，是不是從康德或者形式主義那裏來的。因爲我看了專欄裏面的很多文章，總是從「功利」和「非功利」這兩個二元對立的角度去分析文學作品。前幾天我還問了陳思和老師，我說你們這個「功利」和「非功利」是不是受到康德的影響，他也說不是，他說主要是從恩格斯那裏來的。你今天又提供了另外的一個思路，就是說裏面有策略性的一面。

王：當時這個「功利」的意思，就是指文學藝術成爲黨和國家的宣傳機器，當工具。

楊：對，是工具，要把這個工具解放出來。

王：以當時我們的認識水平，我們首先想到的是審美。所以在八十年代，審美、純文學是有強烈的政治含義的，是政治概念。

楊：我記得《子夜》當時是討論得比較激烈的一個作品，在 1982、1983 年左右，唐弢和王瑤提出不同的意見，他說你們把茅盾的《子夜》說得地位這麼低，把張愛玲抬出來打茅盾，壓茅盾，你們無非就是要貶低左翼文學的地位。那麼你們當時是不是也有這個想法在裏面？

王：有。

楊：其實我現在讀《子夜》，我還是覺得寫得很好的，不是像藍棣之、汪暉他們說得那麼糟糕。我記得刊發藍棣之的《一份高級的社會文件》那一期的「主持人話」有這麼一段，好像是陳思和老師說的，他說茅盾寫《子夜》的目的是爲了回答當時的「托派」，這是一個社會問題，哪裏用你們文學家來回答？他說文學最重要的是怎麼去寫，而不是寫什麼。

王：這個都是當時比較流行的說法。

楊：嗯，是挺流行的。「先鋒文學」起來的時候不也是這麼講的嗎？就是說我們要強調怎麼寫而不是寫什麼。

王：它這個都是有針對性的。

楊：上海當時我感覺不是有個新潮文學批評圈子啊，你們和吳亮、李劼、程德培他們關係都特別好，包括《上海文學》周介人、蔡翔等等。我就想你們當時的「重寫文學史」的一些思路是不是和新潮文學批評有什麼關係？

王：當時上海年輕的是兩批人。一撥就是原來作協培養的年輕人，主要是通過《上海文學》雜誌李子雲、周介人他們培養的，就三個人，吳亮、蔡翔、程德培。他們在報紙上、雜誌上寫文章比較早，大概在七八年，八零年、八一年開始。他們都是搞當代文學批評的，給當時文學界一種很新的感受，原來文學評論可以這麼寫，以前的文學評論都是受蘇聯的影響，很枯燥的，他們的思路不同了，很清新。

另外一撥人就是復旦和華師大這一批人，就華師大來說，有夏中義、宋耀良、許子東、毛時安，等等，李劼和胡河清等則還要更晚一些。還有就是當時在華師大讀書的南帆、殷國明，反正一大批。復旦也有一大批。我們這批人呢，都是從學校裏出來的，做現代文學研究出來的。大概是到 1985 年前後這兩撥人開始合流。

楊：嗯。那時候「尋根文學」起來了。你們之間互相肯定還是有一些影響的吧？會經常在一起討論，彼此的文章會互相的傳閱等等。所以我曾經寫過一個關於「重寫文學史」的文章，發表在《文藝研究》上面，裏面我就大膽提出了這個觀點，就是說我認爲「重寫文學史」和「先鋒文學」是有一定關聯的。現在在你這裏求證了。

王：當然是這樣的。

楊：當時新潮批評家的觀點比你們的更激進，比如說李劼就說當代文學應該從 1985 年開始，明顯你和陳思和可能都不同意這個觀點。你能不能談談這個。

王：當時他是個比較激進的人。

楊：他是用現代派的觀點，現代主義文學的標準作爲衡量標準。

王：他認爲現代主義的文學才是文學。

楊：你們肯定不會認同這個觀點。

王：嗯。因爲我們會認爲魯迅就是現代主義，要講現代主義，那就要從魯迅開始。

楊：對，好像李劼說你們這一撥人這樣傳承下來的，就是從魯迅，到胡風，到賈植芳，錢谷融，然後再到你們。你們繼承的是這個傳統。

王：陳思和是受賈植芳影響很深的。

楊：對，那你呢？

王：我也受錢先生的影響。但是錢先生和賈先生的風格不一樣。錢先生給我們的影響是那種對於審美和文學的感動，而賈先生給陳思和的是⋯⋯

楊：是學術上的嚴謹，比如史料工作？

王：主要不是這種東西，而是一種知識分子的精神氣質。這種氣質是從胡風那裏過來的。

楊：我還知道當時你們去北京開了個會嘛，北京的像唐弢、王瑤他們很支持你們嘛。

記得王瑤當時還寫了一篇文章叫做《文學史應該後來居上》。

王：對。

楊：但是我發現上海的學者，像賈植芳、錢谷融他們都沒有發言，至少是沒有文章出來。為什麼？

王：這是他們個人性格的一些區別決定的吧。因為王瑤先生是現代文學研究界的等於像領袖一樣的人物，他是很清楚他對現代文學研究要負有責任的，所以他要出來推動這個東西。錢先生是比較灑脫的人。錢先生不光是對這個事情不表態，他所有事情（都這樣）。他不是一個喜歡參與這種公共事情的人。但他們私下裏都會議論支持，他們其實是發揮了很大影響。但是他們不會寫文章來討論這些事情。

楊：當時不是有老中青嘛，三代學者，你們都是青年學者。中間這一代的，北京就是嚴家炎、樊駿。上海中間那一代是誰？好像提得很少，上次我問陳思和老師，他說這事不可說，我就不知道到底為什麼弄這麼玄虛。

王：還不僅僅是這個問題。因為上海這方面跟北京有點不太一樣，上海的中年一輩的學者，在「反右」和「文革」當中受的摧殘比較厲害，很多很好的人當時就不能繼續讀書了，不能做研究了。

楊：講到這個我就想問一下，我發現上海從中國的現代史上來看，處在一種很奇怪的地位，一直在承擔那種解構的角色。比如三十年代的左翼文學，後來的通俗文學，包括「文革」，上海是最嚴重的地方。然後一直到 80 年代改革開放，「先鋒文學」也是從上海出來的。其實「傷痕文學」也是從上海盧新華提起來的。我覺得它一直對北京的政治形成一種解構。你看錢理群他們把「二十世紀中國文學」提出來，後面就沒有下文了，就是說沒有再研究了，

只是一個很宏觀的概念。但是你們的「重寫文學史」是非常有解構性的,很具體。我就想這個是不是和上海的文化性格有關係。

王:當然有關係。因為上海的文化性格相對來說比較活潑一點,比較容易尖銳。

楊:「重寫文學史」提出來以後,1986 年有「反自由化」,叫「倒春寒」嘛。然後 1987 年左右胡啟立專門跑到上海找了一些人談心,其中還叫了賈植芳先生。就是說要步子邁得更開一點。

王:它是一陣一陣的。整個 80 年代如果以天氣來比喻,是一會暖一會冷。因為黨內有兩派,一派是改革派,改革派基本上是以胡耀邦、趙紫陽為首,然後有保守派,互相鬥爭。知識界呢,跟改革派是呼應的。

楊:我個人在閱讀你們的「重寫文學史」專欄刊發的一系列文章,覺得你們的一個主要目的是想把「當代文學」取消掉,就是說把「十七年文學」和「文革文學」徹底否定,直接把 80 年代文學對接到前面 30、40 年代文學上去。

王:是有這個想法,因為我們當時覺得「十七年文學」和「文革文學」很差嘛。

楊:對,但是現在你肯定不會這麼想了。因為最近我看了你在上海大學博士生課堂上組織了兩次討論,一個關於周立波的,一次是趙樹理的。不過你還是比較誠懇的,你說你現在還是不喜歡趙樹理,但是你發現趙樹理還是很重要的。

王:對。一講到趣味的問題,改不過來了。我之所以認為趙樹理他們值得分析是在一個新的文學意義上講的。如果要回到文學就是個人的審美的趣味,我仍然不喜歡。

楊:那你覺得如果要現在寫一部《中國現代文學史》,有沒有一個理想的範本,那你覺得最好的文學史應該是什麼樣的?

王:那是想過很多很多的。不過當時我們不會有「範本」的概念,因為強調的是個人寫作,有一度我曾經設想過要寫一個第一人稱的文學史,就是「我怎麼看怎麼看怎麼看」。

楊:對,當時王雪瑛寫了一篇《論丁玲的小說創作》,你覺得特別好。因為她一直就是用「我」去看待、分析丁玲的。這與 80 年代的「主體論」啊,知識分子那種精神氣質高揚有關的吧,其實很強調獨立的精神。

王：其實「重寫文學史」背後有一個「主體性」的問題。

楊：劉再復的「主體性」。

王：還有批判性。強調要脫離被官方拿去做政治工具的文學史，反對教條主義等等，這些都是最基本的。每一個時期都會有一個學科特別突出來承擔批判的功能，80 年代最早在整個的人文領域裏面承擔這個功能的是現代文學，後來文藝學上來了，再以後就是哲學，最後是史學。而現在，說老實話，現代文學學科又面臨新的問題，死氣沉沉。

楊：對。我在博士論文裏面會討論這個問題，現代文學學科通過 80 年代這樣一系列的建構後，它把一些問題變成了知識，那麼它就沒有辦法再繼續推進了，其實最終還是要尋找問題。目前的現代文學研究很封閉，三流以下的那些作家啊雜誌啊都已經研究過了，接下來該怎麼辦？

王：1985 年提出的「二十世紀中國文學」是一種新的研究範式，但是這個研究範式今天成為主流的研究範式，可以說大多數現代文學研究基本上是在這個框架裏面展開的。如果說有什麼新的研究範式可以衝破這種研究範式，我個人覺得就是文學研究和文化研究相結合的範式。

楊：對，我覺得也是。

王：需要引入文化研究的方法，重新來討論現代文學和現代中國的關係。廣義的現代文學和中國的整個現代的歷史是緊密結合在一起的，這兩者之間的關係，應該是中國現代文學研究的主要對象。因為一個基本的事實是，今天中國還沒有走出現代歷史，我覺得這是一個基本的問題。那麼要做這個研究，你必須要引入文化研究，所以新的研究範式大概是在這個地方，有可能引起新的突破。

楊：對，包括你們這些學者的角色的轉換，我覺得也很重要。比如說您是轉變得比較劇烈的一個學者，類似於那種向公共知識分子方面轉。比如我看到您對各種公共事件，比如奶粉事件啊，您都會發表一系列的見解。

王：我們那有一個網站。

楊：對，當代文化研究網。我經常去看。因為現在「介入」其實是一個很大的問題，要不要介入，以什麼樣的方式去介入。

王：當時的中國現代文學研究的介入性都很強的。我舉個例子，當時的《十月》雜誌，好像是八零年還是什麼時候，就請吳福輝、趙園他們幾個人在這個上面輪流寫現代作家的作品分析。我記得當時吳福輝分析的是施蟄存的小說

《春陽》。這個文章被作家廣泛閱讀。很多作家之所以會瞭解到中國 30 年代曾經有一個現代主義的文學，是通過嚴家炎、吳福輝他們這些研究者的。這個東西對現代主義文學、對先鋒派文學的興起，有很重要的影響。所以當時的現代文學研究，不是爲了研究而研究，而是直接參與到當代社會的問題建構中。

楊：但是 85 年以後就好像有個變化了。我記得我問過錢理群老師，他說他 85 年以後就不讀當代的作品了，因爲他對「先鋒文學」的作品已經不感興趣了。

王：其實這可能跟他的個人趣味有關。就我個人來說，我覺得 85 年之後的文學向內轉了，轉到個人，轉到語言，這些是比較複雜的現象，它有前進和後退兩重含義。後退就是說，他們當時自以爲是更激進，因爲當時主要的目標是要反掉馬克思主義的教條主義。可是反馬克思主義教條主義，就要反它的哲學本體論的基礎，哲學的馬克思主義的教條主義，它是從黑格爾那裏來的，其哲學的本體論是強調事情是有確定性的。

楊：就是有因有果的。

王：不光是有因有果的邏輯關係，它還必須是確定的因果。比如說你就是個很確定的人，你有你的特質、特點、本質，這本質在哪兒？就在你身上。大約在 1985 年前後，我們很多人看了大量的文學以外的書，當時我們看書看得很亂，大量看的不是文學書，而是別的書，甚至是物理學書。我記得當時有個說法叫波粒二重性，意思是基本粒子就是物質最小的東西，分到最小，你就搞不清楚它到底是一個粒子，還是一種波。如果是粒子的話，那說明它有一個東西存在。而如果是波呢，它就不是什麼具體的物質，而是某個東西的一種功能。如果說那個粒子就代表了物質，那個波代表了精神，就是說物質的東西分到最細微的時候，你就說不清楚它到底是精神還是物質。這個看法對我們影響非常大，因爲這個是現代物理學的基本東西，也就是說所謂物質的確定性，已經被現代物理學打破了。那麼如果物質都沒有確定性，唯物主義從何而來。

另外就是索緒爾的語言學進來了。從他的《普通語言學教程》我們瞭解到一個東西的特質、本質，不取決於它自己，而取決於它跟周圍東西的關係，這個邏輯推到極端，就變成解構主義了。這些理論進來之後對我們影響都很大，所以改變了文學理論，從開始的強調形式，進一步強調不確定性。所以你看「先鋒文學」很重要的一個內容就是它是沒有確定性的，可以是 A，可以

是 B，什麼都不知道，模模糊糊搞不清楚。這些東西當時在理論上有非常積極的作用，就此而言，它是一種前進。但是同時它也包含了一個後退，就是它越來越轉向個人的東西，而知識分子應該關心的問題，公共問題啊，民生問題、政治問題，反而不關心了。89 年以後，這種原來在 80 年代帶有明顯的反叛性東西，到了 90 年代就成爲了逃避的理由。

80 年代「先鋒文學」的寫作在整個中國作家裏面是少數，大概不到百分之十的，他們眞正成爲一個多數人的寫作是在 90 年代，這種 90 年代後的退到個人，它是一種不合作，和現實不合作，但是它也是逃避的，這兩方面都要看到。

楊：我總覺得 80 年代的個人和 90 年代的個人有很大的區別。

王：是不一樣的。

楊：我看到「重寫文學史」專欄裏面對「經典作家」批評得非常厲害，「魯郭茅巴老曹」裏面除了魯迅、巴金，其它的都被批判了。這麼做的目的是不是要重構一個經典譜系？

王：我們當時沒有很明確要重構經典譜系這個想法。但是我們肯定是有一個想法，就是說原來的那個經典譜系要打掉，這個很明顯。

楊：因爲你們覺得原來那個經典譜系……

王：是有問題的。因爲 80 年代是一個老作家被不斷發現的時代，比如說沈從文、蕭紅，包括再晚一點的張愛玲啊，等等。而且當時我們對於「革命文學」和「左翼文學」非常厭惡，這也應該說是一個成見，帶著這個成見去理解那些革命的文學，你是不會喜歡的。因爲我們對文革的記憶太壞了，所以我們不喜歡這個東西。

楊：我們這些出生於 1980 年代的人沒有經歷過「文革」，我曾經去看過樣板戲，覺得很好。我覺得比現在的很多藝術啊、小說要好得多。

王：這個我覺得很有意思，就是說漸漸對「文革」的理解會多樣起來。

二、90 年代以來的社會轉型和文學轉型

楊：可以說 80 年代的知識語境和話語方式都是在「文革」這個潛文本的參照之下建立起來的，其基本姿態是建立在對「文革」否定的基礎上的，90 年代以來，中國的社會發生了很大的變化，很多不同於 80 年代的新的問題出現了，那麼，你現在對「文革」的認識有何變化？

王：我常常想，為什麼中國今天會持續向「右」轉，變成一個對於弱勢群體特別嚴酷的社會，為什麼會這樣？如果我們用「左翼」的概念，或者用壓迫者和被壓迫者這個區分來講的話，中國的整個現代思想，一開始它的主流就是從一個被壓迫者的立場看問題。因為當時的中國在世界上是一個被壓迫的國家，所以中國人的現代思想一定是不喜歡被壓迫的，不喜歡人壓迫人的環境，都希望國家強大。所以從那個時候開始，中國現代思想的主流一直是「左翼」。但是這個「左翼」是廣義的，比方說中國現代史上最重要的兩個政黨，（改組以後的）國民黨、共產黨，都是按照布爾什維克的模式建立起來的。80 年代中期以後中國有了很大的變化。

楊：也就是「南巡講話」以後。那麼您 1994 年發起「人文精神大討論」的時候，是不是已經意識到了這種變化？

王：那時候沒想那麼清楚。

楊：沒想那麼清楚，但是模模糊糊覺得這個社會出了問題？

王：就是這個社會不是我們所想要的。記得 1993 年我們在《文匯報》開會的時候，就有一個學者笑咪咪地跟我說，你們知識分子真煩，現在這個市場經濟不是你們當年要的嘛？你們不是要現代化嘛？現代化來了你們又受不了了。當時我對這話特別不以為然，我覺得我們八十年代所渴望的不是眼前的這個現實，但又說不清。所以「人文精神討論」只是一個初步的討論。

楊：把你們當時的那種困惑和迷茫表達出來了。

王：嗯。雖然用了「人文精神」的概念，但具體的問題和內涵並沒有想清楚。

楊：但是我覺得你們當時對體制還是保持了一種反思，這和當時北京的一些主張「後現代主義」的學者還是不太一樣。

王：「後現代主義」它是肯定現實的。

楊：對，肯定現實的。而且「後現代主義」把先鋒文學經典化了，先鋒文學我覺得到了 90 年代以後就變成一個體制內的寫作了。

王：這要看你怎麼理解體制了。

楊：就是它被市場承認了，它也被官方承認了。像張藝謀、余華他們的作品和電影。

王：其實是走向了某種妥協。

楊：對，就是某種妥協。因為我聽吳亮以前說 80 年代批評家對先鋒文學

有個很高的期待，就是覺得它表達了一種言說的異質空間，它展現了一種可能性。但是 90 年代以後我發現這個可能性就沒有了。它不僅被中國的意識形態同化了，而且它也被世界資本市場同化，通過展示中國元素獲得國際承認，實際上是進入了一個資本的邏輯，這是很成問題的。

我記得你們在搞「人文精神大討論」的時候，你們用的那個原則，還是用 80 年代重寫文學史的時候提出的「審美」，強調審美，就是說人活著一定要有審美的東西，不能像一個動物一樣。

王：要有精神性的東西。

楊：對，這是從魯迅開始就過來的。

王：我現在也沒完全改，改不了了。

楊：其實可能在我們這一代人看來，覺得這個可能是有些偏執。

王：我承認這一點，比如我對文學有種特別的感情，甚至可以說是文學崇拜。我是把文學看得比較高的，而且現在已經改不了了。

楊：你們那一代人，包括我導師，還有李陀等人，都把文學看做是很特別的一個精神資源。我們就完全不是這樣了，我們覺得文學和經濟學、政治學沒有什麼區別，我們把它當成一個職業，不把它當作精神上的一個資源，這是很大的差異了。那你現在還關心當下的文學創作嗎？

王：我還是很關心當下的文學寫作的，因為我還是覺得，可能是我的偏見吧，在今天這樣一個時代，文學應該有它非常重要的力量，不過現在文學沒有做到這一點。

楊：是啊，我覺得這幾年的文學讓我很失望。

王：因為文學是人類比較大型的活動當中比較不受資本邏輯支配的一種，它的規則跟我們社會現在主導型的規則是不一致的。當然，主導型的支配規則也想要支配文學，這主要通過文學市場來展開。但是文學活動本身到目前為止還保留著一些不一樣的規則。我覺得抵抗這個現實社會的主要的東西就是來自於你要有跟它不一樣的規則。你跟它一樣，再怎麼跟它鬥都沒有用。

楊：我有時候經常看些期刊發表的作品，這幾年來我就沒有看到非常讓自己欣賞的文學作品。我就感覺出了個什麼問題呢？我覺得現在的文學寫作，它越來越「文學」了，很多作家的寫作面對的對象要麼是批評家，要麼是所謂的文學青年，我覺得文學寫作不應該是這樣的。文學寫作應該面對更多的人。

王：對呀。

楊：它要和歷史發生摩擦。要回答最重要的精神問題。但是我們現在的文學不是這樣的，一句話，就是格局很小。

王：蔡翔的一句話講得很好，他說當代中國人的生活有很多重大的問題，這些問題既是當代中國人的問題，也是整個現代中國的問題，也跟整個世界問題相通。那麼現在中國各個學科，經濟學、社會學、文學，你一定要在這一類問題上面，能夠有一個跟其它學科對話的能力。你沒有這個能力，就搞不好。中國當下文學現在就是缺少在這些問題上跟其它學科對話的能力。

楊：對，你看今天你們開會，你們會提到魯迅、茅盾，為什麼呢？因為他們的這個文本很豐富，和很多問題相關。它不僅僅是文學的文本，而且是一個社會的文本，是個政治經濟學的文本。所以我們可能在過了一百年以後，我們可能還要談到它。但是如果你僅僅是一個就文學而文學的一個東西，那麼就可能很快就會失效。我覺得現在的作家他們本身是有問題的，沒有看很多的書，也沒有去進行更深入的思考。

王：嗯，這個你說得很好。你看全世界其它國家（美國是例外），每當出現什麼重大問題，你總能聽到作家的聲音，這些作家的聲音還不一樣。一方面是作家的聲音自己不一樣，另一方面作家的聲音一定是跟別方面的人是不一樣的。就是說文學有自己對這些問題的看法。今天的中國的作家沒聲音了，比較好的是韓少功，但其它那些人呢？作家對當代中國當代問題沒有聲音，說不出有意思的話來，那是文學最致命的問題。

楊：我想起 80 年代的時候曾經有一個話題，就是認為現代文學研究要「破關而出」才能真正返回自身。我覺得當前的文學創作和文學研究也是這樣的，文學要先不「文學」，然後才能真正「文學」。

王：有道理。

楊：我從 2004 年到現在讀過的最好的小說是村上春樹寫的《海邊的卡夫卡》，後來我覺得可能是我個人的偏見，因為我是 80 年出生的嘛。後來李陀說他也最喜歡那部小說，我就想很奇怪啊，他都六十多歲了。後來想，這是因為所有的人，不管他是不是文學青年，看了這個小說以後，都能觸動他心裏某種東西。因為他把個人的體驗和社會的重大歷史，比如「二戰」啊，日本的投降啊，都納入到這個文本裏面，我就覺得這就是一種非常高超的小說，真正好的小說就應該是這樣的。

　　王：我讀過大江健三郎跟莫言的對話，莫言是中國當代作家裏面，少數寫得最好的作家之一，大江健三郎很欣賞莫言。但是他們兩個的對話我覺得區別很大，大江不斷在談一些大的問題，而莫言呢，總是談自己的小說，小說裏的人物，他的經歷，我相信莫言不會對其它問題沒有看法，他會有看法，但是他就不說，他是一個很「賊」的人，低調得甚至可以說近於油滑的，總是自己把自己嚴嚴實實地包裹起來。

　　楊：你不是有一段時間研究中國作家的心理障礙嘛，這個肯定是有關係的。

　　王：對，他就是把自己包裹起來。作家其實就是應該說是亂說話，被人罵，這沒關係，他們現在就是自我保護意識很強，當然也可能是因為他們的確沒有想好。其實你要瞭解一個作家，最簡單的辦法就是看他們讀了那些書。

　　楊：對。我覺得作家的閱讀是有過濾的。比如說莫言他曾經跟我們有一個對話，說他看了西方的現代派文學以後才開始寫先鋒小說。但是我覺得他只是看到了現代派的一面，就是語言、形式的一面。其實現代派的一些經典作品，比如說福克納的《喧嘩與騷動》、普魯斯特的《追憶似水流年》、喬依斯的《尤利西斯》，其背後有一個非常強大的歷史傳統，聖經啊，國家啊，民族啊，這些問題都構成文本的一個重要維度。但是我們的先鋒小說好像就很缺少這樣的關懷，僅僅是學到了它的一面，所以我覺得是過濾掉了。

　　王：這個可能跟 80 年代以來形成的一個文學的基本傳統有關係。這個傳統其實就是儘量地把人抽象化，非社會化。這個東西在當時有它的對抗性，因為當時的社會化和具體化是被教條的馬克思主義所覆蓋的，所以要從這裏逃出來。但是其實應該是逃出來以後重新回去創造不同的社會化，不同的歷史化，而不是這樣一直抽象化。

　　楊：也可以用你的話講，80 年代以來又形成了一個新的意識形態，而且進去就出不來了。文學對這個世界有獨特的認識和批判的很少。當然也有一些批判的東西，像最近幾年的「底層文學」。

　　王：我覺得這還是一個整體的問題，不是個別的。80 年代以來所形成的整個的文學的風氣、氛圍有比較大的缺失。如果從這方面來講，我覺得 80 年代的「重寫文學史」也有它的短處。

　　楊：對，「重寫文學史」中你們把茅盾、郭沫若等等都否定了，這是很有問題的。你們片面強調審美，強調怎麼寫。同時又樹立了一批新的經典，比

如說張愛玲成了一個不可動搖的經典。然後到現在你會發現一個問題，不管是女作家，還是女文學青年，都是一副張愛玲腔調，這是非常惱火的。

王：關鍵是張愛玲她是有大的悲哀在後面的，這個悲哀沒法面對，她就來咀嚼個人的生活的小悲歡。現在問題是，90 年代以後那個大的憂患沒了。

楊：對，就是學到點皮毛嘛，就是她的語言。

王：所以也是寫不好的，學也學不好。我對張愛玲是不看好的，我覺得她跟沈從文還是不是一批人，我覺得有大小的區別。

楊：對，我覺得張愛玲就一兩個作品是很好的，其它東西很一般。我覺得現在對她的文學史定位還是太高了一點。

王：當然，但是她是個有才華的人，跟其它作家相比，還是有其獨特的地方。

楊：我比較尊重自己的閱讀感受，我就覺得《子夜》是很不錯的，它裏面有很大氣的東西。

王：茅盾是一個很有才華的作家，但他的小說寫得不夠好。但他是個大才，他的才比巴金大。

楊：對，他的東西比較粗糙。所以我認為當下的作家不要怕粗糙。現在你發現當下的作家寫東西，很多人寫得很精緻，很好看。

王：但它就是小。

楊：對，一看就是氣不足。我覺得寫小說應該有氣場。你要把這個氣場把握住，有一個大的眼光在裏面。要不然我們為什麼要去讀小說呢？做什麼事情都可以。

王：是的。

2008－12－8

附錄三 知識分子精神與「重寫文學史」
——陳思和訪談錄

時間：2008 年 10 月 20 日

地點：上海復旦大學中文系辦公室

楊慶祥（以下簡稱楊）：陳老師您好，我的博士論文主要是研究「重寫文學史」，想藉此機會向您問一下當年的有關細節以及近年來您對相關問題的思考。在此之前我對錢理群老師進行了一次訪談，主要是談「20 世紀中國文學」的有關問題，成文大概一萬五千字。上海的「重寫文學史」您和王曉明老師是最重要的當事人，知道的情況應該是比較多的。

陳思和（以下簡稱陳）：你爲什麼選擇「重寫文學史」做你的博士論文選題？

楊：最近幾年中國社會、政治、經濟的轉型，對文學史的書寫重新提出了挑戰。所以這個時候回頭去檢視 20 年前的事情，我覺得能夠發現很多的問題。最近《文藝爭鳴》專門開了一個專欄，溫儒敏和欒梅健主持的，也在開始反思和探索相關問題，刊發了一系列文章。

自從 80 年代的提出「20 世紀中國文學」、「重寫文學史」等相關話題之後，對其研究的文章很多，我記得以前《南方文壇》上有專門的欄目討論這個話題，比如曠新年等人的文章。但在我看來，這些文章多局限在學科範圍內，糾纏於理論和理論的演繹之中，對「重寫文學史」的歷史性和複雜性處理得不夠。我更願意將 80 年代的「重寫文學史」理解爲一個歷史事件，一個在特定的歷史時刻發生的思潮。我覺得僅僅從理論方面談比較虛，沒有什麼建設性。我想做實一點，做細一點。我更想從中獲得一種歷史性來。

陳：你這個想法是很有道理的，「重寫文學史」確實不是什麼理論話題，而是一個歷史事件，是 80 年代語境中生成發展的。

楊：那我先從您的學術道路談起吧，您個人的經驗、知識結構毫無疑問會對您的學術研究方向產生很大的影響。我記得您也是 77 級的大學生，和陳平原他們都是一屆的。您之前一直是在上海嗎？那一段時間您在上海的生活和閱讀的經歷可以談談嗎？

陳：我是從小在上海長大的。當時因為我身體不好沒有下鄉。在 70 年代後期，大概是 74 年，我是在淮海路街道圖書館裏工作，那個圖書館是屬於一個街道下面的小集體單位，當時街道的權力很大，每個街道下面有一個文化館和一個圖書館，是屬於街道的宣傳組，當時叫「政宣組」。我當時的組織關係就是在這個圖書館，其實去的時間並不多。1974 年，四人幫利用國家的權力，發動一個政治運動「批林批孔」，每個單位都成立一個工人理論隊伍，起先叫大批判組，後來叫做工人理論隊伍，要學馬列主義毛澤東思想什麼的，實際上是為政治運動寫文章，我是在這個街道政宣組的理論隊伍裏面，參與他們的工作，但是我的關係還是在圖書館，到了大概 75 年之後，我就在街道團委裏面做點工作。

我當時經常在上海盧灣區圖書館裏面讀書，那個圖書館是一個非常好的圖書館，它的前身叫鴻英圖書館，是黃炎培辦的，裏面有很多藏書。50 年代後鴻英圖書館有一部分圖書併入了盧灣區圖書館，他們還辦了一個雜誌，叫《圖書館工作》，這個《圖書館工作》當時就是發表一些盧灣區的工廠企業單位工人讀書的情況，包括一些政治學習方面的情況。開始我就一直在那裏看書，然後就和他們熟了嘛，之後就參與他們雜誌的編寫，不是寫稿子，僅僅是幫他們編校、打印什麼的。盧灣區圖書館裏面當時有很多老先生，他們在「文革」運動裏被批判過，後來都安置在圖書館裏面。這批老先生的學問功底都非常紮實。我跟他們關係很好，印象比較深的有兩位老先生，一位姓黃，一位姓阮，他們的古典文學修養都非常深厚。

1974 年以後，因為政治運動的需要，全國從上到下要求工人、或者比較底層的人學習歷史和古代文獻。上海盧灣區圖書館這方面工作做得特別好，他們成立了一個書評組，其中有一個人是拖拉機廠的工人，這個工人當時讀了一些有關曹操的書，後來寫了為曹操翻案的文章，說曹操是一個法家，當時說法家，就是一個正面人物的意思，「儒家」就是一個反面人物的意思。這

個人就在報紙上發表了他的文章，他現在用的筆名叫做米舒，那個時候，他用的是另外一個名字，叫曹曉波。當時他很紅的，工人學歷史也能搞研究，就成了典型，曹曉波當時就是我們書評組出來的。當時我們盧灣區圖書館書評組就很有名了，表明工人也可以學歷史嘛。圖書館很多歷史書都開放，我們書評組的人都能讀。我在書評組裏面身份很特殊，因爲他們都是工人，我當時是沒有職業的，就算是在圖書館幫忙的人，等於現在的臨時工。我中學畢業後沒有工作，等於就是社會閒雜人員，但是也不是壞人啊（笑）。這個書評組蠻好的，有一些人現在還在上海的媒體工作。當時還經常請一些大學老師給我們上課輔導，我印象中有我們復旦大學很著名的老師，來給我們輔導《紅樓夢》，輔導怎麼寫政治批評的文章，另外還請過華師大的老師，當時他們有一群研究西方文學的老師，也來給我們講課。「文革」時候有一個說法，叫「開門辦學」，就是大學不能僅僅在教室裏辦學，也要到社會上去辦學。所以他們就找到了盧灣區圖書館這個點，經常來開講座，爲工農兵學員上課，所以我們受的教育還是蠻好的。我在那段時間裏面讀了很多書，包括《史記》、《三國志》等等，當時我主要是讀歷史，正史野史都讀。

另外，當時劉大杰先生在主編一本西方文藝思潮史，和圖書館書評組一起編寫，我沒有參與，但是我就因此讀了很多西方的文論，但是「現代派」的沒有讀，讀的都是古典的。所以我們對現代主義的知識特別欠缺，當時讀的都是古代小說、詩歌啊。後來，我們參與了中國古代文學的一些研究，盧灣區圖書館申請了一個評法批儒的項目，是寫唐代詩人劉禹錫傳，我寫過其中一部分。當時那些老先生，「文革」裏都受過批判，有顧慮，他們願意提供資料，幫我校正，還跟我討論問題，但是他們不願意去寫。但是還沒有寫完，「四人幫」就粉碎了。

楊：我記得上次採訪錢理群老師，他談到他在貴州 10 年閱讀了大量的書籍，和您的情況有些相似，這些閱讀其實可以算得上是一個學術的「準備期」了，比如您以後對文學史研究的興趣可能就和這個時候讀了大量歷史著作有關係。1977 年您就考上復旦大學了，可以說人生發生了一個很大的變化，一種嚴格意義上的學術之路也就開始了。您能談談這方面的情況嗎？

陳：我在這個圖書館工作呢，行政上是歸街道，業務上是歸盧灣區圖書館，所以我的身份就屬於兩面的身份。當時我的最大心願就是能到盧灣區圖書館去工作，因爲我在那裏工作了好幾年。但是我的組織關係是在街道里，

當時我所在的圖書館是小集體所有制。盧灣區圖書館是全民所有制，是國營單位，那時候身份編制是很嚴格的，如果你是小集體編制，終身就是小集體編制，不能跨到大集體編制，更不能跨到國營編制，所以這個身份是不能跨越的。當時只有一個出路就是考大學，所以 77 年恢復高考以後，我就做了一件順應社會潮流的事情，考上復旦大學中文系了。上了大學後，我馬上覺得自己知識欠缺太大了。所以我對復旦大學是終生感激的，我的人生路是復旦大學造就的，也不是說它造就我什麼知識。一是它教給我一個人、一個知識分子應該做什麼事，有什麼擔當、有什麼責任感；另外一個就是治學方法，怎麼找資料，怎麼從資料中得出理論。因為當時我們在「文革」中學習理論，都是先有觀點，比如先告訴你儒家是不好的，法家是好的，然後你再去讀書，是按照這個思路去走的，你先有觀點再把理論帶出來。復旦大學讀書期間，這種治學方面徹底糾正過來了，當時老師們給我的最大的教育就是必須從史料出發，必須大量閱讀史料再去尋找理論和發現問題。我當時聽歷史系的課，一個老師就說我們歷史系的老師不問什麼是真理，只問什麼叫「真」。這是有道理的，真理是可以解釋的，「真」是沒法解釋的。歷史研究就是找出來了就承認它，找不出來就不承認它，就是說我們每個人不能保證我們說出來的是真理，但是我們每個人都會相信真。這個治學方法對於我來說很重要。我覺得理論在史的觀念裏面是非常重要的，但是現在的問題是，老師總是叫你們先去學理論，最流行的什麼你先學，學會以後用這個東西去解讀我們的材料，解釋材料，弄到最後就是你不知道是證明這個理論（理論也不要你證明，外國人早證明了）還是去解釋史料，你和史料是非常隔膜的。所以，我的觀點是你先不要論，先講史。要在歷史當中產生你的感覺，產生你的問題，然後你再去學習理論，去解釋你心中的疑惑。首先找到疑惑，因為往往你先讀理論就沒有疑惑了，陷在理論體系裏面就不存在疑惑了。而從史料出發，你就會有大量的疑惑。

楊：您說的史料問題，寬泛講是一個治學的基本準則。不過在建國後的人文社科研究中，「論」與「史」的關係，不僅僅是一個學術理念的問題，而是關涉到寫作者的「階級立場」和「政治傾向」，所以對「史」的強調實際上也是對當時文學史編撰原則的一種「撥亂反正」。您當時和賈植芳先生來往很密切吧，我看過賈植芳先生全集中的日記部分，您在裏面出現的頻率很高。賈先生是現代著名的作家和理論家，他的治學理念應該對您有很大的影響吧？

　　陳：賈植芳先生等於就是我的導師！不是一般的老師。賈植芳先生治學要求很嚴格。我最初寫了一篇關於巴金的文章，我就送給賈先生看，賈先生當時還在資料室作資料員，他看了之後說你不對的，因為當時我寫文章是根據 1958～1964 年出版的巴金文集，十四卷。賈先生就對我說，你研究巴金是不能用那個十四卷的文集，因為那是解放以後出版的，他都改過了，你必須找到初版的，才能夠還原到他當年的真實的思想狀況。後來我就和一個朋友一起從頭開始一本一本地找他的初版的文章，並且校對，就是看裏面到底改了多少。當時賈先生給了我們一本美國學者奧爾格・朗的關於巴金的書，書的名字叫做《兩個中國革命中間的青年》，是一本英文書，我們讀了這本書後，發現裏面有很多東西是我們當時不知道的。所以我們就根據這個英文版的書裏面的資料，一篇篇地找來看，這樣就花了很多時間，這個工作給我帶來了非常大的影響，就是要從史料出發，從實際出發，來形成你的疑惑，然後找理論解釋你的疑惑，這樣就提升了你的研究能力。

　　第二個影響就是作為一個知識分子的人格力量，這個不是誰都學得到的。我就是有幸恰恰碰到這個機會，剛才講的治學方法，一般老師都會教你，很多老先生做訓詁，他都會教你的。因為那個時候「文革」剛剛結束，知識分子都被批判過，我們有句話叫「心有餘悸」啊，大家都不敢說話，叫他說就支支吾吾的。只有少數的老先生敢出來說話的，復旦大學有幾個關鍵性的老先生，這是非常難得的。賈植芳先生就是其中的一個，我的一生碰到賈先生是我的一個轉折點，是他讓我知道是怎麼做人的，賈先生當時是「胡風集團」的成員，我們進學校的時候，他頭上還帶著反革命的政治帽子，還在資料室裏勞動，那時候對他已經比較客氣了。賈先生是這樣一個人，表面上他非常地熱情，你如果不跟他非常深入相交，你根本看不出他心理的冷靜，其實，我後來跟他相交深了以後，感到他心裏還是有一些滄桑感，這是表面上看不出來的。賈植芳先生對「五四」這種傳統是非常認可的，如果現在我問你什麼是「五四」，你可能搞不大清楚，他們是很具體的，「五四」就是跟著胡風，胡風就是跟著魯迅，魯迅就是「五四」精神，他們的腦子裏面這個線是很清楚的。我們現在講「五四」，像是講古人一樣，講李白杜甫一樣，是過去的事情，但是對他們來說，是他們親身經歷的事情，所以他們是很有選擇能力和判斷能力的。賈先生他們對「五四」這種認同感，對胡風的感情，都是非常清楚的。他讓你知道一個知識分子是如何對這個社會有所擔當的，這

樣的事情在「五四」以前是沒有的,「五四」以前我們只有士大夫階級,士大夫階級如果要對社會有所擔當,首先要做官,有了權力以後才能擔當,在村裏做個教書先生是不行的。古代知識分子通過政治的渠道,獲得一定權力,進入了廟堂,進入了朝廷,他才有擔當。「五四」就創造出了一個新的知識分子的群體,這個群體就憑他的知識、憑他的社會上的一個職業,他就對這個社會有力量說話,能夠批判這個社會,能夠推動這個社會的進步。你看「五四」運動,就那麼幾個教授在北京大學搞了一個雜誌,提倡一種白話文。按照這個道理,比如現在網上出現火星文,你說會推動社會進步嗎?不會的啊!可是當時就是那幾個教授在課堂上,在雜誌上,提出一種語言,一種白話文,居然改變了我們革命的性質,從舊民主主義到新民主主義。他們在思想領域引進了「德先生」和「賽先生」,就造就了一個新的中國,這種狀況,在我們以前沒有,以後也不會有。今天也沒有,今天你可以發明點科技,比如說搞個手機,可能會改變一代人,但是你要通過一個觀念,一個理論來改變,這個簡直不可思議。可是當時就是這樣的,當時就是那麼幾個教授提倡一種語言,提倡一種新文學,提倡一種科學精神,然後就有那麼多青年跟著他們,甚至後面就成立了中國共產黨,後來就變成了國民革命等等。他們不是一個從上到下的運動,不像後面的「文革」,所以說,有些人老是說「五四」和「文革」有什麼關係,我認為根本就沒有什麼關係,「文革」是一個從上到下的運動,是黨中央發號召,領袖自封總司令,全國人民一起響應,而「五四」它不是的,它是一群知識分子在那裏造反,這個造反也不是動刀動槍的造反,而是提出一種新的觀念,通過一個雜誌,通過一個講壇,說到底就是一個《新青年》和一個北京大學,就這兩個東西,通過一批人來改造的。所以知識分子在「五四」是一個特殊的情況,是一個特殊的階層、階級,特殊的話語。在這之後,知識分子一直把自己定位在一個既不是官方廟堂的也不是普通老百姓的這麼一個不上不下位置上,或者說一個階層,這個階層一批批地培養我們所謂的「五四」新文學的精神,他們可以批評政府,抗拒政府,批判民眾,指導民眾,他們擔負著一個新的知識力量,比如馬克思主義、各種社會主義、民主與科學等等新的觀念。這種東西在今天,某種意義上我認為是消失了。因為今天接受西方的東西不特別,你接受別人也接受。今天的社會已經消失了當時的那種條件,但是這種「五四」的精神它一直延續下來,它融入我們今天的社會生活,變成了一種精神資源。我們今天有很多人不承認「五

四」是一種新的傳統，我們今天講傳統就是孔子啊，莊子啊，但是我們今天的生活在很大程度上是受「五四」傳統影響的，比如我們的白話文，我們寫文章、說話、演講都用白話文，這個情況使得知識分子在某種程度上沒有價值，和老百姓一樣了。

楊：80 年代實際上是一個「知識分子話語」佔據主流地位的時代，從某種意義上說，當時的中國現代文學研究同樣也受到這種話語的影響。對了，我記得您早期的學術研究領域應該是中國現代文學，後來怎麼轉到當代領域，並提倡「重寫文學史」起來了，我記得您在一篇文章中提到 1985 年的「杭州會議」對您影響很大，讓您覺得應該對當下發言，是這樣的嗎？

陳：為什麼會出現「重寫文學史」，這首先要考慮到學科沿革的關係。我們學科原來只有現代文學，只有三十年，是從 1949 年開始全國解放後建立的，時間就是從「五四」到 1949，具體說就是 1919 年到 1949 年，前面稍微延伸到 1915 陳獨秀辦《新青年》。到了 60 年代就認為新中國的文學已經出來了，所以在 60 年代，在「文革」前，就搞了一個當代文學大綱，就是指 1949 年以後大概十多年的文學，把《創業史》、《青春之歌》當做尾巴貼在後面。到了「文革」以後，就建立了一個當代文學的學科，時間範圍起於 1949 年，後面沒有下限的，到「文革」結束時候是三十年。當時叫做「前三十年」和「後三十年」，設了兩個學科，很多學校的教研室就是這麼設置的，就是前面一個是現代文學教研室，後面一個是當代文學教研室，但是復旦大學沒有。那麼，當代學科在「文革」以後力量越來越大，現代文學學科反而有點萎縮了，因為它被「前三十年」限制死了，而當代文學學科是不斷地發展，所以很多人就轉到了當代去。

我當時做的是現代文學研究，主要是研究巴金。但是巴金的很多創作延續到了 1949 年以後，這是一個問題，第二個問題是我當時的《巴金論稿》是 1986 年出版的，但是我寫書是在大學裏寫的，寫完以後接著要寫畢業論文嘛，我就想換個題目，最早想研究「鴛鴦蝴蝶派」這塊，研究通俗文學，為什麼呢，我當時認識一位老先生，是研究舊文學，我受了他一點影響，後來發現我也不大喜歡這方面，就放棄了，但換題目也來不及了，我就把《巴金論稿》裏面的文章當做畢業論文。

當時還有一個人對我影響很深，就是李澤厚，李澤厚有本書《中國近代思想史論》，這本書影響非常大，《中國近代思想史論》後面有個後記，寫了

六代知識分子相互交替的現象，我完全受他的影響，想把李澤厚的這個六代知識分子的觀點移植到文學史上面，寫六代作家的演變，這篇文章我一直到1984 年才寫完，給《復旦學報》，是 1985 年登出來的。正好那時候在北京開「青年學者創新座談會」，這個會上，我發言的時候主要就談了這些想法。後來我就寫了《中國新文學整體觀》，這個跟老錢他們撞上了，他們當時正在搞「20 世紀中國文學」，我的「整體觀」某種意義上和他們是相同的，但是樊駿老師當時說，我跟他們是不一樣的，因為我的格局比較小，我是從「五四」開始的，老錢他們是從整個 20 世紀出發的，把「通俗文學」什麼的都放進去了。我那時候的想法比較簡單，我還是比較認同「五四」的，我不大喜歡通俗文學，我覺得不好看。我的想法還是從賈先生來的，賈先生認為「五四」就是魯迅，魯迅以後就是以胡風和巴金為主，恰好這兩個人都是我研究的對象，我的文學史觀實際上是這樣建構起來的。

楊：您和王曉明老師主持並倡導「重寫文學史」的主要目的是什麼？

陳：當時我們倆共同的想法就是消解 1949 年作為劃分文學史的界限，一些老先生跟我們的想法也是一致的。這種消解的辦法就是把前 30 年和後 30 年打通，所以我們就是要搞現代文學 60 年。這兩個階段的文學拼在一起，後面就跟著出現很多問題。因為當時當代文學研究方法是模仿現代文學研究方法，現代文學研究方法是模倣古代文學研究方法，基本就是做年譜、搞資料，研究一個個作家，現代文學研究就是這樣的，當代文學也這樣研究，比如郭小川，我也研究過郭小川，做過他的年譜，但是發現這樣做有很大的問題，顯然這些作家的成果、影響、水平都不好評價啊。當時 79 屆有一個學生叫趙祖武，寫過一篇文章，好像題目叫《一個不容迴避的歷史事實》，當時發在《文藝論叢》上，主要內容就是說「前三十年」文學成就大於「後三十年」，認為「後三十年」是不行的，這個文章發表出來以後遭到了批評。這個人說話膽子大，敢說很多尖銳的話，如果當時他的這篇文章受到了支持，他肯定會發展成為一個很好的學者。但是因為遭到批評，大家就有意地疏離他，畢業的時候，把他分派到上海郊區的一個旅遊學校，慢慢地就離開這個專業，去搞古代紅木傢具收藏了。我覺得趙祖武的膽子是很大的，也很敏銳，欠缺的一點就是史料方面工夫不夠，如果有大量的史料來支持，你就會看問題很辯證。但是沒有史料，僅僅有一個情緒化的觀點，雖然當時很招人注意，但是往後發展就會經不起推敲。

楊：那麼您對「前三十年」和「後三十年」的看法呢？

陳：我也覺得是這樣，但我是根據史料來的。我們和老錢他們都認爲「五四」文學肯定比當代好，我們的基本描述就是把它連在一起對比著看，然後看出 1949 年以後的文學如何被政治權力控制，墮落爲政治工具的地方，這是我們的基本思路。

楊：當時爲什麼把「重寫文學史」的專欄放在《上海文論》？

陳：當時的情況是這樣的，《上海文論》是一個理論刊物，是由上海作家協會和上海社科院文學所聯合主辦的，主編徐俊西原來是我們復旦大學中文系的書記，後來到社科院當文學所所長，後來又當上海市宣傳部副部長，這個刊物就是他當所長的時候主編的。有一次把我和王曉明找過去，商量怎麼做關於文學史方面的一個欄目，然後我們就討論通過了「重寫文學史」專欄的設想，當時我們的想法很簡單，就是希望實事求是地從材料出發，實事求是地來看一些作家的問題，開始這個欄目主要是王曉明和《上海文論》編輯部主任毛時安編的，我當時在香港，1988 年我在香港呆了四個月。

我們把專欄的方針商量好後就去約稿子，我去約了我的學生宋炳輝，他寫了一篇關於柳青的研究文章，曉明也約了他的同學戴光中談趙樹理的文章，這是第一期。第二期我記不住了，好像也是約的。後來就是自發來稿，我和王曉明的工作就是每一期我們寫一段「主持人的話」，通過這種方式就把我們的觀點談了。當時想法也很簡單，就是想恢復歷史眞相，因爲當時研究當代文學的一些老師把現代文學的研究方法拿來看當代，要樹立大師，把一些作家吹得很高，但是事實上，這些作家的作品裏面都有很大的時代局限，顯然這樣寫出來的文學史禁不起考驗，比如說建國後的農村題材的小說，當時家庭聯產承包責任制就已經證明了以前的農村政策是不對的，實踐是檢驗眞理的唯一標準，那麼，爲什麼還在吹捧明明是錯誤的政策？這裏就有一個「眞」的問題，「大躍進」都餓死人了，爲什麼沒有一個作家寫「大躍進」餓死人，卻在作品裏歌頌大躍進呢？這裏最直接的一個問題就是作家有沒有良知的問題。你到底是跟著黨的政策走還是根據底層的百姓的實際狀況走呢？其實當時作家是很清楚那些情況的，他們不是不知道當時農民的生存狀況，是不敢說眞話，還要昧著良心說假話來欺騙讀者。所以這個時候根本談不上什麼眞實，談不上什麼良知。

楊：專欄裏面還刊發了一些現代文學方面的文章，比如對《子夜》的重評。

陳：那是後來，起先主要是當代，後來因爲這個影響大了嘛，我們當時希望得到更多的支持。因爲我們是重寫文學史嘛，原來的文學史就是王瑤先生他們寫的，當時編輯部怕得罪老先生，就去北京開了個座談會，結果老先生非常支持，王瑤先生、唐弢先生、包括我們的老師賈植芳、錢谷融、徐中玉都站出來支持，那麼我們就放心了。

楊：王瑤曾經批評過「20 世紀中國文學」的提法，說他們不提左翼文學，那他有沒有批評過你們的一些想法？

陳：沒有，後來他寫了篇文章《文學史要後來居上》，還是很支持的。不過嚴家炎先生有一些看法，當時專欄發表了王雪瑛一篇文章叫《論丁玲的小說創作》，嚴家炎就是研究丁玲的，嚴家炎覺得這篇文章寫的不客觀。這種情況肯定會有的，包括戴光中那篇寫趙樹理的文章也不是太客觀的。只不過我們當時是爲了表示一種傾向，爲了強調一個方面啊，其實我們對趙樹理，對柳青都很尊重，他們都是被四人幫迫害死的。但我覺得我們對待他們的創作要實事求是，要看到他們的處境，他們的困難，包括他們受到的局限，這很正常啊。

楊：我記得藍棣之的那篇《一份高級形式的社會文件》影響不小，當時錢理群他們在《現代文學研究叢刊》上面也刊發了一篇汪暉的關於《子夜》的文章，這樣你們是不是就形成了一個「南北呼應」的局面。

陳：老藍這篇稿子是自己投來的，還有一個小插曲，藍棣之是我們的朋友，可是他沒有把稿子寄給我和曉明，直接寄到編輯部，留了電話。我們都沒有看到這份稿子，不知是哪位編輯處理審稿，覺得文章裏有些地方要修改，就給老藍打電話說了意見，老藍很生氣，說藍棣之的文章還需要修改？那個編輯很惶恐，就來問我誰是藍棣之，我趕快出面打圓場，老藍就是這樣的人，他用這樣的方法支持了我們。當時我們在辦「重寫文學史」專欄的時候，老錢他們在《現代文學研究叢刊》上辦了一個「名著重讀」的專欄，意思差不多的，也是對文學史的重新評價，但是我們的「重寫文學史」的名字好聽，被大家記住了。

北京學界比我們尖銳得多，當時有一位《文學評論》的老編輯叫王行之，寫了一篇文章叫《我看老舍》，發在《文藝報》上，對老舍的討論非常深入，

文章也寫得好。他們都是比較有權威的學者寫文章，我們這裏的作者大多數都是年輕的學生啊，我們的專欄裏，藍棣之屬於最有權威的專家。後來到了80 年代末，在北京開了一個「反自由化」的座談會，當時一個老作家就迫不及待地跳出來，發難說上海那個「重寫文學史」是資產階級自由化，後來還有一批人，主要是與徐俊西就「典型」問題進行過論戰的「左派」，都跟著起哄。後來我們就發了個專號，89 年 6 月整個一期全包了，把當時手頭的積稿全部用掉，同時我和王曉明做了一個長篇對話，把我們的立場闡述得更加清楚。

楊：你們當時比較強調「審美原則」，是不是受到康德的「審美無功利」理論的影響？在我看來，「重寫文學史」對「審美性」的理解實際上是比較偏狹的，專欄裏面的很多文章完全把「審美」等同於「非功利」，甚至極端強調「形式」和「怎麼寫」的問題，有一種類似於「新批評派」的「作品中心主義」傾向。

陳：是從恩格斯那裏來的，不是從康德來的。恩格斯早就提出了評價文藝作品要用歷史的、審美的觀點，不要用黨派的觀點。另外一點是，我們還是強調魯迅的傳統的，要有擔當，不喜歡純美學的東西。所以我們提出既要歷史的，也要美學的，這兩個是不能分離的。歷史的，就是你要把所有的作家還原到當時的歷史環境下去考察，所謂審美的，就是文學有它的特徵，它的社會性、政治性都是通過美的方式來表達的。

楊：我覺得您後來的《中國當代文學史教程》實際上是「重寫文學史」的一個延續和實踐的成果，是不是這樣？

陳：對，因為「重寫文學史」是一個實踐性的東西，所以你把它定位為一個事件，我認為是有道理的。當時「重寫文學史」引起很多反響，有人提倡重寫古代文學史，甚至有人提出重寫音樂史，影響很大。雖然在 89 年以後不再提那些口號了，但是實際上並沒有中斷。

楊：我看了你近年來的一些文章，您始終還在思考文學史的相關問題。現在回頭看當時「重寫文學史」，您覺得有哪些是值得稱道的地方，有哪些是不太滿意的地方？

陳：二十年過去了，當時的文章在學理上看是很淺的，但是我覺得我們的立場是對的，重寫文學史只能是兩個標準，第一就是良知和道義的問題。我們要有良知，我們要說出真話，文學史就是這樣，不能指鹿為馬，明明是

不好的你說成是好的；第二個我認爲就是要從史料出發，一切都要從材料出發，從當時的一個實際情況出發。這兩點後來我也一直堅持下來了。

楊：後來您還提出了「民間」、「廟堂」等一系列概念。

陳：因爲當時理論上是欠缺的，我提出這些就是要彌補這個理論上的欠缺。這些概念是可靠的，但必須要依靠大量的史料，根據歷史實際。

楊：實際上，你們這個「重寫文學史」走得還是很遠的，錢老師他們提出的「20 世紀中國文學」後來就沒有繼續研究下去了。

陳：我們還一直研究下去了，他們主要是只有老錢一個人在做，黃子平走掉了，他的太太是外籍的嘛，他就跟他的太太出國去了。陳平原轉到近代甚至古代做學問去了。

楊：我以前寫過一篇研究「重寫文學史」的文章，《審美原則、敘事體式和文學史的「權力」》，發表在《文藝研究》上。我在那篇文章中提出了一個觀點，我覺得「重寫文學史」其實與 80 年代的「先鋒文學」和「先鋒批評」在上海的興起有一定的關係，一來您和王曉明老師當時都是上海新批評的圈內人，另外當時「先鋒文學」的批評標準（如形式分析、敘事學、語言學等）也對文學史觀念產生了影響。您怎麼看待這個問題？

陳：我覺得這兩者之間沒有必然的聯繫。「先鋒文學」我是關心的，八十年代杭州會議後，某種意義上我們反感傳統的現實主義的寫法，提倡西方現代主義的東西，所以當時比較注意莫言啊，韓少功等人。「先鋒文學」到最近對我的影響更大些，因爲這幾年我對余華、賈平凹都比較看重，這條線對我現在編的《現代文學史教程》有一定啓發。所以我最近提出了「五四」以來的文學史上的「常態」和「先鋒」的兩種狀態。

2008－12－8

附錄四 《上海文論》和「重寫文學史」
——毛時安訪談錄

時間：2008 年 10 月 30 日

地點：北京保利大酒店

楊慶祥（以下簡稱）：非常感謝毛老師抽空接受我的訪談，我們還是先從八十年代聊起吧。

毛時安（以下簡稱）：八十年代的整個文化氣氛其實和今天差距是很大的，雖然八十年代並沒有取得什麼大的成就，但八十年代有個很重要的成就就是思想解放。八十年代是真正意義上的思想解放，因爲那個時代是真正需要一個思想解放來推進整個中國的政治、社會、文化的發展。從文化氛圍來看，那個時代有點狂飆突進的意味。連空氣裏都瀰漫著亢奮激越。當政治和社會穩定到一定程度，這個思想解放運動呢，就在八十年代末九十年代劃了一個句號了。今天回想起來，真如高天流雲。我們曾經有過那樣一個內容如此豐富複雜而驚心動魄的時代。作爲一個評論家我有幸參與見證了那樣一個偉大的時代。

楊：對，當時上海情況還是比較複雜的。你當時是在《上海文論》做編輯吧？能不能先聊聊你的工作經歷。

毛：我是「文化大革命」當中應屆畢業的老高中生，我們叫老三屆。當時老三屆呢，一共由 6 個年級組成，就是 66、67、68 的高中，66、67、68 的初中，我是 67 屆的高中。然後在工廠裏做了十年工人，1978 年考大學，1982 年大學畢業。我在讀大學的時候，主要是跟徐中玉先生學習古代文論。當時徐先生以六十六歲的高齡出任中文系主任，他重才，思想解放，在系裏推動

教育改革。先是免修考，讓有基礎的學生從重複的課程中解放出來。又在本科生中實施定向培養，對優秀的學生因材施教。從大學二年級開始我就定學跟他一起搞古代文論，實際上他帶的都是研究生，只有我一個人是本科生跟他搞研究的。所以我最早發表的第一篇像樣的文章叫《文氣‧文風‧文眼》，是發表在《名作欣賞》創刊號的頭條，因爲那時候刊物很少，所以《名作欣賞》第一期都是國內最大的學者，第一流的，包括錢谷融、陳瘦竹、馬茂元、劉逸生、施蜇存等一大批大學者，所以我發這個頭條，當時就影響很大。然後呢，又是我們上海第一個單獨署名在《文藝理論研究》上發表論文的。《文藝理論研究》在大學和學界是個很有影響的刊物，它創刊早嘛，主編還是陳荒煤。它前面曾經發表了蔣孔陽先生的女兒和一個同學合作的一篇論文，然後第二篇就是我寫的《〈藝概〉和劉熙載的美學思想》。這個刊物當時都是大學裏的學者發，所以作爲學生，我是第一個獨立在這個刊物上發表文章的。同時呢，就是在 1980 年，我在我們《華東師範大學學報》上，發表了一篇叫《現實主義的局限和現代派的崛起》，這個文章後來是「清污」時候的一個重點對象。當時鼓吹現代派的就是馮驥才、劉心武、李陀他們的一個對話，然後夏衍先生的《答友人書》一篇文章，我的這篇文章，還有徐敬亞的《崛起的詩群》，徐遲的《現代化與現代派》。

　　這幾篇文章是「清污」的時候重點批評的。當時《美術》雜誌有個編輯叫栗憲庭，現在是北京很有名的一個當代藝術的策展人。他看到了這篇文章，他當時也是一個很前衛的人，然後就通過各種關係找到我，讓我把這篇文章按照他的要求動一下。因爲我那篇文章主要寫文學嘛，加些美術的材料改一改。我的觀點是認爲現實主義在 19 世紀發展到一個高峰了，這個高峰以後呢，我是很尊重馬克思主義的——我說按照馬克思主義觀點，世界上任何事物都有出生、生長、發展、衰老、死亡這樣的過程，沒有一個事情沒有這樣一個過程。既然現實主義發展到 19 世紀已經到了一個非常高的高峰，然後因爲科技的發達，人類對自身的認識的深化，現代派就出來了。所以我就把現代主義的出現和現實主義的局限掛在一起的。我就把那個題目做了一些改動。一個「局」，一個「崛起」，我覺得太沖了。然後按照栗憲庭的要求稍微加了點美術的例子，那個時候《美術》的主編叫何溶，思想也很解放，然後發在 1981 年的可能是《美術》雜誌的第一期上，這個文章呢，現在也收在我的文集中，這是我大學裏面發表的最早的三篇比較重要和正規的文章。

楊：那你大學畢業以後是分到哪裏？是上海社科院？

毛：我大學畢業，開始分到上海社科院。首先是在經濟所，研究上海經濟，我搞了一年多上海經濟，編厚厚的那個像年鑒的一本經濟資料。我負責當中的園林、商業的部分，以及最後的文字統稿。編好以後就被調到社科院哲學研究所的美學研究室。1988 年，我又被調到文學研究所。這個當中呢，說起來還有一點小小的花絮。在我這個一生當中呢，特別是三十歲以後，有四個姓徐的人對我來說很重要：一個是最早進入我的生活，我的妻子，姓徐，我們到現在也是相濡以沫一輩子了。第二個就是我大學的恩師徐中玉先生。第三個人呢，就是徐俊西，當時是上海社科院文學研究所所長，一直想把我挖到他的手下，因為八十年代我還剛剛出名嘛，初露鋒芒，他不知道怎麼知道了我，總是很想把我挖過來。那麼第四個姓徐的，就是《上海文論》編輯部的副主任，我的副手，徐霖恩。

楊：四個姓徐的人，也很巧。

毛：前面三個姓徐的人基本上是決定了我的生活、學問、事業的走向。所以是很重要的。當時上海的這個青年評論家群體，最早冒出來的，是吳亮和程德培。當時有四大才子的說法，就是四個最有名的青年評論家，許子東、吳亮、程德培、我。後來許子東到香港去了，然後這個隊伍裏呢，又進了一個蔡翔。當然我覺得我既不是學者，也不是專家，也不是思想家，當然更不是什麼才子。在寫作上我只是一個苦行僧而已。

楊：（笑）這是你自謙。

毛：確實如此，因為就我個人來說，我不能說我們這代人，至少就我個人來說，讀的書很少。因為我們這代人讀的書，主要是《紅旗譜》、《創業史》、《林海雪原》、《鐵道游擊隊》、《敵後武工隊》、《野火春風鬥古城》、《小城春天》，你說這個書對於今天來說，是不是讀了等於沒讀啊？然後其它的經典的東西，什麼也沒讀過，唯一讀過的一本《古文觀止》也沒讀完。那個時候，我讀初中的時候，我的語文老師喜歡我，把《古文觀止》借給我看，一個紅的封面的，還有那個時候出過的一些《唐詩一百首》、《宋詩一百首》，白封面的小冊子。就讀過這些書，我們讀過什麼書？所以我說，我從來不承認我是什麼學者。我說我也不是專家，因為我天上地下，只要是文藝口子、文化口，我什麼都寫的。我從來不是專家，我實際上不是學問中人，賈植芳先生最早講我在這一點上和他差不多。我是個「社會中人」。所以我寫的文章呢，第一，

要求好看；第二要求好懂；第三要求觀點非常明確地表達出來，我也用術語，但是我用得不是很多的，引經據典也很少，什麼事情都經過我自己腦子裏想出來，想出來以後我就講出來。我喜歡用我自己的方式語氣說話。所以，第一，我引用很少；第二，如果要引用的話，我一定是要找到原書，查對，然後抄上去的，我絕對不憑腦子，自以為什麼記性好啊，結果去誤導人家啊。所以我說我也不是一個專家。我也不是思想家，孔子、老子、蘇格拉底、柏拉圖，誰做得到這樣的思想家啊？沒有思想家。他們以後應該說沒有什麼真正意義上的思想家。我也不承認我是才子，但大家都這麼說。我讀大學的時候就說我是才子，其實他們不知道，我天天像個地老鼠一樣，鑽在寢室裏就寫東西。我就做這件事情，我一輩子也只能做這件事情，其它事情不會做。所以我們有一些寫文章的，老是喜歡把自己吹得很高很高——我是什麼什麼大師啊諸如此類的。我想差距當然是有的。但是，第一，大家是一樣的，都是寫文章的人，會寫文章；第二呢，差距也會有，就是你寫得好一點，我寫得差一點，你寫得多一點，我寫得少一點，你寫的這個影響大一點，我寫的影響小一點。所以我說就這個差距，其它沒什麼的。不要自己把自己搞到天上去，最後下不了臺。

楊：《上海文論》它什麼時候創刊的？創刊前後有些什麼細節嗎？這個能不能談得詳細一點？

毛：87 年創刊的，當時的主編徐俊西原來是復旦中文系的總支書記，專業是研究馬列文論的，是一個思想比較解放的學者型的領導。他對理論很重視的。理論要有陣地，就是刊物。所以他呢，一直想要有一個好的刊物，舉起一面理論的旗幟。坦率地說他比我思想還解放。當時這個刊物是由上海作家協會和社科院文學研究所聯合辦的，因為作家協會也沒有地方，當時徐俊西是作協的主席團和黨組成員，還是文學研究所所長。他很想辦，那麼這個刊物呢，就落腳落在文學研究所。作家協會出了兩個人：一個是吳亮，吳亮是一直在作家協會編制，他現在還是在作家協會；另外一個是叫顧卓宇，他是北大 55 級的，和吳泰昌、陳丹晨啊一批人是一起的。北大中文系 55 級是一個很有影響的，這個你知道。他原來在遼寧劇協，後來在遼寧《當代作家評論》任副主編，然後《上海文論》要創辦的時候就把他從遼寧調了過來。因為調進社科院的文學研究所有困難嘛，所以他呢，也是代表作家協會。他和徐俊西等於是同齡人，兩個人比較好溝通。開始的編輯部主任也是社科院

文學所的。辦了一年半以後呢，在文學界的反響並不理想。而且，據說因為個性和溝通方面的問題，作協也希望換人試試。

楊：這個是不是定位出了問題？

毛：為什麼影響不大呢，照李慶西講，這個刊物外觀就等於是一個縣團級的文件，就是白頭文件，就像一本文件彙編，文化大革命的大字報彙編。編起來，就出來了。

楊：沒有自己的特色。

毛：對。編排、版型、版式、裝幀和設計都沒有特色，文章也沒有衝擊力，辦了一年多麼，老徐可能覺得這樣下去不行，想有所改變。當時文學研究所有個別同志和作家協會之間協調不好。而我和當時作家協會的一批同齡人比如宗福先、趙麗宏、趙長天關係比較密切，這個可能是我大大咧咧不太計較的性格有關係，大家覺得我比較可以接受。再說我當時在批評界也開始有一定的影響。所以徐俊西就很想讓我到《上海文論》那邊做事。當時我在哲學研究所，我本人是想去的，畢竟專業對口。但是哲學所在我困難的時候收留我，我重情，說不出口。所以我跟老徐說，應該讓哲學研究所和文學研究所商量，如果哲學研究所不放，我還是呆在哲學研究所，我沒有任何意見。如果你們商量得通的話，我就過去。我服從組織分配。

楊：結果商量好了？

毛：兩個所之間還是很好溝通的，結果我就到文學研究所，擔任《上海文論》編輯部主任。我去了以後做了幾件事情，第一，就是刊物必須面貌改版，因為它這個面貌老气橫秋，一個很大的「論」字印在一個灰色的封面上，看起來很呆板。我去了以後，首先把這個封面給換了，換了一個白的底，一個大的彩條的，抽象的。我和美術界的人也很熟悉，我就請美院一個姓顧的年輕人來設計封面。從 88 年的下半年第四期，這個封面全換了。至於版型、版式呢，我是仿照《讀書》的版式，把它放大了，再加上我的一些想法，也改了。第二，就是要講經濟。那個時候刊物發行量小嘛，只有兩三千份，經濟上一直沒辦法運作，所以當時我們搞了很多企業的報告文學，發表在刊物的最後。通過報告文學寫的那些單位企業來讚助，用刊發報告文學來養《上海文論》，就是這麼運作的。其中最有影響的是連續編輯刊發了幾期以上海鋼鐵企業為主體的《鋼魂》。那麼第三條呢，就是內容上要重新設計。因為我是「思想解放」運動當中出來的這一代人，我們這代人應該說在根本上是很政治化的，很關心國家和

民族命運的，很宏大敘事的。爲什麼呢？就是毛主席在 1966 年文化大革命一開始的時候發表過的講話：你們要關心國家大事，要把無產階級文化大革命進行到底。當然這個革命我沒進行到底，結束了嘛。再加上我們年輕的時候讀過毛主席的《沁園春·長沙》，一直有一種「到中流擊水，浪遏飛舟」、「指點江山，激揚文字」的雄心。還有一點男兒馬革裹屍，不斬樓蘭誓不還的氣概和情懷，所以我終生都對國家命運有種憂患和關心。我辦《上海文論》，首先非常關注《上海文論》對現實的介入。在某種意義上說呢，我們和 1957 年那批「右派」有異曲同工之處，就是強調介入、強調干預，也和薩特的「存在主義」相通，當時正好也是「存在主義」剛剛進入中國嘛。所以陳思和最近在我個人文集的座談會上說，毛時安是個行動型的知識分子，很多知識分子說了不一定做，說了就等於做過了，到毛時安手裏，這件事情說了以後是一定要付諸行動的。就我個人的批評活動而言，我的批評首先是實踐的批評，我是積極介入中國當代文化發展的現實的；第二呢，我的批評是美文的批評，儘量把文字表述得非常滿意、非常漂亮、非常有激情、非常有震撼力、非常有審美形式感。這與我在「文化大革命」讀的很多詩歌有關係，特別是郭小川、賀敬之啊，這些詩養成了我一種很有激情的，很有文采性的表達方式。1988 年的上半年《新民晚報》發了一篇很小的文章，介紹蘇聯重新評價五十年代轟動一時的小說《金星英雄》。因爲當時戈爾巴喬夫掌權嘛，對蘇聯文學開始重新評價，也就是對他之前的赫魯曉夫時代和斯大林時代的很多聲名很大的文學作品進行重新評價，其中就包括《金星英雄》。受到這個啓發以後呢，當時因爲很年輕嘛，覺得做什麼事情就一定要做好做大，就是一定要產生巨大的社會效應和轟動效應，所以我覺得我們也應該對我們自己的文學史上的重要作品重要現象重要作家進行重新評價。而且我們興奮地感到，自己已經站在新的時代的門口，理當不辜負一個偉大的時代。當時還受到尼采價值重估的思潮的影響。我就把這個想法跟徐俊西講，他也很贊同。於是 1988 年第 3 期就請文學所俄國文學專家吳國璋翻譯了蘇聯文學界關於《金星英雄》的評論《一切都是想當然》，爲重寫文學史的登場作了鋪墊。

　　當時專欄的名字也是很難起的，因爲你要做一件事情，就要有一個最簡單、最明確的口號，這個口號就是綱領，就是一面旗幟。這個旗幟呢，我的想法是既要有一定的學術性，又要有一定的普及性，讓人一看就能理解明白。開始這個欄目不是叫「重寫文學史」，是叫「重估文學」、「重估文學史」，受

到尼采的價值重估影響嘛。後來覺得「重估」不太好，因爲「重估」總是覺得太拗口了，不夠大眾化、不夠明確，後來又想到「重讀經典」、「重讀名著」等，但是又覺得不夠激情，我這個人是很有點激情的，覺得口號一定要有點殺氣，這幾個名字殺氣不夠，也文縐縐的。「重讀經典」、「重讀名著」，不來勁。最後想，一定要有種翻個兒的感覺，所「重」字是必需的，「重」等於要倒個兒，重什麼呢？從我們開始重新寫，這個比較明確了，好，就定下「重寫文學史」了。

楊：這個「口號」當時和陳思和、王曉明他們商量過嗎？

毛：當時在上海的這群青年評論家當中，我年紀最大。當時我們想做這件事情，我於是跟徐俊西他們彙報商量，說需要找到這樣的人，一方面要有學院的背景，使這個欄目顯得很學術，我們不是亂寫文學史，我們是有科學依據的，是學理學術地寫，而不是情緒莽撞地寫；另外就是要對現當代文學確實很熟悉，僅僅熟悉還不行，因爲有的很熟悉卻沒有思想，還要有思想；然後呢，還要年輕、有點衝擊力；而且名氣還不能太大、比主編徐俊西還大，那就沒意思了，是不是？我們就是要找這樣的人，最後呢，覺得陳思和、王曉明是納入我們視野中最合適的。因爲他們兩個人，一來跟我們關係很好，年紀也都比我小嘛，外圓內方，既有很獨立的思想，又爲人比較隨和好相處好商量。然後呢，兩個人做事情都很認眞、很踏實，他們都是很學者的，對現當代文學也很熟悉的，是專業出身。比如曉明，既有家學，還有錢谷融先生的學術背景，思和長期跟隨賈植芳先生。最後，兩個人文字都很好，我們覺得很合適。我把這個想法跟他們一說，他們覺得很來勁。可以說是一拍即合。其實我們這是很好的一個組合。

楊：我對他們兩位分別做了訪談，可以說你們基本上是不謀而合，因爲他們在您之前也有這個想法，但是他們主要是考慮從中國現當代文學學科的角度對文學史進行重寫，與您的這種強調介入、干預稍微有些不同。另外，我一直不明白一個問題，爲什麼是《上海文論》開這個專欄，而不是《上海文學》，因爲當時《上海文論》的影響沒有上海文學大。

毛：不是他們找到《上海文論》，是《上海文論》找到他們。但是他們在其它的會上就已經有這樣一些想法。他們有他們的一些想法，我們有我們的想法。如果我們不找他們，他們也沒陣地啊。我們就一起商量定下欄目的名稱，徐俊西也認可，吳亮他們都一致同意，就叫「重寫文學史」。

楊：這個資料非常難得也很重要，我以前都沒有找到這個資料。

毛：我現在筆記本上記著「重估文學史」啊等等備選的欄目題目。合作確定下來後，思和和曉明做主持，我就做幕後的工作，我們三個人一起策劃、一起討論。我們討論好以後，再把總體的想法跟徐俊西溝通、彙報。徐俊西認定以後，我們就開始實際操作了。可以說當時我們充滿了單純的熱情。思和、曉明我們商量好選題和作者，然後他倆組稿，我審稿，他們再修改。他倆對每一篇來稿都精心加工修改。他們都是非常用功仔細的人，字都寫的很小，密密麻麻的，最後由顧卓宇再從文字技術的角度審一遍，發稿。整個過程既緊張又煩瑣，但我們合作得非常愉快。回想起來眞是恍如隔世啊，今天還到哪裏去尋找如此投入而不帶功利的合作？那時，我剛四十，思和、曉明三十上下，正是年富力強做事情的好時光。

整個選題是 1988 年的年終就定下來了，當時正好來了夏中義的一篇文章，就是《別、車、杜在當代中國的命運》。我們看了以後呢，覺得這個文章很好，這個文章如果放在今天就沒有衝擊力了，因爲當時正好還要從前蘇聯的文學理論體系當中解放出來，蘇聯文藝理論在當代中國發展的曲折的道路後面，實際上折射了整個中國當代文論的發展，所以我們覺得這個文章很好、很有彈性，很有概括力。

楊：第一期發的是關於「趙樹理方向」和重評柳青《創業史》的文章。

毛：對，1988 年重寫文學史經過認眞籌劃登場亮相。其後，還有關丁玲、茅盾、何其芳、郭小川這樣一些人物。夏中義的文章是稍後來的，發在第五期。可以說這些文章是份量很重的，後來的一些相關研究也很難超越這批文章，包括思和自己寫的胡風和我寫的姚文元。那篇姚文元的文章，我可以斗膽地說是很有份量的，比如現在蘇州大學文學院院長王堯，他說他那個時候對我這篇文章是反反覆覆讀，有一次開會還有很多人說，現在也很難看到這樣有份量的文章。

楊：對，現在很少有對姚文元做細緻研究的。您可以談談您當時爲什麼選擇姚文元做文章呢？因爲姚文元的文藝思想在「文革」時的影響很大，是不是這樣？

毛：我那篇文章的題目叫《走出中世紀》。我認爲中國文化雖然已經進入了二十世紀的八十年代，但實際上它還處在一個中世紀的愚昧和文化專制主義當中——當然我今天還有一些新的想法——所以我要借姚文元這樣一個個

案來揭示中國文藝批評是如何在一種精神上黑暗的中世紀當中積澱成形的，通過它來警示今後的文藝批評發展不要重走那樣一條道路。再說，姚文元不是一個個人品質的產物，他是時代和社會的產物。我一直非常欣賞馬克思講的那句話，「人是各種社會關係的總和」，而各種社會關係是建立在一個社會大的氛圍和體制當中的，所以我特地把他拎出來。我覺的姚文元個人雖然已經在歷史舞臺上消失了，但是今後文藝批評界可能還會出現各種各樣的姚文元。當時正是「左右」力量激烈交鋒的時候，中國的未來走向是不像後來那樣明確的。

楊：你這篇文章當時還是有某種現實的針對性吧，因為 1986、87 年「反資產階級自由化」上海抓得很緊，很多人被點名批評了，像李子雲他們當時不就很緊張嘛。

毛：我的文章寫到姚文元批評的心態，包括他批評的「無定本」的現象。他的文章隨著時代變化不斷修改，沒有定本的。稍不留神他自己就會落馬，所以他寫評論有內心的緊張度，他不為真理而是為權力寫。我認為這些對一個批評家來說，實際上都是很可悲的。經過三十年回過頭看，我可以斗膽地說，我當時講的很多的問題一點都沒有過時，而且還能看下去，我自己還是很欣慰的。上海在 70 年代中國思想解放運動中起過鳴鑼開道的先鋒作用，其內部一直鬥爭很激烈，外部也一直承受著巨大的壓力。「清污」時《上海文學》的周介人，作為我們這代人的核心，又是一介書生，就很驚惶。後來我在散文《在有風和無風的日子裏》寫過那段乍暖還寒的日子。那時如中國不前進，就會有姚文元產生的可能。

那麼，當時為什麼要重寫文學史呢？除了我剛才講的尼采的價值重估、蘇聯的重評文學史，還有一點很重要，就是從我們自己理解文學的角度出發，我們認為當時的文學史太看重政治、太看重社會，不太注重審美的和文學的東西。所以，思和和曉明希望能夠用一部審美的文學史來替代一部政治的、革命的、運動的文學史，當然他們的表述更學術一點。

楊：這就是他們當初一個主要的目的？

毛：主要的目的，待會我還會講這個事情。那麼第一期出刊後，我寫了一個後記，每期的後記和前言都是我寫的，我把這個來龍去脈講得很清楚。後來很多被拎出來批評的那些話呢，有些是思和、曉明沒有寫，我加進去的。為什麼我加進去了？因為思和、曉明寫的那個主持人話，我覺得太文雅太學

術太溫和了，我要有些野性、有點殺氣，我當時四十歲，還有點血氣方剛。後來遭到批判的一些話其實不是他們寫的，他們是背了黑鍋的，真是對不起他們。

當中也有一些問題，比方說，對趙樹理應該怎麼評價，思和、曉明和我都有一些想法，到寫的時候呢，往往會有不同的看法。可能我們要找一個趙樹理的專家或者柳青的專家來寫，那麼他對趙樹理或者柳青的理解和資料的掌握上比我們多，但作者的認識可能不像我們這樣一針見血、扎進去，所以有很多文章最後寫出來以後覺得不過癮、深度不夠。

「重寫文學史」發了兩期以後呢，我們在北京又開了座談會，這也是我去組織的。

楊：這個也可以談一談。

毛：那時候「重寫文學史」已經出了兩三期，在學術界有了一定的影響。上海、北京的媒體和福建、甘肅的一些評論報刊都有反響了。我是特別重視輿論的人.眾所週知，文論刊物的品質決定它永遠是小眾類的刊物，它的影響也主要在學術界，你要擴大影響就必須藉重大眾媒體的平臺，特別是北京的學界和媒體。1988 年 11 月，我們決定北上京城，舉行「重寫文學史」的研討會。我先行赴京，同去的還有上海人民廣播電臺的播音員編輯吳斐，幫助打點事務性工作。我在文匯報北辦借了自行車，立即先去了《文學評論》編輯部，當晚到徐俊西下榻的賓館彙報了想法。研討會之所以放在那時開，主要是老徐同時在中宣部也有一個會。在偌大的北京，短短的幾天，我們備好請柬後，去了北大和中國社科院文學所，先後上門拜訪了鮑昌、謝永旺、劉心武、雷達、謝冕、劉再復。記得去劉再復家是晚上，天黑得很厲害，11 月的北京已經很冷，感覺夜空很高遠稀朗，頗有點「月黑風高夜」的味道。那時正是「三劉」（劉再復、劉心武、劉湛秋）「火」的時候。它們都住大北窯那兒，劉好像住一樓，家裏挺暗。帶著點福建口音，人很客氣。11 月 14 日下午會議召開，出席會議的京城專家學者有：王瑤、謝冕、何西來、謝永旺、陳丹晨、吳泰昌、樊駿、張炯、張韌、蔣守謙、王信、陳駿濤、楊世偉、吳福輝、史美聖、王富仁、黃子平、錢理群、陳平原、劉納、趙園、李兆忠、蔣元倫、潘凱雄、李輝等。會上的氣氛極為熱烈，既有認同也有碰撞。主編徐俊西在會上給大家介紹了我們開設「重寫文學史」的設想和打算，並對大家出席座談會表示感謝，當晚我們在崇文門的「便宜坊」用北京烤鴨招待了大

家。二十年過去了，當年出席會議的許多人已經退出歷史舞臺養頤天年，有的去國懷鄉，有的已經離世。真是「萬花紛謝一時稀」啊。會後我寫了《「重寫文學史」專欄激起熱烈反響》的報導刊發在 1989 年第 1 期的刊物上。

當時正好處在一個政治和思想解放的特殊時期，實際上我個人覺得思想解放這個時候已經開始有一點點落潮了，但是這個潮呢，還沒落到底，剛剛開始有一點回落，所以在這個背景下，我們還是想繼續強調解放思想。自我們提出「重寫文學史」，一時間從者如雲，成為當時的學術的潮流。當時有重寫哲學史，因為我們的哲學史也是用一個「唯心主義」和「唯物主義」來結構的，還有重寫音樂史，因為我們的音樂呢，也是一部革命歌曲史，還有重寫美術史等等。還有歷史本身，因為我們的歷史就是階級鬥爭，就是農民革命、農民戰爭，就是革命和反革命構成一個主體。

這個事情一直鬧到 89 年。徐中玉、賈植芳、錢谷融幾位老先生在 1989 年《文藝報》還發表過一組重寫文學史的筆談。

這裏我想簡單介紹一下徐俊西。那時他是上海市委宣傳部分管文藝的副部長。為了辦好刊物，在他支持下，我們曾經在他家搞過青年思想沙龍，來的主要是復旦和上海高校的青年批評家，大家討論問題喝茶看碟，充滿了了對未來的渴望，可惜好景不長。1989 年 6 月就發生了我們眾所週知的那件事情，一些文學界、文藝批評界的的人開始對「重寫文學史」大加批判。

楊：批判最厲害的人有那些？

毛：就是程代熙他們，在《中流》等一些雜誌上連續發表文章。這個雜誌後來因為太「左」，事實上干擾了改革開放，關掉了。但當時我們面臨的壓力很大。但是說實在的呢，一來我們認為我們做的這件事情是有意義的；第二呢，在當時的形勢下呢，我們也不能簡單地一批評就趴下。但是在當時的文化背景下呢，它也無法繼續下去了，所以我們也要創造一個完美的臺階，讓我們體面地退出這場風波。所以，我們首先不能馬上宣佈這個欄目結束；第二，我們也不能再繼續辦下去，也準備要謝幕了，因為這個事做到這份上了，也很夠意思了。當時大概是九月份，我和思和、曉明他們就到南京去，商量怎麼辦。當時的想法是，老徐已經身上很吃重了，我作為副主編，必須頂出來保護他，分擔他的壓力，對於刊物的未來他當然比我重要的多。

楊：來個光彩的結束？

毛：也談不上光彩不光彩，就是想體面地、不丟臉地結束這件事。我們

在南京，大家都愁眉苦臉——怎麼辦呢？被人家搞得灰頭土臉，又沒有辦法，那個時候沒有任何政治平臺給你來說話，我們等於是資產階級自由化典型！當時徐俊西又在《文藝報》五月份的一期上發了一篇很解放的文章，用「峻東」的筆名——他叫徐俊西麼，他就用了「峻東」的筆名——那這個文章名字是「東」的，但人家看見你是「西」的。那篇文章也是遭到了激烈的批評。因為程代熙和徐俊西本身有一個梁子，就是關於恩格斯那個「典型論」問題有過一次爭論。

曉明前些天見到我還說，我們在那裏愁眉苦臉、束手無策，沒想到毛時安當天晚上回去，也沒吭聲，第二天就拿出一篇文章了，就是後來《上海文論》上那篇結束的文章。他一看，就說毛時安寫得非常好，我們兩個人還沒寫出來，他一個人先寫出來了。

楊：王曉明是這麼說的，毛時安是典型的才子，我們兩個在那愁眉苦臉地想，他一個人跑出去玩，然後半夜回來他就寫好了。

毛：啊，他跟你原封不動又說了一遍。其實我寫了兩篇，一篇叫《不斷深化對文學史的認識》發表在 1989 年第 6 期的刊物上。還有一篇叫《歷史，永恒之謎》，但這篇文章沒發表，是談歷史哲學的，現在收在我的四卷本文集裏。因為刊物上同時發兩篇的話，版面就不夠了。實際上雖然「左派」是以一種氣勢洶洶的批判姿態來的，就我個人來說呢，他們也確實促使我想問題。當時吳亮和王蒙有一場論爭，王蒙主張要自由但要適中，有責任感，對吳亮他們只強調形式提出質疑。因為他當時身份是部長，他用了個筆名叫「陽雨」。我寫了一篇文章叫《形式和意義》，得了 1989 年的「萌芽文學獎」。應該承認，當時我們真的很困難，但南京葉兆言、王曉丹、沈喬生和許多朋友，熱情地接待了我們。王和沈是我大學的同學和校友。尤其是曉丹幾乎天天陪著我們玩，她後來也出國了。

回過頭，「重寫文學史」風波結束以後呢，其實也促使我自己反思自己的歷史觀，因為當時在南京啊，正好有幾次曉丹陪我們在古城牆上走過來走過去溜達，也給我很多關於歷史的聯想。我就想，第一，個人在歷史當中呢，確實很渺小，能做的事情很有限。我這次文集出版了以後，中國文化報記者趙忱寫了一篇文章，她就講毛時安四本文集很客觀，但是另外一想，一個人幾十年下來，也就留下了這麼些東西。歷史這個東西，確實很讓人困惑，它是個充滿悖論的陷阱。為什麼這麼說呢？歷史最近的是當代的，我參與這個

歷史，所以應該說我對歷史最有發言權，因爲我直接在這個歷史當中生活。但是呢，最有發言權的人呢，往往和這個世界有很密切的關係，他有利害關係就不一定表述出很多眞實的東西。所以呢，當代人最有知情權，最有發言權，但往往可能因爲各種各樣的情況，他就不可能把歷史的眞相說出來，他有自己的感情色彩、有自己的利害關係、有自己的立場。你像王元化，他對所謂的「樣板戲」恨得咬牙切齒，爲什麼？因爲他當年挨鬥的時候，就天天聽「樣板戲」，所以他說他一聽到「樣板戲」就渾身發抖。但對很多年輕人來說，「樣板戲」可能很親切。所以一方面，利害關係會影響一個人對事實的陳述；第二呢，因爲切身的利益，也影響了一個人對歷史事實的價值判斷。

楊：對，這是非常正確的。「重寫文學史」對許多作家作品的價值判斷，很多人都說是非常偏激的，那是不是因爲有利害關係在裏面，因爲你們都是從「文革」中過來的嘛，然後就覺得那些東西是不好的，比如你剛才講的《紅旗譜》、「三紅一創」啊，因爲這種利害關係，你們就把它徹底地否定？

毛：就我個人而言，實際上我一直不是一個過分極端的人，我一直希望不要採取一種徹底否定的做法，希望盡可能地客觀一些。當時發生過一件很重要的事情，就是夏中義的發表在《文學評論》上的《歷史無可迴避》，你不知道看到沒有？那篇文章本來他是給《上海文論》的，我退掉了。當時的《文學評論》就是因爲那篇文章作了檢查。

楊：哦，那這很重要。就是他先是給的《上海文論》是吧，被退稿了？

毛：他先給了我，我爲什麼不喜歡？我覺得這個文章很有衝擊力。他從「樣板戲」來看一些文藝的問題。我覺得對這樣一個嚴肅的文化問題，要採取一種尖銳，但是非常嚴肅的態度。但是他有時候用一種很輕慢的，甚至是很刻薄的語言來表達，我就覺得不行。當時他說，這篇文章會轟動的，我知道會轟動，但是我覺得不夠嚴謹。然後他就給了《文學評論》，《文學評論》就在 1989 年 5 月份把它發出來了，六月份政治上發生變故，《文學評論》已經印刷發行了，結果他們把那個文章撕下來，開了天窗。《文學評論》爲那個事，寫了很多檢查，《文學評論》畢竟是老牌刊物，如果發在《上海文論》，《上海文論》就得徹底停刊。

楊：但是《上海評論》當時還是被勒令整頓。

毛：當時我們寫了檢查，反正簡單寫寫就過去了，我又不怕檢查。現在想想「重寫文學史」，一個就是當時受了蘇聯文學重新評價的影響；第二，從

我本身來講，當時有整個思想解放的背景，所以我們都處於一個思想解放的亢奮當中，這個亢奮的情緒呢，也要找到一個宣泄口、一個學術渠道來疏通。第三，因爲實際上文學界的「思想解放」就是從談「文學不是從屬於政治」、「文學不是政治工具」開始的。所以我們的很多想法也是建築在這樣一個基礎上，這個倒不是完全是因爲我個人受了這樣一種「工具論」的影響或者怎麼樣的，和我個人沒有多大關係。

楊：你的意思就是這是一個社會大環境、社會思潮的產物？

毛：對，社會思潮的產物。

楊：實際上，相對當時的激進思潮而言，你們還是比較不咄咄逼人，比較溫和的？

毛：哎，實際上我們還是比較溫和的，我們還是想把它做成盡可能學術化的。所以我在第一期的後記裏好像也講到我們不要簡單地否定，不要搞二元對立。

楊：對，王曉明也談到從 1983 年以後，整個社會就有一股越來越激進的思潮，其中比較有代表的就是專題片《河殤》。

毛：「重寫文學史」實際上是由我在技術層面上具體操作的。他們兩個人是出面的，我呢是在背後參與設計操作的。因爲我代表編輯部方面，我的定位和想法對他們來說也很重要。但是我的定位和想法必須適合曉明和思和，因爲必須通過他們在學術界去組稿啊。其實有很多年輕的作者，都是通過這個「重寫文學史」冒出來的，像現在很多很有名的評論家像朱大可、王彬彬、李劼當時都在《上海文論》上發表過文章的，當時他們都大學畢業不久，還沒成大名，都像你們這樣的年紀。今天中文系和文學批評界的不少大腕，其實都是在《上海文論》上起步的。我很高興自己成爲一塊鋪路石。

楊：裏面就藍棣之當時相對名氣大一點，其它人都是無名之輩。

毛：藍棣之也是我去組織的嘛。

楊：你約的稿嗎？

毛：我去約的嘛。

楊：你爲什麼想到約藍棣之的稿呢？

毛：藍棣之麼，當時就是研究「九葉派」詩歌啊，他比較熟悉嘛。

楊：他寫的是評論茅盾《子夜》的文章，叫《一份高級形式的社會文件》。

毛：我爲什麼剛才講王蒙和吳亮爭論，我寫了一篇《形式和意義》呢？

其實我自己思想有一個很大的轉變，在那篇文章中其實已經體現了我的轉變。我在那篇文章中就覺得王蒙和吳亮的爭論都是各執一詞，在這篇文章中我就認爲，吳亮強調形式、王蒙強調功能，但實際上在功能和形式之間不是絕對對立的。「重寫文學史」也是這樣啊，我們原來的動機現在想來也是比較單純、比較天眞。從認識論的角度呢，其實是用一種新的一元論來取代舊的一元論，就是用一種審美的文學史取代一種政治的、革命的文學史。其實一部很科學的文學史，它的趣味是很寬容的，它的評價體系往往也是比較多元的。文學史上既有很藝術化的作家，但是也有一些很理念化、很概念化的作家，你看拉封丹的《寓言》，這個歐洲文學史上能不寫嗎？但它就是一個很概念化的東西。包括伏爾泰，包括其它一些啓蒙主義的作家，其實都是很概念的啊，都是很爲社會服務的啊，你說托爾斯泰也是這樣的吧。

楊：托爾斯泰他也是有些理念先行的。

毛：哎，他很理念性的。所以我就覺得文學史的趣味，並不是說非此即彼的、有你沒我的。我就曾跟吳亮說，我說你能夠找到世界上一堆沒有意義的形式嗎？沒有意義的一堆文字放在哪兒，就光形式的文字有嗎？沒有的。只要有文字，它就有意義，它就有功能。沒有功能的文字就是廢紙。

楊：也就是說，你當時對整個先鋒文學是持一種比較保留的態度？

毛：對。從八十年代後期，我讀了布斯的《小說敘事學》，《小說敘事學》就是講形式和敘述的，他就強調要兩者中找到一個折衷主義的方法。那麼我自己其實本來已經開始反省了，那些「左」的言論迫使我冷靜下來反省，我到底有沒有局限。其實他們不提這個問題，我自己也會提這個問題。這個當中呢，我寫了關於布斯《小說敘事學》的一篇評論給《文藝報》發表出來。我自己呢，受了他的影響，變成了一個二元論者。然後到了二十世紀、二十一世紀之交，我又讀了英國哲學家柏林的《對話錄》、《談話錄》，我又成爲了一個多元論者，也就是自己的閱歷、自己的經歷、自己的思想觀念發生很大變化嘛，我覺得我們看世界的這個視角啊，一定要多元起來，眞理往往不是一元能夠窮盡的。

參考文獻

1. 北京大學世界現代化進程研究中心編:《現代化研究》(第三輯),北京:商務印書館,2005 年 1 月。

2. 《北京城市性質與功能分析》,北京市哲學社會科學規劃領導小組辦公室編輯發行,1986 年 10 月。

3. 包亞明主編:《權力的眼睛——福柯訪談錄》,嚴鋒 譯,上海:上海人民出版社,1997 年 1 月。

4. 程光煒:《文學想像與文學國家》,開封:河南大學出版社,2005 年 5 月。

5. 程光煒:《文化的轉軌》,臺北:秀威信息科技股份有限公司,2004 年 10月。

6. 陳平原:《文學史的形成與建構》,南寧:廣西教育出版社,1999 年 3 月。

7. 陳平原:《觸摸歷史與進入五四》,北京大學出版社,2005 年 9 月。

8. 陳平原編:《中國文學研究現代化進程二編》,北京大學出版社,2005 年1 月。

9. 陳國球:《文學史的書寫形態與文化政治》,北京大學出版社,2005 年 10月。

10. 陳國球編:《中國文學史的省思》,香港:三聯書店,1993 年 6 月。

11. 陳思和:《筆走龍蛇》。濟南:山東友誼出版社,1997 年 5 月。

12. 陳思和:《馬蹄聲聲碎》,上海:學林出版社,1992 年 5 月。

13. 陳思和:《中國新文學整體觀》,上海文藝出版社,1987 年 6 月。

14. 陳思和:《中國當代文學史教程》,上海:復旦大學出版社,1999 年 9 月。

15. 陳惠芬:《想像上海的 N 種方法》,上海:上海人民出版社,2006 年 10月。

16. 陳文忠:《美學領域中的中國學人》,合肥:安徽教育出版社,2001 年 4月。

17. 《鄧小平文選》，北京：人民出版社，1983 年 7 月。

18. 丁易：《中國現代文學史略》，北京：作家出版社，1955 年 7 月。

19. 杜心源：《城市中的現代想像》，上海：中國福利會出版社，2007 年 12 月。

20. 樊駿：《中國現代文學論集》（上、下），北京：人民文學出版社，2006 年 2 月。

21. 樊駿：《論中國現代文學研究》，上海文藝出版社，1992 年 12 月。

22. 《何其芳文集》，北京：人民文學出版社，1983 年 9 月。

23. 何兆武：《歷史與歷史學》，武漢：湖北人民出版社，2007 年 6 月。

24. 洪子誠：《中國當代文學史》，北京大學出版社，1999 年 8 月。

25. 洪子誠、孟繁華主編：《當代文學關鍵詞》，桂林：廣西師範大學出版社，2002 年 2 月。

26. 洪子誠：《問題與方法》，北京三聯書店，2002 年 8 月。

27. 洪子誠編：《中國當代文學史 史料選》，武漢：長江文藝出版社，2002 年 7 月。

28. 黃修己：《中國新文學史編纂史》，北京大學出版社，1995 年 5 月

29. 賀桂梅：《人文學的想像力——當代中國思想文化與文學問題》，開封：河南大學出版社，2005 年 12 月。

30. 賀桂梅：《在歷史與現實之間》，濟南：山東文藝出版社，2008 年 1 月。

31. 賀桂梅：《80 年代文學與五四傳統》，北京大學博士學位論文，2000 年 6 月，未出版。

32. 侯雲灝：《20 世紀中國史學思潮與變革》，北京師範大學出版社，2007 年 1 月。

33. 曠新年：《寫在當代文學邊上》，上海：上海教育出版社，2005 年 9 月。

34. 李澤厚：《中國思想史論》（上中下），合肥：安徽文藝出版社，1999 年 1 月。

35. 李澤厚：《美學論集》，上海：上海文藝出版社，1980 年 7 月。

36. 李澤厚：《李澤厚哲學美學文選》，長沙：湖南人民出版社，1985 年 1 月。

37. 李澤厚：《批判哲學的批判》，北京：人民出版社，1984 年 6 月。

38. 李歐梵：《上海摩登》，北京大學出版社，2001 年 12 月。

39. 李陀：《昨天的故事——關於重寫文學史》，牛津大學出版社，2006 年。

40. 李今：《海派小說與現代都市文化》，合肥：安徽教育出版社，2000 年 12 月。

41. 李達三主編：《中國當代文學史略》，杭州：浙江大學出版社，1989 年 8 月。

42. 羅榮渠：《現代化新論——世界與中國的現代化進程》（增訂版），商務印書館，2004 年 1 月。

43. 劉再復：《性格組合論》，合肥：安徽文藝出版社，1999 年 1 月。

44. 劉綬松：《中國新文學史初稿》，北京：作家出版社，1956 年 4 月。

45.《毛澤東文集》，北京：人民出版社，1996 年 9 月。

46. 錢理群、溫儒敏、吳福輝、王超冰：《中國現代文學三十年》，上海：上海文藝出版社，1987 年 8 月。

47. 錢理群、黃子平、陳平原：《二十世紀中國文學三人談‧漫說文化》，北京大學出版社，2004 年 8 月。

48.《人是馬克思主義的出發點：人性、人道主義問題論集》，北京：人民出版社，1981 年 1 月。

49.《唐弢文集》，北京：社會科學文獻出版社，1995 年 3 月。

50. 唐弢主編：《中國現代文學史》（第一卷、第二卷），北京：人民文學出版社，1979 年 6 月、11 月。

51. 唐弢、嚴家炎主編：《中國現代文學史》（第三卷），北京：人民文學出版社，1980 年 12 月。

52. 王瑤：《中國新文學史稿》（上），上海：開明書店，1951 年 9 月。

53. 王瑤：《中國新文學史稿》（下），上海：新文藝出版社，1954 年 3 月重印。

54.《王瑤全集》，石家莊：河北教育出版社，2000 年 1 月。

55. 王瑤、樊駿、趙園等編：《中國現代文學研究：歷史與現狀》，北京：中國社會科學出版社，1989 年 7 月。

56. 王曉明：《刺叢裏的求索》，上海遠東出版社，1995 年 3 月。

57. 王曉明：《二十世紀中國文學史論》，上海：東方出版中心，2003 年 4 月第 2 版。

58. 王春榮、吳玉傑主編：《文學史話語權威的確立與發展——「中國當代文學史」史學研究》，瀋陽：遼寧人民出版社，2007 年 11 月。

59. 王學典：《二十世紀後半期中國史學主潮》，濟南：山東大學出版社，1996 年 1 月。

60. 王笛主編：《時間‧空間‧書寫》，杭州：浙江人民出版社，2006 年 8 月。

61. 王銳、羅謙怡主編：《中國當代文學簡明教程》，長春：吉林大學出版社，1986 年 8 月。

62. 吳亮：《批評的發現》，桂林：灕江出版社，1988 年 4 月。

63. 吳亮、程德培編：《新小說在 1985 年》，上海：上海社會科學院出版社，1986 年 9 月。

64. 溫儒敏、李憲瑜、賀桂梅、姜濤等：《中國現當代文學學科概要》，北京大學出版社，2005 年 1 月。

65. 夏志清：《中國現代小說史》，上海：復旦大學出版社，2005 年 7 月。

66. 許紀霖編：《二十世紀中國思想史論》，上海：東方出版中心，2000 年 7 月。

67. 熊月之、周武主編：《海納百川——上海城市精神研究》，上海：上海人民出版社，2003 年 10 月。

68. 嚴家炎：《求實集》，北京大學出版社，1983 年 11 月。

69. 嚴家炎：《新感覺派小說選》，北京：人民文學出版社，1985 年 5 月。

70. 姚新勇編：《茅盾 姚雪垠談藝書簡》，北京：人民文學出版社，2006 年 6 月。

71. 姚錫棠：《上海城市 15 年》，上海：上海社會科學院出版社，1995 年 3 月。

72. 楊東平：《城市季風》，北京：新星出版社，2006 年 1 月。

73. 《周恩來選集》，北京：人民出版社，1984 年 11 月。

74. 《周揚文集》，北京：人民文學出版社，1991 年 12 月。

75. 朱金順：《新文學資料引論》，北京：北京語言學院出版社，1986 年 10 月。

76. 朱寨：《中國當代文學思潮史》，北京：人民文學出版社，1987 年 5 月。

77. 查建英：《八十年代訪談錄》，北京三聯書店，2006 年 5 月。

78. 祝東力：《精神之旅：新時期以來的美學和知識分子》，北京：中國廣播電視出版社，1998 年 9 月。

79. 鄭鵬：《文革後中國當代文學中的主體性問題》，中國社會科學院研究生院博士學位論文，2006 年 6 月，未出版。

80. 【德】瓦爾特‧本雅明：《發達資本主義時代的抒情詩人》，王才勇 譯，南京：江蘇人民出版社，2005 年 2 月。

81. 【法】米歇爾‧福柯：《知識考古學》，謝強、馬月 譯，北京三聯書店，1998 年 6 月。

82. 【法】皮埃爾‧布迪厄：《藝術的法則》，劉暉譯，北京：中央編譯出版社，2001 年 3 月。

83. 【法】齊奧爾格‧西美爾：《時尚的哲學》，費勇等 譯，北京：文化藝術出版社，2001 年 9 月。

84. 【法】埃斯卡皮：《文學社會學》，王美華、於沛 譯，合肥：安徽文藝出版社，1987 年 9 月。

85.【法】馬賽爾·普魯斯特：《駁聖伯夫》，王道乾 譯，南昌：百花洲文藝出版社，1992 年 1 月，

86.【美】史書美：《現代的誘惑——書寫半殖民地中國的現代主義（1917～1937）》，何恬 譯，南京：江蘇人民出版社，2007 年 4 月。

87.【美】薇思瓦納珊 編《權力、政治與文化——薩義德訪談錄》，單德興 譯，北京：三聯書店，2006 年 1 月。

88.【美】R.麥克法誇爾、費正清：《劍橋中華人民共和國史》，北京：中國社會科學出版社，1992 年 8 月。

89.【美】T.S.艾略特：《艾略特詩學文集》，王恩衷 編譯，北京：國際文化出版公司，1989 年 12 月。

90.【美】王斑：《歷史的崇高形象——二十世紀中國的美學與政治》，孟祥春 譯，上海三聯書店，2008 年 3 月。

91.【日】柄谷行人：《日本現代文學的起源》，趙京華 譯，北京三聯書店，2003 年 1 月。

92.【英】湯因比、厄本：《湯因比論湯因比》，王少如、沈曉紅 譯，上海三聯書店，1989 年。

93.【英】E.H.卡爾：《歷史是什麼》，陳恒 譯，北京：商務印書館，2007 年 6 月。

期刊雜誌

1.《中國現代文學研究叢刊》（1979～1999）
2.《文藝報》（1979～1989）
3.《上海文論》（1988～1989）
4.《歷史研究》（1980～1985）
5.《史學研究》（1979～1989）